To. 마음의 정원을 가꾸며 사는

_______________ 에게

이 책을 드립니다.

From. _______________

Art&Classic

비밀의 화원

◆ 일러두기

본문의 각주는 모두 옮긴이의 주입니다.

비밀의 화원

The Secret Garden

프랜시스 호지슨 버넷 지음 × 아일렛, 솔 그림 × 진주 K.가디너 옮김

지은이

프랜시스 호지슨 버넷

Frances Hodgson Burnett

1849년 영국 맨체스터의 부유한 동네에서 태어났다. 어릴 적 아버지가 돌아가시면서 집안 사정이 여의치 않게 되었지만, 프랜시스는 강인하고, 재능있는 여성이었다. 프랜시스는 글을 써서 팔면서 가족을 부양하고, 작가로서의 발돋움도 하게 된다. 프랜시스의 관심은 글 쓰는 일 말고도 정원을 가꾸고 식물을 키우는 일에도 있었다. 《비밀의 화원》은 프랜시스의 정원에서 아이디어를 얻었고, 죽은 아들 라이오넬로부터 영감을 받아 쓴 것으로 보인다. 콜린에게 벌어진 기적 같은 일이, 실은 아들 라이오넬에게 일어나기를 바랐던 것이다. 이외에도 프랜시스는 《작은 공주 세라A Little Princess》, 《세드릭 이야기Little Lord Fauntleroy》와 같은 어린이가 읽을 소설을 썼다.

그린이

아일렛, 솔

islet, sol

국민대학교에서 회화를 전공했다. 반려동물 초상화를 시작으로 다양한 그림을 그려오다가 현재는 오일파스텔로 따듯한 일상과 아름다운 풍경들을 그려 SNS를 통해 많은 사랑을 받고 있다. 여러 온·오프라인 강의를 진행하고 있으며, 다양한 브랜드와 협업했고, 지은 책으로는《오일파스텔로 그리는 오늘의 풍경》이 있다. 이 책《비밀의 화원》에서는 메리가 우연히 발견한 비밀 정원을 가꾸면서 닫혔던 마음을 열어가고 성장해 나가는 과정을 표현하고자, 서서히 변해가는 정원의 따듯하고 다채로운 사계절 색감을 오일파스텔로 담아냈다.

차 례

1장

아무도 남지 않았다

메리 레녹스가 고모부 댁에서 지내려고 미슬스웨이트 장원에 온 날, 사람들은 이렇게 버릇없어 보이는 아이는 처음이라고 수군댔다. 사실, 틀린 말은 아니었다. 메리는 몸집이 작고 야위었으며 머리카락은 연한 데다 성기었고, 조그맣고 핼쑥한 얼굴에는 심술보가 가득했다. 머리카락은 노란색이었는데, 인도에서 태어나 이런저런 병을 달고 살았기 때문인지 얼굴색마저 누렜다. 영국 정부에 소속된 군인으로서 중요한 직책을 갖고 있던 메리의 아빠는 언제나 업무에 치여 살았던 데다가 병치레도 잦았다. 미모가 뛰어난 엄마는 그저 파티에 나가 재미있는 사람들과 노는 일에만 관심이 있었고, 딸을 전혀 원하지 않았기 때문에 메리가 태어나자마자 아야•에게 맡겨 버렸다. 아야는 멤 사히브••의 기분을 맞추려면 최대한 눈에 띄지 않도록 아이를 숨겨야 한다는 사실을 아주 잘 알고 있었다. 그래서 못생겨서는 칭얼대기만 하는 연약한 아기였을 때에도 메리는 어딘가에 갇혀 지냈고, 걸음마를 뗀 후에도 눈에 띄지 않는 곳에만 있었으며 역시나 병약하고 짜증투성이였다. 메리의 기억에는 온통 아야와 인도인 하인들의 거무스레한 얼굴뿐이었다. 아이가 울면 멤 사히브가 화를 냈기 때문에 하인들은 언제나 메리의 요구를 순순히 들어주며 제멋대로 하도록 놔두었다. 당연하게도 메리는 버릇없는 아이로 자랐다. 세상에서 가장 포악하고 이기적인 새끼 돼지가 있다면 아마 여섯 살 즈음의 메리 같았을 것이다. 읽고 쓰는 법을 가르치러 온 젊은 영국인 가정 교사는 메리에게 완전히 질려 3개월 만에 그만두었고, 그 후 아무리 새로운 사람을 불러 와도 이전의 가정 교사가 머물렀던 기간조차 채우지 못하고 모두 떠났다. 메리가 스스로 책을 읽고 싶어 해서 그나마 다행이었다. 그렇지 않았다면 글자도 깨우치지 못했을 것이다.

메리가 아홉 살이 되던 해, 지독히도 더웠던 어느 날 아침이

• 서양인 밑에서 일하는 인도인 유모

•• 영국인 마님이라는 뜻이다

었다. 메리는 찌뿌둥한 기분으로 눈을 떴고, 침대 옆에 서 있는 하인이 자신의 아야가 아니라는 사실에 짜증이 더 솟구쳤다.

"왜 네가 왔어?" 메리가 그 낯선 하녀에게 말했다. "여기 있지 마. 빨리 아야를 불러줘."

그 하인은 겁에 질린 표정으로 더듬거리며 아야가 못 온다고 말했다. 메리가 온 힘을 다해 하인을 손으로 때리고 발로 찼지만, 그럴수록 더 새파랗게 질려서는 아야가 올 수 없다는 말만 반복할 뿐이었다.

그날 아침에는 무언가 수수께끼 같은 분위기가 감돌았다. 그 어떤 일과도 평소처럼 부드럽게 흘러가지 않았다. 인도인 하인 여럿이 사라진 듯했고, 메리의 눈에 띈 하인들은 모두 창백하게 겁에 질린 표정으로 살금살금 걷거나 분주히 뛰었다. 어느 누구도 메리에게 사정을 알려주지 않았고, 아야는 끝내 오지 않았다. 아침은 그렇게 정신없이 흘러갔고, 혼자가 되어버린 메리는 결국 정원으로 나가 이리저리 걷다, 베란다 근처의 나무 아래에 터를 잡고 놀기 시작했다. 흙을 긁어모아 봉긋한 화단을 만들고 그 위에 큼지막한 진홍빛 히비스커스꽃들을 꽂아 장식했다. 하지만 그러면서도 점점 더 부아가 치밀어 올라, 자신의 아야인 세이디가 돌아오면 뭐라고 불러줄지, 어떻게 불러야 더 치욕스러울지를 고민하며 내내 씩씩거렸다.

"돼지! 넌 돼지야! 돼지의 딸이라고!" 메리가 말했다. 인도인에게는 돼지라는 단어가 가장 심한 욕이었기 때문이다.

이를 바득바득 갈면서 몇 번이고 같은 욕을 내뱉고 있을 때, 엄마가 누군가와 함께 베란다로 나오는 소리가 들렸다. 함께 나온 사람은 새하얀 피부의 젊은 장교였고, 둘은 수상한 목소리로 소곤소곤 이야기했다. 메리는 소년으로 볼 수 있을 정도로 젊은 그 사람을 알고 있었다. 영국에서 막 발령받아 온, 나이가 꽤 어린 장교라고 했다. 메리는 그 남자를 힐끗 쳐다보고는 엄마를 오랫동안 바라보았다. 사실, 메리는 기회가 생길 때면 언제나 엄마를 하염없이 바라보곤 했다. 메리의 눈에 멤 사히브(메리는 엄마를 주로 이 이름으로 불렀다)는 키가 크고 날씬하며 얼굴도 예쁜 데다가 항상 공주님 같은 옷을 입는 사람이었기 때문이다. 이 예쁜 사람의 머리카락은 비단처럼 부드럽게 곱슬거리고, 자그마한 코는 세상의 모든 사람들을 업신여기는 양 우아하게 솟았으며, 커다란 눈에는 언제나 웃음기가 서렸다. 메리의 엄마는 얇고 하늘하늘한 재질의 의상을 즐겨 입었는데, 메리는 이런 차림을 '레이스투성이' 옷이라고 불렀다. 멤 사히브는 오늘따라 더 화려한 레이스투성이 드레스를 입었지만 눈은 전혀 웃고 있지 않았다. 그 커다란 두 눈에 두려움을 가득 담고는 애원하듯 젊은 장교의 얼굴을 올려다보고 있었다.

"상황이 그렇게 나쁜가요? 정말이에요?" 엄마의 목소리가 들렸다.

"아주 심각합니다." 젊은 장교가 떨리는 목소리로 대답했다. "끔찍해요, 레녹스 부인. 적어도 2주 전에는 산으로 대피하셨어야 했습니다."

멤 사히브가 맞잡은 양손을 배배 꼬았다.

"오, 저도 몰랐던 건 아니에요!" 그녀가 흐느꼈다. "그 바보 같은 저녁 파티에 가고 싶어서 남아버렸지 뭐예요. 정말 멍청한 짓이었네요!"

바로 그 순간, 하인들의 거처에서 통곡하는 소리가 터져 나왔다. 멤 사히브는 장교의 팔을 움켜잡았고, 메리는 그 자리에 서서 머리끝부터 발끝까지 부들부들 떨었다. 통곡 소리는 점점 더 커져갔다.

"뭘까요? 무슨 소리예요?" 레녹스 부인이 숨을 헐떡이며 물었다.

"누가 죽은 것 같네요." 장교가 대답했다. "하인들 중에도 환자가 있다는 말씀은 안 하셨잖아요."

"전 몰랐어요!" 멤 사히브가 울부짖었다. "함께 가봐요, 따라오세요!" 멤 사히브는 몸을 돌려 집 안으로 뛰어 들어갔다.

그 이후에는 훨씬 더 끔찍한 일들이 벌어졌고, 결국에는 메리도 집 분위기가 왜 그렇게 이상했는지를 알게 되었다. 치명적인 콜레라가 발병해 사람들이 파리 떼처럼 죽어가고 있었다. 메리의 아야는 지난밤부터 아프기 시작했고, 아야가 세상을 떠났기 때문에 하인들이 울음을 터뜨린 것이다. 날이 채 바뀌기도 전에 하인이 세 명 더 죽었고 어떤 하인들은 겁을 먹고 도망쳤다. 공포가 사방을 뒤덮었고 방마다 사람들이 죽어나갔다.

다음 날에도 사람들은 겁에 질려 있었고 집 안은 어수선했다. 메리는 자기 방에 숨어 지냈고, 모두에게 잊혔다. 메리를 떠올리는 사람도, 찾는 사람도 없었다. 밖에서는 메리가 전혀 모르는 기이한 일들이 일어나고 있었다. 메리는 울거나 자거나 하면서 몇 시간 동안 혼자 있었다. 사람들이 아프다는 사실밖엔 알 수 없었고, 이상하고 무서운 소리만 들을 수 있었다. 한 번은 살금살금 식당으로 들어가 보았다. 사람은 아무도 없었지만 식탁에는 음식이 조금 남아 있었다. 누군가 우당탕 일어나면서 급히 밀어 넣은 것처럼 의자와 그릇들이 마구 흐트러져 있었다. 메리는 과일과 비스킷을 몇 개 집어 먹다가 목이 말라 잔에 가득 차 있는 와인을 마셨다. 와인이 꽤나 달콤해서 메리는 그 술이 얼마나 독한지도 모르고 벌컥벌컥 들이켰다. 얼마 지나지 않아 졸음이 밀려오자, 메리는 자기 방으로 돌아가 또다시 숨어버렸다. 집 안 곳곳에서 들려오는 울음소리, 허둥지둥 분주히 움직이는 발소리들이 무서웠다. 하지만 와인 때문에 잠이 쏟아져 눈꺼풀이 너무 무거웠고, 침대에 눕자마자 곯아 떨어졌다. 그 긴 시간 동안 밖에서 일어나는 일은 아무것도 알 수 없었다.

많은 일이 벌어지고 있었지만, 메리는 사람들이 통곡하거나 무언가 집 안으로 들어오고 실려 나가는 그 모든 소리에도 한

번도 깨지 않고 푹 잘 수 있었다.

마침내 긴 잠에서 깨어난 메리는 침대에 누운 채로 벽을 바라보고 있었다. 아무런 소리도 들리지 않았다. 메리의 인생에서 집이 이렇게까지 조용했던 적은 없었다. 사람들의 목소리도, 걸음소리도 들리지 않았다. 메리는 사람들이 콜레라를 이겨내고 이 이상한 소란이 무사히 끝난 건지 궁금했다. 아야가 죽었다면 그 다음에는 누가 자신을 돌봐줄지도 궁금했다. 아마도 새로운 아야가 올 것이다. 죽은 아야가 들려주던 이야기들이 지겨워지던 참이었으니, 새 아야가 다른 이야기들을 들려주리란 생각에 살짝 기대되기도 했다. 메리는 아야가 죽었다는 사실을 알고도 울지 않았다. 애초에 다정한 성격도 아니었고, 누군가를 특별히 좋아하지도 않았다. 메리는 그저, 분주히 뛰어다니고 사람들이 울던 온갖 시끄러운 소리들에 잔뜩 겁이 났을 뿐이었다. 그리고 자신이 살아 있다는 사실을 그 누구도 떠올리지 못하는 것 같아 내내 화가 나 있었다. 사실, 사람들은 겁에 질려 어쩔 줄 모르고 있었다. 그러니 아무도 좋아하지 않는 여자아이를 떠올릴 여유 따위는 없었을 것이다. 콜레라에 걸리면 사람들은 자기 자신밖에 생각하지 못하는 것 같았다. 하지만 병이 나았다면 분명히 그중 누군가는 메리를 기억해내고 보살피러 올 터였다.

그러나 아무도 오지 않았다. 메리가 가만히 누워 기다리는 동안 집은 점점 더 조용해졌다. 바닥의 깔개에서 무언가가 부스럭거렸고, 아래를 내려다보니 작은 뱀 한 마리가 미끄러지듯 움직이며 보석 같은 눈으로 메리를 바라보고 있었다. 메리는 무섭지 않았다. 저 자그마한 뱀이 자신을 해칠 것 같지는 않았다. 게다가 어쩐지 그 뱀은 방에서 탈출하느라 아주 바빠 보였다. 메리가 빤히 쳐다보자 뱀은 문 아래 틈으로 스르르 빠져나갔다.

"정말 이상하네, 왜 이렇게 조용하지?" 메리가 중얼거렸다. "나랑 저 뱀 말고는 아무도 없는 것 같잖아."

잠시 후, 메리는 울타리 안으로 들어오는 발소리를 들었다. 사내 여럿이 온 것 같았다. 그 발소리들이 베란다로 이어지면서 점점 더 가까워졌다. 마침내 남자들이 집 안으로 들어와, 목소리를 잔뜩 낮춘 채 속닥거렸다. 아무도 그들을 맞아주거나 말을 걸지 않았다. 그들은 차례대로 문을 열고 닫으며 방 안을 살펴보는 듯했다.

"처참하군." 한 남자의 말소리가 들렸다. "그 어여쁜 여인이…. 아마 그 아이도 죽었을 테지. 아이가 한 명 있다고 들었네. 아무도 본 사람이 없다는군."

잠시 후 아이 방의 문이 열렸을 때, 메리는 방 한가운데 서 있었다. 배가 고프기 시작한 데다가 모두에게 잊혀 치욕스러운 기분을 느끼고 있었던 메리는 안 그래도 심술궂은 못난 얼굴을 잔뜩 찌푸리고 있었다. 방 안으로 맨 처음 들어온 남자는 덩치 큰 장교였다. 메리는 그 사람이 아빠와 대화하는 모습을 본 적이 있었다. 지치고 괴로운 표정으로 들어온 사내는 메리를 발견하고는 소스라치게 놀라 그 자리에서 펄쩍 뛸 뻔했다.

"바니!" 그 덩치 큰 장교가 소리쳤다. "여기에 아이가 있어! 혼자 있다고! 이런 곳에 말이야! 하느님 맙소사, 이 아이는 대체 누구지?"

"저는 메리 레녹스예요." 그 작은 아이가 몸을 쭉 펴고 뻣뻣한 자세로 입을 열었다. 아빠의 대저택을 '이런 곳'이라고 부르다니, 몹시 무례하다고 생각했다. "사람들이 콜레라에 걸렸을 때 잠들었다가 방금 일어났어요. 왜 아무도 안 와요?"

"아무도 보지 못했다던 그 아이인가 봐!" 장교가 홱 돌아서서 동료들에게 외쳤다. "까맣게 잊고 있었던 거야!"

"나를 잊었다고요?" 메리가 발을 쾅쾅 구르며 말했다. "왜 아무도 안 오는 거예요?"

바니라는 젊은 남자가 슬픈 눈으로 메리를 바라보았다. 눈물을 삼키려 눈을 찡긋거리기도 하는 것 같았다.

"가여운 꼬마야!" 바니가 말했다. "올 수 있는 사람이 아무도 없단다."

메리는 엄마와 아빠를 잃었다는 사실을 이처럼 기이하고 갑작스러운 방식으로 알게 되었다. 부모님은 지난밤 숨을 거두어 실려 나갔으며, 간신히 살아남은 몇몇 인도인 하인들은 도망치듯 집을 빠져나갔고, 어린 아가씨가 있다는 사실을 떠올린 사람은 아무도 없었다는 사실을 모두 깨달아 버렸다. 그래서 집이 그토록 조용했던 것이다. 정말로, 바스락거리던 작은 뱀과 메리 말고는 아무도 없었던 것이다.

2장

심술쟁이 메리 아가씨

메리는 먼발치에서 엄마를 바라보는 시간이 좋았다. 메리의 눈에 엄마는 한없이 아름다운 사람이었다. 하지만 그 외엔 아는 게 별로 없어서, 엄마의 사망 소식을 듣고도 사랑한다거나 그립다거나 하는 감정은 느껴지지 않았다. 솔직히 말하자면 메리는 자신밖에 모르는 아이였으므로, 여전히 제 생각만 하느라 바쁘기도 했다. 메리가 더 조숙했다면 혼자 남겨졌다는 사실에 틀림없이 불안해했을 것이다. 하지만 그러기엔 나이가 너무 어렸다. 게다가 곁에는 언제나 돌봐주는 사람들이 있었으니, 당연히 이번에도 누군가가 와서 자신을 보살펴주리라 여겼다. 메리는 그

저, 새로 만나게 될 사람들이 이제껏 아야와 인도인 하인들이 해왔던 것처럼 자신이 제멋대로 굴어도 내버려 두고 공손하게 대해줄지가 궁금할 뿐이었다.

처음에는 어느 영국인 목사의 집에서 지냈지만, 메리는 그곳에서 평생 살 수는 없다는 사실을 알고 있었다. 그리고 머무르고 싶지도 않았다. 목사의 집은 가난했고 나이가 고만고만한 아이들이 다섯이나 있었다. 아이들은 누더기 같은 옷을 입었고, 옥신각신하며 서로 장난감을 차지하느라 싸워댔다. 메리는 목사의 지저분한 집이 싫었고 아이들에게도 심술궂게 대했다. 당연하게도 하루 이틀 지나고 나니 아무도 메리와 놀려고 하지 않았다. 같이 지낸 지 이틀째 되는 날에는 아이들이 짓궂은 별명을 지어주었고 메리는 불같이 화를 냈다.

그 별명을 처음 생각해낸 사람은 배질이었다. 무례하기 짝이 없는 푸른 눈과 들창코를 가진 배질을 메리는 무척 싫어했다. 메리는 콜레라가 시작된 그날처럼 나무 아래에서 혼자 놀고 있었다. 흙을 긁어모아 봉긋한 언덕을 여러 개 만들고 그 작은 정원에 오솔길을 내고 있었다. 배질이 다가와 그 모습을 구경했다. 그리고는 재미있어 보였던지 불쑥 말을 던졌다.

"돌을 쌓아서 바위 정원을 만드는 건 어때?" 배질이 말했다. 그리고는 "저기 가운데가 좋겠다."라며, 메리 쪽으로 몸을 숙여 가리키는 시늉을 했다.

"저리 가!" 메리가 소리쳤다. "난 남자애들이 싫단 말이야, 저리 가라고!"

배질은 화가 난 기색이었지만 잠시 후에는 메리를 놀리기 시작했다. 그 아이는 언제나 누이들을 놀려댔다. 배질은 메리 주위를 뱅글뱅글 돌면서 장난기 가득한 표정으로 춤을 추고 노래하며 깔깔깔 웃었다.

심술쟁이 메리 아가씨,
정원은 잘 자라고 있나요?
흰 방울꽃들과 조가비들,
금잔화들이 늘어서 있네요.•

배질은 노래를 멈추지 않았고, 그 소리를 들은 다른 아이들도 웃음을 터뜨렸다. 메리가 화를 낼수록 아이들은 더욱 신이 나서 '심술쟁이 메리 아가씨' 노래를 불러댔다. 그리고 아이들은 함께 지내는 기간 내내 메리를 '심술쟁이 메리 아가씨'라고 불렀다. 자기들끼리 메리의 이야기를 할 때는 물론이고 메리에게 말을 걸 때에도 자주 그랬다.

"이번 주말에 널 집으로 보낸대! 그래서 우린 엄청 신나." 배

• 정치적인 상황을 비꼬는 목적으로 전해지던 구전 노래를 응용한 가사로 보인다

질이 메리에게 말했다.

"나도 좋거든!" 메리가 대답했다. "그런데 집이 어디래?"

"얘는 자기 집이 어딘지도 모르네!" 배질이 일곱 살 특유의 놀리는 목소리로 말했다. "당연히 영국이지. 우리 할머니도 영국에 사셔. 우리 메이벨 누나도 작년부터 할머니네 집에서 살아. 그런데 넌 할머니가 없어서 할머니 집으로는 못 가. 너는 고모부 집으로 간대. 너희 고모부 이름은 아치볼드 크레이븐이야."

"난 그런 사람 몰라." 메리가 톡 쏘듯 대꾸했다.

"그럴 줄 알았어." 배질이 대답했다. "네가 알 리가 없지. 계집애들은 원래 아는 게 하나도 없으니까 말이야. 우리 엄마 아빠가 너희 고모부에 대해 이야기하는 걸 들었어. 시골에 있는 오래된 집에 산대. 엄청나게 넓고 쓸쓸한 곳이라더라. 그 사람한테는 친구가 하나도 없다고 했어. 성질이 괴팍해서 곁을 내어주지도 않는 데다가, 내어준다 해도 다들 가까이 가려 하지 않는대. 왜냐하면 곱사등이에, 아주 무섭게 생겼거든."

"네 말 안 믿어." 메리는 등을 돌려 손가락으로 귀를 틀어막았다. 더 이상 배질이 지껄이는 말은 듣고 싶지 않았다.

하지만 그 후에도 메리는 한참 동안 배질의 이야기를 곱씹었다. 그날 밤, 크로포드 부인이 메리를 불러 며칠 후에는 영국으로 건너가 미슬스웨이트 장원에 사는 고모부, 아치볼드 크레이븐 씨와 함께 살게 될 거라고 말해주었다. 그 말을 듣는 메리가 아무 관심도 없다는 양 딱딱하고 고집스런 표정을 지어서 크로포드 부부는 어떻게 받아들여야 할지 몰랐다. 사실, 부부는 그동안 메리에게 상냥하게 대하려고 많이 노력했다. 하지만 메리는 크로포드 부인이 뽀뽀해주려고 하면 고개를 홱 돌려버렸고, 크로포드 씨가 어깨를 토닥여주면 뻣뻣하게 굳어 아무런 반응도 보이지 않았다.

"정말 못생긴 아이예요." 나중에 크로포드 부인이 가엾다는 투로 말했다. "아이의 엄마는 엄청난 미인이었는데… 게다가 어찌나 상냥했는지! 그런데 메리는 성격이 모나서 도무지 예뻐할 수가 없는 아이네요. 아이들이 저 애를 '심술쟁이 메리 아가씨'라고 부르더라고요. 애들이 못되게 군 건 맞지만, 저마저도 그렇게 느껴지는데 어쩌겠어요?"

"메리의 엄마가 그 어여쁜 얼굴로 아이 방을 들여다보고 예의바른 태도를 자주 보여주기만 했어도 메리는 엄마처럼 상냥한 아이가 되었을 거야. 정말 슬픈 일이지. 이제 그 아름답고 가여운 부인은 이 세상에 없고, 사람들은 그 여인에게 아이가 있었다는 사실조차 모를 테니까."

"아마 눈길 하나 안 줬을 거예요." 크로포드 부인이 한숨을 푹푹 쉬며 말했다. "아이의 유모가 죽은 후에는 저 어린 것을 떠올린 사람이 아무도 없었나 봐요. 하인들은 모두 달아나고 그 처참한 집에 아이 혼자 남아 있었다잖아요. 맥그루 대령이 방문을 열었다가 방 한가운데 아이 혼자 서 있는 걸 보고 어찌나 놀랐는지, 심장이 밖으로 튀어나오는 줄 알았대요."

메리는 자식들을 기숙 학교에 데려가는 어느 장교 부인의 보살핌을 받으며 영국으로 가는 머나먼 길을 떠났다. 그 부인은 어린 딸과 아들을 챙기기에도 너무 정신이 없어서, 마침내 아치볼드 크레이븐 씨가 보낸 여인을 런던에서 만나 메리의 손을 넘겨주게 되었을 때 눈에 띄게 좋아했다. 런던에서 만난 그 여인은 미슬스웨이트 장원의 가정부였다. 메들록 부인이라 불리는 그 사람은 다부진 체격에 뺨이 아주 붉었으며 날카롭고 새까만 눈동자를 지녔다. 부인은 짙은 보라색 원피스를 입고 있었고 그 위에는 술이 달린 검은 비단 망토를 걸쳤으며 새까만 보닛 모자를 썼다. 보닛에는 벨벳 천으로 만든 꽃 장식이 달려 있었는데, 그 보랏빛 꽃이 잔뜩 튀어나와 있어서 부인이 살짝만 고개를 움직여도 세차게 흔들렸다. 메리는 메들록 부인이 마음에 들지 않았지만, 어차피 좋아하는 사람이 거의 없기 때문에 신경 쓸 만한 일은 아니었다. 게다가 메들록 부인도 메리를 그리 좋아하는 눈치는 아니었다.

"세상에, 이렇게 못생긴 계집애였다니!" 메들록 부인이 말했다. "아이 엄마가 굉장한 미인이었다고 들었는데, 그 미모를 물려받진 못했나 봐요. 그렇죠, 부인?"

"자라다 보면 나아질 거예요." 장교 부인의 목소리는 온화했다. "얼굴빛이 좀 누렇고 표정이 예쁘지 않아서 그렇지, 생긴 건 괜찮은 편이에요. 아이들은 크면서 많이 변하니까요."

"그러려면 아주 많이 변해야겠네요." 메들록 부인이 대답했다. "굳이 말하자면 미슬스웨이트는 애들이 나아질 만한 곳도 아니고요."

일행은 어느 호텔에 들어와 있었는데, 메리가 멀찍이 창가에서 있었기 때문에 두 여자는 자신들의 대화가 들리지 않을 거라 생각했다. 메리는 창밖을 지나는 버스와 택시들•, 바삐 걷는 행인들을 구경하고 있었지만 말소리는 또렷이 들렸다. 그 이야기를 듣고 있자니 고모부라는 사람과 그가 사는 집이 무척이나 궁금해지기 시작했다. 그곳은 어떤 곳일까? 고모부는 어떤 사람일까? 곱사등이란 대체 뭘까? 메리는 곱사등이를 한 번도 본 적이 없었다. 인도에는 곱사등이가 없는 걸까?

다른 사람의 집에 얹혀 유모 없이 지내다 보니 메리는 어느 순간부터 외로움을 느끼기 시작했고, 전에는 생각해보지 않았던 이상한 의문들이 피어올랐다. 엄마와 아빠가 살아 있을 때조차 자신은 왜 누군가의 가족이라는 느낌을 받아보지 못했던 건지, 그 이유가 궁금해졌다. 다른 아이들을 보면 모두 엄마 아빠의 다정한 보살핌을 받는데, 메리는 한 번도 누군가의 딸이었던 적이

• 1900년대 초 런던에는 엔진으로 움직이는 버스와 택시가 다녔다

없는 것 같았다. 하인들이 있었고 먹을 음식과 입을 옷이 풍족했지만, 그 누구도 메리에게 관심을 기울이지 않았다. 메리는 그 이유가 자신의 심술궂은 성격 때문이라고는 상상도 못했다. 자신의 행동이 무례하다는 사실조차 몰랐다. 다른 사람들이 무례하다고 생각해본 적은 많지만, 자기 자신이 그런 줄은 몰랐다.

메리는 평범하지만 발갛게 상기된 얼굴에, 또한 평범하지만 고급스러운 보닛을 쓴 메들록 부인이야말로 지금까지 만나본 사람 중 가장 마음에 안 드는 사람이라고 생각했다. 그래서 다음 날 요크셔로 떠나는 길에서는 역을 지나 기차에 올라 객실을 걸어가는 내내, 고개를 빳빳이 치켜들고 메들록 부인과 멀찌감치 떨어져 걸었다. 메들록 부인의 딸처럼 보이기 싫었기 때문이다. 사람들이 모녀 관계로 볼지도 모른다고 생각하니 화가 나려고 했다.

메들록 부인은 메리가 속으로 무슨 생각을 하든 어떻게 걷고 있든 눈곱만큼도 신경 쓰지 않았다. 메들록 부인은 '어린 아이의 허튼 수작을 참지 못하는' 부류의 사람이었다. 적어도 누군가 물어보면 그렇게 대답할 사람이었다. 사실 메들록 부인은 언니인 마리아의 딸이 결혼을 앞두고 있어서 런던에 오고 싶지 않았다. 하지만 편하게 일하며 많은 돈을 벌 수 있는 미슬스웨이트 장원의 가정부 직책을 잃고 싶지는 않았다. 자리를 보전하려면 아치볼드 크레이븐 씨가 시키는 일을 곧장 해내는 수밖에 없었다. 감히 반문할 생각조차 하지 못했다.

"레녹스 대령 내외가 콜레라로 죽었다는군." 크레이븐 씨가 감정 없는 목소리로 짧게 말했다. "레녹스 대령은 내 처남이라네. 그러니 내가 살아남은 아이의 후견인인 셈이지. 아이를 데려와야 해. 자네가 런던으로 가서 그 애를 데리고 오게."

그래서 레녹스 부인이 작은 여행 가방에 짐을 싸서 부랴부랴 런던으로 온 것이다.

메리는 객실의 구석진 자리에 앉았다. 그 못생긴 얼굴에는 짜증이 가득 묻어 있었다. 읽을거리도 볼거리도 없어서, 검은 장갑을 낀 작고 가녀린 손을 다리 위에 포개고 있을 뿐이었다. 새까만 원피스를 입고 있어서인지 메리의 얼굴은 오늘따라 더 누레 보였다. 크레이프 재질의 검은 모자 아래로 부스스한 머리카락이 삐죽삐죽 흘러내렸다.

메들록 부인은 속으로, '이렇게 막된 아이는 처음 보는구먼.' 이라고 되뇌었다('막되다'는 요크셔 사투리로, 심술궂고 버릇없는 아이를 의미하는 말이었다). 메들록 부인은 이제껏 보아온 어느 아이와도 달리, 정말 아무것도 안 하고 앉아만 있는 메리를 보고 있자니 진이 다 빠졌다. 그래서 결국에는 특유의 딱딱한 목소리로 말을 걸기 시작했다.

"아가씨가 가게 될 곳에 대해 말씀드리는 게 좋을 것 같군요." 메들록 부인이 말했다. "고모부에 대해 뭐라도 아는 게 있나요?"

"없어." 메리가 말했다.

"부모님이 이야기해주시지 않던가요?"

"한 번도." 메리가 얼굴을 찡그렸다. 그런 특별한 이야기를 들어봤을 리가 없기 때문이다. 엄마 아빠는 메리에게 말도 잘 걸지 않았으니까.

"흠…." 메들록 부인은 메리의 반응 없는 묘한 표정의 얼굴을 빤히 쳐다보면서 잠시 투덜거리는 듯하더니, 한동안은 입을 꾹 다물고 있다가 나중에서야 다시 메리에게 말을 걸었다.

"아무래도 마음의 준비를 해야 하니, 미리 알려드리는 게 좋겠어요. 아가씨는 아주 이상한 집에 가게 될 거예요."

메리는 아무런 대꾸도 하지 않았다. 메리의 표정이 조금도 변하지 않자 메들록 부인은 살짝 당황한 기색을 보이더니, 심호흡으로 숨을 한 번 고른 뒤 이야기를 이어나갔다.

"그 저택은 음울해 보일 정도로 거대하답니다. 크레이븐 주인님은 그 집을 자랑스럽게 생각하시지만 어쨌든 우울한 곳이긴 해요. 황무지 끝자락에 서 있고, 아마 지어진 지는 600년 정도 되었을 거예요. 방이 굉장히 많아서 백 개는 될 테지만, 그중 대부분은 잠겨 있죠. 오래된 그림들이 걸려 있고, 고풍스러운 가구들과 몇백 년 동안이나 그 자리에 있었을 물건들이 수두룩하지요. 저택 주위로는 주인님 소유의 넓은 땅이 있고 정원 여러 개와 나무들이 즐비한데, 그중에는 땅에 닿을 정도로 가지를 잔뜩 늘어뜨린 특이한 나무들도 있어요." 메들록 부인은 잠시 멈추어 또 한 번 크게 숨을 들이쉬더니, "하지만 그 외에는 아무것도 없어요." 라고 내뱉고는 갑작스럽게 말을 끝냈다.

메리는 자기도 모르게 귀를 기울이고 있었다. 듣자하니 그곳은 인도와 닮은 구석이 하나도 없는 듯했고, 그 새로운 것들 하나하나가 메리의 관심을 끌어냈다. 하지만 메들록 부인 앞에서는 애써 관심 없는 체했다. 이런 무례한 행동은 메리의 못된 버릇들 중 하나였다. 어쨌든, 메리는 가만히 앉아만 있었다.

"자, 어떻게 생각하시나요?" 메들록 부인이 물었다.

"아무 생각도 안 해." 메리가 대답했다. "그런 곳에 대해서는 아무것도 모르는 걸, 뭐."

이 말에 메들록 부인이 피식 웃었다.

"이런! 어린 아가씨가 꼭 할머니처럼 말씀하시네요. 관심이 생기지 않나요?"

"상관없잖아." 메리가 말했다. "내가 관심이 있건 말건."

"맞는 말이긴 하네요." 메들록 부인이 말했다. "아가씨의 생각이 중요하진 않죠. 주인님이 어째서 아가씨를 미슬스웨이트에 두려고 하시는지는 저도 잘 몰라요. 아마도 그게 가장 간단한 방법이었겠죠. 하지만 장담컨대, 크레이븐 주인님은 아가씨를 전혀 신경 쓰지 않으실 거예요. 그분은 누구에게도 관심을 쏟지 않으시죠."

메들록 부인은 때마침 무언가가 생각난 듯 잠시 말을 멈췄다.

"그분은 등이 굽었어요." 메들록 부인이 다시 입을 열었다. "그래서 괴팍한 성격이 되었죠. 젊었을 때부터 늘 삐딱하셨어요. 커다란 저택과 돈을 갖고 있다 해도, 그게 다 무슨 소용이겠어요? 결혼하실 때까지는 아무 쓸모도 없었죠."

메리는 관심을 티 내기 싫었지만, 흠칫 놀란 두 눈이 메들록 부인을 향하고야 말았다. 등 굽은 사람이 결혼을 했다니! 메들록 부인은 메리의 달라진 표정을 놓치지 않았다. 원체 말하기를 좋아하는 성격인지라, 관심을 얻으니 더욱 신이 나서 말을 이었다. 이렇게 수다를 떨다 보면 시간은 때울 수 있을 테니까.

"마님은 상냥하고 아름다운 분이셨어요. 마님이 어떤 풀 한 포기를 갖고 싶어 하시면 주인님은 온 세상을 뒤져서라도 그 풀을 찾아오실 분이었죠. 마님이 주인님의 청혼을 받아들일 거라 생각한 사람은 아무도 없었지만, 두 분은 결혼하셨답니다. 마님이 돈 때문에 주인님과 결혼했다고 수군대는 사람들도 많았지만, 다 헛소문이었어요." 메들록 부인은 아주 단호한 목소리로, "마님은 그런 분이 아니었어요."라고 또 한 번 강조했다. "마님이 돌아가셨을 땐…."

메리는 자기도 모르게 벌떡 일어나서 소리쳤다. "맙소사, 돌아가셨다니!" 그 순간, 예전에 읽어보았던 프랑스 동화 『곱슬머리 리케』가 생각났다. 불쌍한 곱사등이와 아름다운 공주님에 대한 이야기였다. 그 책을 떠올리고 나니 고모부가 가엾게 느껴지기 시작했다.

"네, 돌아가셨어요." 메들록 부인이 대답했다. "그래서 크레이븐 주인님은 이전보다도 더 괴팍해지셨어요. 아무에게도 관심 갖지 않으시고, 아무도 만나지 않으시죠. 집을 떠나 계실 때가 많고, 미슬스웨이트에 계실 때마저도 서쪽 끝방에 틀어박혀 피처 씨 말고는 아무도 들이지 않으세요. 피처 씨는 그 저택의 집사인데 나이가 아주 많아요. 주인님을 어릴 때부터 돌봐드렸던 사람이라 어떻게 모셔야 할지를 아주 잘 안답니다."

마치 동화책에서나 나올 법한 이야기였지만 동화처럼 기운을 북돋아주진 않았다. 황무지가 뭔지는 잘 모르겠지만, 어쨌든 황무지 끝자락에 서 있는 집. 방이 백 개나 있지만 그중 대부분이 자물쇠로 굳게 잠긴 거대한 저택. 상상해보니 너무나 음울했다. 외진 방에 혼자 틀어박힌 등 굽은 남자는 또 어떻고! 메리는 입술을 더 꽉 물고 창밖을 바라보았다. 때마침 그 우울한 이야기에 걸맞게 하늘에서 비가 쏟아지기 시작했다. 잿빛의 비스듬한 선을 그리며 유리창을 세차게 두드리고는 밑으로 줄줄 흘러내리고 있었다. 크레이븐 고모부의 어여쁜 아내가 세상을 떠나지만 않았어도, 미슬스웨이트 장원은 웃음소리가 끊이지 않는 곳이 되었을지도 모른다. 엄마가 '레이스투성이' 드레스를 입고 온갖 파티에 드나들 때 메리의 집이 그랬던 것처럼 말이다. 하지만 부인은 더 이상 그곳에 없다.

"크레이븐 주인님을 보게 되리란 기대는 하지 않는 게 좋아요. 열에 아홉은 만나주지 않으시거든요." 메들록 부인이 말했다. "그리고 말동무가 되어줄 사람도 기대하지 마세요. 혼자 놀면서 스스로 자신을 돌봐야 할 거예요. 또 하나 말씀드리자면, 아가씨가 들어가도 되는 방과 얼씬도 하지 말아야 할 방이 정해져 있어요. 정원에서는 마음껏 뛰어놀아도 괜찮지만, 집 안에 있을 때에는 여기저기 어슬렁거리거나 들쑤시고 다니면 안 됩니다. 크레이븐 주인님이 화내실 거예요."

"들쑤시고 싶지도 않아." 메리가 바짝 약이 오른 표정으로 대답했다. 메리를 갑작스레 찾아왔었던 연민이라는 감정은 순식간에 사라져버렸고, 고모부는 이런 모든 일을 당해도 쌀 만큼 괴상한 사람이란 생각이 냉큼 빈자리를 차지했다.

메리는 고개를 돌려 빗물이 넘쳐흐르는 창문을 바라보았다. 유리창 너머로는 영원히 그치지 않을 것만 같은 잿빛 폭풍우가 몰아치고 있었다. 점점 더 새까만 구름이 몰려왔고, 그 모습을 오랫동안 가만히 지켜보던 메리는 스르륵 잠이 들었다.

3장

황무지를 지나

그 후 한참을 잤다. 마침내 메리가 눈을 뜨자, 메들록 부인이 어느 역에서였는지 잠깐 내려서 사둔 점심 바구니를 열었다. 둘은 닭고기 조금과 차갑게 식힌 소고기, 버터 바른 빵을 먹고 따뜻한 차를 마셨다. 빗줄기가 아까보다도 거세져서, 기차역에 있는 사람들 모두가 비에 젖어 번들거리는 비옷을 입고 있었다. 차장이 객실 안의 등불을 켰고, 닭고기와 소고기, 따뜻한 차로 배를 든든히 채운 메들록 부인은 기분이 한결 나아 보였다. 그리고는 좀 많이 먹었던 탓인지 금세 곯아떨어졌다. 메리는 보닛 모자가 한쪽으로 쏠린 줄도 모르고 곤히 자는 부인의 모습을 잠시 지켜보다가, 창문을 두드리는 빗소리를 자장가 삼아 구석 자리에서 또다시 잠들었다. 그다음 눈을 떴을 땐 날이 꽤 어두웠다. 기차는 어느 역에 멈춰 있었고 메들록 부인이 메리를 흔들어 깨우고 있었다.

"실컷 주무셨잖아요!" 메들록 부인이 말했다. "스웨이트역에 도착했다고요, 이제 눈 뜨세요! 이제는 마차를 타고 한참 더 가야 해요."

메리가 잠에서 깨려고 안간힘을 쓰며 자리에서 일어서는 동안 메들록 부인은 주섬주섬 짐을 챙겼다. 이 작은 아이에게는 부인을 도울 생각이 전혀 없었다. 이제껏 물건을 들거나 옮기는 일은 모두 인도인 하인들의 몫이었고, 하인들이 주인을 시중드는 모습이 인도에서는 아주 자연스러운 풍경이었기 때문이다.

역은 자그마했고, 메리와 메들록 부인 말고는 아무도 내리는 것 같지 않았다. 스웨이트역의 역장이 메들록 부인에게 말을 걸어왔다. 역장의 목소리는 투박하면서도 온화했고, 메리는 역장의 발음이 특이하다고 생각했다. 그게 요크셔 억양이라는 사실은 나중에서야 알게 되었다.

"돌아오셨구먼 그려." 역장이 말했다. "오호라, 그 아이도 함께 왔구먼."

"그려요, 이 아가씨여요." 메들록 부인도 역시나 요크셔 억양으로 대답하면서 어깨 너머로 고갯짓을 하여 메리를 가리켰다.

"아내분은 좀 어떠셔요?"

"이제 괜찮다는구먼. 밖에는 마차가 와 있다오."

야외로 나 있는 작은 승강장 앞에 사륜마차 한 대가 서 있었다. 메리의 눈에는 마차가 아주 멋있어 보였다. 심지어 마차에 올라타도록 도와준 하인마저 멋져 보였다. 하인이 입고 있는 기다란 비옷과 모자에 덮은 방수천은 덩치 큰 역장을 포함하여 그곳의 모든 풍경과 다를 바 없이 비에 젖어 번들거리며 빗물을 뚝뚝 흘리고 있었다.

하인은 밖에서 문을 닫아준 후 마부를 도와 짐을 실었다. 이윽고 마차는 출발했다. 메리는 푹신푹신하게 솜을 넣은 구석 자리에 앉았지만 잠들고 싶은 생각은 없었다. 메들록 부인이 이야기해준 이상한 저택을 향해 달리는 동안 과연 어떤 풍경을 보게 될지가 궁금했고, 그래서 앉은 채로 열심히 창밖을 살폈다. 겁이 많은 아이는 아니라서, 메리가 그 집을 무서워했다고는 말할 수 없다. 하지만 백 개나 되는 방이 거의 다 잠겨 있는 황무지 끝자락의 그 이상한 집에서라면 무언가 예상치 못한 사건이 일어날 것만 같았다.

"황무지가 뭐예요?" 메리가 불쑥 질문을 던졌다.

"10분쯤 후에 창밖으로 보일 거예요." 메들록 부인이 대답했다. "미슬 황무지를 8킬로미터쯤 달려야 장원에 도착하거든요. 지금은 깜깜한 밤이라 그리 잘 보이진 않겠지만, 드문드문 조금은 보일 거예요."

메리는 더 이상 캐묻지 않았고, 어두운 구석 자리에 앉아 창에서 눈을 떼지 않고 가만히 기다렸다. 마차에 달린 등불이 조금이나마 앞쪽을 비추고 있어서 지나치는 풍경이 언뜻언뜻 보였다. 역을 떠난 마차는 작은 마을을 지나게 되었다. 하얗게 칠한 집들과 선술집의 불빛이 보였고, 그다음에는 교회와 목사관을 지났으며, 작은 매대 같은 곳에 군것질거리와 장난감 및 온갖 잡다한 물건들을 늘어놓은 오두막도 볼 수 있었다. 큰길에 다다랐을 때는 산울타리와 나무들이 보이기 시작했고 그 후로는 계속, 아주 한참 동안 똑같은 풍경이 이어졌다. 적어도 메리에게만큼은 굉장히 긴 시간이었을 것이다.

마침내 무언가가 변했다. 언덕을 오르는지 말들이 천천히 걷기 시작했다. 이제 산울타리와 나무는 더 이상 없는 것 같았다. 실은 새까만 어둠이 양쪽 창문을 뒤덮고 있어서, 밖에 뭐가 있는 건지 당최 알 수가 없었다. 메리가 몸을 숙여 창문에 얼굴을 바짝 갖다 댄 순간 마차가 덜커덕 흔들렸다.

"오, 황무지로 확실히 들어섰나 봐요." 메들록 부인이 말했다.

마차의 등불에서 시작된 노란 불빛이 울퉁불퉁해 보이는 길을 비추었다. 한 줄기로 나 있는 길 주위로는 온갖 덤불과 키 작은 풀들이 사방으로 퍼져나가며 거대한 어둠에 먹혀들고 있었고, 어둠은 바로 코앞까지 다가와 마차를 사정없이 둘러쌌다. 바람이

불어와 나지막하게 휘몰아치는 거칠고 괴상한 소리를 냈다.

"여기는 대체, 여기가 설마 바다는 아니겠지?" 메리가 메들록 부인을 돌아보며 말했다.

"아니죠, 아니에요." 메들록 부인이 대답했다. "들판도 아니고, 산도 아니에요. 히스꽃, 가시금작화, 양골담초밖에 자라지 못하고 야생 조랑말과 양 말고는 아무것도 살지 않는 거친 땅이 드넓게, 아주 끝도 없이 펼쳐져 있는 곳이랍니다."

"여기는 꼭 바다 같아. 저 위가 물로 덮여 있기만 했어도 바다인 줄 알았을 거야." 메리가 말했다. "방금 전에도 바다 같은 소리가 났어."

"덤불 사이를 지나는 바람 소리예요." 메들록 부인이 말했다. "제겐 너무너무 거칠고 음울한 곳이지만, 황무지를 좋아하는 사람들도 많아요. 특히 히스꽃이 활짝 피는 시기에는 많이들 즐거워하죠."

마차는 어둠 속을 쉬지 않고 달렸다. 비는 멈춘 듯했지만, 그 대신 휘파람을 부는 듯 괴상한 소리를 내면서 바람이 휘몰아쳤다. 길은 오르락내리락했다. 마차는 작은 다리를 몇 번이나 건넜고, 그럴 때마다 다리 아래의 개천이 굉장한 소리를 내며 콸콸콸 흘렀다. 메리는 이 마차 여행이 영원히 끝나지 않을 것 같다고 생각했다. 드넓고 음산한 황무지는 꼭 시커멓고 거대한 바다 같았고, 그 바다를 뚫고 가느다랗게 이어지는 한 줄의 마른 땅을 달리고 있는 기분이 들었다.

"난 황무지가 싫어." 메리가 중얼거렸다. "난 여기가 싫어." 그리고는 안 그래도 얇은 입술을 더 꽉 조였다.

말들이 언덕에 오르자, 마침내 메리의 시야에 빛이 들어왔다. 메들록 부인도 빛을 보더니 안도의 한숨을 길게 내쉬었다.

"와, 불빛이 반짝이는 걸 보니 반갑네요." 메들록 부인이 소리치듯 말했다. "문지기 오두막의 창문에서 나오는 빛이랍니다. 어쨌든 잠시 후엔 따뜻한 차를 마실 수 있겠네요."

메들록 부인이 말한 '잠시 후'는 마차가 장원 정문을 지나 3킬로미터는 더 달려야 한다는 뜻이었다. 길 양쪽에서 뻗어 나온 나뭇가지들이 머리 위에서 만나 둥근 천장을 만들어내고 있었으므로, 그 밑을 통과하자니 마치 길고 컴컴한 지하 납골당에 들어가는 것 같았다.

마차는 납골당 같던 통로를 빠져나와 탁 트인 공간에 이르렀고, 돌로 된 뜰을 에워싸며 솟아오른 것 같은, 야트막하지만 양옆으로 끝없이 뻗어나가는 듯한 저택 앞에서 멈추었다. 처음에 메리는 불 켜진 방이 하나도 없는 줄 알았지만, 마차에서 내리고 나니 위층 구석진 방에서 새어 나오는 흐릿한 불빛이 보였다.

저택의 대문은 엄청나게 컸다. 희한한 모양의 거대한 떡갈나무 판자들 위에 큼지막한 쇠못을 띄엄띄엄 박아 넣었고, 판자들을 고정하고 있는 쇠막대도 아주 무거워 보였다. 문이 열리자 어마어마하게 넓은 현관홀이 나왔다. 어두침침한 불빛 때문에 벽에 걸린 초상화 속 얼굴들이나 갑옷 차림의 인물상은 쳐다보고 싶지 않았다. 그곳에서는 돌로 된 바닥을 밟고 서 있는 메리가 아주 조그맣고 괴상한 검은 형체처럼 보였다. 사실은 보기에만 그런 게 아니라, 메리가 느끼기에도 자신은 갈 곳을 잃은 채 서 있는 외롭고 보잘 것 없는 존재였다.

대문을 열어준 하인 옆에는 말쑥한 차림의 깡마른 노인이 서 있었다.

"아가씨를 방으로 모시게." 노인이 쉰 듯한 목소리로 말했다. "주인님이 아가씨를 보지 않겠다고 하시는군. 게다가 내일 아침에는 런던으로 떠나신다오."

"알겠습니다, 피처 씨." 메들록 부인이 대답했다. "뭘 기대하시는지 잘 알고 있으니 제가 잘 처리하겠습니다."

"메들록 부인, 내가 자네에게 기대하는 부분을 일러주겠네." 피처 씨가 말했다. "주인님이 방해받지 않으셔야 하고, 보고 싶어 하시지 않는 것들은 안 보이게 해드려야 해. 꼭 명심하게나."

잠시 후, 메리 레녹스는 메들록 부인의 손에 이끌려 널찍한 계단에 올랐다. 계단에서 이어지는 기다란 복도를 지나, 다시 몇 계단 오르고, 복도를 걷고, 또 다른 복도를 만나 한참을 걸었다. 마침내 메들록 부인이 벽에 달린 문을 열었고, 퍼뜩 정신을 차려 보니 어느새 메리는 방 안에 있었다. 벽난로에는 불이 피워져 있고 탁자에는 저녁 식사가 준비되어 있었다.

메들록 부인이 무뚝뚝하게 말했다.

"자, 도착했네요! 이 방과 옆방이 아가씨가 지낼 곳이에요. 꼭 이 두 곳에서만 생활해야 합니다. 명심하세요!"

이렇게 메리 아가씨는 미슬스웨이트 장원에 도착했다. 그리고 이토록 악쓰며 심술부리고 싶은 기분은 난생 처음이었다.

4장

마사

다음 날 메리는 무언가 시끄러운 소리에 눈을 떴다. 불을 지피려고 들어온 어린 하녀가 바닥의 깔개 위에 무릎을 꿇고 앉아 벽난로의 재를 긁어내는 소리였다. 메리는 자리에 누운 채로 하녀를 잠시 지켜보다가 이윽고 실내를 둘러보기 시작했다. 이렇게 생긴 방은 처음이었다. 신기하지만 어쩐지 음울했다. 숲의 풍경을 수놓은 양탄자가 벽을 뒤덮고 있었다. 그 속에서는 화려하게 차려입은 사람들이 나무 아래에 모여 있고, 저 멀리로 성의 작은 탑들이 언뜻언뜻 보였다. 사냥꾼들은 말과, 부인들은 개와 함께였다. 메리는 그 사람들과 함께 숲속을 거닐고 있는 기분이

들었다. 방에 난 창문은 안쪽으로 깊숙이 들어와 있었고, 창문 밖으로는 나무 하나 없이 쭉 뻗어 올라가는 거대한 땅이 보였다. 마치 칙칙한 보랏빛 바다가 끝없이 펼쳐지는 듯했다.

"저건 뭐야?" 메리가 창밖을 가리키며 물었다.

막 자리에서 일어난 어린 하녀 마사가 똑같이 창밖을 가리키며 되물었다.

"저짝에 있는 저거 말여요?"

"그래."

"황무지여요." 순박한 웃음을 지으며 마사가 말했다. "저게 좋으셔요?"

"아니." 메리가 대답했다. "싫어서 그래."

"아직 익숙하지 않으셔서 그려요." 마사가 다시 깔개로 돌아가면서 말했다.

"지금은 너무 넓고 아무것도 없어 보이시겄지만 곧 좋아허게 되실 거여요."

"너는 좋아하니?" 메리가 물었다.

"그라믄요, 좋아허고말고요." 마사가 장작 밑의 쇠살대를 신나게 닦으며 대답했다. "거의 사랑허지요. 저짝은 비어 있는 게 아녀요. 땅을 덮고 있는 것들이 곧 자라서 달콤한 냄시를 풍길 거여요. 봄여름엔 가시금작화랑 양골담초랑 히스가 꽃을 피우는디, 얼매나 아름다운지 몰러요. 달콤헌 꿀 냄시도 나고 공기도 싱그럽고 말여요. 하늘은 또 어찌나 높은지! 게다가 꿀벌이랑 종달새들이 예쁜 소리로 윙윙거리고 노래헌다니까요. 아유! 저는 뭘 준대두 절대 황무지를 안 떠날 거여요."

메리는 떨떠름한 표정으로 마사의 이야기를 듣고 있었다. 인도에서 메리를 시중들던 인도인 하인들은 한 번도 이런 식으로 행동한 적이 없었다. 그들은 주인에게 순종하며 굽신거렸고, 주인과 동등한 사람인 양 말하는 어투는 상상도 할 수 없었다. 살람• 자세로 인사를 하면서 주인을 '가난한 자들의 수호자', 또는 그런 느낌의 이름으로 불렀다. 인도의 하인들은 명령을 받드는 존재였으므로, 그들에게 부탁을 할 일은 없었다. 인도에는 하인들에게 '부탁해'라거나 '고마워'라고 말하는 관습이 없었다. 메리는 화가 날 때마다 아야의 뺨을 때렸다. 그리고 지금은 눈앞의 마사를 보면서, 누군가가 이 하녀의 뺨을 때리면 과연 이 아이는 어떤 행동을 할지 궁금해졌다. 통통하고 발그스름한 얼굴에 순박한 표정을 짓고 있지만 어딘가 당돌해 보이기도 해서, 메리 아가씨가 보기에는 뺨을 되받아칠 수도 있을 것 같았다. 뺨을 먼저 때린 그 상대가 어린 여자아이라도 말이다.

"너는 이상한 하녀야." 베개에 머리를 누인 채 건방진 목소리로 메리가 말했다.

• 이마에 손을 대고 허리를 굽히는 인도·이슬람식 인사

그러자 마사가 검게 윤을 내고 있던 솔을 쥐고서 몸을 곧추세우고는 깔깔깔 웃었다. 화난 기색이라곤 눈곱만큼도 없었다.

"에이! 저도 알어요." 마사가 말했다. "미슬스웨이트에 큰 마님이 계셨으면 저는 하녀 밑의 하녀도 못 되었을 거여요. 아마 부엌데기나 하고 있겠죠. 위층에는 올라오지도 못했을 거여요. 저는 어수룩한 데가 많구 요크셔 사투리도 많이 쓰니까 말여요. 그런데 이 집은 크기만 컸지 아주 웃기다니깐요. 주인 나리도 마님도 없구, 꼭 피처 씨랑 메들록 부인만 사는 집 같어요. 주인 나리는 집에 계실 땐 아무 데두 신경을 안 쓰시는 데다 집에 잘 붙어 계시지도 않어요. 메들록 부인이 친절하게두 제게 일자리를 주셨지요. 미슬스웨이트가 평범한 저택이었으면 저 같은 촌뜨기는 절대로 들어올 수 없었다구 말씀하시던 걸요."

"네가 내 하인인 건가?" 인도에서의 습관을 버리지 못했는지, 메리가 거드름을 피우며 물었다.

마사는 다시 쇠살대를 문지르기 시작했다.

"저는 메들록 부인의 하녀여요." 마사가 딱 잘라 말했다. "그리구 메들록 부인은 크레이븐 나리의 하인이고요. 그런데 저는 위층에서 일하는 하녀니깐, 가끔 와서 아가씨 시중두 들어드릴 거여요. 보아하니 제 도움이 많이 필요하진 않겠구먼요."

"그럼 대체 내 옷은 누가 입혀줘?" 메리가 따지듯 물었다.

마사가 쪼그려 앉은 채로 자세를 바로잡더니 메리를 뚫어지게 바라보았다. 너무 놀라서 그런지 갑자기 사투리도 심해졌다.

“옷도 혼저 못 입는대유!” 마사가 말했다.

“대체 무슨 뜻이야? 네 말은 정말 못 알아듣겠어.” 메리가 말했다.

“아이고, 깜빡했구먼요.” 마사가 말했다. “이렇게 말하면 아가씨께서 못 알아들으실 테니 조심하라구, 메들록 부인이 아주 신신당부를 허셨는데 말여요. 무슨 뜻이냐믄… 아가씨는 혼자 옷 입을 줄 모르셔요?”

“모르지!” 메리가 벌컥 성난 목소리로 대답했다. “한 번도 혼자 입어본 적 없어. 항상 아야가 입혀줬으니까.”

“흠….” 자신이 무례했다는 걸 전혀 모르고 있는 얼굴로 마사가 말했다. “그럼 이제부턴 혼저 입는 법을 익혀야 하겄네요. 어렸을 때 못 배웠다믄 지금이라두 시작해야죠. 조금이라두 직접 해보시는 게 아가씨헌테두 좋을 거여요. 저희 어머니께선 항상, 높으신 분 자제들이 바보 천치가 안 되는 게 신기할 정도라구 말씀하셔요. 유모가 씻겨주고 입혀주고 산책까지 시켜주니깐 꼭 강아지 키우는 것 같다고요.”

“인도는 여기와 달라.” 메리 아가씨가 요크셔를 깔보듯 말했다. 메리가 이런 모욕감을 참아낼 수 있을 리 없었다.

하지만 마사는 끄떡없었다.

“어휴, 당연히 다르겄지요.” 심지어는 메리를 불쌍하게 여기는 것 같은 말투였다. "이런 말씀을 드려도 될지 모르겄지만, 인도에는 점잖은 백인 나으리들이 별로 없구 까만 사람들이 음청 많잖어요. 그래서 그렇겄지요. 아가씨 한 분이 인도에서 오신다길래, 저는 아가씨두 까무잡잡헐 거라 생각했다니깐요."

화가 머리끝까지 난 메리가 침대에서 벌떡 일어나 앉았다.

"뭐라고!" 메리가 소리쳤다. "방금 뭐라 그랬어? 내가 까무잡잡한 인도인일 줄 알았다고? 너… 너, 이런 돼지의 딸 같으니라고!"

마사도 화가 났는지 새빨개진 얼굴로 메리를 마주보았다.

"그런 나쁜 말을 왜 허는 거여요?" 마사가 말했다. "왜 그렇게 뿔이 잔뜩 나셨대요? 어린 숙녀 아가씨가 그런 말을 허면 안 되지요. 저는 피부가 까만 사람들을 나쁘게 생각허지 않어요. 교회 책자를 읽어보믄 말여요, 그 사람들은 신앙심이 엄청나게 깊다고 그려요. 그리구 까만 사람들을 우리의 형제로 여겨야 헌대요. 저는 지금까지 한 번두 까만 사람을 직접 본 적이 없어서 아가씨가 까만 사람인 줄 알고 얼매나 기뻤다고요. 오늘 아침에 불을 떼러 들어와서는 너무 궁금해서 이불을 조심히 잡아당겼는데, 아가씨는…" 마사가 실망했다는 듯이 말을 이었다. "저랑 별 차이가 없더구먼요. 저보다 좀 누렇기만 허시구."

메리는 분노와 굴욕감을 참아보려는 노력조차 하지 않았다.

"내가 인도 원주민인 줄 알았다고? 네가 뭐라고 감히! 넌 원주민들에 대해 아무것도 모르잖아! 걔네들은 사람이 아니야! 그저 내게 고개를 숙여야 하는 몸종들일 뿐이라고. 넌 인도에 대해 아무것도 몰라. 아는 것도 하나도 없으면서!"

메리는 분노로 바들바들 떨었지만 마사의 순박한 눈동자를 본 순간 무너져 내리고 말았다. 어쩐 일인지 크나큰 외로움이 사정없이 밀려들었다. 메리는 자신이 알고 자신을 알아주던 세상에서 멀리멀리 떠나온 기분이 들어, 느닷없이 얼굴을 베개 깊숙이 파묻고는 엉엉 울기 시작했다. 메리가 온몸을 던져가며 서럽게도 울어대는 통에, 마음씨 좋은 요크셔 아이 마사는 살짝 겁이 났다가 나중엔 미안한 마음이 들었다. 마사는 침대로 다가가 몸을 숙였다.

"어휴! 거기서 그렇게 울면 어쩐대요!" 마사가 메리를 달랬다. "울지 말어요. 그렇게 화내실 줄 몰랐구먼요. 아가씨 말씀대로 전 암것두 몰러요, 죄송해요. 뚝 그치셔요, 얼른!"

마사의 희한한 요크셔 억양과 투박한 태도에는 다정함이라든지 사람을 위로해주는 무언가가 있어 메리는 기분이 좀 나아졌고, 히끅거리는 소리가 점점 더 잦아들더니 마침내 완전히 멈추었다. 마사도 마음이 놓인 모양이었다.

"이제 일어나셔야지요." 마사가 말했다. "메들록 부인이 아가씨 아침밥이랑 차랑 점심밥을 요 옆방에 갖다 두라구 제게 시키셨거든요. 옆방은 아가씨의 놀이방으로 쓰일 거여요. 침대에서 나오시믄 제가 옷 입는 걸 도와드릴게요. 등에 달린 단추는 혼자 잠글 수 없을 테니깐요."

마침내 메리는 자리에서 일어나기로 했다. 마사가 옷장에서 옷가지를 몇 벌 꺼내 왔는데, 그 옷들은 지난밤 메들록 부인을 따라 장원에 도착했을 때 메리가 입고 있던 옷이 아니었다.

"그거 내 옷 아냐." 메리가 말했다. "내 옷은 검은색이야."

메리는 마사가 꺼내온 새하얀 모직 코트와 원피스를 흘깃 쳐다보더니, 인정하겠다는 투로 새침하게 말을 덧붙였다.

"내 옷보다 예쁘긴 하네."

"이 옷을 입어야 하셔요." 마사가 대답했다. "주인 나리의 분부대루 메들록 부인이 런던에서 사오신 옷들이여요. 크레이븐 나리께서 '난 어린애가 시커먼 옷을 입고 길 잃은 영혼처럼 돌아다니는 꼴은 못 봐.'라구 말씀하셨대요. 그리구 '이곳을 지금보다도 더 우중충하게 만들 순 없지. 아이에게 색이 있는 옷을 입히게.'라고도 말하셨고요. 저희 어머니는 주인 나리의 뜻을 알 것 같다구 허셨어요. 저희 어머니는 언제나 다른 사람들의 속뜻을 귀신같이 맞추셔요. 저희 어머니두 절대 시커먼 옷은 안 입으시고요."

"나도 새까만 건 싫어." 메리가 말했다.

옷을 갈아입는 동안 메리와 마사는 제각기 어떤 사실을 깨닫게 되었다. 마사가 동생들의 '단추를 채워준' 적은 많았다. 하지만 이렇게 자신에게는 손발이 없다는 양 꼿꼿이 서서, 남이 다 해줄 때까지 기다리기만 하는 아이는 한 번도 본 적이 없었다.

메리가 아무 말 없이 발을 내밀고 있자, 마사가 "신발은 혼저 신어보시는 게 어때요?"라고 말했다.

"항상 아야가 신겨줬는걸." 메리가 마사를 빤히 쳐다보며 말했다. "그게 관습이었어."

메리가 자주 내뱉는 말이었다. "그게 관습이었어." 인도인 하인들은 언제나 이 말을 입에 달고 살았다. 인도인 하인들에게 그들의 조상이 천 년 동안 시도하지 않았던 무언가를 시키면, 그들은 부드러운 표정으로 상대를 바라보면서 "그건 관습을 어기는 일입니다."라고 대답하곤 했다. 하인들이 이렇게 말하면 상대는 그 문제를 더 이상 이야기하지 않았다.

메리 아가씨가 느끼기에는 인형처럼 그 자리에 가만히 서서 하인들이 옷을 갈아입혀 주길 기다리는 것이야말로 관습을 지키는 행동이었다. 하지만 아침 먹을 준비가 채 끝나기도 전부터 메리는 살짝 불안해지기 시작했다. 미슬스웨이트 장원에서 지내다보면 결국에는 이제껏 해보지 않았던 일들을 하게 될지도 모른다는 생각이 들었다. 이를테면 양말이나 신발을 직접 신는다든지, 허리를 굽혀 떨어뜨린 물건을 줍는다든지 하는 일들 말이다. 마사가 젊은 귀부인 밑에서 제대로 교육받은 하녀였다면 메리의 기분을 살살 맞춰주면서 공손하게 대했을 것이다. 머리를 빗겨주고, 장화의 단추를 채워주고, 물건을 줍거나 치우는 일이 자기 몫이라는 사실을 알았을 것이다. 하지만 마사는 하인 교육이라곤 받아본 적이 없었고, 황무지 오두막에서 동생들 틈바구니에 끼어 자란 요크셔 촌뜨기일 뿐이었다. 마사의 동생들은 스스로를 챙길 줄 알았다. 그 애들은 자기 자신뿐 아니라, 갓난쟁이 아기를 안아주거나 걸음마를 배우기 시작해 툭하면 걸려 넘어지는 어린 동생들을 돌보는 일도 아주 당연하게 받아들였다.

메리 레녹스가 쉽게 즐거워할 줄 아는 아이였다면 마사의 수다스러운 말투에 웃음을 터뜨렸을지도 모른다. 하지만 메리는 마사의 자유분방한 태도를 신기하다고 여길 뿐, 표정 변화도 없이 가만히 듣고 있었다. 처음에는 마사의 이야기에 별 관심이 생기지 않았다. 하지만 착하고 푸근한 말투로 끊임없이 재잘거리는 목소리를 듣고 있자니, 메리는 점점 마사가 무슨 말을 하는지 귀를 기울이게 되었다.

"아! 아가씨께서 저희 식구들을 보셔야 하는데 말여요." 마사가 말했다. "형제는 열둘이나 되고요, 아버지는 일주일에 16실링밖에 못 벌어오시구, 어머니는 그 돈으로 모두가 먹을 귀리죽을 만드셔요. 동생들은 온종일 황무지에서 뒹굴믄서 놀아요. 어머니는 황무지의 공기가 그 애들을 살찌게 헌다구 하셔요. 게다가 그 애들이 망아지들마냥 황무지의 풀을 뜯어 먹고 자란다구 생각하시고요. 우리 디콘은 열두 살인데요, 그 애가 자기 거라구 하는 망아지도 있어요."

"망아지를 어디에서 구했어?" 메리가 물었다.

"그 망아지가 음청 쪼그맸을 때 황무지에서 어미 곁에 있는 걸 봤다는구먼요. 빵도 나눠주고 풀도 뜯어다 주구 허면서 가까워졌대요. 망아지가 디콘을 굉장히 좋아허게 되어서, 지금은 졸졸 따라다니구 등에도 태워주구 그래요. 우리 디콘은 성격이 친절해가지구, 동물들이 그 애를 참 좋아헌다니깐요."

메리는 한 번도 애완동물을 키워본 적이 없었지만 꼭 한 번 키워보고 싶다는 마음은 있었다. 그래서 슬며시 디콘에게 관심이 생겼다. 온통 자기 자신밖에 생각하지 못했던 메리의 가슴속에서 드디어 건강한 감정이 싹트기 시작한 것이다. 메리는 하인들이 놀이방으로 꾸몄다는 옆방으로 들어갔다. 하지만 그 방은 간밤에 잠을 잤던 방과 별반 다를 게 없었다. 벽에는 우중충한 옛날 그림들이 걸려 있고 무겁고 오래된 떡갈나무 의자들이 놓여 있었다. 아이의 놀이방이 아니라 어른을 위한 방 같았다. 방 한가운데 놓인 탁자 위에 푸짐한 아침 식사가 차려져 있었다. 메리는 입맛이 잘 돌지 않는 편이라, 마사가 메리 앞에 첫 번째 그릇을 내려놓을 때에도 시큰둥한 표정으로 바라보고 있을 뿐이었다.

"먹기 싫어." 메리가 말했다.

"이 귀리죽이 싫으시다고요?" 마사가 깜짝 놀란 듯 소리쳤다.

"싫다고."

"이게 얼매나 맛있는 건지 몰라서 그러시는구먼. 당밀이나 설탕을 조금 넣어보셔요."

"먹기 싫다고 했잖아." 메리가 같은 말을 반복했다.

"아이구!" 마사가 말했다. "저는 눈앞에서 음식이 버려지는 꼴은 못 봐요. 제 동생들이 이 식탁에 앉아 있었다면 5분도 안 되서 아주 싹싹 긁어먹었을 터인디!"

"왜지?" 메리가 냉담한 목소리로 물었다.

"왜라니요!" 마사가 똑같이 되물었다. "그 애들은 이제껏 배불리 먹어본 적이 없으니깐요. 매 새끼나 여우 새끼들만치 사시사철 배고픈 애들이여요."

"난 배고프다는 게 어떤 건지 잘 몰라." 메리가 아무것도 몰라 그렇다는 듯이 심드렁하게 말했다.

마사의 얼굴이 붉으락푸르락 했다.

"자, 한번 먹어보셔요. 아가씨헌테두 좋을 거라니깐요. 제가 장담허요." 마사가 거침없이 쏘아붙였다. "눈앞에 이만치 맛있는 빵과 고기가 있는데, 멀뚱히 앉아서 포크두 내팽개치구 있는 사람을 보면 아주 제 속이 부글부글 끓어요. 아이구 세상에… 여기 있는 걸 우리 디콘이랑 필이랑 제인이랑 나머지 아이들 뱃속에 넣을 수 있으믄 얼매나 좋을까!"

"그러면 그 애들에게 갖다주지 그래?" 메리가 말했다.

"제 것이 아니니깐요." 마사가 딱 잘라 대답했다. "그리구 오늘은 제 쉬는 날두 아니여요. 다른 하인들두 그렇겄지만 저두 한 달에 딱 하루 쉬어요. 쉬는 날엔 항상 집으로 가고요. 어머니를 쉬게 해드리려구 집 안을 구석구석 청소하지요."

메리는 차를 조금 마시고 구운 빵에 마멀레이드 잼을 발라서 먹었다.

"따뜻허게 챙겨 입구 밖에 나가 뛰어노셔요." 마사가 말했다. "밖에서 놀면 몸에도 좋구 배도 고파질 거여요. 고기가 들어갈 자리두 생길 거구만요."

메리는 창가로 다가갔다. 창밖에는 오솔길이 나 있고 정원 여러 개와 커다란 나무들이 있었지만 모든 게 황량하고 추워 보였다.

"밖에 나가라고? 밖이 이런데 왜 나가라는 거야?"

"흠, 밖에 나가질 않으시믄 계속 이 방에 있으셔야 할 터인디, 여기서 뭘 허시려고요?"

메리는 주위를 쓰윽 둘러보았다. 그 방에는 메리가 갖고 놀 물건이 아무것도 없었다. 메들록 부인은 이 방을 꾸미면서 정작 아이가 놀 만한 장난감 같은 건 생각하지 못했다. 차라리 밖에 나가서 정원이 어떻게 생겼는지 구경하는 편이 나을 것 같았다.

"그럼 누구랑 가?" 메리가 물었다.

마사가 메리를 빤히 쳐다보았다.

“혼저 가셔요.” 마사가 대답했다. “형제자매가 하나도 없는 아이들두 있으니깐, 그 애들처럼 혼저 노는 법을 배우셔야지요. 우리 디콘은 혼자 황무지루 나가서 몇 시간이고 놀아요. 그렇게 망아지랑도 친해졌고요, 그 애를 알아보는 양도 한 마리 있어요. 먹이를 손에 올려놓으믄 새들이 날아와서 쪼아 먹기도 하지요. 집에 먹을 게 아무리 없어두, 그 애는 동물 친구들헌테 나누어 줄 빵 부스러기를 꼭 남기더라고요.”

메리 자신은 느끼지 못했지만, 밖에 나가고 싶은 마음이 생긴 건 디콘 이야기 덕분이었다. 말이나 양은 없어도 새는 볼 수 있겠지. 인도에서 본 새들과는 많이 다를 테니, 바라보기만 해도 재미있을 것 같았다.

마사는 메리가 입을 코트, 모자와 함께 조그맣고 튼튼한 장화를 한 켤레 가져다주었고 아래층으로 내려가는 길을 알려주었다.

“저짝으로 돌아나가믄 정원이 나올 거여요.” 마사가 무성한 관목들 사이로 뚫려 있는 출입구를 가리키며 말했다. “여름이었다믄 꽃이 음청 많았을 텐데 말여요, 지금은 하나두 안 피었어요.” 마사는 잠시 망설이는 듯 하다가 말을 이었다. “정원 한 곳은 잠겨 있어요. 10년 동안 들어가 본 사람이 없다고 허요.”

“왜?” 메리가 자기도 모르게 물었다. 이 괴상한 집에는 백 개나 되는 방이 굳게 닫혀 있는 것도 모자라, 밖에도 잠긴 문이 있는 걸까?

"마님이 갑작스레 돌아가신 뒤로 크레이븐 나리께서 그 정원의 문을 잠그셨어요. 아무도 들어가지 못하게 하셨죠. 그곳은 마님의 정원이었거든요. 문을 잠근 후 땅을 파서 열쇠를 묻어버리셨죠. 아이고, 메들록 부인이 종을 울리시네요. 전 빨리 가보아야겠어요."

마사가 가버린 후, 메리는 관목들 사이의 출입구로 이어지는 길을 따라 걸었다. 10년 동안 아무도 들어가 본 적 없다는 그 정원이 머릿속에 계속 맴돌았다. 그 정원이 어떤 모습일지, 아직도 살아 있는 꽃이 있을지 궁금했다. 관목들 사이로 난 입구를 지나고 나니 메리는 어느새 거대한 정원 안에 들어와 있었다. 눈앞에는 광활한 잔디밭이 펼쳐졌고 가장자리를 깔끔하게 다듬은 산책로가 구불구불 이어졌다. 나무들과 화단들이 있었고, 희한한 모양으로 다듬어 놓은 상록수들도 보였다. 큼지막한 연못 한가운데에는 오래된 잿빛 분수대가 있었다. 하지만 화단은 황량하니 추워 보였고, 분수대에서는 물이 나오지 않았다. 이곳은 문이 잠겨 있다는 그 정원이 아니었다. 그런데, 정원을 어떻게 잠글 수 있지? 정원이란 건 언제든지 걸어 들어갈 수 있는 곳 아니었나?

이런 생각들을 곱씹고 있던 찰나, 오솔길 끝에 메리의 시선이 머물렀다. 그곳에는 담장으로 보이는 무언가가 길게 뻗어 있고 그 위를 담쟁이덩굴이 뒤덮고 있었다. 메리에겐 영국의 모든 것이 낯설었기에, 자신의 발걸음이 채소와 과일을 기르는 텃밭으로 향하고 있다는 사실도 당연히 몰랐다. 담장에 가까이 다가가자 담쟁이덩굴 사이로 녹색 문이 보였다. 문이 열려 있었으므로, 잠겨 있다는 그 정원이 이곳일 리 없었다. 메리는 열린 문으로 걸어 들어갔다.

안으로 들어가 보니 그곳은 사방이 벽으로 둘러싸인 정원이었다. 메리가 서 있는 그곳 말고도, 사방이 벽으로 둘러싸인 정원 여러 개가 담장의 문을 통해 서로서로 이어지는 듯했다. 저 멀리로 녹색 문이 또 하나 열려 있었다. 열린 틈으로는 볼록한 두둑에서 자라고 있는 겨울 채소들, 그리고 두둑 사이의 고랑을 따라 이어지는 오솔길과 덤불들이 보였다. 과일나무들은 벽에 바짝 붙어 자랄 수 있도록 다듬은 듯했고, 몇몇 두둑 위에는 유리관을 씌워 두었다. 메리는 그 자리에 서서 주위를 둘러보면서 여기는 참 휑하고 보기 흉한 곳이라 생각했다. 식물이 파릇파릇해지는 여름이라면 모를까, 지금은 예쁜 구석이라고는 한 군데도 없었다.

잠시 후, 두 번째 정원을 향해 열려 있는 문 사이로 어깨에 삽을 짊어진 노인이 걸어 들어왔다. 노인은 메리를 발견하고 잠시 놀란 것 같더니 머리 위의 모자를 쓱 만졌다. 노인은 원체 쭈글쭈글한 얼굴인 데다가 메리를 반기지 않는 게 분명해 보이는 험상궂은 인상이었다. 하지만 노인의 정원이 마음에 들지 않았던 메리도 특유의 '심술쟁이' 표정을 짓고 있었으니, 노인을 반기지 않는 건 메리도 마찬가지인 듯 했다.

"여기는 뭐하는 곳이야?" 메리가 물었다.

"텃밭들 중 하나지요." 노인이 대답했다.

"저건 뭔데?" 메리가 또 다른 녹색 문 너머를 가리켰다.

"또 다른 텃밭이라오." 무뚝뚝하게 대답했다. "이 담장 뒤에도 텃밭이 있구, 그 뒤에는 과수원이 있소만."

"들어가 봐도 돼?" 메리가 물었다.

"그러구 싶다면. 그런데 볼 게 암것두 없을 거요."

메리는 대답도 없이 오솔길을 따라 두 번째 녹색 문으로 들어갔다. 그곳에서도 똑같이 담장들과 겨울 채소, 유리관을 보았고, 또 다른 녹색 문을 발견했지만 이번에는 문이 닫혀 있었다. 10년 동안 아무도 들어가 보지 못했다던 그 정원의 문일지도 몰랐다. 메리는 소심하기는커녕 하고 싶은 건 다 하고 살았던 아이였으니, 아니나 다를까 성큼성큼 다가가 녹색 문의 손잡이를 돌려보았다. 메리는 그 비밀스런 정원을 자기 손으로 찾아내고 싶었기에 내심 문이 열리지 않기를 바랐다. 하지만 문은 너무나 쉽게 열려버렸다. 문 안쪽으로 들어가자 과수원이 나왔다. 역시나 담장이 사방을 에워싸고 있었고 담 가까이의 나무들은 손질되어 있었다. 겨울을 맞아 누레진 잔디 위로 앙상한 과일나무들이 서 있었다. 다른 녹색 문은 없는 듯 했다. 녹색 문을 찾아 헤매다가 과수원의 위쪽 끝에 다다르고 나서야, 메리는 그 담장이 과수원에서 끝나질 않고 또 다른 공간을 둘러싸듯 이어지고 있다는 사실을 깨달았다. 담장 위로 빼꼼, 건너편 나무의 윗부분이 보였다. 가만히 서서 보니 가슴이 붉은 새 한 마리가 맨 꼭대기 나뭇가지에 앉아 있었다. 새가 갑자기 겨울 노래를 부르기 시작했다. 그 소리가 마치, 메리를 보고 이리 오라 부르는 것 같았다.

메리는 그 자리에 선 채로 새의 노래에 귀를 기울였다. 나지막하게 휘파람처럼 울려 퍼지는 그 소리는 경쾌하면서도 친근했고, 새의 노래를 듣고 있자니 어쩐지 기분이 좋아지는 것 같았다. 사실, 메리처럼 심술궂은 아이라도 외로움을 느낄 수 있었다. 크기만 컸지 수많은 문들을 굳게 닫아둔 저택, 광활하고 황량한 황무지, 널찍하고 휑뎅그렁한 정원들. 이 괴상한 환경 때문에 어느새 메리는 세상에 홀로 남겨졌다는 기분을 느끼고 있었다. 메리가 다정한 아이였거나 사랑을 받는 일에 익숙했다면 심장이 부서질 듯 아팠을 것이다. 아무리 '심술쟁이 메리 아가씨'라고 해도 외로움을 피할 순 없었다. 하지만 가슴의 선명한 붉은색이 돋보이는 작은 새 한 마리 덕분에, 언제나 뚱한 표정을 짓고 있는 메리의 얼굴에 드디어 미소 비슷한 무언가가 피어오른 것이다. 메리는 새가 다른 곳으로 날아가 버릴 때까지 귀를 기울였다. 그 새는 인도에서 본 새들과는 달랐다. 메리는 그 새가 좋았고, 또 볼 수 있을지 궁금했다. 어쩌면 그 신비한 정원에 사는 새일지도 모른다. 그렇다면 그곳에 관한 모든 걸 알고 있겠지.

메리는 단순히 할 일이 아무것도 없었기 때문에 버려진 정원이 계속 떠오르는 건지도 모른다. 메리는 그 정원이 몹시 궁금했고, 어떻게 생겼는지 두 눈으로 보고 싶었다. 왜 고모부는 열쇠를 파묻은 걸까? 부인을 그렇게나 사랑했다는데, 어째서 부인의 정원을 그토록 미워하는 걸까? 메리는 이 집에 살면서 고모부를 볼 일이 생길까 궁금했다. 하지만 만나게 된다 하더라도 고모부를 좋아하지 않을 것 같았고, 고모부의 마음에 들 자신도 없었다. 왜 그런 괴상한 일을 저질렀는지 묻고 싶은 마음이 산더미였지만 정작 고모부 앞에 서면 꼼짝도 않고 가만히 바라보면서 한 마디도 못할 게 뻔했다.

"사람들은 나를 싫어해. 나도 사람들이 싫어." 메리가 생각했다. "난 평생 크로포드 씨네 아이들처럼은 말할 수 없을 거야. 그 애들은 온종일 시끄럽게 웃고 떠들잖아."

메리는 담 건너편의 울새를 생각했다. 자신에게 노래를 불러주는 것 같던 몸짓이 눈앞에 아른거렸다. 새가 앉아 있던 나무 꼭대기에까지 생각이 미치자, 메리는 우뚝 멈춰 섰다.

"그 나무는 비밀 정원에 있었던 거야! 내가 볼 땐 확실해." 메리가 중얼거렸다. "그곳을 담장이 두르고 있었지만 문은 어디에도 없었어."

메리는 맨 처음에 들어갔던 텃밭으로 되돌아갔다. 그곳에서는 아까 본 노인이 땅을 파고 있었다. 메리는 슬며시 다가가 노인

옆에 섰고, 특유의 쌀쌀맞은 표정으로 노인이 일하는 모습을 구경했다. 노인은 메리 쪽을 거의 쳐다보지도 않았다. 결국, 메리가 먼저 말을 걸었다.

"다른 정원들을 보고 왔어." 메리가 말했다.

"막을 사람은 아무도 없다구 말했지 않소." 노인이 무뚝뚝하게 대답했다.

"과수원에도 가봤어."

"아가씨를 콱 물어버릴 문지기 개도 없을 터인디." 노인이 대답했다.

"그런데 그다음 정원으로 들어가는 문이 없었어." 메리가 말했다.

"무슨 정원 말이오?" 노인이 땅 파던 손을 잠시 멈추고 거칠어진 목소리로 물었다.

"과수원 담장 너머에 있는 정원 말이야." 메리 아가씨가 대답했다. "나무들이 있었어. 담장 너머로 삐죽 솟아 있더라고. 가슴이 붉은 새 한 마리가 꼭대기에 앉아서 노래했어."

놀랍게도 노인의 표정에 변화가 생기고 있었다. 피부가 까칠하고 험상궂은 표정만 짓던 노인의 얼굴에 서서히 미소가 번지고 있었다. 그 순간에는 사람이 정말 달라 보였다. 사람이 미소를 머금으면 이렇게 달라 보일 수 있다는 걸 메리가 신기해 할 정도였다. 메리는 이제껏 한 번도 이렇게 생각해본 적이 없었다.

노인이 과수원 쪽으로 몸을 돌리더니 휘파람을 불기 시작했다. 나지막하고 부드러운 소리였다. 메리는 그토록 험상궂은 노인이 어쩜 이렇게 달콤한 소리를 낼 수 있는지 이해가 되질 않았다.

바로 그때, 정말 놀라운 일이 일어났다. 부드럽게 파닥파닥하는 소리를 내며 무언가가 날아오고 있었다. 가슴이 붉은 새였다! 그 새는 두 사람을 향해 포르르 날아와, 정원사의 발치에 큼지막하게 쌓인 흙무더기 위에 내려앉았다.

"녀석이 왔구먼." 노인은 싱글벙글 웃으면서 마치 어린아이를 대하듯 새에게 말을 걸기 시작했다.

"어디 갔었냐, 요 까불이 녀석아?" 노인이 말했다. "어제까지만 해두 죙일 안 보이더니, 이번 계절에는 이렇게나 일찍 짝을 찾아 나선 게야? 급하기도 허지."

새는 자그마한 머리를 한 번 갸웃하더니, 마치 새까만 이슬방울이 콕콕 박혀 있는 것 같은 매끄럽고 반짝거리는 눈으로 노인을 올려다보았다. 그 새는 노인을 무서워하기는커녕 꽤나 반가워하는 듯했다. 그러더니 녀석은 폴짝폴짝 뛰어다니면서 씨앗과 벌레를 찾느라 열심히 흙을 쪼았다. 그 모습을 지켜보는 메리의 가슴속에 낯선 감정이 피어나고 있었다. 그 새가 무척이나 귀엽고 발랄한 데다 꼭 사람처럼 행동했기 때문이다. 그 작고 통통한 몸집과 섬세한 부리, 가냘프고 늘씬한 다리란!

"영감이 부르면 늘 이렇게 오는 거야?" 메리가 속삭이는 목소리로 물었다.

"그렇다오. 아주 조그마할 때부터 알고 지냈으니깐. 이 녀석은 저짝에 있는 다른 정원에서 태어났다오. 처음에는 담장을 넘어 이짝으루 날아왔는데, 그러코롬 넘어와 놓고는 다시 넘어갈 힘이 없어서 며칠이나 돌아가지 못했소. 그러다가 나랑두 친해졌지요. 다시 담장을 넘어 둥지로 돌아갔을 땐 식구들이 전부 떠나버린 게지. 외로우니깐 다시 나헌테 돌아왔구."

"얘는 무슨 새야?" 메리가 물었다.

"모르시오? 붉은가슴울새라오. 새 중에서도 가장 살갑고 호기심 많은 애들이지요. 사람을 음청 좋아허지, 아주 개들만치 따른다니깐. 그래두 친해지는 법을 좀 알아두어야 친해질 수 있다오. 저것 좀 보시오. 흙을 쪼고 다니다가두 저렇게 한 번씩 우리 쪽을 보잖소. 우리가 지 얘길 헌다는 걸 아는 게지."

이 노인을 지켜보고 있자니, 세상에서 가장 희한한 일이 벌어지고 있는 것처럼 느껴졌다. 진홍색 조끼를 걸쳐 입은 마냥 가슴이 새빨간 그 작고 통통한 새를, 노인은 무척이나 자랑스럽고 사랑스럽다는 눈빛으로 바라보고 있었다.

"우쭐대기 좋아허는 놈이라오." 노인이 싱긋 웃었다. "사람들이 지 이야길 하믄 아주 신바람이 난다오. 호기심은 또 얼매나 많은지! 세상에, 이렇게 호기심 많구 온갖 군데 참견허고 다니는 새는 처음 봤다오. 내가 뭘 심으려 하믄 항상 와서 기웃거리지요. 크레이븐 나리가 굳이 귀찮게 알려구 하지 않는 것들까지 이놈은 다 알고 있을 거요. 이놈이야말로 일등 정원사지, 그렇구말구."

울새는 폴짝폴짝 바쁘게 뛰어다니며 땅을 쪼다가도 이따금씩 멈춰 서서 두 사람을 바라보았다. 메리는 자신을 뚫어지게 쳐다보는 울새를 마주보며, 새까만 이슬방울 같은 두 눈이 호기심으로 가득 차 있다고 생각했다. 메리에 대해 아주 샅샅이 조사하는 중인 것 같았다. 메리의 가슴속에 피어난 낯선 감정이 점점 더 커지고 있었다.

"나머지 식구들은 어디로 날아간 거야?" 메리가 물었다.

"모르지요. 부모 새들은 원래 새끼들을 둥지에서 쫓아내 날아가게 헌다오. 그렇게 뿔뿔이 흩어져 버리는데 알 수가 없지. 똑똑한 녀석이니깐, 외톨이가 되어버렸다는 사실은 알고 있을 거요."

메리 아가씨는 울새에게 한 발 더 다가갔다. 그리고는 아주 열심히 바라보다가 이렇게 말했다.

"나도 외톨이야."

메리는 자신이 늘 짜증을 내고 심술을 부리는 이유 중 하나가 외로움이라는 사실을 몰랐는데, 울새와 눈이 마주치고 나서 그 사실을 깨닫게 된 것 같았다.

늙은 정원사가 대머리에 쓴 모자를 뒤로 젖히더니 메리를 빤히 쳐다보았다.

"인도에서 어린아이가 왔다던데, 아가씨 맞소?"

메리가 고개를 끄덕였다.

"그렇담 외롭단 것두 놀랄 일은 아니구먼. 앞으로 더 외로워질 테구." 노인이 말했다.

정원사는 다시 삽을 들고 땅을 파기 시작했다. 기름진 검은 흙에 삽을 푹 찔러넣는 동안 울새는 바쁘게 뛰어다니면서 자기 일에 열심이었다.

"영감은 이름이 뭐야?" 메리가 물었다.

노인이 답을 해주려는지 허리를 펴고 꼿꼿이 섰다.

"벤 웨더스태프요." 노인은 자신의 이름을 알려주더니, 미간을 찡그린 채 쿡쿡 웃었다. "저 녀석이 없을 땐 나두 외톨이요." 그리고는 엄지를 들어 울새를 가리켰다. "저 녀석이 내 하나뿐인 친구라오."

"난 친구가 하나도 없어." 메리가 말했다. "이제껏 한 번도 없었어. 아야도 날 싫어했고 누구랑 같이 놀아본 적도 없어."

솔직한 생각을 곧이곧대로 털어놓는 것이 요크셔의 관습인 모양이었다. 늙은 정원사 벤 웨더스태프도 역시 요크셔 황무지 출신답게 솔직했다.

"아가씨와 나는 꽤 닮았구먼." 노인이 말했다. "태생이 비슷한가 보오. 우리 둘 다 인물이 시원찮구, 표정도 뚱허니 승질도 아주 못돼 먹었겠지. 한눈에 봐두 알겠구려."

굉장히 솔직한 말이었다. 사실 이제껏 메리의 주위에는 메리 레녹스라는 사람에 대해 솔직하게 말해주는 사람이 없었다. 인도인 하인들은 언제나 허리를 숙여 살람 인사를 했고 메리가 무슨 짓을 하든 순순히 따라주었다. 당연히 외모에 대해 깊이 생각해본 적도 없었는데, 이제는 자신의 얼굴이 눈앞의 노인만큼이나 못생겼는지, 울새가 날아오기 전에 벤이 짓고 있던 표정만큼이나 무뚝뚝한 건지 궁금했다. 그리고 자신이 정말로 '못돼 먹은' 성격인지를 고민하기 시작했다. 문득 마음이 불편해졌다.

그 순간, 어딘가 멀지 않은 곳에서 물결이 퍼져나가듯 맑은 소리가 들려왔다. 주위를 둘러보니 몇 미터 떨어진 곳에 어린 사과나무 한 그루가 서 있고, 울새가 그 나무의 가지에 올라 노래를 부르고 있었다. 그 모습을 본 벤 웨더스태프는 껄껄껄 하고 소리 내어 웃었다.

"울새가 갑자기 왜 저럴까?" 메리가 물었다.

"아가씨와 친구가 되기루 했나보오." 벤이 대답했다. "저 녀석이 아가씨를 좋아허는 게 아니라믄 내 뺨을 후려쳐도 좋소."

"나를?" 메리는 그 작은 사과나무로 슬며시 다가가 위를 올려다보았다.

"내 친구가 되어주려는 거니?" 메리가 마치 사람에게 말을 걸듯 울새에게 물었다. "정말이야?" 평소처럼 무뚝뚝한 목소리도, 인도에서처럼 다른 사람을 깔보는 목소리도 아니었다. 오히려 울새를 살살 구슬리려는 듯 부드럽고 달콤한 소리였다. 메리가 벤의 휘파람 소리를 듣고 놀랐듯이, 이번에는 벤이 깜짝 놀랐다.

"어이쿠." 벤이 소리쳤다. "매서운 할멈인 줄 알았더니, 이번엔 진짜 어린아이처럼 상냥했소. 방금은 꼭 디콘이 황무지 동물들에게 말을 거는 것 같았구려."

"영감도 디콘을 알아?" 메리가 고개를 홱 돌리면서 물었다.

"황무지에서 디콘을 모르는 사람은 없지요. 그 애는 온 데를 다 돌아댕기니깐 말이오. 들판의 블랙베리나 히스꽃들까지두 그 애를 알 테지. 내 장담하는데 디콘헌테는 여우들두 새끼 있는 곳을 알려줄 테구, 종달새들두 둥지를 숨기지 않을 거요."

메리는 더 캐묻고 싶었다. 버려진 정원만큼이나 디콘에 대해서도 궁금한 게 너무 많았다. 하지만 바로 그때 울새가 노래를 끝내고 가볍게 툭툭 털더니 날개를 활짝 펼치고 날아가 버렸다. 친구와 충분히 놀았으니 다른 할 일을 하러 가는 것 같았다.

"울새가 담장 너머로 날아갔어!" 메리가 울새를 바라보며 소리쳤다. "과수원 쪽으로 날아가서, 그 뒤의 담장을 넘어갔어. 문이 없는 정원으로 들어갔다고!"

"녀석은 그곳에 산다오." 벤이 말했다. "거기서 알을 깨고 나왔으니깐. 짝짓기를 하려거든 그 정원의 오래된 장미나무 사이에 사는 울새 아가씨헌테 가야겄지."

"장미나무라니!" 메리가 말했다. "그곳에 장미나무가 있어?"

벤 웨더스태프가 다시 삽을 들고 땅을 파기 시작했다.

"10년 전에는 있었지." 노인이 혼잣말처럼 중얼거렸다.

"나도 장미나무들을 보고 싶어." 메리가 말했다. "녹색 문은 어디에 있어? 분명히 어딘가에 있을 것 같은데."

벤은 삽을 땅속에 푹 찔러넣었다. 벤은 어느새 처음 만났을 때처럼 험상궂은 표정을 짓고 있었다.

"10년 전엔 있었지. 지금은 없소." 노인이 말했다.

"문이 없다니!" 메리가 소리쳤다. "분명 있을 거야."

"누구도 못 찾을 거요. 게다가 아무도 상관할 바가 아니구. 별 볼일도 없으믄서 여기저기 쑤시구 다닐 생각은 안 하는 게 좋을 거요. 자, 난 이제 일해야 하니 다른 데 가서 노시오. 난 바빠서 시간이 없구먼."

그러더니 벤은 땅 파던 손을 멈추고 삽을 어깨에 짊어지고는, 메리를 힐끔 쳐다보거나 작별 인사도 하지 않고 그대로 사라져 버렸다.

5장

복도에서 들려오는 울음소리

처음 며칠 동안 메리 레녹스에게는 매일같이 똑같은 일상이 반복되었다. 양탄자가 잔뜩 걸려 있는 방에서 눈을 뜨면 언제나 벽난로 앞에 꿇어앉아 불을 지피는 마사의 모습이 보였다. 놀거리라곤 하나 없는 놀이방에서 아침을 먹고, 창가에 서서 하늘에 닿을 듯이 사방으로 뻗어나가는 거대한 황무지를 지켜보았다. 한참을 바라보고 있노라면 이 방에서 할 수 있는 일이 아무 것도 없다는 사실을 깨닫고, 꼼짝없이 갇혀 있을 순 없다는 생각에 결국에는 밖으로 뛰쳐나갔다. 밖에 나가기로 결정한 것은 메리가 할 수 있는 가장 잘한 일이었지만 정작 메리는 그 사실을 몰랐다. 오솔길을 지나 더 넓은 길을 만나고 그 길을 따라 내려가는 동안, 황무지에서 불어오는 바람과 맞서 싸우며 서둘러 걷거나, 때로는 뛰기도 하면서 피가 빠르게 돌기 시작했다. 메리는 그저 몸을 데우고 싶어서 달렸을 뿐, 자신의 몸이 점점 튼튼해지고 있다는 사실은 몰랐다. 메리는 굉장한 소리를 내며 몰려와 얼굴을 찰싹 때리고 가는 바람이 싫었다. 눈에 보이지 않는 거인마냥 자신을 막아서는 바람이 미웠다. 메리는 모르고 있었지만, 히스 들판 위로 거칠게 불어오는 상쾌한 공기를 깊이 들이마실 때마다 메리의 폐는 그 야윈 몸을 살찌워 줄 무언가로 가득 찼다. 뺨은 발그레하게 물들고 흐릿했던 두 눈에 생기가 돌았다.

그렇게 온종일 바깥에서 며칠을 놀다가 어느 날 아침에 눈을 떠보니, 메리는 배고프다는 것이 어떤 느낌인지 단번에 이해할 수 있었다. 싫어 죽겠다는 표정으로 그릇을 쳐다보지도 않고 멀리 밀어내던 평소와는 달리, 그날 아침에는 식탁에 앉자마자 숟가락을 들고 떠먹기 시작해서 귀리죽 그릇을 깨끗이 비웠다.

"오늘은 귀리죽이 입에 잘 맞으시나 봐요." 마사가 말했다.

"오늘따라 귀리죽이 맛있네." 메리도 자신의 변화에 놀란 것 같았다.

"황무지의 신선헌 공기를 마시다 보니 음식이 들어갈 자리가 생긴 거여요." 마사가 대답했다. "입맛두 있구 음식두 있으니 얼마나 다행이어요. 저희 집에는 뱃속에 자리가 남아돌아도 암것두 집어넣을 게 없는 식구가 열둘이나 있죠. 앞으로두 밖에 나가서 많이 뛰어노셔요. 그러믄 뼈에 살도 좀 붙고 혈색이 누런 것두 점점 나아질 거여요."

"난 노는 게 아냐." 메리가 말했다. "갖고 놀 만한 게 하나도 없던걸."

"갖고 놀 게 없다니요!" 마사가 소리쳤다. "제 동생들은 막대기랑 돌멩이만 있어두 신나게 노는데 말여요. 뛰어다니면서 소리도 지르구, 이것저것 구경허면서 온종일 돌아다녀요."

메리는 마사의 동생들처럼 소리를 지르진 않았지만 여기저기 구경은 했다. 실은 딱히 다른 할 일도 없었다. 메리가 나가서 하는 일이라곤 정원을 빙빙 돌면서 오솔길을 따라 돌아다니는 것뿐이었다. 가끔은 벤 웨더스태프가 있는지 찾아보기도 했다. 벤을 발견한 적도 몇 번이나 있었지만, 그럴 때마다 노인은 일이 너무 바쁜 건지 메리가 있는 쪽을 쳐다보지도 않았고 시종일관 무뚝뚝하게 굴었다. 한 번은 메리가 벤을 발견하고 가까이 다가갔지만, 노인은 메리를 일부러 피하기라도 하듯 때맞춰 삽을 챙겨 들더니 휙 돌아서 가버렸다.

메리가 특히 더 자주 가는 장소가 하나 있었다. 정원들을 둘러싼 담장 바깥에 난 긴 산책로였다. 길 양쪽에는 텅 빈 화단들이 줄지어 있고, 담쟁이덩굴이 무성하게 자라 담장을 뒤덮고 있었다. 그 담장에는 유난히 더 빽빽하게 잎사귀가 모여들어 짙푸른 빛을 띠는 곳이 한 군데 있었다. 그 부분만 오랫동안 내버려 둔 듯했다. 다른 곳들은 모두 손질되어 단정해 보였지만 산책로 끄트머리에 있는 그 부분에는 손댄 흔적이 없었다.

메리가 이 사실을 알아차린 건 벤 웨더스태프와 이야기를 나눈 지 며칠이 지났을 때였다. 메리는 그 자리에 우뚝 선 채로, 어째서 그 한 부분만 덩굴이 제멋대로 자라 있는지 곰곰이 생각하고 있었다. 덩굴손이 바람에 휘날리는 모습을 가만히 올려다보고 있던 그때, 얼핏 진홍빛이 비치더니 뒤이어 경쾌하게 짹짹거리는 소리가 들려오기 시작했다. 소리가 들려오는 그곳, 담장 맨 꼭대기에 벤 노인의 친구 붉은가슴울새가 앉아 있었다. 울새는 작은 머리를 한쪽으로 갸웃한 채 몸을 숙여 메리를 내려다보고 있었다.

"우와!" 메리가 소리쳤다. "너구나! 너 맞지?" 메리는 울새가 자신의 말을 알아듣고 대답해주는 것이 아주 당연하다는 듯, 새에게 말을 걸면서 조금도 이상하다고 생각하지 않았다.

울새는 정말로 대답을 했다. 메리에게 온갖 이야기를 들려주겠다는 듯 짹짹거리고 재잘대면서 담장 위를 콩콩 뛰어다녔다. 울새는 단어 한마디 내뱉지 못했지만 메리 아가씨는 그 말을 다 알아들을 것 같았다. 마치 이렇게 말하고 있는 듯했다.

"좋은 아침이야! 바람이 참 상쾌하지? 햇살도 정말 따스해! 모든 게 아름답지 않니? 우리 같이 재잘거리고 콩콩 뛰면서 짹짹 노래하자. 어서! 나랑 같이 놀자!"

메리가 웃음을 터뜨렸다. 울새가 콩콩 뛰다가 담장을 따라 낮게 날자 메리도 신나게 뛰면서 울새를 쫓았다. 얼굴은 누르께하고 비쩍 마른 데다 작고 못생긴 아이…. 그런 불쌍한 메리였지만 이 순간만큼은 무척이나 예뻐 보였다.

"난 네가 좋아! 네가 정말 좋아!" 산책로를 깡총깡총 뛰어가면서 메리가 외쳤다. 메리는 울새처럼 짹짹 소리를 냈다. 급기야 휘파람도 불어보았지만 어떻게 불어야 하는지를 몰라 제대로 소리 낼 수 없었다. 그래도 울새는 꽤 만족스러운 듯 메리에게 재잘거리며 휘파람을 불어주었다. 마침내 울새가 날개를 활짝 펼치더니 높이 날아올랐다. 그리고는 나무 꼭대기에 내려앉아 큰 소리로 노래를 불렀다.

그 모습을 보니 울새를 처음 만난 순간이 떠올랐다. 며칠 전 그날, 울새는 나무 꼭대기에 앉아 몸을 앞뒤로 흔들흔들하고 있었고, 메리는 과수원에 서서 울새를 바라보고 있었다. 하지만 지금 메리는 지난번보다 훨씬 더 아래쪽에 있다. 과수원 안쪽이 아니라 오히려 그 반대편인, 담장 너머 산책로에 서 있다. 그런데 울새가 앉아 있는 나무는 여전히 담장 안쪽에 있다. 분명 저번에 본 그 나무이리라.

"아무도 들어갈 수 없는 정원에 있는 거야." 메리가 혼잣말을 했다. "들어가는 문이 없는 그 정원이야. 울새는 그 안에서 살고 있는 거야. 나도 저 안에 들어가 구경할 수 있다면 얼마나 좋을까!"

메리는 오솔길을 타닥타닥 뛰어, 처음으로 밖에 나온 날 보았던 녹색 문을 찾았다. 안쪽으로 난 길을 따라 달리면서 또 다른 문을 지나 과수원에 도착했다. 자리에 서서 위를 올려다보니 담장 너머로 나무가 삐죽하게 솟아 있었다. 그리고 나뭇가지에 앉아 있는 울새가 보였다. 때마침 노래를 끝내고 부리로 깃털을 정리하는 중이었다.

"저기가 그 정원이야." 메리가 말했다. "확실해."

메리는 과수원 담장을 따라 빙 돌면서 열심히 살폈다. 하지만 지난번과 다를 게 없었다. 문은 어디에도 없었다. 메리는 또다시 텃밭들을 가로질러 밖으로 달려 나갔고, 담쟁이덩굴로 뒤덮인 긴 담장을 따라 이어지는 산책로에 다다랐다. 산책로가 끝날 때까지 천천히 걸으면서 유심히 살폈지만 그곳에도 문은 없었다. 다시 반대쪽 끝까지 걸으며 살펴보았지만, 역시나 문은 없었다.

"정말 이상하네." 메리가 말했다. "벤 웨더스태프가 문이 없다고 했었는데, 진짜 없나 봐. 그런데 크레이븐 고모부가 열쇠를 파묻었잖아. 그럼 10년 전엔 문이 있었다는 소리 아닌가?"

이 사실을 떠올리고 나니 생각할 게 부쩍 많아졌다. 메리는 점점 더 관심을 쏟고 있었고, 이제는 미슬스웨이트에서 살게 된 것도 그리 슬프지 않았다. 인도는 항상 덥고 나른한 곳이라, 메리는 어느 것 하나에 이렇게까지 관심을 가져본 적이 없었다. 황무지에서 불어오는 상쾌한 바람이 어린 메리의 뇌를 감싸던 거미줄을 날려버렸다. 메리의 정신이 서서히 깨어나기 시작한 것이다.

메리는 온종일 밖에서 시간을 보냈다. 날이 저물어 저녁을 먹을 때가 되면 배가 고팠고, 나른하고 편안했다. 마사가 옆에서 수다를 떨어도 짜증이 나기는커녕, 마사의 이야기를 듣는 시간이 즐거웠다. 메리는 이참에 궁금했던 걸 물어봐야겠다고 생각했다. 저녁 식사를 마친 후, 메리는 벽난로 앞에 놓인 깔개에 앉아 마사에게 질문을 던졌다.

"고모부는 왜 그 정원을 싫어하는 거야?" 메리가 말했다.

메리는 마사에게 조금 더 머무르라 일렀고 마사도 메리의 부탁이 싫지 않았다. 마사는 나이도 너무 어린 데다 동생들과 부대끼며 지내는 오두막 생활에 익숙해, 넓디넓은 아래층 하인 구역이 따분하기만 했다. 그곳에서는 다른 남자 하인들이나 직급 높은 하녀들이 마사의 요크셔 말투를 놀리고 촌스러운 계집애라는 둥 업신여기면서 자기들끼리만 속닥거렸다. 마사는 수다 떠는 걸 좋아했다. 게다가 이 이상한 여자아이는 인도에서 살면서 '까만 사람들'의 시중을 받아왔다고 하니, 너무 신기해서 관심이 생길 수밖에 없었다.

메리가 앉자 마사도 똑같이, 허락을 구하지도 않고 벽난로 앞

깔개에 앉았다.

"여태껏 그 정원을 생각허구 계셨어요?" 마사가 말했다. "그러실 줄 알었어요. 저두 첨 들었을 땐 무진장 궁금했다니깐요."

"그러니까, 고모부는 그 정원을 왜 싫어하는데?" 메리가 끈질기게 물었다.

마사는 더 편한 자세를 찾아 두 발을 깔고 앉았다.

"저택 주위로 휘몰어치는 바람 소리 좀 들어보셔요." 마사가 말했다. "오늘 밤에 황무지로 나가믄 가만히 서 있기두 힘들겄네요."

메리는 '휘몰어친다'는 사투리를 몰랐지만 바람 소리에 귀를 기울여보니 그 뜻을 알 것 같았다. 바람은 저택 주위를 빙빙 돌면서 온몸을 오싹하게 만드는 공허한 소리로 쩌렁쩌렁한 고함을 질러댔다. 눈에 보이지 않는 거인이 집 안으로 들어오려고 벽과 창문을 마구 뒤흔들고 때리는 것 같은 그 소리가 바로 '휘몰어친다'는 뜻이리라. 메리는 거인이 집 안으로 들어올 수 없다는 사실을 알고 있었다. 그래서인지 석탄에 뗀 불이 새빨갛게 타오르는 방 안이 너무나 따뜻하고 안전한 장소로 느껴졌다.

"어쨌든 말이야, 고모부는 그 정원을 왜 그렇게 싫어해?" 잠시 바람 소리를 듣고 있다가, 메리가 재차 물었다. 마사가 알고 있다면 어떻게든 털어놓게 할 작정이었다.

결국 마사는 체념한 듯한 표정으로 이야기를 시작했다.

"알어두셔요." 마사가 말했다. "메들록 부인께선 이 이야기를 떠벌리믄 안 된다구 허셨어요. 이 집에는 이야기하면 안 되는 것들 천지여요. 크레이븐 주인 나리의 분부라더만요. 나리의 문제는 하인들이 이러쿵저러쿵 헐 수 있는 게 아니라고요. 사실 그 정원이 아니었다믄 크레이븐 나리두 지금 같진 않으셨을 거여요. 그 정원은 마님의 정원이었어요. 결혼허구 나서 만드신 건데, 그 정원을 어찌나 사랑허셨는지 두 분이 직접 꽃두 가꾸셨다나 봐요. 정원사들은 아무도 들어갈 수 없었어요. 마님과 주인 나리만 들어가서 문을 꼭 닫구 그 안에서 몇 시간이구 있으셨대요. 책두 읽구 수다도 떨면서 말여요. 마님은 소녀 같은 데가 있으셨다구 해요. 그 안에 늙은 나무가 한 그루 있는데, 가지가 휘어서 꼭 의자만치 생겼대요. 장미를 심어서 가지 위까지 뻗게끔 만들기도 하구, 암튼간 마님이 그 가지에 자주 앉아 계셨대요. 그런데 어느 날, 마님이 앉아 계실 때 그 가지가 뚝 하고 부러져 버린 거여요. 마님은 나무에서 떨어져 아주 심허게 다치시는 바람에 다음 날 돌아가셨구, 의사 선생님들은 주인 나리두 정신이 나가서 돌아가실 거라구 생각했대요. 그래서 주인 나리가 그토록 정원을 미워하시는 거여요. 그 이후로는 아무도 마님의 정원에 들어가지 못했고, 그 정원에 대해서는 입도 뻥긋하지 못했죠. 그 얘길 들으믄 주인 나리께서 펄쩍 뛰실 테니깐요."

메리는 더 이상 캐묻지 않았다. 그저 벽난로의 불길을 물끄러

미 바라보면서 바람이 '휘몰어치는' 소리에 귀를 기울일 뿐이었다. 어쩐지 소리가 점점 더 커지고 있었다.

그러는 동안 메리에게는 아주 좋은 일이 일어나고 있었다. 사실은 미슬스웨이트 장원에서 지내다 보니 좋은 일이 벌써 네 가지나 생겼다. 우선, 메리는 자신이 울새의 말을 알아듣고 울새도 자신의 말을 알아듣는다고 느꼈다. 또한 피가 따뜻해질 때까지 바람을 뚫고 달려보기도 했다. 그러다 보니 몸이 건강해져 난생처음 배고픔도 느껴보았다. 그리고 지금 이 순간, 처음으로 누군가를 가엾다 느끼게 된 것이다. 메리는 변하고 있었다.

그런데 바람 소리에 가만히 귀를 기울이고 있다 보니 어느 샌가 또 다른 소리가 들려오기 시작했다. 처음에는 바람 소리에 가려 눈치채지 못했지만, 듣다 보니 아주 희한한 소리가 섞여 있었다. 마치… 어디선가 아이가 울고 있는 것 같았다. 물론, 바람 소리가 아이의 울음소리처럼 들릴 때도 있었을 것이다. 하지만 메리 아가씨가 장담컨대, 지금 이 소리는 건물 밖이 아니라 집 안에서 나고 있었다. 꽤 멀리 있는 것 같긴 했지만 집 안에서 들려오는 게 분명했다. 메리는 고개를 홱 돌려 마사를 쳐다보았다.

"누구 우는 소리 안 들려?" 메리가 말했다.

마사는 갑자기 난처한 표정을 지었다.

"아녀요." 마사가 대답했다. "바람 소리여요. 누가 황무지에서 길을 잃구 통곡허는 것처럼 들릴 때두 있지요. 바람은 별의별 소리를 다 내잖어요."

"아냐, 잘 들어봐." 메리가 말했다. "집 안에서 들리는 소리야. 이 기다란 복도 어딘가에 있다고."

바로 그때, 아래층 어딘가에서 문 하나가 열린 게 분명했다. 복도를 따라 불어닥친 돌풍 때문에 두 사람이 앉아 있는 방의 문이 쾅하고 열렸으니 말이다. 메리와 마사는 화들짝 놀라 벌떡 일어났다. 바람이 등불을 꺼뜨렸고 복도 저 멀리에서부터 울음소리가 흘러들어왔다. 어느 때보다도 또렷하게 들렸다.

"저 봐!" 메리가 말했다. "내가 말했지? 누가 울고 있다니까. 절대 어른은 아니야."

마사가 달려가서 문을 닫고 열쇠를 돌려 잠갔다. 하지만 문이 완전히 닫히기 전에 저 멀리 복도 어딘가에 있는 문이 '쾅!' 하고 닫히는 소리를 냈고, 두 사람 모두 똑똑히 들었다. 그리고는 모든 게 조용해졌다. 심지어는 바람마저 '휘몰어치는' 소리를 잠시 멈추었다.

"바람이었어요." 마사가 고집스레 말했다. "바람이 아니라믄 부엌데기 꼬마 베티 버터워스일 거구먼요. 온종일 이가 아프다구 했거든요."

마사가 뭔가 난처하다는 듯 어색하게 굴자, 메리 아가씨는 마사를 빤히 쳐다보았다. 메리는 저 말이 진실일 리 없다고 생각했다.

6장
"누가 울고 있었어, 정말이야!"

이튿날에는 또다시 장대비가 쏟아졌다. 창밖을 보니 잿빛 구름과 안개만 잔뜩이라 황무지는 제대로 보이지도 않았다. 오늘은 나가서 놀지 못할 것 같았다.

"비가 이렇게 많이 오면 너희 집에선 뭘 해?" 메리가 마사에게 물었다.

"서로서로 안 밟히려구 난리죠, 뭐." 마사가 대답했다. "어휴! 그럴 때 보면 우리 집엔 사람이 너무 많아요. 저희 어머니는 성격이 둥글둥글허신데두 그런 날엔 못 견뎌 하셔요. 그래서 큰 애들은 외양간으루 나가서 놀아요. 그런데 디콘은 비에 젖는 걸 별루 상관 안 허요. 쨍쨍한 날이나 비 오는 날이나 똑같이 이리저리 쏘다니는걸요. 그 애가 그러는데 비가 오면 맑은 날엔 안 보이던 것들이 보인대요. 언제였더라, 여우 굴이 물에 잠기는 바람에 다 죽어가는 새끼 여우를 발견한 적두 있어요. 자기가 입고 있던 셔츠로 둘둘 감아서 품에 안구 데려왔더라고요. 어미는 근처에서 죽어 있었구, 물이 여우 굴 속으루 콸콸 들어오니깐 나머지 새끼들두 죄다 죽었다나 봐요. 그 여우는 아직도 우리 집에서 같이 살구 있어요. 언제는 또 빗물에 잠겨 죽을 뻔한 아기 까마귀를 발견했죠. 그 까마귀두 집에 데려와서 길들였어요. 이름은 깜댕이라 지었고요. 음청 시커멓거든요. 이제는 폴짝폴짝 뛰구, 날기두 허면서 디콘이 어딜 가든 따라다녀요."

언제부턴가 메리는 마사가 조잘조잘 늘어놓는 이야기를 듣느라 심술부리는 것마저 잊고 있었다. 그 재미있는 이야기에 푹 빠졌으니, 이제는 마사가 말을 멈추거나 다른 일을 하러 가버리면 섭섭하기까지 했다. 마사의 이야기는 인도에서 아야가 들려주던 이야기들과는 아주 딴판이었다. 마사의 열네 식구는 자그마한 방 네 개가 딸린 황무지 오두막에서 옹기종기 모여 산다고 했다. 한 번도 배불리 먹어본 적 없다는 마사의 동생들은 한 배에서 나온 개구쟁이 강아지들처럼 엎치락뒤치락 서로 뒹굴며 재미있게 노는 것 같았다. 메리는 그중에서도 마사의 어머니와 디콘에게 가장 끌렸다. 마사가 '어머니께서' 무슨 말을 했다거나, '어머니께서' 어떤 행동을 했다는 이야기를 들려줄 때마다 메리는 왠지 모르게 따뜻한 기분을 느꼈다.

"나한테도 까마귀나 새끼 여우가 있으면 같이 놀 수 있을 텐데." 메리가 말했다. "그런데 아무것도 없어."

마사는 짐짓 당황한 것 같았다.

"아가씨, 뜨개질 할 줄 아셔요?" 마사가 물었다.

"아니." 메리가 대답했다.

"바느질은 하셔요?"

"못해."

"글자는 읽을 줄 알어요?"

"응."

"그러면 뭔갈 읽는 건 어때요? 아니믄 글자 공부를 해보시던지요. 책을 읽구 좋은 것들을 배우실 나이니깐요."

"책이 한 권도 없어." 메리가 말했다. "갖고 있던 책들을 전부 인도에 놓고 왔거든."

"아이고, 딱허네." 마사가 말했다. "서재에 들어가는 걸 메들록 부인이 허락해주시믄 좋을 텐데 말여요. 그곳엔 책이 몇천 권이나 있어요."

메리는 서재가 어디 있는지 묻지 않았다. 지금 막 좋은 생각이 떠올랐기 때문이다. 서재를 직접 찾아볼 작정이었다. 메리는 메들록 부인이 그리 겁나지 않았다. 게다가 메들록 부인은 언제나 아래층의 가정부 응접실에 틀어박혀 편안한 시간을 보내고 있지 않은가. 이 괴상한 집에서는 다른 사람을 마주칠 일이 별로 없었다. 사실 이 저택에서 볼 수 있는 사람들은 하인들밖에 없었고, 주인이 집을 비운 날이면 하인들은 아래층에서 호사스러운 생활을 했다. 하인들은 놋쇠나 주석으로 만든 번쩍번쩍한 그릇들이 사방에 걸려 있는 거대한 주방이나 한적한 하인 구역에서 지내며 매일같이 네다섯 끼를 배불리 먹었다. 어쩌다 메들록 부인마저 자리를 비우면 하인들은 왁자지껄하게 판을 벌렸다.

메리의 식사는 때마다 나왔고 마사가 메리의 시중을 들었다. 하지만 하인들 모두가 메리에게는 쥐뿔도 관심이 없었다. 메들록 부인이 하루에 한 번 또는 이틀에 한 번씩 찾아와 방을 들여다보긴 했지만 메리에게 뭘 했는지 묻거나 무엇을 하라고 말해주는 사람은 없었다. 메리는 이것이 영국에서 아이들을 키우는 방식이겠거니 생각했다. 인도에서는 매일매일 아야와 붙어 있어야 했다. 아야는 메리가 어딜 가든 졸졸 따라다니며 온갖 시중을 들어주었다. 말하자면 아야가 메리의 손발이었던 셈이다. 인도에서는 아야가 계속 따라다녀서 귀찮았지만 영국에는 메리를 따라다니는 사람이 아무도 없었다. 심지어 메리는 슬슬 옷 입는 법도 알아가고 있었다. 메리가 옷을 건네면서 입혀달라고 하면 마사가 꼭 '이런 한심하고 멍청한 아가씨를 보았나'라는 표정으로 빤히 쳐다보았기 때문이다.

"어쩜 이렇게 머리가 나쁘대요?" 메리가 장갑을 끼워달라는 듯 멀뚱히 서 있을 때 마사가 말했다. "제 동생 수전 앤은 네 살밖에 안 되었는데두 아가씨보다 두 배는 똑똑할 거여요. 가끔 보믄 아가씨는 지능이 쫌 모자란 것 같다니깐."

이 말을 들은 메리는 얼굴을 잔뜩 찌푸린 채 한 시간 동안이나 툴툴댔다. 하지만 결국에는 마사의 말을 곱씹어보면서 메리답지 않은 새로운 결심을 하게 되었다.

마사가 아침 일과인 벽난로 청소를 마치고 아래층으로 내려간 뒤, 메리는 창가에 선 채로 거의 10분 동안 그대로 서 있었다. 서재 이야기를 듣고 반짝 떠오른 생각을 이리저리 따져보는 중이었다. 어차피 읽어본 책도 몇 권 없었기 때문에 서재 그 자체에는 관심이 별로 없었다. 하지만 서재에 대해 듣는 순간, 백 개나 되는 문이 굳게 잠겨 있다는 이야기가 다시 떠오른 것이다. 메리는 그 수많은 문이 정말 하나도 빠짐없이 잠겨 있는지, 그 중 하나라도 열려 있다면 그 안에서는 무엇을 보게 될지 궁금했다. 방이 백 개나 된다는 게 사실일까? 돌아다니면서 몇 개인지 세어보면 어떨까? 비가 와서 밖에 나가지 못할 테니, 오늘 아침에 할 수 있는 적당한 놀거리를 찾아낸 기분이었다. 메리는 권한에 대해서는 아무것도 몰랐고, 뭔가를 하기 전에 허락을 구해야 한다고 배운 적도 없었다. 그러니 당연하게도, 만에 하나 메들록 부인을 봤다고 하더라도 자신이 돌아다녀도 되는지를 물어보진 않았을 것이다.

메리는 방문을 열고 복도로 나가 돌아다니기 시작했다. 복도는 아주 길었고, 마치 나무가 가지를 뻗듯 여러 갈래로 나뉘었다. 복도를 따라 걷다 보면 짧은 계단이 나왔고, 계단을 오르면 또 다른 복도가 이어졌다. 문이 끝없이 나왔고 벽마다 그림들이 걸려 있었다. 칙칙하고 기괴한 느낌의 풍경화도 몇 점 있었지만 대개는 남자들이나 여자들을 그린 초상화였다. 하나같이 공단이나 벨벳 재질의 거대한 옷을 입고 있어서, 그 모습이 퍽 우스꽝스럽게 느껴지기도 했다. 어느 복도로 접어들자 그림이 유난히 더 많았다. 양옆으로 길게 뻗은 벽에 초상화가 다닥다닥 붙어 있는 전시용 공간이었다. 메리는 집이라는 공간에 이렇게나 많은 그림이 걸릴 수 있을 것이라곤 생각해본 적 없었다. 메리는 복도를 따라 느릿느릿 걸으면서, 자신을 빤히 쳐다보고 있는 그림 속 얼굴들을 차례차례 마주보았다. 보아하니 그 사람들은 인도에서 온 여자아이가 이 집에서 뭘 하고 있는지 궁금한 것 같았다. 드문드문 아이들을 그린 그림들도 있었다. 발까지 치렁치렁 내려오는 두꺼운 공단 드레스를 입은 여자아이들이 가장 눈에 띄었다. 남자아이들은 대체로 머리가 길었으며 어깨를 공처럼 부풀려놓은 소매와 하늘하늘한 레이스 옷깃이 달린 옷을 입었다. 목 주위에 엄청난 크기의 러프•를 두르고 있는 남자아이들도 있었다. 메리는 아이들의 초상화를 마주칠 때마다 걸음을 멈추고 유심히 관찰했다. 메리는 이 아이들의 이름이 무엇일지, 지금은 모두 어디로 가버린 건지, 왜 그런 괴상한 옷을 입고 있는지 궁금했다. 초상화들 중에는 메리처럼 퉁명스런 표정을 짓고 있는 못생긴 여자아이도 있었다. 그 아이는 초록색 양단 드레스를 입었고, 손가락에는 초록색 앵무새가 앉아 있었다. 아이의 날카로운 눈빛에 호기심이 잔뜩 묻어나왔다.

"넌 지금 어디에 사니?" 메리가 소리 내어 말을 걸었다. "네가 지금 여기에 있었으면 좋겠어."

메리처럼 기묘한 아침을 보낸 여자아이는 세상 어디에도 없을 것이다. 메리는 사방팔방 뻗어 있는 복도를 따라 윗층과 아래층을 오르내리며, 좁고 긴 통로를 몇 번이고 지나, 널찍한 공간들을 수없이 드나들었다. 빨빨거리고 돌아다니는 꼬마 메리를 제외하면 이 거대한 저택에 정말 아무도 없다는 듯이, 메리 말고는 그 누구도 복도를 밟아본 적 없다는 듯이 너무나 고요했다. 이렇게 많은 방을 만들었으니 분명 이전에는 수십 명이 살았을 것이다. 하지만 그 어떤 방을 지나도 텅텅 비어 있는 느낌이라, 메리는 과연 이곳에 사람이 살았던 적이 있긴 한지 궁금해지기 시작했다.

메리는 3층에 올라가서야 문 손잡이를 돌려볼 생각이 들었다.

• 궁정 초상화에 자주 등장하는 구불구불한 주름 옷깃

메들록 부인이 말한 것처럼 모든 문이 굳게 잠겨 있었다. 손을 뻗어 잠긴 문들의 손잡이를 하나하나 돌려보던 중, 어떤 방에 다다르자 마침내 손잡이가 움직였다. 손잡이가 어디 하나 걸리는 것 없이 부드럽게 돌아가자 메리는 일단 겁부터 났다. 힘주어 밀자, 문은 아주 천천히 묵직하게 열렸다. 육중한 문 뒤의 커다란 침실이 눈앞에 나타났다. 벽에는 자수 벽걸이가 있었고 인도에서 본 적 있는 상감 세공 가구들이 방 여기저기에 놓여 있었다. 납테에 유리를 끼운 거대한 창문 너머로 황무지가 내다보였다. 벽난로 선반 위의 초상화에서는 아까 봤던 못생긴 여자아이가 퉁명스러운 얼굴로 메리를 내다보고 있었다. 아까보다도 훨씬 더 호기심 어린 눈빛이었다.

"저 아이가 이 방에서 지냈었나 봐." 메리가 말했다. "나를 쳐다보는 것 같아서 기분이 이상해."

그 이후로도 메리는 더 많은 문을 열게 되었다. 방을 너무 많이 들여다봤더니 슬슬 피곤해지기까지 해서, 세어보진 않았지만 이 집에는 정말로 백 개의 방이 있을 거라는 생각이 들었다. 방마다 오래된 그림이나 괴이한 풍경이 수놓인 양탄자가 걸려 있었고, 거의 모든 방에 희한하게 생긴 가구들과 장식품들이 있었다.

그중에는 어느 여인이 쓰던 응접실처럼 보이는 방도 있었다. 벽에는 벨벳 천에 자수를 놓은 벽걸이 장식들이 걸려 있었고, 장식장 안에는 상아를 깎아 만든 조그마한 코끼리 모형들이 어림

잡아 백 개는 들어 있었다. 코끼리들은 크기가 다 제각각이었고, 등에 조련사가 앉아 있거나 가마를 지고 있는 코끼리들도 있었다. 어떤 코끼리는 다른 것들보다 훨씬 더 컸고, 너무 작아서 아기 코끼리처럼 보이는 것들도 있었다. 메리는 상아를 깎아 만든 장식품들을 인도에서도 자주 봤고, 코끼리에 대해서도 속속들이 알고 있었다. 메리는 장식장의 문을 열고 발 받침대에 올라선 채로 코끼리들을 가지고 한참을 놀았다. 그 놀이가 지겨워진 다음에야 코끼리들을 원래대로 돌려놓고 문을 닫았다.

기다란 복도와 텅 빈 방들을 이리저리 돌아다니다가 이 방에 들어오기까지, 메리는 한 번도 살아 있는 것을 보지 못했다. 하지만 이 방에서만큼은 뭔가를 보았다. 장식장 문을 닫는 순간, 어디선가 아주 조그맣게 바스락거리는 소리가 들려왔다. 메리는 화들짝 놀라 자리에서 뛰어오르면서 소리가 들려온 벽난로 옆 소파를 보았다. 소파의 한쪽 구석에는 쿠션이 있었는데, 쿠션을 덮고 있는 벨벳 천에 구멍이 나 있었다. 그 구멍 틈으로 잔뜩 겁먹은 눈빛의 조그마한 머리 하나가 삐죽 튀어나왔다.

메리는 더 자세히 보려고 살금살금 다가갔다. 반짝이는 눈의 주인공은 작은 회색 쥐였다. 쿠션을 열심히 갉아 구멍을 내고 그 안에 포근한 보금자리를 만들어둔 것이다. 회색 쥐 곁에는 새끼 쥐 여섯 마리가 꼭 붙어 자고 있었다. 백 개나 되는 방에 살아 있는 생명체가 하나도 없다고 할지라도 쥐 가족 일곱 식구는 전혀 외로워 보이지 않았다.

"얘들이 이렇게 무서워하지만 않았다면 방에 데리고 갈 텐데." 메리가 말했다.

메리는 너무 오래 돌아다녔는지 더 이상 걷기도 힘들어져서 방으로 돌아가기로 했다. 두세 번은 복도를 잘못 돌아 길을 잃었고, 원래 있던 곳으로 돌아가려고 몇 번을 오르락내리락하다가 마침내 제 방이 있는 층에 도착했다. 하지만 여전히 방에서 너무 멀었고, 메리는 자기가 어디쯤 와 있는지도 잘 몰랐다.

"또 엉뚱한 복도로 들어왔나 봐." 짧은 통로의 끝으로 보이는 곳에 걸린 벽걸이 양탄자 앞에 우뚝 선 채로 메리가 말했다. "어디로 가야 할지 전혀 모르겠어. 왜 이렇게 어딜 가도 조용한 거야!"

하지만 그 말이 끝나자마자 어떤 소리가 들려와 정적을 깨뜨렸다. 이번에도 울음소리였지만, 지난밤에 들은 소리와는 사뭇 달랐다. 어디선가 짜증 섞인 울음소리가 짤막짤막하게 새어 나오고 있었다. 벽이 가로막고 있어서 또렷이 들리진 않았지만 어린아이가 칭얼대는 소리 같았다.

"어제보다 가까이에 있어." 메리의 심장이 더 급하게 뛰고 있었다. "'분명' 우는 소리야."

메리는 벽에 걸린 양탄자 쪽으로 손을 뻗었다가, 이상한 감촉에 화들짝 놀라 뒤로 넘어질 뻔했다. 양탄자는 열린 문 사이를 덮고 있는 가림막이었던 것이다. 양탄자 뒤로 기다란 복도가 이어지고 있었고, 메들록 부인이 열쇠 꾸러미를 흔들면서 걸어오고 있었다. 몹시 언짢은 표정이었다.

"여기서 뭐하시는 거예요?" 메들록 부인은 이렇게 말하더니 메리의 팔을 붙잡고 거칠게 끌어당겼다. "제가 뭐라고 했죠?"

"길을 잘못 들었어." 메리가 설명했다. "어디로 가야 할지 몰랐단 말이야. 그런데 우는 소리가 들렸어."

메리는 그 순간 메들록 부인이 정말 미웠다. 하지만 그다음 순간에는 훨씬 더 미워하게 되었다.

"아가씨는 그런 소리 못 들었어요." 가정부가 말했다. "당장 아가씨 방으로 돌아가세요. 안 그러면 아주 뺨을 갈겨줄 테니까."

메들록 부인은 메리의 팔을 콱 움켜쥐고는, 밀기도 하고 잡아당기기도 하면서 거칠게 발걸음을 옮겼다. 긴 복도를 지나 또 다른 복도로 접어들더니 방문을 열고 메리를 밀어 넣었다.

"자," 메들록 부인이 말했다. "아가씨는 있으라는 곳에 가만히 계셔요. 안 그러면 문을 잠가버릴 테니까. 주인님이 가정 교사를 붙이는 게 나을 것 같다고 하셨는데, 그 말이 어쩜 딱 맞네요. 아가씨에겐 사사건건 참견해주는 사람이 필요하겠어요. 전 할 일이 너무 많으니까요!"

메들록 부인은 방을 나가면서 문을 쾅 닫았다. 메리는 화가 나다 못해 창백해진 얼굴로 벽난로 앞 깔개에 가서 앉았다. 메리는 울지 않았다. 그 대신 이를 바득바득 갈고 있었다.

"누군가 울고 있었어. 우는 소리가 들렸어. 정말이야!" 메리가 혼잣말을 했다.

두 번이나 그 소리를 들었으니, 언젠가는 알아낼 수 있을 것이다. 오늘 오전만 해도 벌써 많은 사실을 알아냈으니까. 메리는 마치 긴 여행을 떠났다가 돌아온 것 같은 기분이 들었다. 어찌 되었든 오전 내내 재미있는 사건이 끊이질 않았다. 상아 코끼리들과 놀아보기도 했고, 벨벳 쿠션 안에 보금자리를 마련한 회색 쥐도 보았으니 말이다.

7장

정원의 열쇠

이틀 후, 메리는 눈을 뜨자마자 침대에서 벌떡 일어나 앉으며 마사를 불렀다.

"황무지를 봐! 황무지를 좀 봐봐!"

폭풍우가 그쳤다. 간밤에 불던 바람이 잿빛 안개와 구름들을 모두 쓸어가 버린 것 같았다. 바람은 더 이상 불지 않았고, 눈부시게 새파란 하늘이 마치 황무지를 감싸는 둥근 천장처럼 높이 높이 떠 있었다. 메리는 한 번도, 정말 단 한 번도 이처럼 새파란 하늘을 상상해본 적이 없었다. 인도에서 본 하늘은 언제나 이글이글 타올랐다. 하지만 지금의 하늘은 깊고 시원한 푸른색으로,

바닥이 보이지 않는 아름다운 호수의 물처럼 반짝반짝 빛났다. 게다가 저 높은 곳에 둥근 천장처럼 걸려 있는 짙푸른 하늘 여기저기로 새하얀 양털들이 둥실둥실 떠다녔다. 메리의 눈앞에 드넓게 펼쳐진 황무지 세상은 더 이상 음울한 검보랏빛이나 지독하리만치 쓸쓸한 잿빛이 아닌, 부드러운 푸른색이었다.

"네." 마사가 쾌활하게 웃으며 대답했다. "폭풍우가 잦아들었네요. 이맘때쯤 되믄 꼭 이렇더라고요. 폭풍우가 온 적도 없구 다신 안 올 것처럼 하룻밤 사이에 싹 다 물러가 버린다니깐요. 봄이 오고 있어서 그런 거여요. 아직두 한참 멀긴 했지만, 봄이 슬금슬금 다가오고 있어요."

"영국은 늘 비가 오고 어두컴컴한 줄 알았어." 메리가 말했다.

"에이, 아녀요!" 마사가 검은 재를 닦던 솔을 내려놓더니 꿇어앉은 자세 그대로 몸을 추켜세우며 말했다. "그런 당찬헌 소리가 어딨대유!"

"그게 무슨 뜻이야?" 메리가 진지한 얼굴로 물었다. 메리가 인도에서 지낼 때도 하인들의 출신 지역이 제각각이었기 때문에, 몇몇 사람들만 알아들을 수 있는 억양으로 말하는 사람들이 있었다. 그래서 메리는 마사가 희한한 단어를 써도 그리 놀라지는 않았다.

마사는 메리와 처음 만난 날 그랬던 것처럼 또 깔깔깔 웃었다.

"어이쿠." 마사가 말했다. "제가 또 요크셔 말투를 심하게 썼나

봐요. 메들록 부인이 그러지 말라구 하셨는데 말여요. '당찬헌 소리'는 '당치도 않은 소리'라는 뜻이여요." 마사가 느릿느릿 조심스럽게 설명했다. "하지만 그렇게 또박또박 말하려믄 오래 걸리니깐요. 어쨌든, 요크셔는 일단 해가 뜨면 세상에서 가장 쨍쨍헌 곳이 되지요. 쫌만 있으믄 황무지를 좋아허게 되실 거라구 말씀드렸잖어요. 이제 조금만 더 기다려보셔요. 황금색 가시금작화가 꽃을 피울 테구, 양골담초랑 히스꽃두 만발허구, 보라색 종처럼 생긴 꽃이 사방을 수놓을 거여요. 나비가 팔랑팔랑 날아다니구, 꿀벌은 윙윙거리구, 종달새들이 날아올라 짹짹 노래허고요. 아주 금방이라니깐요. 그때는 아가씨두 디콘처럼 해가 뜨자마자 밖으루 나가서 온종일 뛰어놀고 싶어질 거여요."

"내가 저기까지 갈 수 있을까?" 푸릇푸릇한 빛을 저 멀리까지 드리운 황무지를 간절하게 바라보며 메리가 말했다. 그 거대한 푸른빛이 너무나 낯설고 경이로워서, 천국이 이런 색일까 싶었다.

"모르겄네요." 마사가 대답했다. "보아하니 아가씨는 태어나서 다리를 써볼 일이 별루 없었던 것 같어요. 그 다리로는 8킬로미터두 걸을 수 없으실걸요. 이 집에서 저희 오두막까지가 딱 8킬로미터거든요."

"나 너희 집을 보고 싶어."

마사는 신기하다는 듯한 눈빛으로 메리를 빤히 쳐다보더니, 잠시 후에는 다시 솔을 집어 들고 쇠살대를 문지르기 시작했다.

그러면서 마사는 속으로, 메리의 작고 못생긴 얼굴이 첫날 아침만큼 심술맞아 보이진 않는다고 생각했다. 지금의 얼굴은 오히려 마사의 동생 수전 앤이 뭔가를 간절히 원할 때 짓는 표정과 살짝 비슷했다.

"저희 어머니께 여쭈어볼게요." 마사가 말했다. "무얼 어떻게 해야겠냐고 의견을 구하면 거의 언제나 답을 알려주시니깐요. 마침 오늘은 제 쉬는 날이여요. 제가 집에 가는 날이죠. 아, 좋아 죽겠네! 메들록 부인은 저희 어머니를 많이 생각해주셔요. 아마 어머니께서 메들록 부인헌테 허락받아 주실 수 있을 거여요."

"난 너희 어머니가 좋아." 메리가 말했다.

"그러실 줄 알었죠." 마사가 쇠살대를 문지르며 맞장구쳤다.

"하지만 직접 본 적은 없는걸." 메리가 말했다.

"그렇죠, 직접 뵌 적은 없죠." 마사가 대답했다.

마사가 다시 몸을 뒤로 젖혀 발뒤꿈치를 깔고 앉은 채, 잠시 생각에 잠긴 듯 손등으로 코를 한 번 쓰윽 훔쳤다. 이윽고 결론을 냈는지 표정이 밝아졌다.

"뭘요, 저희 어머니는 현명하시구 성실하시구 마음씨도 좋구 깔끔하셔서, 본 사람이든 아닌 사람이든 좋아헐 수밖에 없어요. 저는 쉬는 날 황무지를 가로질러 집으루 가는 길이 어찌나 신나는지 몰러요. 아주 펄쩍펄쩍 뛰면서 달려간다니깐요."

"난 디콘도 좋아." 메리가 덧붙였다. "그 애도 직접 본 적은 없지만 말이야."

"암요." 마사가 당연하다는 듯 말했다. "저번에 말씀드렸잖어요. 새들두 디콘을 좋아허고, 토끼들, 들판의 양들, 조랑말들, 여우들까지도 모두 그 애를 좋아헌다고요. 그런데 궁금해지긴 하네요." 마사는 무언가를 곰곰이 생각하는 눈으로 메리를 바라보았다. "디콘은 아가씨를 어떻게 생각헐라나."

"아마 안 좋아할 거야." 메리가 특유의 고집스럽고 쌀쌀맞은 말투로 말했다. "날 좋아하는 사람은 아무도 없으니까."

마사는 또다시 무언가를 곰곰이 생각하는 것 같았다.

"아가씨는 아가씨 자신이 마음에 드셔요?" 마사가 정말 알고 싶다는 얼굴로 물었다.

메리는 살짝 머뭇머뭇하더니 생각에 잠겼다.

"맘에 안 들어. 전혀." 메리가 대답했다. "하지만 그런 생각은 한 번도 해본 적 없어."

마사는 뭔가 포근한 기억이 떠오른 듯 씩 웃었다.

"어머니께서 이렇게 말씀헌 적이 있어요." 마사가 말했다. "어머니가 빨래를 하고 계셨는데, 옆에 있던 저는 화가 머리끝까지 나서 동네 사람들 흉을 보고 있었어요. 그랬더니 어머니께서 제 쪽으로 고개를 홱 돌리시더니, '머리에 피두 안 마른 지지배가 못돼 처먹어서는! 거기 그렇게 서서 얘두 마음에 안 든다, 재두 마음에 안 든다, 아주 떠벌떠벌 많이두 이야기허네. 그럼 넌 네 자신이 마음에 드냐?' 이렇게 말씀하셨어요. 저는 그 말을 듣자마자 웃음이 터졌죠. 그제서야 퍼뜩 정신이 들더라고요."

마사는 메리의 아침 식사를 차려놓고 한껏 들뜬 기분으로 방을 떠났다. 이제 마사는 황무지를 가로지르며 8킬로미터를 걸어 집으로 갈 것이다. 어머니를 도와 빨래를 하고, 일주일 동안 식구들이 먹을 빵을 구우면서 대단히 즐거운 시간을 보낼 것이다.

메리는 마사가 저택에 없다고 생각하니 오늘따라 더 외로운 기분이 들었다. 그래서 서둘러 정원으로 뛰쳐나갔다. 대문을 나서자마자 분수대로 달려가더니 그 정원 주위를 빙빙 돌기 시작했다. 마음속으로 열 바퀴를 돌겠다고 정해둔지라, 메리는 숫자를 정확히 세려고 애쓰며 달렸다. 그리고 마침내 열 번을 다 채우자 마음이 한결 후련해졌다. 햇살이 내리쬐고 있어서일까, 오늘은 정원이 몹시 달라 보였다. 저 높은 곳에 둥근 천장처럼 걸려 있는 깊고 새파란 하늘이 황무지와 미슬스웨이트 장원을 감싸 안으며 드넓게 펼쳐졌다. 메리는 고개를 들어 하늘을 바라보면서, 눈처럼 새하얀 저 작은 구름에 누워 둥둥 떠다니면 느낌이 어떨지를 한참 동안 상상했다. 첫 번째 텃밭으로 들어가니 벤 웨더스태프가 보였다. 벤은 다른 두 정원사와 함께 일을 하고 있었다. 바뀐 날씨가 노인의 기분에도 영향을 미쳤는지, 웬일로 벤이 먼저 말을 걸어왔다.

"봄이 오는구먼." 벤이 말했다. "아가씨두 봄 냄새가 느껴지시오?"

쿵쿵 맡아보니 정말로 어떤 냄새가 나는 것 같았다.

"뭔가 좋은 냄새가 나. 신선하고 축축해." 메리가 말했다.

"비옥한 땅 냄새지요." 벤이 땅을 파면서 대답했다. "뭔가를 쑥쑥 키워낼 준비를 하느라 땅두 기분이 좋지 않겄소. 드디어 씨를 뿌릴 때가 되었으니 아주 기쁜가 보오. 겨울에는 암것두 헐 일이 없어서 심심했을 테니 아무렴 기쁘구말구. 저짝에 있는 정원에서는 컴컴헌 땅 밑에서 뭔가가 꿈틀대고 있을 거요. 햇볕이 흙을 따뜻허게 데펴주구 있으니 말이오. 쫌만 기다려보시오. 시커먼 땅 위로 초록빛 새싹들이 삐죽삐죽 튀어나오는 모습을 볼 수 있을 테니."

"그 새싹들은 자라서 뭐가 돼?" 메리가 물었다.

"크로커스도 있을 테구, 스노드롭이랑 수선화도 피워낼 거라오. 이 꽃들을 본 적 있소?"

"한 번도 못 봤어. 인도에서는 비가 오고 나면 어딜 가도 덥고 축축하기만 했어. 온통 초록색이었어." 메리가 말했다. "그래서 하룻밤만 자면 다 자라 있는 건 줄 알았어."

"하룻밤 만에 다 자랄 순 없지." 웨더스태프가 말했다. "차분히 기다려주어야 헌다오. 이짝에서 삐쭉 올라온다 싶으믄 또 저짝에서 빼꼼 내밀구, 이짝에 웅크린 이파리가 빳빳이 펴진다 싶으믄 내일은 또 저짝 잎이 기지개를 켜지. 잘 봐두시구려."

"그럴게." 메리가 대답했다.

그 순간, 부드럽게 파닥파닥하는 익숙한 날개 소리가 들렸다. 메리는 울새가 왔다는 사실을 단번에 알아차렸다. 그 앙증맞고 발랄한 새는 메리의 발치에서 깡총깡총 뛰어다녔다. 울새가 한쪽으로 고개를 갸웃하며 자긴 다 알고 있다는 듯이 능청스럽게 쳐다보자 메리가 벤 웨더스태프에게 물었다.

"영감이 보기엔 울새가 날 기억하는 것 같아?" 메리가 말했다.

"아가씨를 기억하냐니!" 웨더스태프가 발끈한 목소리로 말했다. "이 정원의 양배추 밑동까지두 하나하나 기억하는 녀석인데, 사람은 어련허려구! 게다가 이 근방에서 조그마한 여자아이를 본 적이 없으니, 아가씨에 대해서라믄 모조리 알아내겠다구 맘을 단단히 먹은 게지. 저 '녀석'헌테는 뭘 숨기려구 해봤자 헛수고라오."

"저 새가 사는 정원에도 깜깜한 땅 밑에서는 뭔가가 꿈틀대고 있을까?" 메리가 물었다.

"무슨 정원을 말하는 게요?" 웨더스태프가 또다시 그 험상궂은 표정을 하고 툴툴거리듯 말했다.

"늙은 장미나무들이 있다는 거기 말이야." 메리는 너무 궁금해서 묻지 않을 수가 없었다. "꽃들이 다 죽은 거야? 여름이 되면 몇 송이는 다시 피기도 할까? 장미가 그 안에 있긴 한 거야?"

"저 녀석에게 물어보시든지." 벤 웨더스태프가 어깨를 구부려 울새를 가리키며 말했다. "울새밖에 모르는 일 아니겠소? 지난 10년 동안 그 안을 들여다본 사람은 아무도 없을 테니깐 말이오."

10년은 긴 시간이라고 메리는 생각했다. 10년 전이면 메리가 태어난 해였다.

메리는 생각에 잠겨 느릿느릿 걸음을 옮겼다. 울새와 디콘과 마사의 어머니를 좋아하게 된 것처럼, 그 비밀스런 정원도 생각할수록 마음에 들었다. 게다가 어느새 마사까지도 좋아하게 되지 않았는가. 이곳에는 메리가 좋아할 만한 사람이 많은 것 같았다. 특히나 누군가를 좋아한다는 감정에 익숙하지 않은 메리에게는 굉장히 많은 숫자였다. 울새도 사람 한 명으로서 그 안에 포함되었다. 메리는 안쪽 나무의 꼭대기만 드러낸 채 온통 담쟁이덩굴로 뒤덮여 있는 기다란 담장 밖에서 산책로를 따라 걸었다. 그 길의 끝에서 끝까지 두 번째로 왔다 갔다 하던 중, 엄청나게 재미있고 신나는 일이 일어났다. 벤 웨더스태프의 친구, 울새 덕분이었다.

어디선가 짹짹 재잘대는 소리가 들려왔다. 왼쪽의 휑한 화단을 바라보자, 울새가 그 위에서 콩콩 뛰어다니고 있었다. 울새는 메리를 따라온 게 아니라고 말하는 듯이 땅에서 삐죽 튀어나온 뭔가를 쪼는 시늉을 했지만, 메리는 울새가 자신을 따라왔다는 사실을 알고 있었다. 놀라움과 기쁨이 뒤섞인 감정이 몰려와 몸이 부르르 떨렸다.

"기억하는구나!" 메리가 소리를 질렀다. "나를 기억하는 거지? 너는 세상에서 가장 예쁜 새야!"

메리는 울새를 살살 구슬리듯 재잘거리며 말을 걸었다. 울새도 짹짹 재잘대면서 폴짝폴짝 뛰고 꼬리까지 살랑살랑 흔들었다. 자기 나름대로 메리에게 수다를 떨고 있는 것 같았다. 공단으로 만든 조끼를 입은 듯 가슴이 온통 붉은 울새가 그 앙증맞은 가슴을 잔뜩 부풀린 모습이란! 그럴 때의 울새는 마치 자신이 아주 중요한 존재이며 얼마든지 사람처럼 보일 수 있다고 말하는 것 같았다. 너무나 멋지고, 당당하고, 예뻤다. 점점 더 가까이 다가가도 울새가 가만히 있자, 메리 아가씨는 평생 심술이라곤 부려본 적 없는 사람처럼 허리를 숙여 울새에게 말을 걸고 새소리를 내보려고 애썼다.

아! 울새가 정말로 메리에게 곁을 내준 것이다. 그렇게 가까이 다가가는데도 가만히 있다니! 울새는 메리라면 무슨 일이 있어도 자신에게 손을 뻗거나 놀라게 할 리 없다는 사실을 알았다. 울새는 이 세상의 그 어떤 사람보다도 다정할 뿐, 진짜 사람이었으니 당연히 알고 있을 터였다. 메리는 너무 행복해서 숨을 내쉴 생각도 못했다.

그 화단은 완전히 비어 있지는 않았다. 꽃이 없었던 이유는 여러해살이 식물들이 겨울만이라도 쉴 수 있도록 정원사가 줄기를 모두 잘라냈기 때문이었다. 화단 뒤편에는 크고 작은 관목들이 자라고 있었다. 울새는 관목 아래에서 폴짝폴짝 뛰어다녔고, 메리가 자세히 보니 울새가 놀고 있는 땅에는 아주 최근에 누군가가 흙을 파헤친 흔적이 있었다. 울새는 벌레를 찾고 있는 건지 어느 흙무더기 위에 멈춰 섰다. 최근에 개 한 마리가 땅을 파다가 생긴 조그마한 언덕이었다. 개가 두더지를 쫓느라 꽤 깊은 곳까지 파헤친 것 같았다.

하지만 메리가 그런 사실을 알 리는 없었다. 영문도 모른 채 구덩이를 바라보고 있자니 파헤쳐진 흙 틈으로 뭔가가 보였다. 녹슨 쇠나 청동으로 만든 고리 같았다. 울새가 가까이에 있는 나무를 향해 날아오르자, 메리는 손을 뻗어 그 고리를 꺼냈다. 하지만 그 '뭔가'는 단순한 고리가 아니었다. 오랜 세월 동안 땅속에 묻혀 있었던 것 같은 낡은 열쇠였다.

메리 아가씨는 벌떡 일어나, 겁을 먹은 듯한 얼굴로 손가락에 걸려 있는 열쇠를 바라보았다.

"어쩌면 10년 동안 묻혀 있었던 걸지도 몰라." 메리가 속삭이듯 말했다. "이게 그 정원의 열쇠일지도 몰라!"

8장

길을 알려준 울새

메리는 열쇠를 한참 동안 살펴보았다. 이리저리 돌려 보면서 곰곰이 생각했다. 이전에도 말했지만, 메리는 어른들에게 허락을 구하거나 의논을 하도록 배운 적이 없었다. 메리는 손에 든 물건이 잠긴 정원의 열쇠가 맞을지 궁금했고, 문을 찾게 된다면 열쇠로 열고 들어가 담장 안을 볼 수 있으리란 생각, 늙은 장미나무들이 어떻게 되었는지도 직접 확인해볼 수 있겠다는 생각만으로도 아주 바빴다. 메리는 그 정원을 들여다보고 싶은 마음이 간절했다. 그렇게 오래 잠겨 있었으니 평범하지 않을 게 분명했기 때문이다. 10년이라는 세월 동안 그 안에서 온갖 신기한 일들이 벌어졌을 것만 같았다. 그뿐만이 아니었다. 정원이 마음에 든다면 날마다 들어가 문을 꼭 닫고 혼자 이런저런 놀거리를 만들어 실컷 놀 수도 있을 것이다. 사람들은 메리가 어디에 있는지 모를 테고, 문은 여전히 잠겨 있으며 열쇠가 땅에 묻혀 있다고 생각할 테니. 그런 생각들을 하다 보니 기분이 무척 좋아졌다.

단단히 잠긴 비밀스런 방은 백 개나 있지만 재미있는 놀거리라곤 하나도 없는 저택에서 혼자 지내다 보니, 둔했던 뇌는 활동을 시작한 지 오래였고 상상력이 절로 살아났다. 게다가 황무지에서 거세게 불어오는 신선하고 깨끗한 공기가 상상력에 불을 지폈음이 틀림없다. 황무지의 공기가 메리의 입맛을 돋우었듯이, 바람과의 사투가 몸 안의 피를 돌게 했듯이, 그 공기와 바람은 메리의 머릿속까지도 휘저었다. 인도는 언제나 덥고 나른했던 데다가 메리는 몸이 원체 허약하기도 해서, 이전에는 무언가에 그리 신경 써본 적이 없었다. 하지만 이곳에서는 자꾸만 새로운 일에 관심이 가고 직접 해보고 싶은 마음도 생겨났다. 왜인지는 모르겠지만, '심술쟁이' 메리가 사라지고 있는 기분이었다.

메리는 열쇠를 주머니에 넣고 산책로를 오르내렸다. 메리 외에는 아무도 오지 않는 것 같았다. 그래서 느릿느릿 걸으면서 담장을, 아니 더 정확히 말하면 담장을 뒤덮고 있는 담쟁이덩굴을 자세히 관찰했다. 담쟁이덩굴은 이해하기 어려운 식물이었다. 제 아무리 주의 깊게 살펴본다 한들, 메리가 찾아낼 수 있는 것이라곤 담을 두텁게 감싸고 있는 반들반들한 진녹색 이파리들 뿐이었다. 메리는 크게 실망했다. 산책로를 서성이면서 꼭대기만 빼꼼 내놓은 담 너머 나무들을 보고 있자니 아까 사라졌던 심술쟁이 심보가 어느 정도 되돌아오는 것 같았다. 이렇게 가까이 있는데 들어가 볼 수 없다니 정말 바보 같다고 메리는 중얼거렸다. 메리는 열쇠를 주머니에 넣고 집으로 향하면서, 밖에 나올 때마다 열쇠를 꼭 들고 다니겠다고 결심했다. 언젠가 숨겨진 문을 찾게 되면 그 즉시 들어가 볼 수 있도록 말이다.

메들록 부인은 마사에게 하룻밤 집에서 자고 느지막이 와도 된다고 했었다. 하지만 웬일인지 마사는 오늘따라 더 붉어진 뺨을 하고 한껏 들뜬 기분으로 이른 아침부터 나타났다.

"새벽 네 시에 깼어요." 마사가 말했다. "아! 황무지에 해가 떠오르니깐 새들이 일어나구 토끼들이 뛰어다니는 모습이 얼매나 예뻤는지 몰러요. 오늘은 여기까지 줄창 걸어오지두 않었어요. 중간에 어떤 분이 마차를 태워주셨거든요. 너무 즐거웠죠."

마사는 쉬는 날 있었던 즐거운 이야기들을 마구 쏟아냈다. 마사의 어머니는 딸을 보고 반가워했고, 두 사람은 빵을 굽고 밀린 빨래를 모두 해치웠다. 마사는 흑설탕을 조금 넣은 달콤한 빵을 여러 개 만들어 동생들에게 하나씩 나눠주었다.

"동생들이 황무지에서 놀다 들어왔을 때 뜨끈뜨끈한 빵을 하나씩 건네주었어요. 집에는 온통 따뜻하고 맛있는 빵 냄새가 나구, 화로에서는 불이 활활 타오르구 하니 애들이 어찌나 신나 하던지, 막 소리두 지르더라니깐요. 우리 디콘은 우리 집이 정말 좋다구, 왕이 와서 살아두 되겠다구 말했어요."

저녁에는 온 식구가 불가에 둘러앉아 시간을 보냈다. 마사와 마사의 어머니는 찢어진 옷에 천을 덧대어 꿰매었고 구멍 난 양말을 기웠다. 마사는 식구들에게 인도에서 온 여자아이 이야기를 들려주었다. 그 아이는 마사가 '까만 사람들'이라고 부르는 하인들의 시중을 받으며 살아서인지 자기 혼자서는 양말도 신을 줄 모른다는 이야기도 했다.

"아! 동생들이 아가씨 이야기를 재미있게 듣더라고요." 마사가 말했다. "그 까만 사람들은 어땠구 아가씨가 타고 온 배는 어땠는지 속속들이 알구 싶어 하더라니깐요. 그런데 제가 뭘 알어야지 답을 해주죠."

메리는 잠시 생각에 잠겼다.

"다음 쉬는 날까지 실컷 얘기해줄게." 메리가 말했다. "그러면 네가 다음번엔 더 자세히 들려줄 수 있을 테니까. 생각해보니 네 동생들은 코끼리랑 낙타를 타본 이야기나 장교들이 호랑이 사냥을 떠나는 이야기를 들으면 좋아하겠다."

"세상에!" 마사가 신나서 소리쳤다. "동생들이 그 이야기를 들으믄 놀라 자빠질 터인디. 정말 이야기해주실 거여요, 아가씨? 예전에 요크에서 열렸다던 야생 동물 쇼나 다름없구먼요!"

"인도는 요크셔와 굉장히 달라." 메리가 뭔가를 생각하는 듯 느릿느릿 말했다. "그런데 그런 생각은 한 번도 해본 적 없었네. 디콘이랑 너희 어머니는 어땠어? 내 이야기를 재미있어했어?"

"왜 아니겠어요! 디콘은 눈이 아주 휘둥그레져서, 머리에서 튀어나오지 않을까 걱정될 정도였어요." 마사가 대답했다. "하지만 어머니는요, 어머니는 아가씨가 늘 혼자 있는 것 같다구 걱정하셨어요. 이렇게 말씀하셨죠. '크레이븐 나리는 그 아가씨께 가정 교사나 유모를 붙여주지두 않디?' 그래서 제가 대답했죠. '네. 그래야겠단 생각이 들 때 붙여주겠다구 주인 나리께서 말씀하셨다는데, 메들록 부인은 나리가 2, 3년은 그런 생각 못 허실 것 같다구 그러던데요.'"

"난 가정 교사 필요 없어." 메리가 톡 쏘듯 말했다.

"하지만 저희 어머니는요, 아가씨 나이면 책 공부도 해야 허구, 아가씨 옆에 꼭 붙어 돌봐주는 여자두 있어야 헌다고 생각하셔요. '얘, 마사야. 네가 그 아가씨였다구 한 번 생각해봐라. 집이 그렇게 큰데, 엄마두 없이 온종일 혼자 돌아다니면 기분이 어떻겄어? 그러니깐 아가씨가 기운 내실 수 있도록 너라두 최선을 다 해야 해.'라고 말씀하셔서, 그러겠다구 했지요."

메리가 마사를 한참 동안 가만히 바라보았다.

"지금도 난 너와 함께 있으면 힘이 나." 메리가 말했다. "난 네 이야기 듣는 시간이 좋더라."

그러자 마사가 방을 후다닥 나갔다가 뭔가를 손에 쥐고서 앞치마로 가린 채 돌아왔다.

"이게 뭐게요." 마사가 쾌활하게 웃으며 말했다. "아가씨헌테 드리려구 선물을 가져왔지요."

"선물이라니!" 메리 아가씨가 소리쳤다. 비좁은 오두막에 배곯는 식구가 열넷이나 있으면서, 어떻게 다른 이에게 선물까지 준단 말인가!

"황무지를 돌아다니면서 물건을 파는 사람이 있어요." 마사가 설명했다. "그 사람이 수레를 끌고 저희 집 앞까지 왔더라고요. 솥이며 냄비며 온갖 잡동사니들을 다 파는데, 저희 어머니는 돈이 없어서 뭘 살 수가 없더래요. 그 사람이 그냥 가려구 하는데 제 동생 엘리자베스 엘런이 소리를 질렀어요. '어머니! 손잡이가 빨갛고 파란 줄넘기가 있네요!' 그러자 어머니두 냅다 소리를 지르셨죠. '여기요, 잠깐 멈춰봐요, 아저씨! 그 줄넘기는 얼마요?' 상인이 대답했어요. '2페니요.' 그때 어머니가 주머니를 뒤적이면서 말씀하셨어요. '마사, 넌 착한 아이라 월급을 몽땅 집으루 가져왔잖냐. 난 그걸 넷으루 나눠서 모아두고 있었는데, 오늘은 거기서 2페니만 꺼내야겄구먼. 그 아이에게 줄넘기를 사주고 싶어.' 결국 어머니는 이걸 사셨지요. 이게 그 줄넘기여요."

마사는 앞치마 아래에서 줄넘기를 꺼내 자랑스럽게 보여주었다. 가느다랗고 튼튼해 보이는 밧줄 양 끝에 빨갛고 파란 줄무늬가 그려진 손잡이가 달려 있었다. 난생 처음 보는 물건이라, 메리 레녹스는 얼떨떨한 표정으로 빤히 쳐다보고 있을 뿐이었다.

"뭐에 쓰는 물건인데?" 메리가 궁금한 듯 물었다.

"뭐에 쓰는 거냐니요!" 마사가 소리쳤다. "인도에는 줄넘기가 없다는 뜻이여요? 코끼리두 낙타두 있는데 줄넘기가 없다니! 어이구, 까만 사람이 많단 얘기두 이보다 놀랍진 않었어요. 줄넘기는 이렇게 쓰는 거여요. 제가 하는 걸 잘 보셔요."

마사는 방 한가운데로 달려가서 양손으로 손잡이를 하나씩 잡더니 줄을 폴짝, 폴짝, 폴짝 넘기 시작했다. 메리는 의자에 앉은 채로 몸을 돌려 마사를 지켜보았다. 벽에 걸린 낡은 초상화 속 괴이한 얼굴들도 마사를 구경했다. 이 촌스러운 오두막집 아가씨가 건방지게 자기네들 코앞에서 뭔 일을 벌이고 있는 건지 궁금해하고 있는 것 같았다. 그런데 마사는 초상화 쪽에는 관심도 없는 모양이었다. 그저 호기심을 가지고 흥미롭게 지켜보는 메리 아가씨의 눈빛에 힘이 솟을 뿐이었다. 마사는 숫자를 세며 계속 줄을 넘다가 백 개를 다 채우고 나서야 그만두었다.

"원래는 더 많이 뛸 수두 있어요." 줄넘기를 멈추고 마사가 말했다. "열두 살 때는 오백 번두 넘게 뛰었지요. 그때는 지금처럼 살이 찌지두 않았구, 연습두 많이 했으니깐요."

메리는 신이 나서 벌떡 일어났다.

"마음에 들어." 메리가 말했다. "마사 어머니는 자상한 분이시네. 내가 너처럼 될 수 있을까?"

"얼른 해보셔요." 마사가 줄넘기를 건네며 재촉했다. "처음에는 백 개두 뛰지 못헐 테지요. 하지만 연습을 꾸준히 하시믄 개수도 점점 더 늘어날 거여요. 저희 어머니두 그렇게 말씀하셨는걸요. 뭐라구 하셨나믄, '지금 그 아가씨에겐 줄넘기보다 좋은 건 없을 거야. 애들이 젤루 잘 써먹을 수 있는 장난감이지. 신선헌 공기를 마시면서 줄넘기를 하믄, 팔다리두 쭉쭉 늘어나구 힘이 불끈불끈 솟을 거구먼.'이라고 하셨지요."

메리 아가씨는 태어나서 처음으로 줄넘기를 해보았는데, 아니나 다를까 팔다리에 힘이 별로 없었다. 줄넘기에 재능은 없는 것 같았지만 줄을 넘는 게 무척 재미있어서 멈추고 싶지 않았다.

"옷 챙겨 입구 밖에 나가서 달리기두 하구 줄넘기두 하면서 노셔요." 마사가 말했다. "어머니께서 당부하시기를, 아가씨는 될 수 있는 대루 밖에서 노셔야 하니깐 제가 옆에서 매일매일 말씀드려야 헌대요. 살짝 비가 와두 옷만 좀 따뜻허게 입구 나가믄 된다고요."

메리는 코트를 입고 모자를 쓴 다음 줄넘기를 팔에 걸었다. 문을 열고 밖으로 나가려다가 말고 무슨 생각이 났는지 다시 느릿느릿 뒤로 돌았다.

"마사." 메리가 말했다. "그 돈은 네 월급이었으니까, 사실은 마사의 2페니로 내 선물을 사준 거네. 고마워." 메리는 다소 뻣뻣한 말투로 말했다. 사람들에게 고맙다고 말하거나 남들이 자신을 위해 해준 일을 알아차리는 데 서툴렀기 때문이다. 메리는 "고마워."라고 말하면서 손을 내밀었다. 메리는 이런 상황에서 악수 말고는 뭘 해야 할지 몰랐다.

마사도 이런 상황에 익숙하지는 않은지, 메리의 손을 어색하게 잡고 흔들었다. 그러더니 단번에 웃음이 터져 깔깔댔다.

"아이구! 아가씨는 참으로 괴상해요. 꼭 할머니 같다니깐!" 마사가 말했다. "우리 엘리자베스 엘런이었다믄 제게 뽀뽀를 퍼부어줬을 터인디."

메리는 아까보다도 더 뻣뻣하게 우물쭈물했다.

"내가 뽀뽀해줬으면 좋겠어?"

마사가 또다시 깔깔거렸다.

"아뇨, 괜찮어요." 마사가 대답했다. "다른 사람 같았으믄 아마 자기가 먼저 뽀뽀하겠다구 달려들었겠죠. 그렇지만 아가씨는 아가씨잖어요. 그니깐 이제 밖으루 달려가서 줄넘기 하구 노셔요."

메리 아가씨는 뭔가 묘한 기분을 느끼며 밖으로 나갔다. 메리의 눈에 요크셔 사람들은 참 이상했다. 특히 마사는 항상 수수께끼 같았다. 처음에는 마사가 무척 싫었지만 이제는 그렇지 않았다.

줄넘기는 경이로운 물건이었다. 숫자를 세면서 폴짝, 또 다음 숫자로 폴짝, 쉬지 않고 줄을 넘다 보니 메리의 양 볼이 새빨개졌다. 태어나서 이렇게 재미있었던 적은 없었다. 햇빛이 눈부셨고 부드러운 바람이 불어왔다. 이전의 거친 바람이 아니라 기분 좋은 산들바람이 솔솔 불어와 새로 갈아엎은 신선한 흙냄새를 풍겼다. 메리는 줄넘기를 하면서 분수대가 있는 정원을 빙빙 돌고 오솔길을 오르내렸다. 폴짝폴짝 뛰면서 마침내 텃밭으로 들어가니 벤 웨더스태프가 땅을 파면서 울새에게 말을 거는 모습이 보였다. 울새도 마찬가지로 벤 주위를 콩콩 뛰어다니고 있었다. 메리가 줄넘기를 하며 다가오자 벤은 고개를 들고 신기하다는 듯이 쳐다보았다. 메리는 노인이 이번에는 아는 척을 해줄지 궁금했다. 그리고 줄넘기 하는 모습도 꼭 보여주고 싶었다.

"어이쿠!" 벤이 소리쳤다. "이런 일이 다 있군. 결국은 아가씨두 어린아이였나 보오. 핏줄에 시큼한 버터 우유가 흐를 줄 알았더니, 사실은 아이의 피가 흐르구 있었던 게지. 줄넘기가 아가씨 뺨을 발그레하게 물들였구먼. 그건 내 이름이 벤 웨더스태프인 것처럼 확실허지. 아가씨가 줄넘기를 할 수 있을 거라곤 상상도 못 해봤네 그려."

"한 번도 해본 적 없었지." 메리가 말했다. "오늘 막 시작한 거야. 아직 스무 개밖에 못 해."

"꾸준히 하시오." 벤이 말했다. "이교도들이랑 살았던 어린아이의 몸을 튼튼허게 가꿔줄 거라오. 저 녀석이 아가씨를 지켜보는 꼴 좀 보시오." 벤은 울새를 향해 고개를 까딱했다. "어제두 아가씨를 한참 따라다니더니, 오늘두 그러겠구먼. 줄넘기가 뭔지 알아내려 헐 테니깐. 이 녀석에게는 태어나서 처음 보는 물건일 거요. 에휴!" 벤은 울새를 보면서 고개를 절레절레 흔들었다. "이 녀석아, 정신 똑바로 차리지 않으믄 그 호기심 때문에 크게 혼쭐이 날지두 몰러."

메리는 몇 분마다 한 번씩 쉬어가면서, 줄을 넘으며 깡충깡충 온갖 정원과 과수원을 돌았다. 그러다가 마침내 메리만 가는 특별한 산책로에 이르렀을 때는, 쉬지 않고 줄넘기를 하며 그 길이 끝나는 곳까지 갈 수 있을지 시험해보기로 결심했다. 상당히 긴 산책로였기 때문에 천천히 뛰면서 출발했지만 길의 반도 못 가서 멈출 수밖에 없었다. 너무 덥고 숨이 찼기 때문이다. 하지만 실패했다는 사실은 그리 중요하지 않았다. 벌써 서른 번은 뛰었으니까 아무래도 상관없었다. 메리는 너무 기뻐서 실실 웃으며 멈추어 섰다. 그리고 그곳에는, 이런 반가운 손님이 있나! 기다란 담쟁이덩굴 위에 앉아 있는 울새가 덩굴을 따라 흔들거리고 있었다. 울새는 반갑게 짹짹, 인사를 했다. 아무래도 메리를 따라온 모양이었다. 메리는 줄넘기를 하며 울새에게 다가갔다. 뛸 때마다 주머니에서 뭔가 묵직한 물건이 몸에 부딪히는 느낌이 났다. 그러자 메리가 울새를 바라보며 또다시 깔깔 웃었다.

"어제는 네가 열쇠 있는 곳을 알려줬잖아." 메리가 말했다. "오늘은 문이 있는 곳을 가르쳐줬으면 좋겠어. 네가 알고 있을 것 같진 않지만!"

흔들리는 덩굴손만 남겨놓고 울새가 날아오르더니 담장 꼭대기에 내려앉았다. 급기야 자랑이라도 하고 싶었던지, 부리를 벌려가면서 큰 소리로 아름다운 노래를 불렀다. 울새가 뽐을 낼 때면 세상에서 가장 귀엽고 사랑스러운 새가 된다. 그리고 울새들은 원래 자신을 뽐내길 좋아한다.

메리 레녹스는 아야에게 마법에 대한 수많은 이야기를 들었었다. 훗날 메리는 이때 일어난 일이야말로 마법 같은 일이었다고 말하곤 했다.

산책로를 따라 기분 좋은 바람이 불어왔는데 이번에 부는 바람은 유난히 더 거셌다. 나뭇가지들을 흔들 정도로 강한 바람이었으니, 손질되지 않아 담장에 느슨히 걸려 있는 덩굴손들을 흔들기에는 충분하고도 남을 따름이었다. 메리가 울새에게 가까이 다가가고 있을 때, 그 거센 바람이 불어와 늘어져 있던 덩굴을 옆으로 휙 날렸다. 이를 본 메리가 재빨리 달려와 폴짝 뛰어, 덩굴을 손으로 잡아챘다. 그 아래에서 뭔가를 보았기 때문이다. 무성한 잎사귀들 아래에 숨어 있던 둥근 손잡이가 드러났다. 어떤 문의 손잡이였다.

메리는 잎사귀들 아래로 손을 집어넣어 덩굴을 마구 잡아당기고 옆으로 밀면서 걷어내 보았다. 담쟁이덩굴이 빽빽하게 모여 있긴 했지만, 나무나 쇠에 들러붙은 몇몇 줄기들 빼고는 대부분 축 늘어진 채 커튼처럼 흔들거렸다. 메리는 너무 기쁘고 설렌 나머지 심장에선 쿵쿵 소리가 나고 손이 바들바들 떨렸다. 아까부터 짹짹거리며 노래를 부르고 있는 울새도 덩달아 신이 났는지, 고개를 유난히 더 갸웃갸웃했다. 저 여자아이가 쥐고 있는 네모난 쇳덩이는 무엇이며, 지금 손가락으로 만지고 있는 이상한 구멍은 뭘까?

그 쇳덩이는 10년 동안 잠겨 있던 자물쇠였다. 메리는 주머니에서 열쇠를 꺼내 구멍에 맞추어보더니, 이윽고 깊숙이 넣어서 돌리기 시작했다. 빽빽해서 양손을 모두 써야 하긴 했지만 결국에는 끝까지 돌아갔다.

메리는 깊게 심호흡을 한 뒤, 길게 뻗은 산책로 쪽을 돌아보며 누가 오고 있는 건 아닌지 확인했다. 아무도 없었다. 아무도 지나다니지 않는 길인 듯했다. 메리는 또다시 숨을 깊게 들이마셨다. 그래야 진정될 것 같았다. 마침내, 커튼처럼 나부끼는 덩굴을 젖히고 문을 밀었다. 문은 천천히… 아주 천천히 열렸다.

메리는 슬금슬금 안으로 들어가 문을 꼭 닫고, 문에 기대어 서서 주위를 둘러보았다. 설렘, 놀라움, 환희로 벅차올라 호흡까지 빨라지고 있었다.

메리는 비밀의 정원 '안'에 들어와 있었다.

9장

세상에서 제일 이상한 집

어느 누구도 상상할 수 없을 만큼 아름답고 신비한 풍경이 펼쳐졌다. 잎사귀가 모두 떨어져 버린 덩굴장미들이 서로 뒤엉켜 굳게 닫힌 높은 담장을 빽빽이 뒤덮고 있었다. 인도에서 수많은 장미들을 보아왔던 메리 레녹스는 이 덩굴들의 정체를 알아챌 수 있었다. 땅은 온통 겨울을 알리는 누런 풀들로 가득했지만, 살아 있다면 분명 장미였을 덤불들이 여기저기에서 무리를 이루고 있었다. 관목 장미들도 많았는데, 무성한 가지를 활짝 펼친 모습이 마치 작은 나무들을 보는 듯했다. 다른 나무들도 많았지만 그곳의 기묘하면서도 사랑스러운 분위기를 뿜어내는 일등

공신은 덩굴장미였다. 사방을 덮고 있는 줄기들이 덩굴손을 축 늘어뜨려 하늘하늘한 커튼을 만들어내는가 하면, 서로를 옭아매며 퍼져나가 이 가지에서 저 가지로, 또 이 나무에서 저 나무로 기어가며 엎치락뒤치락 서로 뒤엉켜 사랑스러운 다리를 만들고 있었다. 지금은 잎사귀도, 장미꽃도 보이지 않아 메리가 장미의 생사를 알 수는 없었다. 하지만 잿빛과 누런색이 뒤섞인 잔가지들이 담장, 나무, 심지어 바닥의 갈색 풀들까지도 잠식하면서 어떤 얇은 막처럼 정원의 모든 곳을 뒤덮고 있었다. 그뿐 아니라 줄기에서 떨어져 나온 가느다란 실가지들마저 땅을 기어 다니고 있었다. 나무들을 옭아매며 정원 전체를 흐릿하게 덮고 있는 덩굴들이 이 정원을 신비한 장소로 만들어주었다. 메리는 자신이 발을 들여놓은 이 정원이, 사람이 꾸준히 드나들던 평범한 정원들과는 분명히 다를 거라 생각했었다. 메리의 예상대로, 눈앞에 펼쳐진 광경은 이제껏 보아온 그 어떤 곳과도 달랐다.

"시간이 멈춘 것 같아!" 메리가 속삭이듯 입을 열었다. "이렇게 고요하다니!"

메리는 움직임을 멈추고 잠시 귀를 기울였다. 나무 꼭대기로 날아 올라간 울새마저도 가만히 있었다. 날개를 파닥거리지도 않았다. 미동도 없이 앉아 메리를 바라보고 있었다.

"당연히 고요하겠지." 메리가 다시 속삭이듯 말했다. "나는 10년 만에 처음으로 이곳에 말을 거는 사람일 테니까."

입구에 서 있던 메리는 마치 누군가가 깰까 봐 잔뜩 겁먹은 사람처럼 안쪽으로 살금살금 발을 옮기기 시작했다. 발밑에 깔려 있는 풀 덕분에 발소리가 나지 않아 다행이었다. 덩굴이 나무들을 엮으면서 만들어내는 아치는 동화의 한 장면 같았고, 메리는 그 밑을 걸으면서 아치를 이루는 잔가지들과 덩굴손을 올려다보았다.

"식물들이 죽었나 봐." 메리가 말했다. "전부 다 죽은 걸까? 안 그랬으면 좋겠는데."

벤 웨더스태프였다면 슬쩍 보고 살았는지 죽었는지 판단할 수 있었을 것이다. 하지만 메리가 알 수 있는 것이라곤 그곳에 잿빛이나 누런빛을 띤 잔가지들과 굵은 가지들이 널려 있다는 사실 뿐이었다. 그중 무엇도 살아 있다는 단서를 보여주지 않았다. 조그마한 잎눈 하나 찾을 수 없었다.

하지만 메리는 자신이 이 멋진 정원 '안에' 들어와 있다는 사실과 담쟁이덩굴 밑에 난 입구를 통해 어느 때고 다시 올 수 있다는 사실만으로도 자신만의 세계를 발견한 기분이 들었다.

사방이 벽으로 둘러싸인 정원 안으로 반짝이는 햇살이 쏟아져 내렸고, 미슬스웨이트의 작은 방 같은 이 특정한 공간 위로 둥근 천장처럼 높이 드리운 새파란 하늘은 황무지에서 본 하늘보다 훨씬 더 눈부시고 부드러웠다. 나무 꼭대기에서 울새가 날아 내려와 메리 주위에서 콩콩 뛰거나 날아다니며 덤불 사이를 옮겨 다녔다. 메리에게 이 정원을 안내하듯 재잘재잘 지저귀면서 바쁘게 종종거렸다. 그 모든 것이 신기하고 고요해서인지 사람들에게서 수백 킬로미터나 떨어져 버린 것 같은 기분이 들었지만, 어쩐지 외롭지는 않았다. 메리의 머릿속은 온통, 장미들이 다 죽어버린 건지 아니면 살아남은 것들도 있는 건지 알고 싶다는 생각으로 가득했다. 살아남은 장미가 있다면 따뜻한 계절에는 싹이 나고 봉오리가 맺히리라. 메리는 이 정원이 완전히 죽은 것만은 아니길 바랐다. 이곳이 살아 숨 쉬는 정원이라면 얼마나 멋질까! 사방에 수천 송이 장미들이 활짝 피겠지!

메리는 정원에 들어올 때부터 줄넘기를 팔에 걸고 있었다. 천천히 걸으면서 어느 정도 살펴보고 나니, 이제는 줄넘기를 하면서 정원 곳곳을 구경해보고 싶어졌다. 정원을 빙 둘러 깡충깡충 달리다가도 보고 싶은 게 생기면 잠시 멈춰 서서 자세히 살펴볼 작정이었다. 정원 이곳저곳으로 풀길이 나 있는 듯했다. 그리고 모퉁이 한두 군데에는 상록수들 사이로 우묵한 쉼터가 마련되어 있었는데, 돌로 만든 벤치와 이끼로 뒤덮인 기다란 꽃병이 놓여 있었다.

첫 번째 쉼터를 지나 두 번째 쉼터에 가까워지자 메리는 줄넘기를 멈추었다. 예전에 화단이 있었던 것 같은 자리가 있었다. 메리가 내려다보니 시커먼 흙 사이로 고개를 빼꼼 내밀고 있는, 뾰족뾰족한 연녹색 새싹들이 보였다. 메리는 벤 웨더스태프가

했던 말이 기억나, 그 자리에서 무릎을 꿇고 자세히 살펴보았다.

"그래, 이 정원에도 조그마한 뭔가가 자라고 있어. 크로커스나 스노드롭일까? 수선화일지도 몰라." 메리가 소곤소곤 말했다.

메리는 몸을 낮추어 코를 바짝 갖다 대고는, 축축한 흙에서 나는 싱그러운 냄새를 맡았다. 메리는 그 냄새가 무척 좋았다.

"다른 곳에도 새싹이 올라오고 있을 거야." 메리가 말했다. "정원을 샅샅이 뒤져봐야겠어."

더 이상 줄넘기는 하지 않았다. 메리는 땅에서 눈을 떼지 않은 채 느릿느릿 걸었다. 오래된 가두리 화단들을 들여다보고 풀숲 사이사이를 모두 살폈다. 정원 여기저기를 돌아다니면서 뭐 하나 놓치지 않으려고 온 신경을 집중한 덕분인지 뾰족한 연녹색 새싹들을 꽤 많이 발견할 수 있었고, 메리는 또다시 무척 들떴다.

"모든 게 죽어버린 건 아니었어." 나지막하게 탄성이 흘러나왔다. "장미는 죽었는지 몰라도, 다른 꽃들은 살아 있는 거야."

초록빛 새싹이 삐죽삐죽 튀어나온 땅들 중에는 풀이 우거진 곳이 몇 군데 있었다. 정원 일에 대해서는 아무것도 몰랐던 메리였지만, 풀 때문에 공간이 비좁아 새싹들이 잘 자랄 수 없으리라는 생각이 들었다. 메리는 주변을 둘러보더니 날카로워 보이는 나뭇조각을 하나 주워 와서, 무릎을 꿇은 채 나뭇조각으로 흙을 파면서 잡초며 풀이며 전부 뽑아내기 시작했다. 어느새 새싹들 주위가 깔끔해졌고 빈 공간이 조그맣게 생겼다.

"이제는 새싹들이 숨을 쉴 수 있겠다." 처음 해보는 정원 일을 끝낸 후, 메리가 말했다. "수시로 이렇게 해야겠어. 내 눈에 보일 때마다 뽑아버릴 거야. 오늘 다 못 하면 내일 와서 해도 되니까."

메리는 여기저기 돌아다니면서 땅을 파고 잡초를 뽑았다. 메리는 이 작업에 큰 재미를 느끼고 있었다. 그래서 무언가에 이끌리듯 이 화단에서 저 화단으로 옮겨 다니다가, 나중에는 나무 아래까지 살피며 잡초들을 뽑아주었다. 몸을 많이 움직이다 보니 점점 더워져서 처음에는 코트를 벗어 던지고 나중에는 모자도 벗었다. 메리는 모르고 있었지만, 풀과 연녹색 새싹들을 내려다보는 메리의 얼굴은 어느새 방실방실 웃고 있었다.

울새도 눈코 뜰 새 없이 바빴다. 누군가가 자기 영역을 가꿔주기 시작하니 신이 나서 어쩔 줄 몰랐다. 울새는 벤 웨더스태프를 지켜보다가 놀란 적이 많았다. 노인의 손을 거치면 흙이 뒤집힐 때마다 온갖 맛있는 먹이들이 나왔다. 그런데 얼마 전부터 크기가 벤의 반도 안 되는 조그마한 인간이 나타났다. 신기하게 생긴 이 생명체는 아주 영리해서 정원도 금방 찾아내더니, 들어오자마자 정원을 가꾸기 시작한 것이다!

메리 아가씨가 자기만의 정원에서 열심히 일하다 보니 어느덧 점심시간이 되었다. 더 정확히 말하자면 점심 먹을 때가 훨씬 지났는데 이제야 생각이 난 것이다. 서둘러 코트를 입고, 모자를 쓰고, 줄넘기를 챙겼다. 정원 일이 어찌나 재미있던지, 벌써 두 세 시간이나 지났다는 사실이 믿기지 않았다. 땅이 말끔하게 정리되자 수십 개의 귀여운 새싹들이 파릇파릇하게 모습을 드러냈다. 온갖 풀과 잡초에 휘감겨 있을 때보다 두 배는 더 쌩쌩해 보였다.

"오후에 다시 올게." 메리는 고개를 들어 자신의 새로운 왕국을 둘러보더니, 나무들과 장미 덤불들이 말을 알아들을 수 있다고 생각하는지 인사를 건넸다.

메리는 종종걸음으로 풀밭을 가로질러 낡은 문을 천천히 열고 담쟁이덩굴 아래로 슬금슬금 빠져나왔다. 메리의 눈에 생기가 돌고 뺨이 발그레해진 데다 점심도 잘 먹자 마사가 아주 기뻐했다.

"고기 두 덩이에, 쌀 푸딩도 두 그릇이나 드셨네요!" 마사가 말했다. "우와! 아가씨가 줄넘기 덕분에 이만큼 변했다구 말씀드리믄 어머니가 음청 좋아허시겄네요."

메리는 정원에서 뾰족한 나뭇조각으로 땅을 파다가, 동그랗고 새하얘서 양파가 아닐까 싶은 뿌리를 캐냈었다. 잠시 후 제자리에 돌려놓고선 흙으로 덮어 조심스레 톡톡 두드렸었는데, 지금 생각해보니 마사라면 그 뿌리의 정체를 알 법도 했다.

"마사." 메리가 말했다. "양파 같이 생긴 새하얀 뿌리는 뭐야?"

"아, 걔들은 알뿌리라고 허요." 마사가 말했다. "그 알뿌리가 자라서 봄꽃들을 피워낼 거여요. 작은 놈들은 스노드롭이랑 크로커스여요. 큰 놈들은 아마 하얀 수선화, 노란 수선화, 나팔수선화로 자랄 거구요. 더 커다란 것들두 있는데, 걔들은 백합이랑 보랏빛 붓꽃이여요. 아! 얼매나 예쁜지 몰러요. 디콘은 그 꽃들을 우리 집 마당에 잔뜩 심어두었죠."

"디콘은 그 꽃들을 잘 알아?" 새로운 생각이 떠오른 듯, 메리가 물었다.

"제 동생 디콘은 벽돌길에서도 꽃을 피워낼 애니깐요. 어머니는 그 애가 속삭이기만 하믄 꽃들이 땅을 뚫고 나온다구 말씀허셔요."

"알뿌리는 오래 살아? 아무도 돌봐주지 않아도 몇 년 동안이나 살아 있을 수 있을까?" 메리가 걱정스레 물었다.

"혼자서두 잘 크는 애들이여요." 마사가 말했다. "그러니깐 가난한 사람들두 키울 수 있는 거지요. 자꾸 건드리지만 않으믄 땅속에서 평생 동안 멀리멀리 퍼져나가는 데다가 아주 쪼그만 새싹들을 여기저기 틔워내니깐요. 이 근방 숲속에는 스노드롭이 수천 송이 피는 곳이 있는데, 봄이 오믄 요크셔에서 젤루 아름다운 풍경을 볼 수 있어요. 그런데 맨 처음에 꽃을 심었던 사람이 누구인지는 아무도 모를 거여요."

"지금이 봄이었으면 좋겠다." 메리가 말했다. "영국에서 자라는 꽃들을 전부 다 보고 싶어."

메리는 점심 식사를 끝내고 벽난로 옆 깔개 위, 자기가 제일 좋아하는 자리에 앉았다.

"나 있지, 작은 삽이 하나 있으면 좋겠어." 메리가 말했다.

"삽으로 무얼 하시려고요?" 마사가 깔깔 웃으며 물었다. "땅이라두 파시려고요? 어머니께 이 얘기두 꼭 해드려야겠네."

메리는 화로의 불을 바라보며 잠시 생각에 잠겼다. 비밀 왕국을 지키려면 조심해야 한다. 딱히 뭔가 나쁜 짓을 한 건 없지만, 크레이븐 고모부가 문이 열렸다는 사실을 안다면 길길이 날뛸 게 분명했다. 새로운 자물쇠와 열쇠를 구해와 영원히 잠가버릴 수도 있겠지. 그렇게 되면 정말로 견디지 못할 것 같았다.

"여기는 너무 크고 외로운 곳이야." 메리가 머릿속으로 할 말을 정리하는 듯 느릿느릿 말했다. "이 집에 있으면 너무 쓸쓸해. 들판도 외롭고, 정원도 외로워. 온 군데가 다 잠겨 있잖아. 인도에서도 뭘 많이 해보진 않았지만 그곳에는 내가 구경할 수 있는 사람들이 많았어. 원주민들도 있고, 행진하는 군인들도 있었으니까. 게다가 가끔은 악단이 와서 공연하기도 하고, 아야가 이야기도 많이 들려주었지. 나는 여기서 너랑 벤 웨더스태프 말고는 말을 걸 사람이 없어. 너는 일하느라 바쁘고, 벤 영감이 내게 말을 거는 건 어쩌다 한 번밖에 안 돼. 작은 삽이 생기면 나도 벤처럼 땅을 팔 수 있겠지. 벤에게 씨앗을 얻으면 나도 조그마한 정원을 만들 수 있을 거야."

마사의 얼굴이 눈에 띄게 밝아졌다.

"어쩜!" 마사가 소리쳤다. "어머니께서두 그런 말씀을 하셨어요. 뭐라셨냐믄, '그 큰 집에는 안 쓰는 땅이 넘쳐날 터인디, 그 아가씨에게도 좀 떼어 주면 좋지 않겄어? 파슬리나 순무밖에 못 심는다구 해두, 땅을 파구 갈퀴질도 좀 허구, 그러면서 재미있게 노는 거지 뭐.' 딱 이렇게 말씀하셨다니깐요."

"그러셨어?" 메리가 말했다. "너희 어머니는 참 아는 게 많으신 것 같아."

"그렇구말구요!" 마사가 말했다. "어머니께서 항상 하시는 말씀이 있지요. '여자가 애를 열둘이나 키우다 보면 ABC 말구두 많은 걸 깨우치게 된단다. 애들두 숫자 공부를 하다가 세상 이치를 깨달아버리잖어. 그거랑 비슷허지.'"

"삽은 얼마쯤 할까? 작은 삽 말이야." 메리가 물었다.

"흠," 마사가 곰곰이 생각하며 대답했다. "스웨이트 마을에 가게인지 뭔지, 물건 파는 곳이 하나 있어요. 저번에 보니 원예 도구들을 한 데 묶어서 팔고 있더라고요. 삽이랑 갈퀴랑 쇠스랑이랑 다 해서 2실링이었던 것 같어요. 튼튼해서 쓰기 좋겠던데요."

"내 지갑엔 돈이 더 많아." 메리가 말했다. "모리슨 부인이 5실링을 줬었지. 크레이븐 고모부가 메들록 부인을 통해서 준 용돈도 좀 있고."

"주인 나리가 아가씨를 생각해주시긴 허나 보네요!" 마사가 외쳤다.

"메들록 부인이 그러는데, 일주일에 1실링씩 용돈으로 받게 될 거래. 매주 토요일마다 받고 있어. 그런데 쓸 데가 있어야 쓰지."

"맙소사! 음청 많이 받으시네요." 마사가 말했다. "그 돈이믄 갖구 싶은 건 다 살 수 있겄어요. 저희 집 집세는 1실링 3페니인데두 빼 빠지게 고생해서 벌어야 하거든요. 지금 제게 좋은 생각이 떠올랐어요." 마사가 양손을 허리에 갖다 댔다.

"뭔데?" 메리가 기대에 찬 눈빛으로 물었다.

"스웨이트에 있는 가게말여요, 거기서 꽃씨가 들어 있는 봉투를 하나당 1페니에 팔거든요. 제 동생 디콘은 그중 뭐가 젤루 이쁜 꽃인지두 알구, 어떻게 키워야 하는지두 잘 알어요. 스웨이트에는 하루에두 몇 번씩, 그저 재미 삼아 가는 아이여요." 그러더니 마사는 난데없이 이렇게 물었다. "아가씨, 활자체로 글자 쓸 줄 아셔요?"

"쓸 줄 알아." 메리가 대답했다.

마사가 고개를 저었다.

"우리 디콘은 활자체밖에 못 읽거든요. 활자체를 쓸 수 있으시믄 편지를 써서 그 애헌테 부탁헐 수 있잖어요. 아가씨 대신 원예 도구랑 씨앗을 사달라구 말여요."

"와! 넌 정말 좋은 사람이야!" 메리가 소리쳤다. "진짜로 좋은 사람이야! 네가 이렇게까지 다정한 줄은 몰랐어. 내 생각에는 노력하면 활자체로 쓸 수 있을 것 같아. 메들록 부인에게 펜이랑 잉크랑 종이를 달라고 해보자."

"그건 제게두 있어요." 마사가 말했다. "일요일에 어머니께 편지를 쓰려구 사두었거든요. 얼른 가져올게요."

마사는 급히 밖으로 나갔다. 메리는 벽난로 앞에 선 채로 앙상하고 조그마한, 마주잡은 두 손을 배배 꼬았다. 기뻐서 어쩔 줄 모르고 있었다.

"삽만 있으면," 메리가 속삭이듯 말했다. "흙을 부드럽게 잘 일굴 수 있어. 잡초도 더 잘 뽑을 수 있을 거야. 씨앗이 있으면 꽃을 키워낼 수 있을 테니까, 그 정원도 죽어 있지만은 않을 거야. 다시 살아나게 되겠지."

메리는 그날 오후에는 밖으로 나가지 않았다. 펜과 잉크와 종이를 갖고 돌아온 마사가 점심 식탁을 치우면서 그릇을 아래층으로 날라야 했고, 그러다 부엌에서 메들록 부인을 마주치는 바람에 또 다른 일거리를 받았기 때문이다. 메리는 한참이라고 느껴지는 시간 동안 마사가 돌아오기만을 기다렸다. 마사가 돌아온 후에는 디콘에게 편지를 쓰는, 아주 어려운 일을 해내야 했다. 메리는 글을 잘 알진 못했다. 가정 교사들이 모두 메리를 싫어해 오래 버티지 못했기 때문이다. 메리는 특히 맞춤법을 잘 몰랐지만 어찌어찌 노력해서 활자체를 쓰긴 썼다. 아래의 내용을 마사가 불러주었고 메리가 받아 적었다.

디콘에게

나는 잘 지내고 있어. 이 편지를 읽는 너도 잘 지내고 있길 바란다. 메리 아가씨의 부탁이니, 스웨이트 마을에 가서 화단을 꾸밀 꽃씨들과 원예 도구들을 좀 사다주련? 아가씨께 돈이 충분히 있어. 한 번도 화단을 가꿔본 적이 없고 여기와는 다른 인도에서 자라셨으니, 가장 예쁘고 키우기 쉬운 꽃으로 골라줬으면 해. 어머니와 너희 모두에게 사랑한다고 말해줘. 메리 아가씨께서 재미있는 이야기를 더 많이 들려주신대. 다음 휴가 날에는 코끼리랑 낙타 이야기도, 사자와 호랑이를 사냥하는 아저씨들 이야기도 들려줄게.

사랑하는 누나가

마사 피비 소워비

"봉투에 돈을 넣어주시면 제가 푸줏간에서 온 아이한테 수레에 싣구 가라구 부탁할게요. 그 애가 디콘이랑 친하거든요."

"디콘이 물건을 사면, 난 그걸 어떻게 받아?" 메리가 물었다.

"이리로 직접 가져올 거여요. 여기까지 걸어오는 걸 좋아하거든요."

"우와!" 메리가 탄성을 질렀다. "그러면 나도 디콘을 볼 수 있겠네! 내가 그 애를 만날 수 있을 거라곤 상상도 못했어!"

"그 애를 보고 싶으셔요?" 메리가 정말로 기뻐 보이자 마사가 불쑥 물었다.

"보고 싶어. 여우들이랑 까마귀들이 좋아하는 남자아이는 한 번도 못 만나봤거든. 꼭 만났으면 좋겠다."

머릿속에 뭔가가 스쳐 지나갔는지 마사가 움찔했다.

"아차, 지금 생각났네요." 마사가 말을 꺼냈다. "아침에 오자마자 말하려구 했는데, 이제껏 잊구 있었지 뭐여요. 제가 어머니께 여쭤본 게 있어요. 어머니께서 메들록 부인께 말씀드려 본다구 했구요."

"네 말은…." 메리가 입술을 움찔거렸다.

"화요일에 얘기했었잖어요. 언제 한 번 아가씨를 마차에 태워 저희 집으루 데려가겠다구 말여요. 어머니의 뜨끈한 귀리 빵에 버터를 발라, 우유랑 같이 드실 수 있게 해드린다고요."

오늘은 온갖 재미있는 일들이 한꺼번에 벌어지는 날인 듯 했다. 화창한 날에 푸른 하늘을 보면서 황무지를 건너간다니! 열두 명의 아이들이 있는 오두막집에 들어가 볼 수 있다니!

"너희 어머니는 메들록 부인이 날 보내줄 것 같다셔?" 메리가 불안한 눈빛으로 물었다.

"네, 그럴 것 같다셔요. 어머니가 얼마나 깔끔허신지, 오두막을 얼마나 깨끗허게 치우구 사시는지 메들록 부인께선 다 알거든요."

"너희 집에 가면 디콘도 보고 너희 어머니도 볼 수 있겠네." 메리가 말했다. 생각할수록 마음에 드는 계획이었다. "너희 어머니는 인도의 엄마들과는 다를 것 같아."

아침에는 정원에 들어가 일도 해보고 오후에는 마사의 제안에 신이 났었지만, 시간이 지날수록 메리는 조용히 생각에 잠겼다. 마사는 메리가 차를 마실 때까지 함께 머물러주었다. 그러는 동안에는 둘 다 말도 별로 없이 편안히 앉아 있었다. 마사가 주섬주섬 찻잔을 챙겨 쟁반을 들고 아래층으로 내려가려는 찰나, 메리가 질문을 하나 던졌다.

"마사." 메리가 말했다. "그 부엌데기 하녀 말이야. 오늘도 이가 아프다고 했어?"

마사가 흠칫 놀란 기색을 보였다.

"그건 왜 물으시는데요?" 마사가 대답했다.

"아까 네가 한참 동안 오질 않길래, 문을 열고 나가 복도를 따라 걸으면서 네가 오는지를 살피고 있었거든. 그런데 멀리서 울음소리가 또 들리는 거야. 지난번 밤에 너와 함께 들었던 그 소리랑 똑같았어. 오늘은 바람이 불지 않으니까, 사실은 바람 소리가 아니었던 거지."

"어휴!" 마사가 안절부절못하며 입을 열었다. "그렇게 엿들으면서 이리저리 돌아다니시믄 안 돼요. 크레이븐 나리께서 크게 화내실 거라고요. 그분이 노하시면 무슨 짓을 허실지 아무도 몰러요."

"엿들으려고 한 건 아니야." 메리가 말했다. "널 기다리고 있었을 뿐이야. 소리가 들리는 걸 어떡해. 세 번이나 들렸다고."

"어이쿠! 메들록 부인이 종을 울리네요." 마사는 그렇게 말하며 도망치듯 방을 빠져나갔다.

"이 집은 세상에서 제일 이상해." 메리가 가까이에 있던 푹신푹신한 의자에 앉아, 머리를 기대면서 졸린 목소리로 이렇게 중얼거렸다. 상쾌한 공기를 마신 데다가 땅을 열심히 파고 줄넘기도 해서 그런지 기분 좋은 피로가 몰려왔다. 메리는 금세 잠에 빠져들었다.

10장
디콘

그 후로 거의 일주일이 지나는 동안 비밀 정원에는 따스한 햇볕이 내리쬐었다. 메리는 그 정원에 '비밀 정원'이라는 이름을 붙여주었다. 메리는 그 이름이 좋았다. 오래되고 아름다운 담장에 둘러싸여 있으면 아무도 자신을 찾아내지 못할 것 같은 그 느낌에 딱 들어맞는 이름이었다. 비밀 정원 안에 있노라면 현실 세계에서 동떨어진 동화 속 세상을 탐험하는 기분이 들었다. 메리가 읽고 좋아했던 몇 권 안 되는 책은 모두 신비한 마법이 일어나는 이야기들이었다. 그 동화들 속에는 이따금씩 비밀스런 정원이 등장했다. 메리는 사람들이 비밀 정원에 들어가 백 년 동안이나 잠이 들었다는 이야기를 읽고, 정말 멍청한 짓이라고 생각했었다. 메리는 비밀 정원에서 잠을 자고 싶은 마음이 전혀 없었다. 더군다나 미슬스웨이트에서 지내기 시작한 이후로는 어쩐지 하루하루 지날 때마다 눈이 더 말똥말똥해졌다. 메리는 밖에 나가서 노는 걸 좋아하게 되었다. 그리 싫었던 바람도 이제는 즐거웠다. 전보다 더 빨리, 더 오래 달릴 수 있게 되었고, 줄넘기는 백 개까지도 할 수 있었다. 비밀 정원에 있는 알뿌리들은 아마 깜짝 놀랐을 것이다. 주위의 땅이 모두 말끔히 정리되어 마음껏 숨 쉴 수 있게 되었으니 말이다. 그리고 그 덕에, 메리 아가씨는 눈치채지 못했겠지만, 기운을 차린 알뿌리들이 어두운 흙 속에서 힘차게 뻗어나가기 시작했다. 햇볕이 땅을 데우고 뿌리들을 따스하게 보듬어주었다. 비가 오면 땅속 깊숙한 곳도 촉촉하게 젖어들었다. 알뿌리들에게는 그 어느 때보다도 살아 있다고 느껴지는 순간이었다.

메리는 엉뚱하지만 결단력이 있는 아이였으니, 마음을 굳게 다잡을 만큼 흥미로운 일이 생기자 흠뻑 빠져들게 된 것이다. 메리는 부지런히 땅을 파고 잡초를 뽑았다. 시간이 흐를수록 지치기는커녕 점점 더 즐거웠다. 메리에게 정원 일은 아주 재미있는 놀이였다. 메리는 연녹색 새싹들을 계속 찾아냈다. 처음에 기대했던 숫자보다도 훨씬 더 많았다. 여기저기에서 불쑥불쑥 고개를 내미는 통에, 날마다 새로 돋아난 새싹들을 마주칠 수밖에 없었다. 어떤 새싹들은 너무 작아서 끄트머리만 간신히 내놓은 것 같기도 했다. 새싹이 어찌나 많던지, '스노드롭이 수천 송이' 피는 것도 모자라 땅속으로 퍼져나가 또 다른 새싹들을 틔워낸다고 했던 마사의 이야기가 떠오를 정도였다. 메리는 얼마나 기다려야 그 새싹들이 꽃인지 아닌지를 알 수 있게 될까 궁금했다. 그래서 이따금씩 일손을 멈추고 정원을 둘러보면서, 아름다운 수천 송이의 꽃이 활짝 피어 온 땅을 뒤덮고 있는 모습을 상상해보기도 했다.

햇살이 눈부시던 지난 일주일 동안 메리는 벤 웨더스태프와 좀 더 친해졌다. 땅에서 솟아나기라도 한 것처럼 옆에서 불쑥불쑥 나타나는 메리 때문에 벤은 몇 번이나 소스라치게 놀랐다. 멀리서부터 걸어오는 모습을 보이면 벤이 삽을 챙겨서 떠나버릴 것 같아, 메리가 최대한 살금살금 다가갔기 때문이었다. 하지만 메리가 모르는 사실이 하나 있었는데, 언젠가부터 벤은 처음에 그랬던 것만큼 메리를 피하지 않았다. 한참 어린 메리가 자기 같은 노인과 친해지고 싶어 한다는 게 빤히 보이니, 오히려 어깨가 으쓱해지는 기분이었을 것이다. 게다가 메리가 벤을 대하는 태도도 훨씬 더 공손해졌다. 벤은 메리가 처음 말을 걸던 날 보인 태도가 인도인 하인들을 대하던 방식이었다는 사실을 몰랐다. 그때는 메리도 마찬가지였다. 이 거칠고 무뚝뚝한 요크셔 노인은 사실 주인에게 허리를 숙여 공손하게 인사하기는커녕 무엇을 하라는 지시도 몇 번 받아본 적 없는 사람이라는 걸, 메리는 몰랐다.

"아가씨는 꼭 울새 같구먼." 어느 날 아침 고개를 드니 자기 앞에 서 있는 메리가 보이자, 벤이 말했다. "언제, 어느 방향에서 나타날지 예측할 수가 없으니깐 말이오."

"이젠 울새랑 친구가 되었어요." 메리가 말했다.

"역시, 울새는 그렇다니깐." 벤 웨더스태프가 살짝 삐친 듯 말했다. "우쭐하기 좋아허고 맘이 수시로 바뀌는 녀석이니, 여자들헌테 환심을 사려는 게지. 자기를 뽐내면서 꽁지깃을 흔들 수 있다믄 그저 좋아가지구는, 암거나 다 하는 녀석 같으니라구. 그 녀석 속은 자부심으로 가득 차 있다오. 껍질을 뜯어보면 먹을 걸루 가득 차 있는 삶은 달걀처럼 말이오."

노인은 원래 말이 별로 없었다. 가끔 메리가 뭔가를 물어봐도 툴툴거리기만 할 뿐, 시원한 대답을 들려주진 않았다. 하지만 이날 아침에는 어쩐 일인지 평소보다 말을 많이 했다. 벤은 몸을 꼿꼿이 펴고, 징이 박힌 가죽신을 신은 발 한쪽을 삽 위에 턱, 올리더니 메리를 위아래로 훑어보았다.

"아가씨, 여기서 지낸 지 얼마나 되었소?" 불쑥 질문을 던졌다.

"한 달 정도 되었을 걸요." 메리가 대답했다.

"미슬스웨이트에 사는 덕을 슬슬 보고 계시는구먼." 벤이 말했다. "예전보다 살이 붙었구, 누렜던 얼굴두 많이 나아졌구려. 이 정원에 처음 들어왔을 때는 털을 다 잡아 뜯어놓은 까마귀 새끼 같더니만. 이렇게 못생기구 퉁명스런 표정을 짓는 어린애는 처음 본다구 생각했었지."

메리는 허영심 많은 성격도, 외모에 자신이 있었던 것도 아니었기 때문에 벤의 말이 거슬리진 않았다.

"살이 좀 찐 건 알고 있어요." 메리가 말했다. "긴 양말이 꽉 끼더라고요. 원래는 헐렁해서 주름이 잡혔었거든요. 저기 울새가 왔네요, 벤 웨더스태프 영감님."

정말 울새였다. 메리는 울새가 평소보다 더 멋져 보인다고 생각했다. 공단으로 만든 붉은 조끼를 입은 것처럼 가슴 깃털은 반질반질 윤이 났다. 새는 고개를 한쪽으로 갸웃한 채 양 날개와 꽁지를 파닥거리면서, 온갖 활발하고 우아한 자태들을 모두 뽐내면서 주위를 폴짝폴짝 뛰어다녔다. 벤 웨더스태프의 입에서 감탄사가 튀어나오게 하려고 작정한 것 같았다. 하지만 벤은 코웃음만 쳤다.

"그래, 네 녀석이구나!" 벤이 말했다. "참 내, 디 괜찮은 사람이 없을 땐 나랑 노는 것두 참아주겠다는 거겠지. 2주 못 본 사이에 조끼는 더 빨개지구 깃털두 더 반질반질해졌구먼. 난 네 녀석의 시커먼 속이 뻔히 들여다보이는데, 이걸 어쩌나. 어디 가서 도도한 암컷 울새를 하나 꾀어낼 계획인 게야. 자기가 미슬 황무지에서 젤루 멋있는 수컷이라는 둥, 다른 놈들을 다 무찔러버릴 준비가 되었다는 둥 온갖 달콤헌 소리를 줄줄 읊으면서 유혹을 헐테지."

"우와! 울새 좀 보세요!" 메리가 소리쳤다.

울새는 오늘 벤에게 매력을 뽐내기로 작정한 듯 아주 대담했다. 폴짝폴짝 뛰면서 점점 더 가까이 다가가 애교 섞인 눈빛을 마구 쏘아댔고, 급기야는 파닥파닥 날아올라 바로 근처의 까치밥나무 가지 위에 내려앉더니 고개를 갸우뚱 기울인 채, 간드러지는 노래 한 소절을 불러주기 시작했다.

"그렇게 하믄 날 홀릴 수 있다구 생각허는 게냐." 벤은 얼굴을 잔뜩 찌푸리고 있었지만, 메리가 보기에는 기쁜 표정을 숨기려고 일부러 그러는 것 같았다. "널 뿌리칠 수 있는 사람은 아무도 없다는 게냐? 그렇게 생각허는 거겠지."

울새가 날개를 활짝 펼쳤다. 그다음 순간, 메리는 자신의 눈을 믿을 수가 없었다. 울새가 벤 웨더스태프의 삽자루 쪽으로 파닥파닥 날아오더니, 그 위에 사뿐히 내려앉은 것이다. 잔뜩 찌푸리고 있던 노인의 얼굴이 서서히 다른 표정으로 바뀌고 있었다. 노인은 감히 숨을 내쉬기도 겁이 나는 양 꼼짝도 않고 서 있었다. 울새가 놀라 날아가 버리면 세상이 무너져 내리기라도 할 것처럼, 그렇게 가만히 서 있었다. 노인이 작게 속삭였다.

"우라질, 이런 지독헌 놈아!" 벤은 이렇게 말했지만, 말뜻과는 다르게 굉장히 부드러운 목소리였다. "사람 마음을 잡아끄는 법을 아는구먼. 정말 잘 알어! 아주 귀신 같구먼. 기가 막히다니깐, 정말루."

그러더니 벤은 꼼짝 않고 서 있었다. 울새가 다시 날개를 파닥이며 어디론가 날아가 버릴 때까지, 벤은 거의 숨도 못 쉬고 있는 듯했다. 울새가 떠나자 벤은 삽자루에 무슨 마법이라도 깃들어 있는 듯 멍하니 바라보며 서 있더니, 이윽고 다시 땅을 파기 시작했다. 몇 분 동안 아무 말도 하지 않았다.

하지만 그러면서도 이따금씩 실실 웃기도 해서, 메리 입장에서는 말을 걸기가 겁나지 않았다.

"영감님도 자기 정원이 있어요?" 메리가 물었다.

"없소. 난 홀몸이라, 정문에 있는 오두막에서 마틴과 함께 산다오."

"영감님에게 정원이 있다면," 메리가 말했다. "뭘 심으실 거예요?"

"양배추랑 감자랑 양파를 심겠소."

"정원에서 꽃이 피도록 하고 싶다면," 메리가 집요하게 물었다. "뭘 심으실 거예요?"

"알뿌리들이랑 달콤헌 냄새가 나는 꽃들을 심겠지. 그런데 장미를 젤 많이 심게 될 것 같구려."

메리의 표정이 밝아졌다.

"장미를 좋아하세요?" 메리가 말했다.

벤 웨더스태프는 잡초 한 포기를 뿌리째 뽑아 옆으로 휙 던지더니 대답했다.

"흠, 좋아허긴 허지. 정원사로 일하며 모시던 젊은 부인 덕분에 좋아허게 되었다오. 그분은 좋아하는 장소에다 장미를 수두룩허게 심으셨소. 마치 그 꽃들이 자기 자식들이나 울새라두 된다는 듯이 장미를 아주 많이 사랑하셨소. 난 그분이 몸을 숙여 장미에 입을 맞추는 모습을 본 적두 있는걸." 벤은 한 포기를 또 뽑더니 손에 든 잡초를 노려보았다. "그 후로 벌써 10년이나 되었구먼."

"그분은 지금 어디에 있어요?" 무척 궁금해진 메리가 물었다.

"천국에." 벤은 삽을 흙 속에 푹 찔러넣었다. "목사님이 그리 말씀하시더군."

"그럼 장미들은 어떻게 되었는데요?" 메리가 알고 싶어 죽겠다는 얼굴로 또다시 물었다.

"지들끼리 남겨졌다오."

메리는 점점 더 열광했다.

"다 죽었어요? 장미들은 원래 자기들끼리 남겨지면 죽어요?" 메리가 과감한 질문을 던졌다.

"흠, 나는 장미들을 좋아허게 되었소…. 난 그분을 좋아했구, 그분은 장미를 좋아허셨으니깐." 벤 웨더스태프는 잠시 망설이더니 인정한다는 듯 말했다. "내가 1년에 한두 번씩은 들어가서 돌봐주었지. 가지두 치구 뿌리 주위의 땅을 솎아주기두 허구. 장미들이 좀 제멋대로 자라고 있긴 했지만, 그곳은 흙이 기름지니깐 지금까지 살아 있는 놈들두 있을 거요."

"잎사귀가 다 떨어진 데다가 잿빛이랑 누런색 밖에 없고 바짝 말라 있으면, 죽었는지 살았는지 어떻게 알아요?" 메리가 물었다.

"봄이 올 때까지 기다려보아야 헌다오. 비 사이로 햇볕이 내리쬐구, 해가 쨍쨍허다가두 비가 보슬보슬 오는 계절이 되믄 자연스레 알게 될 거요."

"어떻게요? 뭘 보고 알아요?" 메리는 조심해야 한다는 것도 잊은 채 냅다 소리를 질렀다.

"큰 가지랑 잔가지들을 눈여겨보시구려. 여기저기에서 누런 혹 같은 게 맺히구 그게 점점 더 부풀어 오를 테지. 따뜻한 비가 내리고 나면 그 혹들이 어떻게 되는지를 잘 봐두시오." 벤은 말을 멈추더니, 사뭇 진지하게 듣고 있는 메리의 얼굴을 미심쩍은 눈초리로 바라보았다. "그런데 갑자기 장미며 뭐며 왜 그렇게 관심 갖는 거요?"

메리 아가씨는 얼굴이 뜨거워지는 게 느껴졌다. 대답하기가 두려워졌다.

"난… 나는 그런 놀이를 하려고요. 그러니까… 나만의 정원을 만드는 놀이요." 메리가 더듬거렸다. "나는… 그게, 할 일이 없잖아요. 아무것도 없고, 같이 놀 사람도 없고."

"흠," 벤 웨더스태프가 메리를 빤히 쳐다보며 느릿느릿 말했다. "그렇긴 허지. 암것두 없겠구먼."

이렇게 대답하는 벤의 말투가 꽤나 이상해서, 메리는 벤이 사실은 자기를 불쌍하다고 여기는 게 아닐까 생각했다. 메리는 한 번도 자신을 불쌍하다고 생각해보지 않았다. 그저 늘 피곤하고 모든 게 짜증스럽기만 했다. 사람들도 싫고 온갖 게 다 싫었으니까. 하지만 지금은 온 세상이 변하고 있는 것 같았다. 메리가 보는 세상은 점점 더 근사해지고 있었다. 비밀 정원을 아무도 찾아내지 못한다면 메리는 언제나 즐거울 것만 같았다.

메리는 그 후로 벤 옆에서 10분인가 15분인가 더 머물렀다. 메리는 떠오르는 질문들을 마구 퍼부었고, 벤은 그 질문에 하나하나 답해주었다. 벤의 말투는 평소와 다름없이 괴상하고 퉁명스러웠지만, 진짜로 짜증이 난 건 아닌 듯했고 삽을 챙겨 멀리 가버리지도 않았다. 메리가 자리를 뜨려고 할 때 벤이 장미에 대해 뭔가를 이야기했고, 자연스레 메리의 머릿속에는 벤이 좋아했다던 장미들이 다시 떠올랐다.

"요즘도 그 장미들을 돌보세요?" 메리가 물었다.

"올해는 아직 못 갔소만. 류머티즘 때문에 관절이 너무 뻣뻣해져서 말이오."

벤은 투덜거리듯 툭 내뱉더니, 그다음에는 느닷없이 메리에게 화가 난 것처럼 보였다. 메리는 어찌된 영문인지 알 길이 없었다.

"아니, 이봐요 아가씨!" 벤이 쏘아붙이듯 말했다. "그렇게 많이 물어보믄 어쩌란 말이오. 질문을 이렇게나 많이 퍼붓다니, 이렇게 못돼 먹은 아이는 또 처음일세. 이제 저짝으루 가서 혼자 노시오. 오늘 할 말은 다 끝났소."

어찌나 짜증을 내던지, 메리는 더 이상 벤 옆에 머물러봤자 들을 수 있는 게 없으리란 걸 바로 깨달았다. 그래서 느릿느릿 줄넘기를 하며 바깥쪽 산책로를 따라 걷는 둥 뛰는 둥 하기 시작했다. 그러는 동안 벤에 대해 곰곰이 생각했다. 그렇게 퉁명스레 구는데도 내가 좋아하는 사람들 몇 명 속에 벤을 끼워 넣게 되다니 정말 이상한 일이야, 라고 중얼거리기도 했다. 메리는 벤 웨더스태프 노인이 좋았다. 사실이었다. 메리는 벤이 정말 좋았다. 벤을 마주칠 때면 어떻게든 자기한테 말을 걸게 만들고 싶었다. 게다가 지금 보니 벤 영감은 꽃에 관해서라면 모르는 게 없는 것 같았다.

산책로 중에는 비밀 정원에 울타리를 두른 것처럼 월계수가 이어지는 길이 하나 있었다. 그 길은 정원 외곽을 빙 돌아, 숲이 보이는 방향으로 뚫린 어느 출입구 앞에서 뚝 끊겨 있었다. 메리는 줄넘기를 하면서 길이 끝나는 곳까지 달려 출입구 너머의 숲을 자세히 보아야겠다고 생각했다. 그곳에 토끼가 뛰어다니지는 않는지 살펴보고 싶었다. 신나게 줄넘기를 뛰면서 마침내 자그마한 출입문 앞에 도착했는데, 문 너머에서 휘파람인가 싶은 독특한 소리가 나지막하게 들려오고 있었다. 그 소리의 정체를 알아내고 싶었던 메리는 곧바로 문을 열었다.

참으로 이상한 일이었다. 메리는 발걸음을 멈추고 숨죽인 채 그 광경을 지켜보았다. 한 남자아이가 나무 밑동에 등을 기대고 앉아 둔탁하게 생긴 나무 피리를 불고 있었다. 재미있게 생긴 남자아이였고, 열두 살쯤 되어 보였다. 아이는 깔끔한 인상에 코가 위로 들렸고 뺨이 양귀비꽃처럼 빨갰다. 메리 아가씨는 남자아이의 얼굴에 그렇게 동그랗고 새파란 눈이 있을 수 있는지 처음 알았다. 아이가 기대어 있는 나무 둥치에는 갈색 다람쥐 한 마리가 단단히 매달려 그 모습을 구경하고 있었고, 바로 뒤의 덤불에서는 꿩 한 마리가 목을 기다랗게 빼놓고 힐끔힐끔 쳐다보았다. 아이의 바로 옆에는 토끼 두 마리가 앉아 있었는데, 몸을 길게 치켜세운 채 코를 킁킁대며 냄새를 맡았다. 정말이지 이 모든 동물들은 그저 아이를 지켜보고 싶어서, 작은 피리에서 흘러나오는 낮고 신기한 소리를 듣고 싶어서 이끌리듯 모여든 것 같았다.

아이가 메리를 발견하고는 손을 번쩍 들더니, 피리 소리만큼이나 나지막한 목소리로 말을 걸어왔다.

"움직이지 마셔요." 아이가 말했다. "얘들을 놀라게 헐 수두 있으니깐요."

메리는 꼼짝 않고 서 있었다. 그 아이는 피리 연주를 끝내고

자리에서 일어나기 시작했다. 어찌나 조심조심 일어나는지 사실은 전혀 움직이지 않는 게 아닐까 헷갈릴 정도였지만, 결국에는 두 발로 땅을 딛고 자리에 섰다. 그러자 다람쥐가 타닥타닥 뛰어 나뭇가지 사이로 쏙 숨었고 꿩은 목을 움츠렸으며, 토끼들은 네 발로 내려서서 폴짝폴짝 뛰어 도망쳤다. 하지만 그중 아무도 겁을 먹은 것 같지는 않았다.

"전 디콘이랍니다." 그 아이가 말했다. "메리 아가씨 맞지요?"

메리는 어떤 이유에서인지 모르지만 그 아이를 보자마자 디콘이라고 짐작했었다는 걸 깨달았다. 마치 인도인들이 뱀을 부리는 것처럼 토끼와 꿩을 홀릴 수 있는 사람이 또 누가 있단 말인가. 그 아이는 입술이 아주 붉었다. 원래도 입이 커다랗고 양옆 입꼬리가 둥글게 위로 솟은 모양인데 이제는 활짝 웃기까지 하니, 온 얼굴로 미소가 번지고 있었다.

"제가 이렇게 천천히 일어난 건," 디콘이 설명해주듯 말했다. "빠르게 움직이믄 애들을 놀라게 헐 수 있어서 그려요. 야생 동물들이 주위에 있을 땐 몸을 조심조심 움직이구 조용헌 소리루 말해야 해요."

디콘은 처음 만나본 사람이 아니라 마치 이전부터 잘 알던 사람을 대하듯 메리에게 말을 걸었다. 메리는 남자아이들에 대해 아는 게 아무것도 없었던 데다가 조금은 수줍기도 해서, 다소 퉁명스런 말투가 튀어나왔다.

"마사가 보낸 편지는 받았어?" 메리가 물었다.

붉은 색의 곱슬머리를 한 디콘이 고개를 끄덕였다.

"그러니깐 제가 왔지요."

디콘이 허리를 굽히더니, 피리를 불 때 옆에 놔두었던 무언가를 집어 들었다.

"원예 도구를 사가지구 왔어요. 쪼끄만 삽 하나랑 갈퀴, 쇠스랑, 괭이여요. 아주 좋은 것들루 사왔지요. 아, 모종삽두 있어요. 그리구 꽃씨두 여러 가지 사왔는데, 그 가게 아주머니께서 흰 양귀비랑 푸른 참제비고깔 씨앗두 덤이라며 주시더라고요."

"그 꽃씨들 좀 보여줄래?" 메리가 말했다.

메리는 자기도 디콘처럼 말할 수 있으면 좋겠다고 생각했다. 빠르면서도 편안한 말투였다. 디콘의 목소리는 메리가 마음에 들었다고 숨김없이 드러내는 듯했다. 재미있게 생긴 얼굴에, 붉은 머리카락은 마구 헝클어져 있고, 조각천을 여러 번 덧댄 허름한 옷. 디콘은 이렇게나 촌스러운 황무지 남자아이였지만 메리가 자신을 싫어하리란 걱정은 조금도 하지 않는 것 같았다. 디콘에게 가까이 다가가자 히스꽃과 풀과 나뭇잎의 깨끗하고 싱그러운 향기가 났다. 디콘이라는 아이가 그런 것들로 만들어졌으리란 생각이 들 정도였다. 메리는 그 향기가 무척 마음에 들었다. 디콘의 재미있는 얼굴을 들여다보며 그 발그레한 뺨과 동그랗고 푸른 눈을 마주한 순간, 메리는 자신이 수줍어했다는 사실조차 까맣게 잊어버리고 말았다.

"이 통나무에 앉아서 살펴보면 되겠다." 메리가 말했다.

이윽고 두 아이는 통나무에 앉았다. 디콘이 외투 주머니에 손을 넣어 갈색 종이로 둘둘 감싼 꾸러미 하나를 꺼냈다. 노끈을 풀어 겉포장을 벗겨내자 더 조그맣고 깔끔한 봉투 여러 개가 나왔다. 각 봉투에는 꽃 그림이 그려져 있었다.

"목서초랑 양귀비꽃 씨앗을 젤 많이 사왔어요." 디콘이 말했다. "목서초는 자라믄서 음청나게 달달헌 향기를 풍기구요, 어디에다 뿌려두 쑥쑥 잘 커요. 양귀비꽃두 마찬가지구요. 그냥 휘파람만 불어줘두 꽃이 활짝 펴요. 그니깐 아가씨께서 키우기에는 딱 좋은 꽃들이지요."

바로 그 순간, 디콘이 말을 멈추더니 고개를 홱 돌렸다. 볼이 양귀비꽃처럼 붉은 디콘의 얼굴이 눈에 띄게 밝아졌다.

"울새 한 마리가 우리를 부르고 있는데, 어디에 있을까요?" 디콘이 말했다.

진홍색 열매들이 햇빛을 받아 반짝거리는 호랑가시나무 덤불의 무성한 잎사귀들 사이에서 짹짹 소리가 들려왔다. 메리는 소리의 주인공이 누구인지 알 것 같았다.

"정말 우리를 부르고 있어?" 메리가 물었다.

"그렇다니깐요." 디콘은 세상에서 가장 당연한 일을 묻느냐는 듯 대답했다. "친구를 부르는 거여요. '내가 왔어. 나를 봐줘. 너랑 수다를 떨고 싶어.' 이렇게 이야기하는 거랑 비슷허죠. 찾았다! 덤불 속에 있었네요. 누구랑 친구인 걸까요?"

"저 새는 벤 웨더스태프 영감의 친구야. 그런데 나랑도 좀 알아." 메리가 대답했다.

"네, 새가 아가씨를 아는 것 같어요." 디콘이 또다시 목소리를 잔뜩 낮추면서 말했다. "이 새는 아가씨를 좋아허네요. 아가씨에게 곁을 내주구 있는 거여요. 나헌테 아가씨에 대한 얘기를 싹 다 들려주구 싶어서 야단이구만요."

디콘은 메리가 아까 보았던 것처럼 이번에도 조심조심 움직여 덤불 가까이로 다가가더니, 울새가 지저귀는 것과 차이가 없다고 느껴지는 짹짹 소리를 내기 시작했다. 울새는 디콘이 내는 소리를 열심히 듣다가 잠시 후에는 질문에 대답을 하듯 짹짹 지저귀었다.

"그렇네요, 울새는 아가씨의 친구였구먼요." 디콘이 쿡쿡대며 웃었다.

"그런 것 같아?" 메리가 간절한 눈빛으로 물었다. 너무너무 알고 싶었다. "진짜로 나를 좋아할까?"

"그러지 않으믄 아가씨 곁에 가지두 않었을 거여요." 디콘이 대답했다. "새들은 친구를 까다롭게 골라요. 사람보다두 더 심허게 남을 깔보기두 하고요. 저 봐요, 아가씨 환심을 사려구 저러고 있잖어요. '너는 여기 있는 친구가 보이지도 않니?'라고 말허네요."

듣고 보니 정말 그런 것 같았다. 울새는 고개를 양옆으로 갸웃갸웃하면서 열심히 옆 걸음질을 치고 짹짹거리며 덤불 위를 폴짝폴짝 뛰어다녔다.

"넌 새들이 하는 말을 다 알아들어?" 메리가 물었다.

디콘의 미소가 온 얼굴로 번졌다. 둥글게 양옆이 올라간 크고 붉은 입술만 얼굴에 남아 있는 것처럼 보일 지경이었다.

"알아듣는 것 같어요. 새들두 제가 알아듣는다고 생각헐 걸요." 디콘이 말했다. "전 황무지에 살믄서 아주 오랫동안 새들이랑 함께 지냈어요. 새들이 알을 깨고 나오구, 깃털이 하나둘씩 나구, 나는 법을 배우구, 노래허기 시작하구. 그런 모습들을 오랫동안 봐와서 이젠 저두 그 새들 중 한 마리인 것처럼 느껴져요. 어쩔 땐 제 자신이 새 같기두 허구, 여우나 토끼, 다람쥐, 딱정벌레라고 느껴질 때두 있어요. 저두 제가 뭔지 모르겄어요."

디콘은 한바탕 웃음을 터뜨리더니 다시 통나무로 돌아가 꽃씨 이야기를 하기 시작했다. 디콘은 그 꽃씨들이 자라서 꽃을 피우면 어떤 모습인지를 설명해주었다. 어떻게 심고 어떻게 돌봐야 하는지, 물과 양분을 주는 방법까지도 세세히 알려주었다.

"그럼 이제," 디콘이 몸을 홱 돌려 메리를 보면서 말했다. "제가 씨앗을 심어드릴 거여요. 아가씨 정원은 어디에 있어요?"

메리가 가녀린 두 손을 힘주어 맞잡고 무릎에 올렸다. 무슨 말을 해야 할지 몰라 한참을 가만히 있었다. 이런 상황은 전혀 예상하지 못했다. 암담한 기분이 들었다. 얼굴이 화끈거리는 것 같더니 이제는 핏기가 가시는 기분까지 들었다.

"아가씨 정원이 있는 거 아녔어요?" 디콘이 말했다.

얼굴이 벌게졌다가 새하얘지는 것 같다고 느낀 건 기분 탓이 아니었다. 그 순간에는 진짜로 메리의 낯빛이 바뀌었고, 디콘도 그 모습을 보았다. 메리가 입을 꾹 닫고 있으니 디콘은 살짝 당황한 것 같았다.

"땅을 좀 주지 않었어요?" 디콘이 물었다. "아직 암것두 못 받으신 거여요?"

메리가 맞잡은 두 손을 더 꽉 움켜쥐더니 고개를 돌려 디콘을 바라보았다.

"난 남자아이들을 잘 몰라." 메리가 느릿느릿 말했다. "내가 비밀을 하나 말해주면, 넌 그걸 지켜줄 테야? 진짜 커다란 비밀이거든. 누군가 알게 되면 내가 무슨 짓을 할지 몰라. 그냥 콱 죽어버릴지도!" 메리는 마지막 말을 아주 사납게 내뱉었다.

디콘은 아까보다도 훨씬 더 당황했는지, 한 손을 들어 자신의 부스스한 머리를 더 헝클어뜨리기까지 했다. 하지만 막상 대답을 할 때는 아주 상냥한 목소리였다.

"전 늘 비밀을 지키믄서 살어요." 디콘이 말했다. "제가 여우 새끼들에 대한 비밀이라거나 새들 둥지가 어디에 있는지, 야생 동물들이 어디에 사는질 다 말허구 다녔다믄 지금쯤 황무지에는 안전한 곳이 한 군데두 없을 테지요. 네, 전 비밀을 잘 지켜요."

메리 아가씨는 자기도 모르게 손을 뻗어 디콘의 소맷자락을 움켜쥐었다.

"정원을 훔쳤어." 메리가 빠르게 내뱉었다. "거긴 내 정원이 아니야. 그런데 다른 사람의 정원도 아니야. 아무도 원하지 않고, 아무도 관심 갖지 않고, 아무도 그 안으로 들어가지 않아. 그곳의 식물들은 이미 다 죽었을지도 몰라. 사실 나는 잘 몰라."

메리는 흥분해서 얼굴이 달아올랐고 심술쟁이 심보가 다시 들끓었다.

"난 몰라, 신경 안 써! 그 정원을 아끼는 사람은 나밖에 없어! 그러니 그 누구도 내게서 정원을 빼앗아갈 권리는 없는 거야. 다른 사람들은 그저 정원이 죽어가도록 내버려 두기만 했어. 문을 다 잠가버린 채로!" 메리는 잔뜩 흥분해서 말을 끝내더니, 두 팔로 얼굴을 가리고 엉엉 울음을 터뜨렸다. 불쌍하고 보잘 것 없는 아이, 메리 아가씨.

디콘은 무척 궁금해졌는지 푸른 눈을 점점 더 휘둥그레 떴다.

"어휴… 이런!" 디콘이 감탄사뿐인 단어들을 천천히 내뱉었다. 놀란 마음과 메리를 가엾게 여기는 마음이 뒤섞인 표정이었다.

"내가 할 수 있는 일이 없었어." 메리가 말했다. "내 건 아무것도 없었으니까. 그런데 내가 직접 그 정원을 찾아내고 혼자 안으로 들어가게 된 거야. 난 울새 같은 존재인 거지. 사람들은 울새에게서 정원을 빼앗진 않을 거야!"

"거기가 어디여요?" 디콘이 목소리를 잔뜩 낮추어 말했다.

통나무에 앉아 있던 메리 아가씨가 벌떡 일어섰다. 또 심술쟁이 심보를 참지 못하고 짜증을 내고 있다는 걸 메리 자신도 알고 있었다. 하지만 그런 기분을 애써 숨기고 싶은 생각은 들지 않았다. 메리는 인도에서처럼 제멋대로 굴고 있었다. 하지만 부아가 치밀어오르다가도 드문드문 서글픈 감정이 튀어나왔다.

"따라와. 직접 보여줄게." 메리가 말했다.

메리는 디콘을 이끌고 월계수가 늘어서 있는 길을 돌아서 담쟁이덩굴이 무성하게 자란 담장 밖 산책로에 다다를 때까지 계속 걸었다. 메리를 뒤따르는 디콘의 얼굴이 아주 묘했다. 메리를 안쓰럽게 여기기라도 하는 듯했다. 디콘은 이 상황을, 마치 희한한 새 한 마리가 제 둥지가 있는 곳으로 자신을 안내하고 있는 것처럼 느꼈다. 어쩐지 조심조심 뒤따라야 할 것만 같았다. 메리가 담장으로 다가가 힘없이 늘어져 있는 덩굴을 들어 올리자 디콘은 깜짝 놀랐다. 덩굴 아래에 문이 있었다. 메리가 천천히 밀자 그 문이 열렸고 두 아이가 함께 안으로 들어갔다. 메리가 발걸음을 멈추더니 손을 둥글게 휘저으면서 의기양양하게 정원을 가리켰다.

"바로 여기야." 메리가 말했다. "여기가 바로 비밀 정원이야.

이곳을 다시 살려내려고 하는 사람은 이 세상에 나 하나밖에 없어."

디콘은 그 자리에 선 채로 주위를 빙 둘러보았다. 또다시 고개를 돌리며 둘러보고, 몇 번이나 계속 그랬다.

"우와!" 디콘이 거의 속삭이는 듯한 목소리로 입을 열었다. "엄청나게 희한허구 예쁜 곳이네요! 제가 꿈속에 들어와 있는 것 같어요!"

11장

울새의 둥지

디콘은 2, 3분 동안 가만히 서서 주위를 둘러보았고, 메리는 그런 디콘을 지켜보고만 있었다. 마침내 디콘이 발걸음을 옮기기 시작했다. 어찌나 조심조심 걷던지, 사방이 벽으로 둘러싸인 이곳에 메리가 처음 들어와 걷던 발걸음보다도 훨씬 더 살살 움직이는 것 같았다. 디콘의 두 눈은 쉼 없이 움직이며 이 정원의 모든 것을 빠짐없이 담아내려는 듯했다. 칙칙한 색의 덩굴이 잿빛 나무들의 밑동에서부터 휘감아 가지 끝에서 덩굴손을 축 늘어뜨리고 있는 모습도, 담장 벽이며 풀숲이며 엎치락뒤치락 잔뜩 얽혀 있는 식물들도, 상록수들 사이에 마련된 우묵한 쉼터와

돌로 된 의자, 그리고 그 옆에 놓인 기다란 꽃병들까지도.

"이곳을 보게 되리라곤 상상두 못 해봤는데." 마침내 디콘이 입을 열어 작게 속삭였다.

"이곳에 대해 알고 있었던 거야?"

메리가 큰 소리로 묻자 디콘이 손짓을 했다.

"조용히 말해야지요." 디콘이 말했다. "누가 그 소릴 듣구 우리가 안에서 뭘 허구 있나 궁금해하믄 어쩌시려구 그려요?"

"맞다! 잊고 있었네!" 메리는 덜컥 겁이 났는지, 황급히 손바닥으로 입을 틀어막았다. "너도 이 정원에 대해 알고 있었던 거야?" 조금 진정되었을 때 메리가 다시 물었다.

디콘이 고개를 끄덕였다.

"마사 누나헌테 들었어요. 아무도 들어가 본 적 없는 정원이 하나 있다구." 디콘이 대답했다. "저희는 그 안이 어떻게 생겼을까 계속 궁금해했지요."

디콘이 말을 멈추고 가까이에 있는 아름다운 잿빛 덩굴을 바라보았다. 무척이나 기뻤는지 디콘의 동그란 눈이 한없이 반짝였다.

"우와! 봄이 오면 새들이 날아와 둥지를 틀겠네요." 디콘이 말했다. "개들헌테 여긴 영국에서 젤루 안전한 곳이니깐요. 아무도 가까이 오지 않을 테구, 나무 위로 기어 다니는 덩굴들이며 장미 덤불들이며 둥지 틀기에는 아주 딱 좋겄어요. 황무지에 사는 새들이 전부 몰려들 만한 곳이구만, 왜 안 그러구 있는질 모르겄네."

메리 아가씨가 자기도 모르게 다시 디콘의 팔을 잡았다.

"이곳에 장미가 필까?" 메리가 속삭였다. "넌 알아? 나는 장미들이 전부 다 죽었을 거라고 생각했는데."

"에이! 아니여요! 안 죽었어요. 제 말은, 전부 다 죽진 않었어요!" 디콘이 대답했다. "여길 좀 보셔요!"

디콘은 제일 가까이에 있는 나무로 다가갔다. 껍질이 온통 회색 이끼로 뒤덮인 늙디 늙은 나무였지만, 굵은 가지들과 실가지들이 이리저리 뒤엉키면서 만들어낸 커튼을 단단하게 떠받치고 있었다. 디콘은 주머니에서 두꺼운 칼을 꺼내 그 안에 접혀 있는 날을 하나 폈다.

"잘라내야 할 죽은 나무들이 많어요." 디콘이 말했다. "그런데 죽진 않구 늙기만 한 나무들두 많지요. 이 나무는 작년에 새로운 실가지를 뻗어냈네요. 이게 새로 난 가지여요." 디콘이 가느다란 나뭇가지 하나를 만졌다. 딱딱하고 말라비틀어진 잿빛이 아니라 갈색이 감도는 초록색 실가지였다.

메리는 간절한 마음을 담아 아주 정성스럽게 실가지를 만져 보았다.

"이거?" 메리가 말했다. "진짜 살아 있는 거야? 진짜로?"

디콘의 입이 다시 커다란 곡선을 그리며 웃음을 머금었다.

"아가씨나 저만치 쌩쌩허요." 디콘이 말했다. 메리는 '쌩쌩하다'는 말은 '살아 있다', '기운차다'라는 뜻이라고 마사가 이야기해준 기억이 났다.

"쌩쌩해서 너무 다행이야!" 메리가 속삭이듯 탄성을 질렀다. "식물들이 모두 다 쌩쌩했으면 좋겠어. 정원을 돌면서 쌩쌩한 게 몇 개나 있는지 세어보자!"

메리는 열의가 넘치다 못해 숨까지 헐떡였다. 디콘도 메리만큼이나 신이 났다. 둘은 이 나무에서 저 나무로, 이 덤불에서 저 덤불로 바쁘게 돌아다녔다. 디콘은 손에 칼을 들고 다니며 메리에게 많은 것들을 보여주었다. 메리의 눈에는 그 하나하나가 전부 다 근사했다.

"얘들은 제멋대루 자랐네요." 디콘이 말했다. "하지만 젤 튼튼헌 애들은 잘 자라구 있어요. 연약헌 애들은 죽었지만 튼튼헌 애들이 자라구 자라서, 사방으루 뻗어나가면서 놀랄만치 잘 컸구먼요. 여길 좀 보셔요!" 디콘이 잿빛으로 바짝 말라 있는 굵은 가지 하나를 붙잡아 끌어내렸다. "이 나무가 죽었다구 생각허는 사람두 있겄지만, 전 죽었다구 생각 안 해요. 뿌리는 싱싱허게 살아 있을 거구먼! 제가 여길 잘라볼 테니깐 똑똑히 보셔요."

디콘이 무릎을 꿇었다. 그리고는 땅에서 그리 멀지 않은 높이에 나 있는, 죽은 듯 보이는 나뭇가지 하나를 칼로 잘라냈다.

"보셔요!" 디콘이 의기양양하게 말했다. "제 말이 맞지요! 이 나무도 속은 아직 파릇파릇해요. 자세히 보셔요."

메리는 디콘이 그러라고 하기도 전에 이미 무릎을 꿇고 나무의 잘린 면을 뚫어지게 쳐다보고 있었다.

"이렇게 초록빛이 돌구 물기로 촉촉하믄 쌩쌩헌 거여요." 디콘이 설명하듯 말했다. "제가 아까 잘라낸 요거는 안쪽이 바짝 말랐구 쉽게 부러지잖어요. 그러면 죽은 거여요. 여기 이 커다란 뿌리에서 새 가지들이 많이 올라왔으니깐, 주위의 늙은 나무들을 다 잘라내구 땅을 잘 솎아주면서 돌봐주믄…" 디콘은 말을 멈추고 고개를 들더니, 커다란 나무를 휘감고 올라가 디콘의 머리 위로 팔을 축 늘어뜨리고 있는 덩굴을 바라보았다. "올 여름에 이 정원은 장미를 뿜어내는 분수처럼 될 거여요."

아이들은 또다시 이 덤불에서 저 덤불로, 이 나무에서 저 나무로 열심히 돌아다녔다. 디콘은 힘이 세고 칼도 능숙하게 다뤘으며, 바짝 말라 죽은 나무들의 어딜 어떻게 잘라내야 하는지를 잘 알았다. 가망 없어 보이는 굵은 가지나 잔가지들을 마주쳐도, 디콘은 그 속이 파릇파릇하게 숨 쉬고 있다는 걸 쉽게 알아챘다. 30분 정도 따라다니다 보니 이제는 메리도 조금 알 것 같았다. 디콘이 죽은 듯 보이는 가지를 잘라냈을 때 촉촉한 푸른색이 조금이라도 보이면 메리는 목소리를 잔뜩 낮춘 채 기쁨의 탄성을 질렀다. 삽, 괭이, 쇠스랑은 아주 쓸모가 많았다. 디콘은 메리에게 쇠스랑 쓰는 법을 가르쳐주었고, 삽으로 뿌리 근처의 땅을 파고 흙을 뒤섞어 공기가 들어갈 수 있게 해주었다.

둘이서 제일 커다란 장미나무 둘레를 열심히 파고 있을 때였다. 디콘이 뭔가를 보고 깜짝 놀라 환호성을 질렀다.

"우와!" 디콘이 몇 미터 밖의 풀밭을 가리키며 소리쳤다. "저짝은 누가 저렇게 해놓은 거여요?"

메리가 연녹색 새싹들 주위를 깨끗이 정리해준 곳이었다.

"내가 했어." 메리가 말했다.

"이야! 아가씨께선 정원 일은 암것두 모를 거라구, 그렇게 생각했지 뭐여요!" 디콘이 소리쳤다.

"난 아무것도 몰라." 메리가 대답했다. "저 새싹들은 엄청 조그마한데 그 주위로 풀이 너무 많고 다 억세더라고. 새싹들이 숨도 못 쉬고 있는 것 같았어. 그래서 숨 쉴 수 있게 빈 공간을 만들어준 거야. 난 저 새싹들이 무슨 싹인지도 모르는걸."

디콘은 무릎을 꿇고 새싹들을 들여다보더니 활짝 웃었다.

"아가씨 말이 맞지요." 디콘이 말했다. "정원사가 있었어두 이것보담 더 잘 알려주진 못했을 거여요. 아가씨 덕분에 이 새싹들은 잭이 심은 콩나무처럼 쑥쑥 자라날 테지요. 재들은 크로커스랑 스노드롭, 그리구 여기 있는 애들은 수선화들이네요." 디콘이 고개를 돌려 다른 쪽 땅을 살펴보더니 말을 이었다. "여긴 또 나팔수선화구먼요. 아! 나중에 여긴 정말 근사하겄어요."

디콘은 메리가 정리해놓은 땅들을 왔다 갔다 하며 살폈다.

"그 쪼그만 몸으루 여기저기 많이두 하셨네요." 디콘이 메리를 위아래로 훑어보며 말했다.

"그래도 요즘엔 살이 찌고 있어." 메리가 말했다. "그리고 힘도 더 세졌어. 예전에는 늘 피곤했는데, 이제는 땅을 아무리 파도 안 지쳐. 흙을 뒤집을 때 땅에서 나는 냄새가 참 좋더라."

"그 냄새는 특히 아가씨헌테는 정말 좋을 거구먼요." 디콘이 진지한 표정을 지으며 고개를 끄덕였다. "이 세상에 질 좋구 깨끗헌 흙냄새보다 더 좋은 게 어디 있겄어요? 아, 있긴 허네요. 비가 오면 쑥쑥 자라는 싱그러운 것들이 풍기는 냄새두 있지요. 비가 오는 날이면 저는 하루에도 몇 번이나 황무지루 나가서 덤불 아래에 드러누워요. 그러면 빗방울이 히스꽃을 간지럽히는 소리가 들려요. 전 그 소릴 들으면서 킁킁거리구 냄새를 맡죠. 어머니께선 제가 코끝을 토끼들마냥 바들바들 떤다구 하셔요."

"넌 감기에 안 걸려?" 메리가 놀란 눈으로 디콘을 바라보며 물었다. 메리는 이렇게 재미있는 데다 상냥하기까지 한 남자아이는 처음 보았다.

"전 안 걸려요." 디콘이 이렇게 말하더니 씩 웃었다. "태어나서 한 번두 안 걸려봤어요. 그렇게 허약허게 자라진 않았지요. 날씨가 좋건 나쁘건 황무지루 나가서 토끼들처럼 사방팔방 뛰어다니니깐요. 어머니께서 말씀하시기론, 제가 12년 내내 황무지의 신선헌 공기를 하도 많이 마셔서 그렇대요. 이젠 감기루 코를 훌쩍일 자리가 안 남아 있다나? 제 몸은 산사나무로 만든 지팡이만치 아주 튼튼해요."

디콘은 이야기를 하면서도 일손을 멈추지 않았고, 메리는 열심히 따라다니며 쇠스랑과 모종삽으로 디콘을 도왔다.

"여긴 해야 할 일이 참 많어요!" 디콘이 기쁨에 찬 표정으로 주위를 둘러보며 말했다.

"나중에 또 와서 도와줄 수 있어?" 메리가 간청하듯 말했다. "그럼 나도 옆에서 도울 수 있을 거야. 나는 땅도 팔 수 있고 풀도 뽑을 줄 알아. 네가 시키는 건 다 할게. 아! 제발 와줘, 디콘!"

"아가씨께서 원하시믄 비가 쏟아지든 햇볕이 내리쬐든 매일매일 올게요." 디콘이 힘주어 말했다. "태어나서 젤루 재미있는 날이었어요. 이 안에 틀어박혀서 정원 깨우는 일을 하게 되다니!"

"네가 와준다면," 메리가 말했다. "정원을 되살리는 일을 네가 돕는다면, 나는… 맙소사, 난 뭘 해줘야 할지 모르겠어." 메리는 시무룩한 목소리로 말을 끝맺었다. 이런 남자아이에게 내가 뭘 해줄 수 있단 말인가?

"아가씨께선 뭘 허시게 될지, 제가 알려드릴게요." 디콘이 싱글벙글하며 말했다. "아가씨는 살이 찌실 거구, 여우 새끼만치 배두 고파지실 테구, 제가 하는 것처럼 울새와 이야기를 나누실 수두 있게 될 거여요. 아! 같이 놀믄 재미있는 일이 무진장 많을 거여요!"

디콘은 다시 걸어 다니기 시작했다. 생각에 잠긴 표정으로 나무 위쪽을 살피기도 하고 담장과 덤불들을 둘러보았다.

"전 이곳을 정원사의 손길이 닿은 평범한 정원처럼 만들구 싶진 않네요. 가지를 다 잘라내구 말끔하게 다듬은 그런 정원 말여요. 아가씨는요?" 디콘이 말했다. "그것보다는 지금처럼 식물들이 마구잡이로 뻗어나가구, 여기저기 늘어져서 흔들흔들하다가두 또 어디서는 서로 붙잡구 뒤엉켜 있는 편이 보기 좋을 것 같어요."

"여긴 깔끔하게 만들지 말자." 메리가 걱정스러운 얼굴로 말했다. "깔끔해지면 더 이상 비밀 정원 같아 보이지 않을 거야."

디콘은 살짝 당황한 것 같은 표정으로 붉은 머리카락을 문질렀다.

"여기가 비밀 정원인 건 맞아요." 디콘이 말했다. "그런데 문이 잠겨 있는 10년 동안 울새 말구두 누군가가 드나든 것 같어요."

"하지만 문은 잠기고 열쇠도 묻혀 있었는걸." 메리가 말했다. "아무도 들어올 수 없었을 텐데."

"그건 맞아요." 디콘이 대답했다. "여긴 참 요상허네요. 여기저기에 가지치기를 해놓은 흔적이 보여요. 암만 봐두 10년 전 보단 최근이었던 것 같단 말이죠."

"하지만 어떻게 그럴 수가 있어?" 메리가 말했다.

디콘은 관목 장미의 가지 하나를 살펴보더니 고개를 저었다.

"나 참, 그게 어떻게 가능하겠어!" 디콘이 중얼거렸다. "문은 잠기구 열쇠는 묻혀 있었는디."

한참 나중 일이지만, 메리 아가씨는 정원이 처음으로 되살아나기 시작한 그날 아침을 평생토록 잊을 수 없을 것 같다고 늘 생각했다. 메리의 시선에서는 당연히, 정원이 살아나기 시작한 건 그날 아침부터였을 것이다. 디콘이 꽃씨를 뿌리려고 땅을 정리하기 시작했을 때, 메리의 머릿속에는 배질이 자기를 놀리려고 부르던 노래가 스쳐 지나갔다.

"꽃 중에는 방울처럼 생긴 것도 있어?" 메리가 물었다.

"은방울꽃이 그렇게 생겼지요." 디콘이 모종삽으로 흙을 퍼내면서 대답했다. "앵초하구 초롱꽃두 방울처럼 생겼고요."

"그 꽃들도 심어보자." 메리가 말했다.

"은방울꽃은 벌써 이 정원 안에 있어요. 제가 아까 봤는걸요. 너무 빽빽하게 붙어서 자라구 있더라고요. 나중에 우리가 떨어뜨려 주어야 할 거여요. 어쨌든 은방울꽃은 음청 많었어요. 그리구 앵초랑 초롱꽃은 지금 씨를 심으면 꽃이 피기까지 2년이나 걸려요. 하지만 저희 집 정원에두 그 꽃들이 있으니, 제가 몇 포기 옮겨다 드릴 수두 있지요. 그런데 그 꽃들은 왜 심구 싶으신 거여요?"

그러자 메리는 인도에 있을 때 잠시 함께 지냈던 배질과 그 집 아이들에 대해 이야기하기 시작했다. 메리가 그 아이들을 얼마나 싫어했는지, 자신을 '심술쟁이 메리 아가씨'라고 부르는 게 얼마나 싫었는지도.

"내 주위를 빙글빙글 돌면서 춤을 췄어. 이런 노래를 부르면서 말이야.

심술쟁이 메리 아가씨,

정원은 잘 자라고 있나요?

흰 방울꽃들과 조가비들,

금잔화들이 늘어서 있네요.

이 노래가 지금 막 생각났거든. 그러다 보니까 진짜로 흰 방울처럼 생긴 꽃이 있는 건지 궁금해졌어."

메리는 얼굴을 살짝 찌푸리더니 화풀이라도 하듯 모종삽으로 땅을 푹 찔렀다.

"난 그 아이들만큼이나 못돼 먹진 않았는데 말이야."

디콘이 깔깔깔 웃었다.

"암요!" 디콘은 이렇게 말하면서 비옥해 보이는 새까만 흙덩이를 잘게 부수더니 킁킁거리면서 흙냄새를 맡았고, 메리는 그 모습을 지켜보았다. "예쁜 꽃들두 있구, 둥지나 보금자리를 마련하느라 바쁘게 돌아다니는 사랑스러운 동물들두 있잖어요. 걔들이 노래도 들려주구 휘파람도 불어주는데, 누군가에게 못되게 굴 일이 뭐가 있겄어요. 안 그려요?"

그 옆에서 무릎을 꿇고 앉아 꽃씨를 들고 있던 메리가, 디콘을 빤히 바라보았다. 찡그렸던 얼굴이 어느새 활짝 펴졌다.

"디콘." 메리가 말했다. "마사에게 들은 대로 너는 참 좋은 아이야. 난 네가 좋아. 넌 내가 다섯 번째로 좋아하게 된 사람이야. 좋아하는 사람이 다섯이나 생기다니, 그전엔 상상도 못해봤지 뭐야."

마사가 쇠살대를 닦을 때 자주 그러듯, 디콘은 꿇어앉은 채로 허리를 곧추세웠다. 메리는 디콘의 동그란 푸른 눈과 붉은 뺨, 신난 듯 솟아 있는 코를 바라보며 정말 재미나고 유쾌하게 생긴 얼굴이라고 생각했다.

"좋아허는 친구가 다섯밖에 없어요?" 디콘이 말했다. "그럼 다른 네 명은 누구여요?"

"너희 어머니, 마사," 메리가 손가락을 하나씩 접으면서 숫자를 셌다. "울새, 그리고 벤 웨더스태프 영감까지."

디콘은 그 말에 와하하, 하고 웃음이 터져 나와서 한 팔로 입을 가려 소리를 죽여야 했다.

"아가씨께선 절 괴상한 녀석이라구 생각헐 거여요." 디콘이 말했다. "하지만 아가씨두 제가 여태껏 만나본 여자아이 중에 젤루 괴상허네요."

그러자 메리가 이상한 행동을 했다. 몸을 앞으로 숙이더니, 이제껏 다른 사람에게는 물어볼 생각조차 못 해본 질문이 메리의 입에서 튀어나오고야 말았다. 게다가 요크셔 억양이었다. 인도에서 지낼 때 원주민들의 특이한 억양을 알아들으면 그들이 몹시 기뻐하던 모습이 생각나, 메리는 디콘이 말하는 방식으로 이야기하고 싶었던 것이다.

"너는 날 좋아허니?" 메리가 말했다.

"암요!" 디콘이 진심으로 대답했다. "좋아허구 말구요. 무진장 좋아허죠. 그리구 울새두 아가씰 그만큼 좋아해요. 제가 볼 땐 확실허구먼요!"

"그럼 두 명이네." 메리가 말했다. "날 좋아하는 사람이 두 명이나 생겼어."

그런 후에는 두 아이 모두 그 어느 때보다도 열심히, 더더욱 즐겁게 일했다. 저택 앞마당에 있는 커다란 시계가 점심시간을 알리는 종을 울리자, 메리는 깜짝 놀라더니 아쉬운 표정을 지었다.

"난 가봐야 해." 메리가 애석하다는 듯 말했다. "너도 돌아가야 하지?"

디콘이 씩 웃었다.

"제 점심은 어디든 갖구 다니기 쉽지요." 디콘이 말했다. "어머니께선 언제나 제 주머니에 먹을 걸 넣어주시거든요."

디콘은 풀밭에 있던 외투를 집어 들더니, 주머니에 손을 넣어 하얀색과 파란색으로 알록달록한, 아주 깨끗하고 올이 성긴 손수건으로 둘둘 감싼 작은 꾸러미 하나를 꺼냈다. 그 안에는 뭔가를 얇게 썰어 중간에 끼워 넣은 두툼한 빵 두 조각이 들어 있었다.

"보통은 빵밖에 없을 때가 많어요." 디콘이 말했다. "그런데 오늘은 기름진 베이컨이 보기 좋게 들어 있구먼요."

메리가 보기에는 괴상한 점심 메뉴였지만, 디콘은 맛있을 것 같다는 표정이었다.

"아가씨두 얼른 가서 식사하셔야죠." 디콘이 말했다. "전 제 걸 먼저 먹구, 집에 가기 전에 일을 좀 더 해둘게요."

디콘은 나무에 등을 기대고 앉았다.

"울새를 불러낼 거여요." 디콘이 말했다. "그 녀석이 쪼아 먹을 수 있게 베이컨 쪼가리를 나눠주어야 하겄어요. 울새들은 기름 덩어리를 무진장 좋아하거든요."

메리는 디콘을 두고 떠나려니 발걸음이 무거웠다. 문득 디콘이 나무 요정이라거나 그 비슷한 뭔가로 느껴져서, 정원으로 다시 돌아오면 벌써 사라지고 없을 것만 같았다. 디콘은 이상하리만치 좋은 사람이라 진짜가 아닐 것 같았다. 메리는 아주 굼뜨게, 담장에 붙은 문으로 향하는 길의 반쯤까지 가더니 우뚝 멈춰섰다. 그리고는 방향을 돌려 다시 되돌아왔다.

"무슨 일이 있어도 너는, 넌 절대 말하지 않을 거지?" 메리가 말했다.

베이컨이 든 빵을 한입 가득 베어 문 터라 양귀비꽃처럼 새빨간 볼이 불룩했지만, 디콘은 걱정 말라는 듯이 어떻게든 미소를 지어 보였다.

"아가씨가 울새였구, 둥지가 어디 있는질 제게 알려줬다구 생각해보셔요. 제가 그걸 다른 사람들헌테 말허구 다닐까요? 전 안 그래요." 디콘이 말했다. "아가씨는 울새만치 안전한 거여요."

그 말을 듣자, 메리는 비밀이 새어 나가지 않으리란 확신이 들었다.

12장
"제가 땅을 좀 가져도 될까요?"

메리는 어찌나 빨리 달렸는지, 방에 도착해서도 한참 동안이나 숨을 가쁘게 쉬었다. 이마의 머리카락은 마구 헝클어졌고 두 뺨은 밝게 분홍빛을 띠었다. 식탁에는 점심이 차려져 있었고 마사가 그 옆에서 기다리고 있었다.

"조금 늦으셨네요." 마사가 말했다. "어딜 계셨어요?"

"디콘을 만났어!" 메리가 말했다. "디콘을 만났다고!"

"그 애라면 올 줄 알았다니깐요." 마사가 크게 기뻐하며 말했다. "그래서 어때요, 마음엔 드셨어요?"

"그러니까, 내 생각엔 말이야… 디콘은 참 멋있어!" 메리가 당차게 말했다.

마사는 약간 놀란 듯했지만 그러면서도 기쁜 것 같았다.

"글쎄요." 마사가 말했다. "태어나서부터 젤루 착한 아이이긴 했는데, 우리 중 아무두 걔가 잘생겼다구 생각해본 적이 없어서요. 코가 많이 들렸잖어요."

"난 위로 들린 코가 좋아." 메리가 말했다.

"눈은 또 너무 동그랗구요." 마사가 믿기지 않는다는 듯 말했다. "그래두 눈동자 색이 예쁘긴 하죠."

"난 동그란 눈이 좋아." 메리가 말했다. "그리고 그 애 눈 속의 새파란 색은 황무지의 하늘이랑 똑 닮았어."

마사가 흐뭇한 표정으로 활짝 웃었다.

"어머니께선 그 애가 새들이랑 구름을 구경하느라 하늘을 하도 많이 올려다보니깐 눈동자가 그런 색이 되었다구 하셔요. 그래두 디콘은 입이 너무 커요. 안 그려요?"

"난 그 커다란 입이 좋던데." 메리는 굽히지 않았다. "내 입도 그렇게 커다랬으면 좋겠네."

마사가 즐거운 듯 소리 내어 웃었다.

"아가씨는 얼굴두 쬐그매서, 그런 커다란 입을 달구 있으면 아주 희한허구 웃길 거여요." 마사가 말했다. "전 아가씨께서 디콘을 보면 그렇게 생각헐 줄 알었지요. 꽃씨하구 원예 도구들은 마음에 드셨어요?

"디콘이 그것들을 가져왔는지 어떻게 알았어?" 메리가 물었다.

"에이! 걔가 안 가져올 리 없으니깐요. 디콘은 그것들이 요크셔에 있기만 하다믄 어떻게든 구해올 애여요. 믿을 만한 녀석이거든요."

메리는 마사가 대답하기 곤란한 질문을 할까 봐 두려웠지만 그런 일은 일어나지 않았다. 마사는 꽃씨와 원예 도구에 대해서만 많이 이야기했는데, 메리가 덜컥 겁을 먹게 된 순간이 딱 한 번 있긴 했다. 꽃들을 어디에 심을 생각이냐고 마사가 물었을 때였다.

"누구헌테라두 부탁해보긴 하셨어요?" 마사가 물었다.

"아직 아무한테도 못 물어봤어." 메리가 우물쭈물 대답했다.

"흠, 저라믄 수석 정원사님헌테는 부탁하지 않을 거여요. 그 사람은 어찌나 거드름을 피우는지 몰러요. 로치 씨 말여요."

"그 사람은 한 번도 못 봤어." 메리가 말했다. "난 이제껏 보조 정원사들이랑 벤 웨더스태프 영감님밖에 못 봤는걸."

"제가 아가씨였다면 벤 웨더스태프 영감님께 부탁해볼 거여요." 마사가 조언했다. "벤 영감님이 좀 괴팍허게 굴긴 허시지만, 사실은 겉으루 보이는 모습의 반만큼두 사납지 않어요. 크레이븐 나리는 영감님이 뭘 해두, 허고 싶은 대로 허도록 그냥 놔두시지요. 왜냐하면 마님이 살아 계실 때부터 쭉 있으셨던 분이구, 마님을 웃게 해드린 분이기두 하니깐요. 마님은 벤 영감님을 좋아하셨어요. 아가씨께서 벤 영감님헌테 부탁한다면 눈에 안 띄는 구석진 땅을 조금 찾아주실지두 몰러요."

"사람들 눈에 안 띄고 아무도 원하지 않는 땅이라면, 내가 갖는다고 해도 싫어할 사람은 아무도 없을 거야. 그렇지?" 메리가 걱정스럽게 물었다.

"싫어헐 이유가 없잖어요." 마사가 대답했다. "다른 사람들헌테 해를 끼치는 것두 아닌데요, 뭘."

메리는 점심 식사를 허겁지겁 해치웠다. 식탁에서 벌떡 일어나 방으로 달려가서 모자를 쓰려던 차에 마사가 메리를 붙잡았다.

"아가씨께 말씀드릴 게 있어요." 마사가 말했다. "점심을 다 드신 담에 말씀드리려구 했지요. 크레이븐 나리께서 오늘 아침에 돌아오셨는데, 아가씨를 만나봐야겠다구 하신 것 같어요."

메리는 얼굴이 창백해졌다.

"뭐라고!" 메리가 말했다. "왜! 어째서! 내가 이 집에 왔을 때만 해도 안 만나겠다고 하시더니. 날 보고 싶지 않아 하신다고 피처 씨가 그러던데."

"그게," 마사가 상황을 설명하기 시작했다. "메들록 부인 말에 따르면 저희 어머니 때문에 그렇게 되었대요. 어머니가 스웨이트 마을에 갔다가 주인 나리를 마주치셨어요. 어머니가 주인 나리와 말을 나눠본 적은 한 번두 없었지만, 예전에 마님이 두세 번 정도 저희 집엘 놀러 오시긴 했었어요. 주인 나리는 까맣게 잊어버리셨지만 저희 어머니는 기억허구 계셨죠. 그래서 용기를 내어 주인 나리를 불러 세우셨대요. 어머니가 아가씨 이야길 뭐라구 했는지는 저두 잘 모르겄어요. 어쨌든 그 이야기 때문에 나리께서는 내일 다시 떠나기 전에 아가씰 봐야겠다구, 그런 맘이 드셨나 봐요."

"그렇구나!" 메리가 소리쳤다. "고모부가 내일 떠나신대? 진짜 다행이네!"

"오랫동안 떠나 계실 거여요. 어쩌면 가을이나 겨울이 될 때까지 안 돌아오실지두 몰러요. 외국으로 여행을 가신대요. 늘 그러시듯 말여요."

"와! 잘됐다, 아주 잘됐어!" 메리가 안도하는 표정으로 말했다.

크레이븐 고모부가 겨울까지, 아니 가을까지만이라도 돌아오지 않는다면 메리에게는 비밀 정원이 되살아나는 광경을 지켜볼 시간이 생기리라. 언젠가는 고모부에게 들켜서 정원을 빼앗길지도 모르지만, 설령 그렇게 된다 해도 고모부가 떠나 있는 동안은 마음 놓고 지켜볼 수 있을 것이다.

"고모부가 날 언제 만나려는…."

메리는 이 말을 끝맺을 수 없었다. 문이 벌컥 열리고 메들록 부인이 들어왔기 때문이다. 부인은 검은 원피스를 입고 모자를 쓰고 있었다. 옷깃을 고정하는 용도의 커다란 브로치에는 어떤 남자의 사진이 붙어 있었는데, 몇 해 전에 세상을 떠난 남편의

컬러 사진이었다. 메들록 부인은 점잖게 차려입을 일이 있으면 언제나 그 브로치를 달았다. 부인은 초조한 기색을 보였지만 약간은 들뜨기도 한 것 같았다.

"머리가 엉망이네요." 메들록 부인이 급한 듯이 말했다. "머리를 빗고 오셔요. 마사, 아가씨께 제일 좋은 옷을 입혀드려. 아가씨를 서재로 데리고 오라고 주인님이 날 보내셨다."

메리의 뺨에서 홍조가 사라졌다. 그리고는 심장이 미친 듯이 뛰기 시작하면서, 또다시 고집스럽고, 못생기고, 말이라곤 한마디도 안 하는 예전의 메리로 되돌아가는 느낌이 들었다. 메리는 메들록 부인의 말에 대답도 하지 않고 홱 돌아 침실로 들어가 버렸고, 마사도 따라 들어갔다. 마사가 옷을 갈아입혀 주고 머리를 빗어주는 내내 메리는 한마디도 하지 않았다. 한결 단정한 모습이 된 후에도 입을 꾹 다문 채 메들록 부인을 따라 복도를 걸었다. 그 상황에 무슨 말을 할 수 있을까? 메리는 크레이븐 고모부를 어쩔 수 없이 만나야 하고, 고모부는 메리를 좋아하지 않을 것이며 메리도 고모부를 좋아하지 않을 게 뻔했다. 메리는 고모부가 자신을 보고 어떻게 생각할지 알고 있었다.

메리는 그 저택에서 한 번도 가보지 못한 구역으로 길을 안내받았다. 메들록 부인이 어느 방의 문을 똑똑 두드리자 "들어오시오."라고 말하는 목소리가 들렸고, 두 사람은 함께 방으로 들어갔다. 벽난로를 마주본 푹신푹신한 의자에 어떤 남자가 앉아 있었다. 메들록 부인이 그 남자에게 말을 걸었다.

"메리 아가씨를 모셔왔습니다." 메들록 부인이 말했다.

"아이를 여기 두고 자네는 나가 있게. 데려가야 할 때가 되면 내가 종을 울리겠네." 남자가 말했다.

메들록 부인이 방을 나가고 문을 닫자, 메리는 그 자리에 가만히 서 있을 수밖에 없었다. 다시 못생기고 초라한 아이로 돌아가서 가녀린 양손을 배배 꼬고 있었다. 메리는 의자에 앉아 있는 남자가 심한 곱사등이라기보다는 높이 솟은 어깨를 구부정하게 움츠린 편에 가깝다는 사실을 알아챘다. 검은 머리카락 사이로 희끗희끗한 새치가 간간이 보였다. 남자가 어깨 너머로 고개를 돌려 메리에게 말을 걸었다.

"이리 오렴!" 남자가 말했다.

메리가 가까이 다가갔다.

크레이븐 고모부는 못생기지 않았다. 그 비참한 표정만 아니었다면 잘생겼다고 말할 수도 있는 얼굴이었다. 메리를 바라보는 눈빛이 어쩐지 걱정스럽고 초조해 보였다. 아이에게 어떻게 대해야 할지 몰라 고민하는 듯했다.

"잘 지내고 있니?" 크레이븐 고모부가 물었다.

"네." 메리가 대답했다.

"사람들이 잘 보살펴주긴 하니?"

"네."

고모부는 초조한 듯 이마를 문지르면서 메리를 위아래로 훑어보았다.

"아주 말랐구나."

"점점 살이 붙고 있어요." 메리는 마치 무미건조하게 말하려고 온갖 노력을 다하고 있는 것처럼 대답했다.

그렇게나 불행한 얼굴이라니! 크레이븐 고모부의 검은 눈동자는 메리가 아니라 뭔가 다른 것을 바라보는 듯했다. 온전히 메리에 대해서만 생각하진 않는 것 같았다.

"너를 잊고 있었다." 고모부가 말했다. "내가 어떻게 널 기억할 수 있겠니? 네게 가정 교사나 유모, 뭐 그런 종류로 사람을 붙여주려고 했는데 까맣게 잊고 있었네."

"고모부, 제가…" 메리가 말문을 열었다. "저는…." 하고 싶은 말이 목구멍에만 걸려 있었다.

"뭘 말하고 싶은 게냐?" 고모부가 물었다.

"저는요, 저는 이제 다 커서 유모가 필요 없어요." 메리가 말했다. "그리고 제발, 제발 아직은 가정 교사를 구하지 말아주세요."

고모부가 또다시 이마를 문지르더니 메리를 바라보았다.

"소워비 부인도 그런 말을 하던데." 고모부가 멍한 표정으로 중얼거렸다.

그러자 메리가 용기를 끌어모았다.

"그분은… 마사의 어머니시죠?" 메리가 더듬더듬 말했다.

"그래, 그런 것 같더구나." 고모부가 대답했다.

"그분은 아이들에 대해 잘 알아요." 메리가 말했다. "자식이 열둘이나 있거든요. 그분이 잘 알죠."

고모부는 갑자기 정신이 든 듯했다.

"넌 뭘 하고 싶은데?"

"저는 밖에 나가서 놀고 싶어요." 메리는 목소리가 떨리지 않기를 바라면서 대답했다. "인도에서 지낼 때만 해도 밖에 나가 놀고 싶지는 않았어요. 그런데 이곳에 와서 밖에 나가 놀다 보니 점점 배가 고프고 살도 찌고 있어요."

고모부가 메리를 빤히 쳐다보았다.

"소워비 부인도 그러는 편이 네게 이로울 거라고 말하더구나. 맞는 말이겠지." 고모부가 말했다. "가정 교사를 붙이기 전에 몸부터 튼튼해져야 한다고 했어."

"거센 바람을 견디면서 황무지에서 놀다 보니 몸이 튼튼해지는 기분이 들어요." 메리가 단호하게 말했다.

"주로 어디에서 노니?" 크레이븐 고모부가 물었다.

"어디에서든 놀죠." 메리가 숨을 몰아쉬며 말했다. "마사 어머니가 줄넘기를 보내주셨어요. 그래서 줄넘기를 하면서 이리저리 뛰어다녀요. 땅을 뚫고 삐죽삐죽 올라오는 새싹들이 있는지 둘러보기도 하고요. 나쁜 짓은 안 해요."

"그렇게 겁먹은 표정은 짓지 않아도 된단다." 고모부가 메리를 염려하는 목소리로 말했다. "너 같은 어린애가 무슨 나쁜 짓을 할 수 있겠니. 하고 싶은 게 있으면 실컷 하렴."

메리는 너무 기뻐서 소리라도 지르고 싶은 걸 간신히 참았다. 목구멍이 간질간질한 그 모습을 고모부가 볼까 봐 슬쩍 목을 손으로 가리기까지 했다. 그러더니 고모부에게 한 발짝 더 다가갔다.

"그래도 될까요?" 메리가 떨리는 목소리로 물었다.

메리의 조그마한 얼굴이 꽤나 불안해 보였는지, 고모부는 아까보다도 훨씬 더 근심스런 표정을 지었다.

"그렇게 겁먹은 표정 짓지 말래도." 크레이븐 고모부가 말했다. "당연히 그래도 되지. 난 네 후견인이지 않느냐. 어떤 아이가 와도 그리 좋은 후견인은 못 되겠지만 말이다. 난 네게 시간이나 관심을 줄 수가 없어. 난 몸도 아프고 비참한 기분을 느끼며 사는 데다, 생각해야 할 일이 너무 많아. 하지만 난 네가 이곳에서 행복하고 편안하게 지냈으면 좋겠구나. 나는 아이들에 대해 아무것도 모르지만, 네게 필요한 것이 있다면 메들록 부인이 잘 챙겨줄 거다. 오늘 너를 오라고 한 건, 널 꼭 만나봐야 한다는 소워비 부인의 충고 때문이었다. 딸이 네 이야기를 들려줬다고 했어. 그 부인은 네가 신선한 공기를 마시고 하고 싶은 걸 하면서 자유롭게 뛰어놀아야 한다고 생각하더구나."

"아이들에 대해서라면 그분은 모르는 게 없으시죠." 메리가 자기도 모르게 한 번 더 강조했다.

"그렇겠지." 크레이븐 고모부가 말했다. "처음에는 황무지에서 날 불러 세우기에 건방진 여자라고 생각했었다. 그런데 부인의 말을 들어보니… 크레이븐 부인이 자기한테 참 상냥히 대해주었다고 이야기하더구나." 고모부는 죽은 아내의 이름을 입에 담는 것조차 힘겨운 모양이었다. "소워비 부인은 존경할 만한 사람이야. 너를 만나보니 부인의 조언이 현명했다는 걸 잘 알겠구나. 원하는 만큼 실컷 뛰어놀거라. 이곳은 부지가 넓으니 가고 싶은 곳은 다 가보고, 하고 싶은 걸 마음껏 하면서 즐겁게 놀려무나. 뭐, 따로 갖고 싶은 건 없니?" 고모부는 갑자기 생각났다는 듯 말을 이었다. "장난감이나 책, 인형 같은 걸 사줄까?"

"혹시…" 메리가 떨리는 목소리로 물었다. "제가 땅을 좀 가져도 될까요?"

너무도 간절히 바라고 있었기에, 메리는 지금 튀어나온 말이 얼마나 이상하게 들리는지도, 본래 의도와는 완전히 다른 말로 들릴 수 있다는 사실도 깨닫지 못하고 있었다. 크레이븐 고모부는 깜짝 놀란 것 같았다.

"땅이라고!" 고모부가 그 단어를 다시 말했다. "그게 대체 무슨 말이니?"

"씨앗을 심고… 식물들을 자라게 하고… 싱싱하게 살아나는 걸 지켜보려고요." 메리가 머뭇거리며 말했다.

고모부는 메리를 잠시 바라보다가 재빨리 손으로 눈가를 훔쳤다.

"너는… 정원을 정말 좋아하는구나." 고모부가 느릿느릿 말했다.

"인도에서 지낼 때는 잘 몰랐어요." 메리가 말했다. "늘 아프고 피곤했던 데다가 날씨가 너무 더웠거든요. 가끔 모래를 긁어모아서 자그마한 화단을 만들고 꽃으로 장식하는 놀이를 했던 게 전부예요. 그런데 이곳 환경은 완전히 다르더라고요."

크레이븐 고모부가 자리에서 일어서더니 아주 천천히 방안을 걸어 다녔다.

"땅이라…." 고모부가 혼잣말을 했다. 메리는 왜인지는 모르겠지만 자기 때문에 고모부가 뭔가를 떠올리게 된 것 같다고 생각했다. 고모부가 마침내 걸음을 멈추고 다시 입을 열었다. 고모부의 칠흑 같은 눈은 어느새 부드럽고 상냥하게 변해 있었다.

"원한다면 얼마든지 땅을 가져도 좋다." 고모부가 말했다. "너를 보니 땅과 그 위로 자라나는 식물들을 사랑하던 어떤 사람이 떠오르는구나. 네가 마음에 드는 땅을 찾게 되면," 고모부의 얼굴에 미소 비슷한 무언가가 피어올랐다. "그 땅은 네가 써도 된단다. 그곳이 살아나도록 만들어보려무나."

"어디든 상관없이 가져도 되는 거예요? 아무도 원하지 않는 곳이면 어디든 괜찮아요?"

"그래, 어디든." 고모부가 대답했다. "자! 이제 가보렴. 나는 좀 피곤하구나." 고모부가 메들록 부인을 부르는 종을 울렸다. "잘 지내고 있거라. 나는 여름 내내 떠나 있을 예정이란다."

메들록 부인이 어찌나 빨리 나타나던지, 메리는 부인이 복도에서 기다리고 있었던 게 틀림없다고 생각했다.

"메들록 부인." 크레이븐 고모부가 말했다. "아이를 만나보니 소워비 부인이 무슨 뜻으로 그런 말을 했는지 알겠더군. 지금은 수업을 받을 게 아니라 건강부터 챙겨야겠어. 이 아이에게 간단하고 몸에 좋은 음식들을 내어주게. 정원을 마음껏 뛰어다니게 하고, 너무 많이 돌보려 하진 마시오. 이 아이에게는 자유와 신선한 공기가 필요해. 실컷 뛰어다니기도 해야 하고 말이야. 소워비 부인이 이따금씩 아이를 보러 오기로 했소. 그리고 이 아이도 종종 그 집에 놀러가도록 해주시오."

메들록 부인은 기뻐 보였다. 너무 많이 '돌보지' 않아도 된다는 소리에 마음이 놓였을 것이다. 메들록 부인은 메리의 존재 자체를 골치 아픈 일거리처럼 여겨서, 지금도 별일이 없으면 최대한 안 마주치려고 하던 중이었다. 그뿐 아니라 마사의 어머니는 부인이 좋아하는 사람이지 않은가.

"감사합니다, 주인님." 메들록 부인이 말했다. "수전 소워비와 저는 학교를 함께 다녔죠. 하루 종일 길거리를 돌아다녀도 수전처럼 현명하고 마음씨 좋은 여인은 찾기 힘들 겁니다. 제게는 아이가 없지만 수전에게는 열둘이나 있지요. 게다가 세상에서 제일 건강하고 착한 아이들이기도 하고요. 메리 아가씨가 그 아이들과 어울려도 나쁜 영향을 받을 일은 없을 거예요. 저도 아이들에 관한 일이라면 언제나 수전 소워비의 조언을 받아들이죠. 수전 소워비는 소위 말하는 '정신이 건강한 사람'이에요. 제 뜻이 주인님께 잘 전달되었는지 모르겠네요."

"알아들었네." 크레이븐 고모부가 대답했다. "그럼 이제 메리 양을 데려가고 피처를 이리로 보내주시오."

메들록 부인은 메리의 방이 있는 복도 초입까지만 데려다주었고, 메리는 날 듯이 뛰어 방 안으로 들어갔다. 마사가 안에서 기다리고 있었다. 점심을 비운 그릇들을 주방에 날라다 주자마자 서둘러 돌아와 있었던 것이다.

"내 정원을 만들 수 있어!" 메리가 소리쳤다. "마음에 드는 땅이 있으면 내가 써도 된대! 가정 교사도 한동안은 들이지 않으신대. 너희 어머니께서 종종 날 보러 오신다고 했고, 나도 너희 오두막에 놀러갈 수 있게 됐어! 나 같이 어린 여자애가 무슨 나쁜 짓을 하겠냐고, 내가 하고 싶은 걸 해도 된다고 말씀하셨어. 어디에서든 말이야!"

"우와!" 마사도 크게 기뻐했다. "주인 나리께서 정말루 다정하시네요. 그렇지요?"

"마사." 메리의 얼굴이 진지해졌다. "고모부는 정말 좋은 분이야. 그런데 너무 비참한 표정을 하고 계셨어. 이마도 무척이나 찡그리고 계셨고."

메리는 허겁지겁 정원으로 뛰어갔다. 원래 돌아가려던 시간보다 많이 늦어지기도 했고, 디콘이 8킬로미터를 걸어서 집으로 가려면 일찌감치 길을 나서야 한다는 사실이 떠올랐기 때문이다. 담쟁이덩굴 아래의 문을 열어 살금살금 들어가 아까 헤어졌던 곳을 바라보니, 디콘의 일하는 모습은 온데간데없었다. 나무 아래에는 원예 도구들이 나란히 놓여 있었다. 그곳으로 달려가 주위를 이리저리 살폈지만, 디콘은 어디에도 보이지 않았다. 디콘은 이미 떠났고, 비밀 정원은 텅 비어 있었다. 담장을 넘어 날아온 울새가 장미 덤불에 내려앉아 메리를 지켜보고 있을 뿐이었다.

"그 애가 가버렸어." 메리가 우울한 목소리로 말했다. "하! 디콘은, 디콘은 말이야… 그 애는 정말로 나무 요정이었던 걸까?"

그 순간, 장미 덤불에 매달린 새하얀 무언가가 메리의 눈에 띄었다. 종이쪽지였다. 알고 보니 메리가 글자를 쓰고 마사가 디콘에게 보냈던 바로 그 편지였다. 종이는 장미 덤불의 커다란 가시에 묶여 있었고, 메리는 디콘이 이렇게 해놓고 갔다는 걸 단번에 알 수 있었다. 종이를 펼쳐보니 활자체로 쓴 삐뚤빼뚤한 글씨가 쓰여 있었고, 뭔가 그림 같은 것도 그려져 있었다. 처음에는 뭘 그린 건지 전혀 알 수 없었다. 한참을 들여다보고 나서야, 메리는 새가 둥지에 앉아 있는 모습이라는 걸 알아차릴 수 있었다.
그 밑에는 활자체로 이렇게 적혀 있었다.

"또 올 꺼에요."

13장

"난 콜린이야"

메리는 저녁을 먹으러 집으로 돌아가면서 그 그림을 가져가 마사에게 보여주었다.

"에헤!" 마사는 동생이 자랑스럽다는 듯 말했다. "우리 디콘이 이렇게 똑똑헌 앤 줄은 몰렀네요. 울새가 둥지에 앉아 있는 그림이여요. 진짜랑 아주 똑같구, 진짜보다두 더 진짜 같네요."

그제야 메리는 디콘이 하고자 하는 말을 그림으로 표현했다는 사실을 깨달았다. 디콘은 비밀을 꼭 지킬 테니 안심하라는 말을 전하고 싶었던 것이다. 비밀 정원은 메리의 둥지이며, 메리는 울새와 같다고 말이다. 아! 이렇게 엉뚱하고 순박한 아이가 어쩜 그렇게 좋은지!

메리는 디콘이 내일도 왔으면 좋겠다고, 아침이 빨리 왔으면 좋겠다고 생각하면서 잠이 들었다.

하지만 요크셔 지역은 날씨가 언제 어떻게 변할지 그 누구도 장담할 수 없는 곳인 데다, 요크셔의 봄 날씨는 유난히 더 변덕스러운 법이다. 한밤중에 굵은 빗방울이 후두둑후두둑 창문을 때리기 시작했고, 메리는 그 소리에 잠에서 깼다. 하늘이 비를 쏟아붓고, 이 거대한 옛 저택의 모퉁이들과 굴뚝을 따라 바람이 '휘몰어치고' 있었다. 메리는 벌떡 일어나 앉았다. 기분이 울적해지면서 화가 났다.

"비가 나만큼이나 심술쟁이네." 메리가 말했다. "내가 싫어할 게 뻔하니까 일부러 저러는 거잖아."

메리는 몸을 던져 베개에 얼굴을 파묻었다. 울음을 터뜨리지는 않았지만 침대에 가만히 누운 채로 창문을 힘차게 두드리는 빗소리를 원망하고, '휘몰어치는' 바람 소리를 미워하고 있었다. 잠은 다시 오지 않았다. 그 구슬픈 소리를 듣고 있자니 메리도 구슬픈 기분이 들어, 스르르 잠들기는커녕 점점 더 깨고 있는 것 같았다. 메리의 기분이 조금만 더 행복했어도 그 소리가 자장가처럼 들렸을지도 모른다. 바람이 어쩜 그렇게 '휘몰어'치던지! 굵은 빗방울들이 지독하리만치 쏟아지면서 어찌나 유리창을 두드려대던지!

"누가 황무지에서 길을 잃고 헤매면서 통곡하는 것 같은 소리네." 메리가 말했다.

그 후로 한 시간 동안이나 침대에 누워 있었지만 이리저리 뒤척거리며 잠을 이루지 못했다. 그러던 중 홀연히 어떤 소리가 났고, 메리는 벌떡 일어나 앉았다. 문 쪽으로 고개를 돌려 귀를 기울였다. 온 신경을 집중해서 듣고 있었다.

"지금 들린 소리는 바람이 아니야." 메리가 큰 소리로 중얼거렸다. "바람이 아니야. 바람이랑은 달라. 저번에 들었던 그 울음소리야."

방문이 살짝 열려 있어서, 저 멀리에서 누가 칭얼대는 듯한 희미한 울음소리가 복도를 타고 흘러들어 왔다. 메리는 몇 분 동안 가만히 귀를 기울였다. 시간이 지날수록 확신은 점점 더 짙어져만 갔고, 무슨 소리인지 꼭 알아내고야 말겠다는 결심이 섰다. 열쇠가 땅에 묻혀 있는 비밀 정원 이야기보다도 훨씬 더 괴상한 일처럼 느껴졌다. 어쩌면 날씨 때문에 잔뜩 심통이 난 상태라 더 대담해지는 건지도 몰랐다. 메리는 침대에서 발을 빼더니 바닥을 딛고 우뚝 섰다.

"무슨 소리인지 알아내고 말 거야." 메리가 말했다. "다들 곤히 자고 있을 테니 괜찮을 거야. 게다가 난 메들록 부인이 무섭지 않으니까. 신경도 안 쓰인다고!"

침대 옆에는 양초가 하나 놓여 있었다. 메리는 그 초를 들고 살금살금 방을 빠져나갔다. 복도는 끝없이 길고 어두컴컴해 보였지만, 메리는 무척 신이 나 있던 터라 그런 걸 생각할 겨를이 없었다. 복도 중간에 난 문을 양탄자로 가려놓은 곳을 찾으려면 어느 모퉁이들을 돌아야 하는지, 찬찬히 생각해보면 기억이 날 법도 했다. 메리가 길을 잃었던 날 메들록 부인이 걸어 나오던 그 문을 찾아야 했다. 그날, 분명히 그쪽 복도에서 울음소리를 들었으니까. 그래서 메리는 양초의 흐릿한 불빛에 의지해 더듬더듬 앞으로 나아갔다. 심장이 어찌나 요란하게 뛰는지 그 소리를 귀로 들을 수도 있을 것 같았다. 먼 곳에서 희미한 울음소리가 계속 들려와 메리를 이끌었다. 종종 잠잠해질 때도 있었지만 조금만 기다리면 영락없이 다시 들려왔다. 여기에서 모퉁이를 돌아야 했었나? 메리는 멈춰 서서 고민했다. 그래, 여기가 맞아. 메리는 그 통로를 따라 걷다가 왼쪽으로 돌았다. 조금 더 걷다가 널찍한 계단을 두어 개 오르더니, 이번에는 오른쪽으로 돌았다. 그래, 찾았다! 마침내 양탄자로 가려놓은 문이 눈앞에 있었다.

메리는 그 문을 살살 밀어 열고, 문 반대편의 복도로 넘어가서 슬며시 닫았다. 메리는 그 복도에 우두커니 서 있었다. 울음소리가 크지는 않아도 꽤 선명하게 들렸다. 소리는 메리의 왼쪽에 있는 벽에서 새어 나오는 듯했고, 그 벽을 따라 시선을 옮기다 보니 몇 미터 앞에 문이 보였다. 문 아래 틈으로는 불빛이 흘러나오고 있었다. 누군가가 방에서 울고 있었다. 그것도 아주 어린 '누군가'가.

메리가 문으로 다가가 밀어 보더니, 어느새 그 방 안에 서 있었다!

고풍스럽고 멋진 가구들이 놓인 커다란 방이었다. 벽난로 안에서 다 사그라져가는 불길이 희미하게나마 빛을 내뿜고 있었다. 섬세하게 조각된 네 기둥들이 서 있고 그 위로 양단을 커튼처럼 드리운 침대 옆에서는 등불도 은은하게 밤을 밝히고 있었다. 그리고 그 침대에, 어떤 남자아이가 누워 있었다. 그 아이가 칭얼대며 울고 있었던 것이다.

메리는 지금 자신이 현실의 어딘가에 들어와 있는 건지, 아니면 자기도 모르게 잠이 들어 꿈속 공간에 와 있는 건지 판단할 수가 없었다.

그 아이의 가냘프고 섬세한 얼굴은 코끼리의 상아처럼 새하얗고, 그런 작은 얼굴에 비해 눈은 지나치게 컸다. 머리숱이 굉장히 많았는데, 이마에 무겁게 내려앉은 앞머리 때문에 원래도 핼쑥한 얼굴이 더 작아 보였다. 병을 앓는 아이라고 짐작할 수는 있었지만, 지금은 어디가 아프다기보다는 지치고 짜증이 나서 우는 것처럼 보였다.

메리는 양초를 들고 숨죽인 채 문가에 서서 보다가, 잠시 후에는 슬금슬금 방을 가로질러 아이에게 다가가기 시작했다. 가까워질수록 양초의 불빛이 남자아이의 관심을 끌었고, 결국 아이는 베개를 벤 채로 고개를 돌려 메리를 빤히 쳐다보기 시작했다. 회색 눈을 어찌나 휘둥그레 뜨던지 얼굴에서 눈만 보일 지경이었다.

"넌 누구야?" 마침내 그 아이가 반쯤 겁에 질린 목소리로 속삭였다. "유령이야?"

"아니, 난 아닌데." 역시나 반쯤 겁에 질린 목소리로 메리가 속삭였다. "너는 유령이니?"

그 아이는 메리를 빤히 쳐다보았다. 어쩜 그렇게 뚫어져라 쳐다보는지, 그 눈이 무척이나 이상하게 생겼다는 사실을 눈치챌 수 있었던 것도 그리 놀라운 일은 아니었다. 아이의 눈동자는 마치 물감이 번져나가듯 여러 색이 섞인 회색이었고, 눈 가장자리에 새까만 속눈썹이 촘촘하게 나 있어서 얼굴에 비해 눈만 지나치게 커 보였다.

"아니." 아이가 잠시 뜸을 들이다가 대답했다. "난 콜린이야."

"콜린이 누군데?" 메리가 당황한 기색을 보였다.

"난 콜린 크레이븐이야. 넌 누구야?"

"난 메리 레녹스야. 크레이븐 씨가 내 고모부고."

"그 사람은 우리 아버지야." 아이가 말했다.

"너희 아버지라고!" 메리가 숨을 몰아쉬었다. "고모부에게 아들이 있다는 말은 못 들었는데! 왜 아무도 말해주지 않은 거지?"

"이리 와봐." 콜린이 그 이상하게 생긴 눈으로 메리에게서 시선을 떼지 않은 채, 불안해하는 표정으로 말했다.

메리는 침대로 다가갔고, 콜린은 손을 뻗어서 메리를 만져보았다.

"넌 진짜 사람이구나. 그렇지?" 콜린이 말했다. "나는 이렇게 진짜 같은 꿈을 자주 꾼단 말이야. 너도 그런 꿈일 것 같아서."

메리는 방을 나올 때부터 어깨에 걸치고 있던 모직 망토의 끝자락을 콜린의 손가락 사이에 끼워주었다.

"마음껏 문질러봐. 얼마나 두툼하고 따뜻한지 직접 느껴봐." 메리가 말했다. "원한다면 널 꼬집어줄 수도 있어. 그러면 내가 진짜 사람인 걸 알겠지. 나도 아까는 네가 꿈일지도 모른다는 생각을 잠깐 했었거든."

"넌 어디에서 왔어?" 콜린이 물었다.

"내 방에서 왔지. 바람이 너무 휘몰아쳐서 잠을 이룰 수가 없었어. 게다가 울음소리가 들려오니까, 대체 누가 울고 있는 건지 알아내고 싶어졌지 뭐야. 그런데 넌 왜 울고 있던 거야?"

"나도 잠이 오지 않았어. 머리도 아팠고. 네 이름 좀 다시 알려 줄래?"

"메리 레녹스야. 내가 여기에 살러 왔다는 이야기를 아무한테도 못 들었어?"

콜린은 아직도 메리의 옷자락을 만지작거리고 있었다. 하지만 메리가 진짜 사람이라는 걸 아까보다는 좀 더 믿게 된 듯했다.

"응." 콜린이 대답했다. "말할 수 없었을 거야."

"왜?" 메리가 물었다.

"왜냐하면 너랑 마주칠까 봐 내가 겁을 냈을 테니까. 난 사람들이 날 보고 이러쿵저러쿵 떠들어대는 걸 내버려 두지 않거든."

"왜?" 대화를 이어나갈수록 점점 더 모르겠다는 듯이 메리가 또 물었다.

"왜냐하면 난 늘 이런 모습이니까. 언제나 아프고, 침대에 누워 있기만 하잖아. 우리 아버지도 사람들이 나에 대해 떠들면 가만두지 않으셔. 하인들은 내 이야기를 하면 안 돼. 계속 살아 있으면 나는 곱사등이가 될 거야. 그런데 아마 오래 살지도 못할 걸. 아버지는 내가 아버지처럼 될 거라고 생각하기 싫어하셔."

"아, 여긴 정말 괴상한 집이네!" 메리가 말했다. "너무너무 괴상해! 모든 게 다 비밀이야. 방문도 다 걸어 잠그고 정원도 잠겨 있잖아. 그런데 너에 대해서도 비밀이라니! 너도 이 방에 갇혀 있는 거야?"

"아니. 난 그냥 밖에 나가기 싫어서 이 방에만 있는 거야. 나가면 너무 피곤해서 말이야."

"아버지가 널 보러 오기도 해?" 메리가 용기를 내어 물었다.

"가끔. 주로 내가 자고 있을 때 왔다 가시지. 날 보고 싶어 하지 않으시거든."

"왜?" 메리는 또다시 물어볼 수밖에 없었다.

갑자기 화가 났는지 콜린의 얼굴에 어둠이 드리웠다.

"내가 태어났을 때 엄마가 돌아가셨어. 그래서 아버지는 날 보면 괴로운 기분이 드시나 봐. 아버지는 내가 모르는 줄 알지만, 사람들이 이야기하는 걸 들었지. 아버지는 날 미워하시는 것 같아."

"고모부는 정원도 싫어하시잖아. 그것도 너희 엄마가 돌아가셔서 그런 거고." 메리는 혼잣말처럼 이야기했다.

"무슨 정원?" 콜린이 물었다.

"아! 그게… 그냥 너희 엄마가 좋아하시던 정원이야." 메리가 말을 더듬었다. "넌 항상 이 방에만 있어?"

"거의 늘 그렇지. 가끔은 바닷가에 있는 별장에 가 있기도 하지만, 사람들이 날 자꾸 쳐다봐서 그렇게 오래 머물진 않아. 등을 곧게 펴려고 몸에 철판 같은 걸 댄 적도 있어. 유명한 의사가 나를 보러 런던에서 여기까지 왔었는데, 그 철판을 발견하고는 멍청한 짓이라고 했어. 그런 걸 대고 있을 게 아니라 밖에 나가서 신선한 공기를 마셔야 한다나. 난 신선한 공기가 싫어. 밖에 나가고 싶지도 않고."

"나도 여기 처음 왔을 땐 그랬어." 메리가 말했다. "그런데 너는 왜 자꾸 날 빤히 쳐다봐?"

"이게 꿈이라면 너무 생생한 것 같아서." 콜린이 칭얼대듯 대답했다. "눈을 뜨고 있는데도 내가 깨어 있다는 걸 못 믿을 때가 종종 있거든."

"우리 둘 다 깨어 있어." 메리가 이렇게 말하더니 방 안을 쓱 둘러보았다. 천장이 무척 높고 구석마다 그림자가 일렁이고 있었으며 벽난로가 희미한 불빛을 뿜어내고 있었다. "여긴 정말 꿈처럼 보이기는 해. 게다가 한밤중이고, 이 집에 사는 사람들은 모두 자고 있겠지. 우리만 빼고 말이야. 우리는 멀쩡히 깨어 있잖아."

"꿈이 아니었으면 좋겠어." 콜린이 안달하듯 말했다.

메리의 머릿속에 무언가가 스쳐 지나간 모양이었다.

"너 있지, 사람들이 널 쳐다보는 게 싫다고 했잖아." 메리가 말했다. "그럼 나도 가버렸으면 좋겠어?"

콜린은 아직까지도 메리의 옷자락을 붙들고 있었다. 이제는 살짝 잡아당기기도 했다.

"아니." 콜린이 말했다. "네가 가버리면 난 네가 이 방에 있었던 것도 다 꿈이라고 믿게 될 거야. 네가 진짜 사람이라면 여기 커다란 발걸이 의자에 앉아서 이야기를 들려줘. 너에 대해서 듣고 싶어."

메리는 들고 있던 양초를 침대 근처 탁자에 내려놓더니 발받침대 용도로 쓰는 푹신푹신한 의자에 앉았다. 메리도 가고 싶은 마음이 눈곱만큼도 없었다. 이렇게 꽁꽁 숨겨져 있는 신비한 방에 머무르면서 이 수수께끼 같은 아이와 이야기를 나누고 싶었다.

"무슨 이야기를 해줬으면 좋겠어?" 메리가 물었다.

콜린은 메리가 언제부터 미슬스웨이트에서 지냈는지 궁금해했다. 방이 어느 복도에 있는지를 묻기도 했다. 지금까지는 무얼 하면서 지냈는지, 자기만큼이나 황무지를 싫어하는지, 요크셔에 오기 전에는 어디에서 살았는지도 알고 싶다고 했다. 메리는 이 모든 질문에 하나하나 답해주었고 그 외에도 여러 이야기들을 들려주었다. 콜린은 베개를 베고 누운 채 열심히 들었다. 인도에 대한 이야기라거나 바다를 건너 요크셔로 오게 된 이야기를 들을 때는 더 자세히 들려달라고 메리를 조르기도 했다. 그러던 중 메리가 깨달은 사실이 하나 있었는데, 콜린은 몸이 불편해서인지 그 나이대 아이들이라면 당연히 알고 있어야 할 상식들을 전혀 모른다는 것이었다. 그나마 아주 어렸을 때 유모 한 사람이 책 읽는 법을 가르쳐준 덕분에, 콜린은 언제나 알록달록한 책들을 읽고 그 안의 그림들을 구경하면서 지냈다고 했다.

콜린의 아버지는 아들이 깨어 있을 시간에 보러 온 적이 드물었지만, 그 대신 재미있게 놀 수 있는 진기한 물건들을 많이 사다 주었다. 실제로 재미있게 놀아본 적은 없는 것 같지만 말이다. 콜린은 자기가 원한다면 무엇이든 가질 수 있었고, 하기 싫은 일은 억지로 할 필요가 없었다.

"모두들 내 기분을 맞춰줘야 해." 콜린이 시큰둥하게 말했다. "난 화가 나면 몸이 아프거든. 내가 살아서 어른이 될 거라는 건 아무도 믿지 않아."

콜린은 그런 생각에 너무 익숙해져서 이제는 별 감흥도 없다는 듯이 말했다. 콜린은 메리의 목소리가 마음에 든 모양이었다. 메리가 조잘조잘 이야기를 늘어놓는 동안 콜린은 졸린 듯하면서도 꾸준히 관심을 보였다. 이 아이가 잠에 빠져들고 있는 건 아닌지 의심하게 되는 순간이 한두 번 있었다. 하지만 콜린은 그럴 때마다 새로운 질문을 던졌고, 결국에는 또 다른 주제로 이야기가 이어졌다.

"너는 몇 살이야?" 콜린이 물었다.

"열 살이야." 메리가 대답했다. 그리고는 자기도 모르게 이런 말이 튀어나왔다. "너도 열 살이잖아."

"그걸 네가 어떻게 알아?" 콜린이 놀란 목소리로 물었다.

"네가 태어난 해에 정원 문이 잠기고 열쇠가 파묻혔으니까. 그 정원은 10년 동안 잠겨 있었고."

콜린이 팔꿈치에 힘을 주어 몸을 반쯤 일으키더니 메리 쪽으로 고개를 돌렸다.

"무슨 정원 문이 잠겨 있어? 누가 그랬어? 열쇠를 어디에 묻은 건데?" 갑자기 무척이나 흥미가 생겼는지 콜린이 소리치듯 말했다.

"그게… 그건 크레이븐 고모부가 싫어하는 정원이었어." 메리가 안절부절못하며 대답했다. "고모부가 문을 잠갔어. 아무도, 아무도 열쇠가 어디에 묻혔는지 몰라."

"거긴 어떤 정원인데?" 콜린이 집요하게 물었다.

"10년 동안 아무도 들어갈 수 없었어." 메리가 신중히 생각해서 대답했다.

하지만 이제 와서 신중해봤자 뭘 하겠는가. 콜린이라는 아이는 메리와 정말 비슷했다. 이제껏 뭔가를 깊게 생각해볼 일이 아무것도 없었으니, 숨겨진 정원에 대해 듣자마자 홀리듯 빠져들고 있었던 것이다. 꼭 메리가 그랬던 것처럼. 콜린의 질문들이 꼬리에 꼬리를 물고 이어졌다. 그 정원은 어디에 있어? 문을 찾으려고 해본 적은 없어? 정원사들한테는 안 물어봤어?

"물어봐도 알려주지 않을 거야." 메리가 말했다. "모두들 그런 질문에 대답하지 말라고 교육받았나 봐."

"내가 시키면 말할 거야." 콜린이 말했다.

"네가 그럴 수 있어?" 슬슬 겁이 나기 시작했는지 메리의 목소리가 떨렸다. 콜린이 사람들에게 대답하라고 시킨다면, 무슨 일이 일어날지 누가 알겠는가!

"아까도 말했지만, 모두들 내 기분을 맞춰줘야 해." 콜린이 말했다. "내가 계속 살아 있다면 이 저택은 언젠가 내 것이 될 거야. 사람들도 그 사실을 다 알지. 그러니까 내가 시키면 다들 말해줄 거야."

자신이 사람들에게 버릇없이 대했다는 사실조차 까맣게 모르는 메리였지만, 이 수수께끼 같은 남자애가 버릇없는 아이라는 사실만은 또렷이 알 수 있었다. 이 아이는 온 세상이 자기 것이라고 생각했다. 정말 이상한 아이였다. 살 수 없다는 이야기를 어쩜 저렇게 태연하게 할 수 있는지.

"넌 네가 곧 죽을 거라고 생각해?" 메리가 물었다. 진짜로 궁금하기도 했지만, 어느 정도는 콜린이 정원에 대해 잊기를 바라는 마음 때문이었다.

"오래 못 살 것 같아." 콜린이 아까처럼 시큰둥하게 대답했다. "내가 기억할 수 있는 가장 어린 나이였을 때부터 오래 살지 못할 거라는 말을 들으면서 자랐어. 다들 처음에는 내가 너무 어려서 못 알아들을 거라고 생각하더니 이제는 내 귀에 안 들릴 거라고 생각해. 하지만 난 다 듣고 있는걸. 내 주치의는 우리 아버지의 사촌인데, 집이 굉장히 가난하대. 내가 죽고 아버지까지 돌아가시고 나면 그 사람이 미슬스웨이트를 물려받게 될 거야. 그래서인지 내가 오래 살기를 바라지 않는 눈치야."

"넌 살고 싶어?" 메리가 물었다.

"아니." 콜린이 살짝 짜증이 나고 지친 기색으로 대답했다. "살고 싶진 않은데, 그렇다고 죽고 싶지도 않아. 몸이 아플 땐 여기 누워서 계속 그런 생각만 하다가 결국엔 울음을 터뜨리고 말아. 계속 울지."

"네가 우는 소리를 세 번이나 들었어." 메리가 말했다. "하지만 누군지는 몰랐지. 그런 생각 때문에 울고 있었던 거야?" 메리는 콜린이 정원을 잊어주길 간절히 바라면서 이 새로운 대화 주제를 이어나가고 있었다.

"그랬겠지." 콜린이 대답했다. "우리 이제 다른 이야기 하자. 정원 이야기를 해줘. 넌 그 정원이 보고 싶지 않아?"

"보고 싶어." 메리가 기어들어 가는 목소리로 대답했다.

"나도 그래." 콜린은 끈질기게 물고 늘어졌다. "살면서 뭔가를 보고 싶어서 안달이 난 적은 한 번도 없었는데, 지금은 그 정원이 너무 보고 싶어. 열쇠를 파내고 싶고, 잠긴 문을 열고 싶어. 휠체어에 앉혀서 그곳에 데려다 달라고 해야겠어. 그러면 신선한 공기도 마실 수 있겠지. 사람들을 시켜서 그 문을 열 거야."

어찌나 들떴는지, 콜린의 희한하게 생긴 두 눈이 별처럼 반짝반짝 빛나고 아까보다도 훨씬 더 커다래졌다.

"사람들은 내 기분을 맞춰줘야 해." 콜린이 말했다. "나를 그곳에 데려다 달라고 할 거야. 너도 같이 가게 해달라고 말할게."

메리가 두 손을 꾹 움켜쥐었다. 모든 게 무너져버릴 것이다. 이 모든 것이! 디콘도 다시는 돌아오지 않을 것이다! 안전한 곳에 둥지를 숨긴 울새가 된 것 같았는데, 이제 다시는 그런 기분을 느끼지 못할 것이다!

"아, 안 돼… 안 돼, 안 돼, 그러지 마!" 메리가 외쳤다.

콜린이 메리를 빤히 쳐다보았는데, 눈앞의 여자아이가 미쳐버렸다고 생각하는 표정이었다!

"왜?" 콜린이 소리를 질렀다. "너도 보고 싶다고 했잖아!"

"보고 싶어." 메리는 거의 흐느끼는 듯한 목소리로 대답했다. "하지만 네가 사람들을 시켜서 문을 열고, 사람들이 널 옮겨서 안에 들여보내 주면 그곳은 더 이상 비밀 정원이 아닌 거잖아."

콜린은 몸을 좀 더 앞으로 내밀었다.

"비밀이라." 콜린이 말했다. "그게 무슨 말이야? 자세히 말해봐."

메리가 쏟아내는 단어들이 앞을 다투면서 이리저리 뛰어다녔다.

"있잖아, 그러니까… 잘 들어봐." 메리는 숨까지 헐떡였다. "우리 빼고 아무도 모르면… 담쟁이덩굴 아래 어딘가에 문이 있다면… 진짜로 숨겨진 문이 있고… 우리가 찾아낼 수 있다면 말이야, 우리가 살금살금 들어가서 문을 닫아버리면… 아무도 안에 사람이 있는지 모를 테고, 우린 그곳을 우리만의 정원이라고 부를 수 있잖아. 그리고… 우리는 울새가 되는 거야. 정원이 우리의 둥지라고 생각하면서 놀 수 있어. 우린 매일같이 그곳에서 놀면서 땅을 파고, 씨앗들을 심고, 그것들이 모두 살아나도록 만들 수도 있…"

"거기가 죽었어?" 콜린이 메리의 말을 끊었다.

"아무도 돌봐주지 않는다면 곧 죽겠지." 메리가 말을 이었다. "알뿌리들은 살겠지만 장미들은…"

메리만큼이나 초조해진 콜린이 또다시 말을 끊었다.

"알뿌리가 뭐야?" 재빨리 내뱉었다.

"개네들은 나팔수선화, 백합, 스노드롭이야. 알뿌리들이 땅속에서 자라고 있어. 봄이 오고 있으니까, 지금은 연녹색 새싹들을 열심히 밀어 올리는 중이야."

"봄이 오고 있어?" 콜린이 말했다. "봄은 어떤 모습인데? 아파서 방에만 있으면 봄을 볼 수가 없거든."

"비 사이로 햇볕이 내리쬐고, 해가 쨍쨍하다가도 비가 보슬보슬 와. 새싹들이 하나둘씩 고개를 드는데, 사실은 땅속에서도 열심히 뻗어나가고 있어." 메리가 말했다. "정원이 비밀로 남고 우리만 들어갈 수 있다고 생각해봐. 우린 그 안에서 새싹들이 매일 커가는 모습도 지켜보고, 얼마나 많은 장미들이 살아남은 건지도 알아낼 수 있을 거야. 모르겠어? 오, 그곳이 비밀로 남으면 훨씬 더 멋질 텐데. 넌 그걸 모르겠니?"

콜린은 다시 베개 위에 드러눕더니 묘한 표정을 지었다.

"난 비밀을 가져본 적이 없어." 콜린이 말했다. "딱 하나 있긴 하네. 내가 어른이 될 때까지 못 산다는 비밀. 사람들은 내가 그걸 안다는 사실을 모르니까, 따지고 보면 그것도 비밀인 셈이지. 그래도 나는 네가 말해준 비밀이 더 맘에 들어."

"네가 사람들에게 그 정원에 데려다 달라고 하지만 않는다면," 메리가 애원하듯 말했다. "어쩌면 말이야, 내가 그 정원으로 들어갈 방법을 알아낼지도 몰라. 언젠가는 찾을 수 있을 거야. 그렇게 되면… 네가 휠체어를 타고 나가도 된다고 의사 선생님이 허락하시면, 그리고 원하는 일을 언제든지 할 수 있는 상황이라면, 아마… 아마 그때쯤에는 네 휠체어를 밀어줄 남자애를 불러올 수도 있을 거야. 그러면 우리 셋만 몰래 들어갈 수 있을 테니, 그곳은 언제까지나 비밀 정원으로 남겠지."

"나도… 그게… 좋네." 콜린은 꿈을 꾸는 것 같은 눈으로 느릿느릿 말했다. "참 맘에 드네. 비밀 정원에서라면 신선한 공기를 들이켜도 싫지 않을 거야."

메리는 헐떡이던 숨이 이제야 좀 진정되는 것 같았다. 비밀을 간직한다는 생각에 콜린이 크게 기뻐하자 메리는 안전해진 기분이 들었다. 메리는 자기가 정원에서 본 모습들을 계속 이야기해주면 콜린도 상상으로나마 그 모든 광경을 볼 수 있을 거라고 생각했다. 그러다가 그 정원을 사랑하게 된다면, 분명히 콜린은 그곳에 다른 사람들이 아무 때나 오고 간다는 생각만으로도 견딜 수 없게 될 것이다.

"우리가 그 정원에 들어간다면, 그 정원이 어떻게 생겼을지 내가 '상상'한 걸 말해볼게." 메리가 말했다. "엄청 오랫동안 잠겨 있었던 곳이니까, 식물들이 서로서로 엉켜서 자라고 있을 거야."

장미가 이 나무에서 저 나무로 기어 다니면서 축 늘어져 있을지도 '모르겠다'는 둥, 그곳은 매우 안전한 곳이니까 새들이 둥지를 틀었을지도 '모르겠다'는 둥 메리가 재잘재잘 이야기를 이어나가는 동안 콜린은 침대에 누워서 가만히 듣고 있었다. 메리는 울새와 벤 웨더스태프 영감님에 대해 들려주기 시작했다. 울새에 대해서는 할 얘기가 정말 많아서 거침없이 술술 이야기하다 보니 어느새 두려운 마음도 사라져버린 지 오래였다. 울새 이야기가 무척 재미있었는지 콜린이 활짝 웃었는데, 그 순간 메리는 콜린의 얼굴이 멋져 보인다고 생각했다. 사실 커다란 눈과 풍성한 머리숱을 지닌 콜린을 처음 마주쳤을 때만 해도 메리는 자기보다 훨씬 못생긴 아이가 다 있다고 생각했었다.

"새들이 그럴 수도 있는지 몰랐네." 콜린이 말했다. "방에만 있으면 아무것도 못 보거든. 넌 이것저것 아는 게 많구나. 진짜로 그 정원에 들어갔다 와서 이야기해주는 것 같아."

메리는 어떻게 대꾸해야 할지 모르겠어서 아무 말도 하지 않았다. 콜린도 딱히 대답을 기대하고 말한 건 아닌 듯했다. 그런데 그다음에 콜린이 보여준 무언가가 메리를 깜짝 놀라게 했다.

"네게 보여줄 게 있어." 콜린이 말했다. "저쪽 벽에, 벽난로 선반 위에 걸려 있는 장미색 비단 커튼 보여?"

바로 직전까지만 해도 그런 것이 있는지조차 모르고 있었지만, 콜린의 말을 듣고 고개를 들어보니 정말로 커튼이 있었다. 부드러운 비단 커튼이 치렁치렁하게 걸린 채로 그림 같아 보이는 무언가를 가리고 있었다.

"응." 메리가 대답했다.

"아마 옆에 끈이 달려 있을 거야." 콜린이 말했다. "저리로 가서 그 끈을 잡아당겨 봐."

메리는 얼떨떨한 표정으로 일어서서 끈을 찾았다. 끈을 당기자 비단 커튼이 고리를 따라 젖혀지면서 그 뒤에 있던 그림이 드러났다. 활짝 웃는 여자아이를 그린 그림이었다. 밝은 색 머리카락을 파란색 리본으로 묶은 여자아이가, 콜린의 눈과 아주 똑 닮은 두 눈을 빛내고 있었다. 새까만 속눈썹이 촘촘하게 나 있어서 실제보다 두 배는 커 보이는 눈, 그 안에서 신비스런 빛을 내고 있는 회색 눈동자. 하지만 콜린의 우울한 두 눈과는 달리, 여자아이의 눈은 유쾌하고 사랑스러운 느낌을 주었다.

"우리 엄마야." 콜린이 툴툴거리듯 말했다. "난 엄마가 왜 돌아가셨는지도 잘 몰라. 그래서 가끔은 엄마가 너무 미워."

"그건 너무 이상하잖아!" 메리가 말했다.

"엄마만 살아 계셨어도 내가 이렇게 늘 아프진 않았을 거야." 콜린이 불평했다. "난 더 오래 살 수 있었겠지. 아버지도 날 보는 걸 싫어하지 않으셨을 테고, 내 등도 더 튼튼했을 거야. 이제 커튼을 제자리로 돌려놔 줘."

메리는 콜린이 시킨 대로 커튼을 닫은 뒤, 발걸이 의자로 돌아왔다.

"너희 어머니는 너보다 훨씬 예쁘셔." 메리가 말했다. "그런데 눈이 너랑 정말 똑같다··· 그러니까, 적어도 모양이랑 색은 똑같아. 왜 어머니 얼굴 위로 커튼을 쳐놨어?"

콜린이 어딘가 불편한 듯 몸을 움직여댔다.

"그러라고 내가 시켰으니까." 콜린이 말했다. "엄마가 날 쳐다보는 게 싫을 때가 있어. 난 이렇게 아프고 비참한데 엄마는 저렇게 방긋 웃고 있잖아. 게다가 저 사람은 내 엄마니까, 다른 사람들이 엄마를 보는 것도 싫어."

잠시 정적이 흘렀고, 마침내 메리가 입을 열었다.

"내가 여기 있는 걸 알면 메들록 부인이 날 어쩌진 않을까?" 메리가 물었다.

"메들록 부인은 내가 하라는 대로 할 거야." 콜린이 대답했다. "부인에게는 네가 매일 와서 이야기를 들려주면 좋겠다고 말해 둘게. 난 네가 와서 기뻐."

"나도 그래." 메리가 말했다. "되도록이면 자주 올게. 하지만…" 메리가 우물쭈물하다가 말을 이었다. "나는 매일 그 정원 문을 찾아봐야 해."

"그래, 그러는 게 좋겠다." 콜린이 말했다. "나중에 와서 어땠는지 들려줘."

콜린은 아까처럼 침대에 누워 한참 동안 생각에 잠겨 있더니 어느 순간 다시 입을 열었다.

"너에 대해서도 비밀로 해야겠어." 콜린이 말했다. "들킬 때까진 말하지 않을래. 때때로 간호사는 방에서 내보내고 혼자 있고 싶다고 말하면 되니까. 너는 마사를 아니?"

"응, 아주 잘 알지." 메리가 말했다. "마사가 날 돌봐주거든."

콜린은 바깥 복도를 향해 고개를 까딱했다.

"지금 저 건너편 방에서 자고 있는 사람이 바로 마사야. 어제 간호사가 언니네 집에서 자고 오겠다고 외출을 했어. 간호사는 자리를 비우고 싶을 때마다 마사에게 내 시중을 맡겨. 네가 언제 와도 되는지, 마사를 시켜서 네게 알릴게."

그 말을 듣자, 메리는 울음소리에 대해 물었을 때 마사가 왜 그렇게 곤란한 표정을 지었는지 드디어 이해되기 시작했다.

"마사는 한참 전부터 너에 대해 알고 있었지?" 메리가 말했다.

"당연하지. 마사가 내 시중을 들 때도 많으니까. 간호사는 나를 놔두고 어디론가 가버릴 때가 많거든. 그럴 때마다 마사가 와서 보살펴줘."

"이 방에서 꽤 오래 있었네." 메리가 말했다. "이제 갈까? 네 눈, 엄청 졸려 보인다."

"네가 떠나기 전에 잠이 들었으면 좋겠어." 콜린이 쑥스러운 듯 말했다.

"그럼 눈 감아." 메리가 발걸이 의자를 끌어와 침대 가까이 앉았다. "인도에서 잠들기 전에 아야가 해주던 걸 해줄게. 네 손을 토닥이고 쓰다듬으면서 아주 조그마한 소리로 노래를 불러줄 거야."

"마음에 들 것 같아." 콜린이 졸린 목소리로 말했다.

어쩐지 메리는 콜린이 가엾다는 생각이 들어서 외로이 깨어 있도록 놔두고 싶지 않았다. 그래서 메리는 침대에 몸을 기댄 채 콜린의 손을 쓰다듬고 토닥이면서 힌두스타니어로 자장가를 속삭여주었다.

"좋네." 콜린이 말했다. 꿈나라로 빠져들고 있는 목소리였다. 메리는 계속 자장가를 부르면서 콜린의 손을 쓰다듬었다. 그러다 문득 콜린을 바라보니, 이미 깊게 잠들었는지 눈은 완전히 감겼고 새까만 속눈썹이 거의 볼까지 닿을 정도로 길게 드리워져 있었다. 메리는 슬그머니 일어나 탁자 위의 양초를 들고, 소리를 내지 않도록 조심하면서 살금살금 방을 빠져나왔다.

14장

어린 라자

아침이 밝았을 때는 안개가 너무 짙어 황무지가 보이지 않았고, 장대비도 그칠 줄 모르고 쏟아지고 있었다. 집 밖으로 나갈 수 있을 리가 없었다. 그날 아침에는 마사가 너무 바빠서, 메리는 잠시도 말을 건넬 수 없었다. 하지만 오후가 되자 마사를 놀이방으로 불러 앉힐 수 있는 기회가 생겼다. 마사는 할 일이 없으면 늘 뜨개질을 했는데, 이번에도 마사는 긴 양말을 짜고 있던 뜨개질 도구들을 들고 놀이방에 나타났다.

"무슨 일 있으셔요?" 자리에 앉자마자 마사가 물었다. "뭔가 할 말이 있으신 얼굴이셔요."

"할 말 있어. 그때 누가 울던 소리 있잖아, 그게 뭔지 알아냈어." 메리가 말했다.

마사가 뜨개질감을 무릎 위에 툭, 떨어뜨리고는 놀란 눈으로 메리를 쳐다보았다.

"그럴 리가!" 마사가 소리쳤다. "그럴 리가 없는데!"

"어젯밤에도 그 소리를 들었거든." 메리가 말을 이었다. "그래서, 일어나서 그 소리가 어디에서 들려오는지 확인하러 가봤어. 그건 콜린이 우는 소리였어. 내가 콜린을 찾아냈다고."

덜컥 겁이 났는지 마사의 얼굴이 새빨개졌다.

"아이구! 메리 아가씨!" 마사가 금방이라도 울음을 터뜨릴 것 같은 표정으로 말했다. "그러시믄 안 되어요… 안 된다니깐요! 아가씨 때문에 제가 큰일 나게 생겼구먼요. 아가씨헌테 도련님 얘기는 암것두 안 했는데… 그런데두 아가씨 때문에 전 큰일 치르겄어요. 아마두 이 집에서 쫓겨나겄지요. 그럼 우리 어머니는 대체 어쩐담!"

"네가 쫓겨날 일은 없어." 메리가 말했다. "내가 가니까 콜린이 좋아했어. 한참 동안 이야기를 나눴지. 콜린은 내가 찾아와서 기쁘다고 하던걸."

"도련님이 정말 그러셨어요?" 마사가 큰 소리로 물었다. "진짜여요? 도련님이 짜증이 나믄 어떻게 되는지 아가씨는 모르실 거여요. 다 큰 도련님이 아기처럼 엉엉 우셔요. 화가 나면 고래고래 악을 쓰구 비명을 질러대시는데, 그저 우릴 겁주구 싶어서 그러신다니깐요. 우리가 절대루 거역하지 못한다는 걸 아시는 거여요."

"짜증은 내지 않았어." 메리가 말했다. "내가 가버렸으면 좋겠냐고 물어봤는데도 계속 있으라고 했어. 이것저것 물어보더라고. 나는 커다란 발걸이 의자에 앉아서 인도랑 울새랑 정원 이야기들을 해줬지. 내가 떠나려고 하니까 콜린이 붙잡았어. 자기 어머니 그림도 보여주던데? 방을 나오기 전에는 그 애를 재우느라 자장가도 불러줬어."

마사는 너무 놀라서 숨도 제대로 못 쉬었다.

"도무지 믿을 수가 없네요!" 마사가 그럴 리 없다는 투로 말했다. "아가씨는 사자 굴에 제 발로 걸어 들어간 거여요. 평소 같았으면 젖 먹던 힘까지 끌어내 짜증이란 짜증은 다 부리면서 온 집 안을 발칵 뒤집어 놓는 분이라고요. 더군다나 낯선 사람이 쳐다보는 걸 아주 싫어하시는 분인데."

"내가 쳐다봐도 뭐라 하진 않았어. 나는 계속 그 애를 쳐다봤고, 그 애도 계속 나를 쳐다봤는걸. 서로가 쳐다보고 있었지!" 메리가 말했다.

"아이구, 이걸 어쩐담!" 마사가 불안해 죽겠다는 목소리로 말했다. "메들록 부인이 아시는 날엔 제가 법도를 어기구 아가씨께 비밀을 떠들어댔다구 생각허실 거여요. 당장 짐을 싸서 어머니께 돌아가라 허실 테구."

"콜린은 메들록 부인한테 아무것도 말하지 않겠다고 했어. 일단은 비밀로 하기로 했거든." 메리가 단호하게 말했다. "게다가 콜린이 말하기로는 모두가 그 애 기분을 맞춰줘야 한다던데."

"네, 그 말은 사실이여요. 쪼끄만 게 아주 못돼 먹었다니깐요!" 마사가 앞치마로 이마를 닦으며 한숨을 쉬었다.

"콜린 얘기로는 메들록 부인도 그래야만 한대. 그리고 내가 매일 와서 이야기를 들려줬으면 좋겠대. 그러니까 콜린이 나를 찾으면 네가 전해줘."

"제가 해야 헌다고요!" 마사가 말했다. "나는 곧 쫓겨나겠구먼. 그럴 수밖에 없겠네!"

"너는 콜린이 시킨 일을 하는 거고, 다들 콜린의 말을 따라야 하는 거잖아. 그럼 넌 쫓겨날 이유가 없지." 메리가 조곤조곤 주장을 펼쳤다.

"그러니깐 아가씨 말을 정리해보믄," 마사가 두 눈을 휘둥그레 뜨고 소리를 질렀다. "도련님이 아가씨헌테 진짜루 상냥히 대해 주셨나 보네!"

"콜린이 나를 좋아하는 것 같아." 메리가 대답했다.

"그렇다믄 아가씨께서 도련님을 홀린 게 분명허네요!" 마사가 긴 숨을 내쉬며 결론짓듯 말했다.

"마법 같은 걸 얘기하는 거야?" 메리가 물었다. "인도에 있을 때 마법에 대해 들어본 적은 있지만, 난 마법을 부리진 못해. 난 그저 콜린의 방에 들어갔던 것뿐이야. 그 애를 봤을 땐 너무 놀라서, 그 자리에 서서 가만히 지켜보기만 했어. 그 애도 고개를 돌리더니 나를 빤히 쳐다봤어. 콜린은 내가 유령이거나 자기가 꿈을 꾸고 있는 줄 알았대. 나도 그 애가 그런 건 줄 알았지 뭐야. 서로가 누군지도 모르는데 한밤중에 둘이서만 그 방에 있으니까 기분이 정말 이상하더라고. 그래서 서로 이것저것 묻기 시작했지. 내가 방을 나가야 할지 물으니까 그 애는 가지 말라고 했어."

"낼이면 세상이 무너지는 것 아닌가 모르겄네요!" 마사가 숨을 헉 들이쉬었다.

"그 애는 어디가 아픈 거야?" 메리가 물었다.

"그 누구두 확실허게는 몰러요." 마사가 말했다. "도련님이 태어나셨을 때 크레이븐 나리는 정신이 온전치 않으셨어요. 의사 선생님들은 나리를 정신병원으루 보내야 헌다고 생각하셨구요. 전에두 말씀드렸지만 그게 다 마님이 돌아가셔서 그런 거지요. 크레이븐 나리는 갓 태어난 아기헌테 눈길두 주지 않으셨어요. 나리는 그저 고래고래 소리만 지르시구, 도련님에 대해서는 자기처럼 곱사등이가 될 테니 죽는 편이 낫다는 말까지 하셨어요."

"콜린이 곱사등이야?" 메리가 물었다. "그래 보이진 않던데."

"아니여요, 적어도 아직은요." 마사가 말했다. "태어날 때부터 상황이 너무 안 좋았잖어요. 저희 어머니께선 이렇게 화도 많구 문제도 많은 집에 있다 보면 어떤 애였어두 안 좋아질 거라구 말씀하셔요. 다들 도련님의 등이 약할 거라구 생각해서, 등이 조금이라두 다칠까 봐 아주 극진히두 보살핀다니깐요. 도련님을 맨날 침대에만 눕히구, 걷지도 못허게 하구 말여요. 한 번은 등에다 받침대 같은 걸 대게 했는데, 도련님은 그걸루 짜증을 심허게 내시다가 나중엔 앓아누우셨어요. 그러더니 훌륭한 의사 선생님 한 분이 와서 보시고는 받침대를 당장 떼어버리라구 하셨어요. 그분은 다른 의사 선생님들을 마구 비난하셨어요. 물론 말투는 정중했지만요. 그 의사 선생님이 말씀하시기론 저희가 도련님헌테 약을 너무 많이 먹이구, 제멋대로 행동하도록 너무 내버려 둔대요."

"내가 보기에도 콜린은 정말 버릇이 없어." 메리가 말했다.

"이 세상에 그렇게 못돼 먹은 아이가 또 있을라구!" 마사가 말했다. "그래두, 도련님께 잔병치레까지 없었다는 말은 아니여요. 늘 감기를 달구 다니면서 기침을 허시지요. 감기를 너무 심허게 앓으시길래 돌아가시는 줄 알었던 때도 두어 번쯤 있었어요. 감기뿐 아니라 류마티스 열병에 걸린 적두 있으시구, 장티푸스에 걸린 적두 있으셔요. 아! 그때였던 것 같어요. 메들록 부인이 기겁했던 일두 있었지요. 도련님이 아파서 정신을 못 차리시니깐 메들록 부인은 도련님이 암것두 못 들으시는 줄 알었겠죠. 그래서 부인이 간호사헌테, '이번에는 정말로 돌아가실 것 같아. 그러는 게 도련님한테도, 다른 사람들한테도 좋은 일이겠지.' 라구 얘기했대요. 그러다가 부인이 도련님 쪽을 바라보니깐 그 커다란 눈을 댕그렇게 뜬 채루, 눈빛두 메들록 부인만큼이나 말똥말똥해 가지구는 빤히 쳐다보구 있었다지 뭐여요. 부인은 무슨 불호령이 떨어질까 바들바들 떨구 있었죠. 그런데 도련님은 부인을 빤히 쳐다보시더니, '물이나 갖다주고 그만 좀 떠들어.'라고만 말씀하셨대요."

"너도 그 애가 곧 죽을 거라고 생각해?" 메리가 물었다.

"저희 어머니께서는 그 어떤 아이라구 해두 도련님처럼 신선헌 공기를 마시지두 않구, 침대에 누워서 그림책이나 읽구, 약 먹는 것 빼고는 암것두 안 하면 살 수 있을 리가 없다구 말하셔요. 도련님은 몸도 약하구, 밖엘 나가느라 이것저것 준비하는 것두 싫어하시는 데다 감기두 어쩜 그렇게 잘 걸리시는지. 신선헌 공기가 자기를 아프게 헌다구 말하더라니깐요."

메리는 가만히 앉아서 난롯불을 바라보았다.

"궁금하네." 메리가 느릿느릿 말을 이었다. "콜린이 정원으로 나가서 식물들이 자라는 모습을 지켜보면 좀 나아지려나? 나는 그러다가 많이 나아졌는데."

"도련님이 젤 심허게 발작을 일으킨 때가 언제냐믄," 마사가 말했다. "분수대 옆에 장미들이 핀 곳으루 모셔갔던 날이었지요. 도련님은 그곳에서 신문을 읽구 계셨는데, 사람들이 '장미열'인지 뭔지에 걸렸다는 기사를 보신 거여요. 그러더니 마구 재채기를 하면서 그 병에 걸렸다구 하셨죠. 그런데 하필이면, 새로 와서 이 집의 법도도 잘 모르는 정원사 한 분이 때마침 그 근처를 지나가다가 그만, 도련님을 신기하다는 눈빛으로 쳐다보고 말었어요. 도련님은 자기가 곱사등이가 될 거라서 정원사가 쳐다본 거라는 둥 심허게 난리를 피웠대요. 그렇게 울고불고 하시다 보니 결국에는 열이 펄펄 나구 밤새 앓으셨죠."

"콜린이 단 한 번이라도 내게 화를 낸다면, 난 다시는 그 애를 보러 가지 않을 거야." 메리가 말했다.

"도련님이 아가씨가 보고 싶다구 하시면 아가씨는 그걸 피할 도리가 없어요." 마사가 말했다. "첨부터 그건 명심허구 계셔야 해요."

바로 그때 종이 울렸고, 마사는 뜨개질감을 둘둘 말아 챙겼다.

"장담컨대 간호사가 도련님이랑 있어 달라구 절 부르는 거여요." 마사가 말했다. "오늘은 기분이 좀 좋으셔야 할 터인디."

마사는 방을 나갔고, 10분쯤 후에는 어리둥절한 표정을 지으며 다시 돌아왔다.

"이런, 아가씨께서 도련님을 홀리신 게 맞구먼요." 마사가 말했다. "그림책을 읽으면서 소파에 앉아 계시더라구요. 간호사에게는 여섯 시까지 어딜 좀 나가 있으라구 하셨구, 제게는 옆방에서 대기하라구 하셨어요. 간호사가 나가자마자 도련님이 저를 부르시더니, '메리 레녹스를 불러와서 이야기를 듣고 싶어. 그런데 이건 아무한테도 말하면 안 돼. 명심해.' 이렇게 말씀하셨어요. 빨리 가보시는 게 좋을 것 같아요."

메리도 빨리 가고 싶은 마음이었다. 물론 디콘을 보고 싶은 마음보다는 덜했겠지만, 메리는 콜린도 무척이나 보고 싶었다.

콜린의 방으로 들어가자 벽난로에서 활활 타고 있는 불길이 보였다. 환한 대낮에 다시금 둘러보니, 그곳은 참으로 아름다운 방이었다. 방의 창문은 장대비가 쏟아지는 잿빛 하늘을 비추고 있었지만, 바닥의 깔개며 벽에 걸린 양탄자와 그림들, 선반 위의 책들이 앞다투어 알록달록한 색감을 쏟아내면서 그 방을 환하게 밝히고 편안한 느낌을 주었다. 심지어 콜린의 모습마저도 한 폭의 그림 같았다. 콜린은 벨벳 가운을 입고 커다란 양단 쿠션에 기대어 앉아 있었다. 양 볼이 발그스름했다.

"이리 와." 콜린이 말했다. "오전 내내 네 생각만 했어."

"나도 네 생각을 했어." 메리가 대꾸했다. "마사가 얼마나 겁을 내고 있는지 넌 모를 거야. 메들록 부인이 알면 자긴 네 이야기를 떠들어댄 장본인으로 몰릴 테니, 이 집에서 쫓겨날 수도 있다고 했어."

콜린이 얼굴을 찌푸렸다.

"가서 이리로 오라고 해." 콜린이 말했다. "마사는 옆방에 있으니까."

메리가 옆방에 가서 마사를 데려왔다. 가여운 마사는 다리까지 바들바들 떨고 있었다. 콜린은 여전히 찌푸린 얼굴이었다.

"넌 내 기분을 맞춰줘야 해, 아님 안 맞춰줘야 해?" 콜린이 강압적으로 물었다.

"저는 도련님 기분을 맞춰드려야 허지요." 마사는 새빨개진 얼굴로 더듬더듬 대답했다.

"메들록 부인은 내 기분을 맞춰줘야 해?"

"모두가 그래야 허지요." 마사가 말했다.

"자, 그럼 생각해봐. 메리 양을 데려오라고 명령을 내린 건 나잖아. 설령 메들록 부인이 알게 된다 해도, 대체 어떻게 널 쫓아내겠어?"

"제발 쫓아내게 허지 말아주셔요, 도련님!" 마사가 애원했다.

"메들록 부인이 건방지게 그런 소리를 지껄이면 난 '부인'을 쫓아낼 거야." 크레이븐가의 작은 주인이 거들먹거리는 말투로 말했다. "부인은 그렇게 되길 원하지 않을 걸. 내가 보증하지."

"감사합니다, 도련님." 마사가 몸을 꾸벅 숙여 인사했다. "전 맡은 바 소임을 다할 거구먼요."

"내가 원하는 것도 네가 맡은 일을 해내는 거란다." 콜린이 더 더욱 거드름을 피우며 말했다. "내가 널 보살펴줄게. 이제 가봐."

마사가 나가면서 문을 닫았고, 콜린은 놀랍다는 표정으로 쳐다보고 있는 메리 아가씨의 시선을 이제야 눈치챘다.

"왜 그런 눈으로 보는 거야?" 콜린이 물었다. "무슨 생각을 하는 건데?"

"두 가지를 생각하고 있었어."

"그 두 가지가 뭔데? 앉아서 얘기해줘."

"첫 번째는 이거야." 메리가 등받이 없는 커다란 의자에 앉으며 말했다. "인도에 있을 때 어떤 남자애를 본 적이 있는데, 그 애는 라자•였어. 그 애는 루비랑 에메랄드랑 다이아몬드를 머리부터 발끝까지 주렁주렁 달고 있었지. 그 애가 사람들을 대하던 게, 딱 지금 네가 마사에게 말하는 거랑 똑같았단 말이야. 모두들 그 애가 시키는 건 뭐든 따라야 했지. 말하자마자 재깍 받들어야 했어. 그 말에 따르지 않으면 죽임을 당할 수도 있거든."

"조금 이따가 라자 얘기를 더 듣고 싶어." 콜린이 말했다. "하지만 그 전에 두 번째 생각이 뭐였는지부터 말해봐."

"뭘 생각하고 있었냐면," 메리가 말했다. "디콘과 네가 참 다르다는 생각을 했지."

"디콘이 누군데?" 콜린이 말했다. "정말 이상한 이름이네!"

디콘의 이야기는 해도 되겠어, 라고 메리는 생각했다. 비밀 정원을 언급하지 않고 디콘에 대해서만 이야기하면 괜찮을 것 같았다. 메리도 마사가 들려주는 디콘 이야기들이 좋았으니, 콜린

• 인도의 왕족이나 영주

에게도 들려주고 싶었다. 게다가 지금 메리는 누구에게라도 디콘에 대해 이야기하고 싶었다. 그러면 디콘이 가까이 있는 것처럼 느껴질 테니까.

"디콘은 마사의 남동생이야. 나이는 열두 살이고." 메리가 설명했다. "그 애는 세상 누구와도 달라. 마치 인도인들이 뱀을 부리듯이 여우들이랑 다람쥐들이랑 새들을 몽땅 홀리더라니까. 그 애가 피리를 불면 정말 부드러운 소리가 나는데, 조금 있으면 동물들이 몰려와서 그 연주를 들어."

콜린 옆의 탁자에는 커다란 책들이 여러 권 놓여 있었다. 갑자기 콜린이 그중 한 권을 끌어당겼다.

"이 책에도 뱀을 부리는 사람이 그려져 있어." 콜린이 외쳤다. "이리로 와서 봐봐."

알록달록 화려한 삽화들이 실린 근사한 책이었다. 콜린이 책장을 넘기다가 그림을 찾아 보여주었다.

"그 애가 이런 것도 할 수 있을까?" 콜린이 열의에 차서 물었다.

"디콘이 피리를 불면 동물들이 귀 기울여 들어." 메리가 설명했다. "하지만 디콘은 그게 마술 같은 건 아니래. 자긴 늘 황무지에서 시간을 보내니까 동물들의 습성을 잘 알게 되었다고 했어. 가끔은 자기가 새나 토끼가 된 것처럼 느껴질 때도 있대. 그만큼이나 동물들을 좋아하는 거지. 저번에는 울새에게 뭔가를 물어보는 것 같았어. 내 눈에는 디콘이랑 울새가 부드럽게 짹짹거리면서 서로 이야기를 나누는 것처럼 보였어."

콜린은 쿠션에 등을 기대고 몸을 눕혔다. 두 눈은 점점 더 커다래지고 두 뺨도 타는 듯 붉어졌다.

"그 애 얘기를 좀 더 들려줘." 콜린이 말했다.

"디콘은 새의 둥지나 알에 대해서도 아주 빠삭해." 메리가 이야기를 이어나갔다. "그 애는 여우들이나 오소리, 수달이 어디에 사는지도 잘 알아. 그런데 디콘은 그런 것들을 모두 비밀로 하지. 다른 아이들이 동물들의 보금자리를 알게 되면 찾아가서 겁을 줄까 봐 그렇대. 황무지에서 자라거나 사는 것들에 대해서라면 디콘은 모르는 게 없어."

"그 남자애는 황무지가 좋대?" 콜린이 말했다. "그렇게 커다랗고 휑하고 음울하기만 한 곳을 어떻게 좋아할 수가 있지?"

"황무지는 세상에서 가장 아름다운 곳이야." 메리가 반박하듯 말했다. "땅에서는 수천 가지 사랑스러운 것들이 자라는 데다, 그곳을 뛰어다니는 조그마한 동물들은 얼마나 바쁘게 지내는지 몰라. 쉴 새 없이 둥지를 짓고 굴을 파면서 보금자리를 만들고, 서로서로 짹짹거리거나 노래하고 끼룩끼룩하는 소리를 내지. 다들 땅속, 나무 위, 히스꽃밭 사이사이에서 아주 바쁘고 재미있게 지내. 황무지는 자기들 세상이니까."

"넌 그런 걸 다 어떻게 알아?" 콜린이 팔꿈치로 몸을 받치고 메리 쪽으로 방향을 틀면서 말했다.

"나도 실제로 가보진 않았어." 메리는 기억을 떠올리고 있는 것 같았다. "어둠 속에 마차를 타고 그곳을 지난 적이 있을 뿐이야. 끔찍한 곳이라고 생각했었지. 처음에는 마사가 황무지에 대해 들려줬고, 디콘도 황무지 얘기를 했어. 디콘이 그 얘기를 할 때는 꼭 진짜로 눈앞에 풍경이 펼쳐지고 소리까지 들리는 기분이 들어. 그럴 땐 햇볕이 따사롭게 내리쬐는 히스 들판에 서 있는 것 같이 느껴져서, 가시금작화가 풍기는 꿀처럼 달달한 냄새도 나기 시작한다니까. 그 주위를 바쁘게 날아다니는 나비나 벌들은 또 어떻고!"

"몸이 아프면 아무것도 볼 수 없어." 콜린이 초조한 얼굴로 말했다. 그 표정은 마치, 저 멀리에서 낯선 소리가 들려오는데 그 소리의 정체를 몰라 답답해하는 사람 같았다.

"방에만 있으니까 못 보는 거지." 메리가 말했다.

"나는 황무지에 나갈 수가 없잖아." 콜린은 억울하다는 듯 말했다.

메리는 입을 꾹 다물고 있다가 잠시 후 대담하게 말했다.

"너도 나가게 될 거야, 언젠간."

콜린은 화들짝 놀란 듯 움찔했다.

"황무지에 간다고! 내가 어떻게? 그러다가는 죽고 말 거야."

"네가 어떻게 알아?" 메리가 매정하게 말했다. 메리는 콜린이 죽는다는 얘기를 그런 식으로 말하는 게 싫었다. 조금도 불쌍하지 않았다. 죽음이 무슨 큰 자랑이라도 되는 양 떠벌리고 있는 것 같았다.

"오, 어떻게 아냐면 내가 기억하는 가장 어렸을 때부터 늘 듣던 말이니까." 콜린이 언짢은 말투로 대답했다. "사람들은 항상 그런 이야기들을 소곤거리면서 내가 아무것도 모를 거라고 생각해. 다들 내가 죽기를 바라고 있어."

메리 아가씨는 다시 심술쟁이가 된 기분이 들어, 입술을 잘근 깨물었다.

"사람들이 다 그렇다는 소리는, 나도 네가 죽기를 바란다는 거잖아." 메리가 말했다. "난 안 그래. 대체 네가 죽는 걸 누가 바란다는 거야?"

"하인들이 바라고 있어. 내 주치의이자 삼촌인 크레이븐 선생님도 당연히 그러길 바라겠지. 왜냐하면 내가 죽어야 미슬스웨이트를 물려받아 부자가 될 수 있을 테니까. 선생님은 그런 얘기를 입 밖으로 꺼내진 않지만, 내 상태가 나빠질 때마다 어찌나 웃음꽃이 피던지. 내가 장티푸스에 걸렸을 때도 무척 싱글벙글하던걸. 아버지도 내가 죽기를 바라고 있을 거야."

"고모부가 그걸 바랄 것 같진 않아." 메리가 박박 우겼다.

그 말을 듣고, 콜린이 다시 고개를 돌려 메리를 바라보았다.

"넌 그렇게 생각해?" 콜린이 말했다.

그러더니 콜린은 다시 쿠션에 기대 누워, 뭔가를 골똘히 생각하는 표정으로 가만히 있었다. 꽤 오랫동안 정적이 흘렀다. 아마 두 아이 모두 희한한 생각을 하고 있으리라. 다른 아이들이라면 전혀 생각해보지 않을 그런 것들을.

"나는 런던에서 왔다는 그 훌륭한 의사 선생님이 좋더라. 네 등에 대고 있던 쇳덩이를 떼어내라고 말해줬다며." 마침내 메리가 입을 열었다. "그 선생님도 네가 죽을 거라고 말씀하셨어?"

"아니."

"그 선생님은 뭐라고 하셨는데?"

"소곤소곤 말하지는 않으셨어." 콜린이 대답했다. "내가 소곤거리는 소리를 싫어한다는 걸 알고 계셨을지도 몰라. 아주 큰 소리로 얘기하시는 걸 들었어. '이 아이는 마음만 단단히 먹으면 살 수 있을 거요. 살려는 마음이 들도록 기운을 북돋아 주시오.' 이렇게 말이야. 그런데 어쩐지 화가 난 것 같았어."

"그런 마음이 들게 해줄 사람을 알 것 같기도 해." 메리가 곰곰이 생각하면서 말했다. 메리는 어떤 방법을 쓰더라도 이 문제를 꼭 해결하고 싶었다. "디콘이라면 할 수 있을 거야. 그 애는 언제나 살아 있는 것들에 대해 이야기하니까. 죽거나 아픈 것들에 대해서는 절대로 이야기하지 않아. 그 애는 언제나 하늘을 올려다보면서 새들이 날아다니는 걸 구경해. 아니면… 땅을 내려다보면서 꼬물꼬물 자라는 것들을 지켜보던지. 그 애는 눈이 아주 동그랗고 눈동자도 새파란데, 특히 주위를 둘러볼 때는 어쩜 그렇게 크게 뜨는지 몰라. 웃을 때는 그 큰 입을 쫙 벌리고 얼마나 신나게 웃는지. 그리고 뺨이 참 붉어. 꼭 앵두 같은 색이야."

메리는 앉아 있던 의자를 소파 가까이로 끌어당겼다. 그 방긋 웃는 커다란 입과 동그랗게 뜬 눈이 떠올라, 메리는 완전히 다른 표정이 되어 있었다.

"잘 들어." 메리가 말했다. "이제부터 죽는다는 이야기는 하지 말자. 난 그런 이야기는 싫어. 우리는 이제부터 사는 이야기만 하는 거야. 디콘에 대해 얘기하고, 또다시 디콘에 대해 이야기하자. 그런 다음에는 네 그림책을 같이 보자."

메리가 제안할 수 있는 최고의 대화 주제였다. 디콘에 대해서 이야기한다는 것은 결국 황무지와 마사네 오두막집, 일주일에 16실링으로 살아가는 열네 식구에 관한 이야기를 한다는 뜻이었다. 망아지들마냥 황무지의 풀을 뜯어먹고 살이 쪘다는 동생들에 대해서도, 마사의 어머니와 줄넘기에 대해서도 들려주어야 했다. 햇볕이 내리쬐는 황무지가 얼마나 아름다운지, 시커먼 흙을 뚫고 삐죽삐죽 자라나는 연녹색 새싹들이 어떤 모습인지도 알려줄 수 있었다. 이렇게 생생하게 살아 있는 것들을 이야기하다 보니 메리는 그 어느 때보다도 말을 많이 했다. 콜린 역시 그 어느 때보다 말을 많이 했고 듣기도 열심히 들었다. 다른 아이들이 친구와 행복한 시간을 보낼 때 흔히 그러듯이 메리와 콜린도 아무것도 아닌 일에 여러 번 웃음이 터졌고, 어느 샌가 시끌벅적한 소리를 내며 깔깔거리고 있었다. 두 아이는 건강하고 평범한 열 살짜리 아이들처럼 웃고 있었다. 고집스럽기만 하고 조금도 사랑스럽지 않은 조그마한 여자아이와 자기가 죽을 거라고 굳게 믿고 있는 병약한 남자아이는 온데간데없었다.

메리와 콜린은 그림책을 보려던 것도 까맣게 잊고 시간이 어떻게 흐르는지도 모를 정도로 신나게 놀았다. 두 아이는 벤 웨더스태프와 울새 이야기를 하면서 큰 소리로 웃어댔다. 콜린은 자기 등이 약하다는 사실은 아예 잊었는지 몸을 꼿꼿이 세우고 앉아 있었는데, 문득 뭔가가 생각난 모양이었다.

"너 그거 알아? 우리 둘 다 한 번도 떠올리지 못한 사실이 하나 있잖아." 콜린이 말했다. "우리가 사촌이라는 거."

그렇게 시시콜콜한 것들까지 죄다 이야기했으면서 이렇게 큼지막한 사실은 생각조차 못했다니, 그런 자기들 모습이 어찌나 괴상하고 웃긴지! 두 아이는 배꼽이 빠져라 웃어댔다. 그 어떤 일에도 웃음이 터지는 단계에 이르렀기 때문이었다. 그렇게 한참을 웃고 있었는데, 갑자기 문이 열리면서 크레이븐 선생과 메들록 부인이 방 안으로 들어왔다.

크레이븐 선생이 너무 놀랐는지 뒤로 한 발 물러서는 바람에, 메들록 부인은 그대로 부딪혀 뒤로 넘어갈 뻔했다.

"아이고 세상에!" 불쌍한 메들록 부인은 눈이 얼굴 밖으로 튀어나올 지경이었다. "하느님 맙소사!"

"이게 무슨 일이야?" 크레이븐 선생이 앞으로 나왔다. "대체 어떻게 된 거지?"

그 순간, 메리는 어린 라자를 또다시 떠올리게 되었다. 콜린은 의사의 놀란 얼굴이나 메들록 부인의 기겁한 모습이 자기에겐 전혀 중요한 일이 아니라는 듯 시큰둥하게 대답했다. 어디 늙은 고양이나 개가 방 안으로 들어왔다고 생각하는 건지 살짝 놀라기만 한 정도로, 조금 성가셔졌다고 생각하는 표정이었다.

"이쪽은 제 사촌인 메리 레녹스예요." 콜린이 말했다. "내 곁에 와서 이야기를 들려달라고 불렀죠. 전 얘가 마음에 들어요. 얘는 내가 부를 때마다 와서 이야기 상대가 되어주어야 할 거예요."

크레이븐 선생은 힐책하는 눈빛으로 메들록 부인을 돌아보았다.

"오, 선생님." 부인의 숨이 거칠어졌다. "어찌된 일인지는 저도 모르겠습니다. 이런 일을 떠들어댈 만한 하인은 한 명도 없거든요. 다들 얼마나 명령을 잘 따른다고요."

"아무도 메리에게 말하지 않았어." 콜린이 말했다. "우는 소리를 듣고 나를 찾아온 거야. 나는 저 애가 와줘서 기뻐. 그러니까 멍청하게 굴지 마, 메들록."

메리가 보기에 크레이븐 선생은 꽤 언짢은 눈치였지만 환자의 돌발 행동을 저지할 용기까지는 없는 듯 했다. 의사 선생이 콜린 옆에 앉아서 맥을 짚었다.

"너무 흥분한 것 같아서 걱정이네. 흥분하는 건 네게 좋지 않단다, 얘야."

"메리를 못 만나게 하면 흥분할 거예요." 콜린이 협박하듯 두 눈을 번득이며 말했다. "몸이 좋아졌어요. 메리 덕분에 좋아진 거예요. 간호사에게 두 사람 몫의 차를 내어 오라고 해줘요. 메리와 같이 차를 마실 거니까."

메들록 부인과 크레이븐 선생은 곤란하다는 듯 서로를 마주 보았지만 딱히 손쓸 도리가 없다는 것만은 분명해 보였다.

"도련님 상태가 평소보다 좋아 보이긴 해요." 메들록 부인이 용기 내어 말했다. 부인은 "하지만…"이라고 운을 떼어놓고 잠시 골똘히 생각하다가, "…메리 아가씨께서 이 방에 들어온 다음이 아니라, 오늘 아침에 더 좋아 보이셨어요."라고 끝맺었다.

"메리는 어젯밤에 이 방에 왔어. 한참을 머물렀지. 메리가 힌두스타니어로 자장가를 불러줘서 편하게 잠들 수 있었어." 콜린이 말했다. "아침에 일어나니까 몸이 좋아진 느낌이었어. 아침도 먹고 싶었고. 지금은 차를 마시고 싶으니까 간호사한테 전해줘, 메들록."

크레이븐 선생은 오래 머무르지 않았다. 선생은 간호사가 들어오자 몇 분 정도 이야기를 나누더니 콜린에게는 몇 마디 주의를 주었다. 너무 많이 말하지는 말 것. 자신이 환자라는 사실을 잊지 말 것. 자신이 쉽게 지친다는 사실을 잊지 말 것. 메리는 콜린이 잊지 말아야 할 불편한 사실들이 너무 많다고 생각했다.

콜린은 살짝 심술이 난 표정을 짓더니 새까만 속눈썹이 촘촘하게 나 있는 이상한 눈으로 크레이븐 선생을 한참 동안 쳐다보았다.

"저는 전부 다 잊고 싶어요." 마침내 콜린이 입을 열었다. "메리와 있으면 잊을 수 있어요. 그래서 함께 있고 싶은 거고."

방을 떠나는 크레이븐 선생은 표정이 좋지 않았다. 문을 향해 걸어갈 때는 커다란 의자에 앉아 있는 조그마한 여자아이를 당혹스러운 눈으로 힐끔 쳐다보기도 했다. 메리는 선생이 들어오던 순간 고집스럽고 말 없는 아이로 되돌아갔으니, 선생의 입장에서는 대체 메리의 어디가 좋아서 콜린이 저렇게까지 구는지 알 수 있을 리가 없었다. 어쨌든 선생이 보기에도 콜린은 평소보다 훨씬 밝아 보였다. 선생은 무겁게 한숨을 내리쉬면서 복도를 걸었다.

"먹기 싫다고 하는데도 왜들 그렇게 뭘 먹으라고 하는지." 간호사가 차를 가져와 소파 옆 탁자에 내려놓자 콜린이 말했다. "자, 네가 먹으면 나도 먹을게. 엄청 따끈따끈하고 맛있어 보이는 머핀들이네. 그럼 이제 라자 이야기를 들려줘."

15장

둥지 만들기

그 후에도 일주일 내내 비가 왔다. 마침내 둥근 천장처럼 높이 솟은 하늘이 모습을 드러냈고, 쏟아지는 햇살도 꽤 뜨거웠다. 비록 비밀 정원이나 디콘을 볼 기회는 없었어도 너무나 즐거운 나날이었기에, 메리 아가씨에게는 지난 일주일이 그리 길게 느껴지지 않았다. 메리는 매일 콜린의 방에 찾아가 라자나 비밀 정원, 디콘, 황무지 오두막집에 대해 이야기하며 몇 시간씩 머물렀다. 두 아이는 알록달록한 책을 펼쳐 글을 읽고 그림을 구경했다. 메리가 콜린에게 책을 읽어줄 때도 있었고, 콜린이 메리를 위해 읽어줄 때도 있었다. 콜린이 즐거워하고 흥미를 보일 때마다 메리는 이 아이가 전혀 아파 보이지 않는다고 생각했다. 얼굴에 핏기가 없고 늘 소파에 앉아 있다는 것만 빼면 말이다.

"그날 밤 얘기를 듣고, 저는 아가씨가 능구렁이 여우같다고 생각했답니다. 가만히 귀 기울여 듣고 있다가 침대를 빠져나와 소리를 따라가시다니, 나 참!" 한 번은 메들록 부인이 이런 말을 했다. "하지만 모두에게 잘된 일이라는 점은 인정할게요. 도련님은 아가씨와 친구가 된 후로 짜증도 안 내고 징징거리지도 않으시니까요. 사실 간호사는 도련님한테 너무 질려서 일을 곧 그만두려던 참이었죠. 그런데 아가씨께서 도와주시니까, 이제는 더 있어도 괜찮겠다고 하더군요." 끝에는 살짝 웃기도 했다.

메리는 콜린과 이야기를 나눌 때마다 비밀 정원에 대해서는 조심하려고 노력했다. 메리는 콜린에게서 알아내고 싶은 것이 몇 가지 있었지만 직접 물어보기보다는 스스로 알아내야 한다고 생각했다. 첫째로, 콜린과 함께 있는 시간이 좋아진 메리는 눈앞의 남자아이가 비밀을 들어도 될 만한 사람인지 직접 확인해보고 싶었다. 콜린은 디콘과 비슷한 부분이 정말 한 군데도 없었지만 그 정원을 아무도 모른다는 사실을 무척 좋아하는 것 같아서, 이 아이라면 왠지 믿어도 괜찮을 것 같았다. 하지만 아무리 그렇다 해도 덥석 믿어버리기에는 함께 지낸 시간이 너무 짧았다. 메리가 알아내고 싶었던 두 번째는 이것이었다. 콜린을 믿을 수 있다면, 진짜로 믿어도 될 만한 아이라면, 다른 사람들 몰래 정원에 데려갈 방법이 뭐라도 있지 않을까? 훌륭한 의사 선생님은 콜린이 신선한 공기를 마셔야 한다고 했고, 콜린도 비밀 정원 안에서라면 신선한 공기를 마셔도 싫지 않을 거라고 했다. 콜린이 신선한 공기를 실컷 들이키면서 디콘과 울새를 만나고 식물들이 쑥쑥 커가는 모습을 지켜보게 된다면, 그때는 죽는다는 생각을 훨씬 덜하게 될지도 모른다. 최근 들어 메리는 거울에 자기 모습을 비추어 보면서, 인도에서 막 왔을 때 본 여자아이와 지금 자기가 보고 있는 여자아이가 무척 다르다고 느낄 때가 많았다. 그 여자아이는 전보다 훨씬 예뻐 보였다. 심지어 마사도 메리의 변화를 눈치챘다.

"황무지 공기가 벌써 큰일을 해냈구먼요." 마사가 말했다. "이제 아가씬 누리끼리하지두 않구 삐쩍 마르지두 않었어요. 머리카락이 찰싹 달라붙어 있지두 않구. 오히려 기운이 넘쳐서 이리저리 뻗치는구만."

"머리카락이 나랑 똑같네." 메리가 말했다. "기운이 생기고 더 통통해졌잖아. 개수도 많아진 것 같아."

"확실히 그런 것 같네요." 마사가 메리의 머리카락을 슬쩍 잡더니 얼굴 양옆으로 볼록해지도록 들어 올리며 말했다. "머리카락이 이렇게 많아지구 볼두 발그레해져서 전처럼 못나보이진 않어요."

정원과 신선한 공기가 메리에게 좋은 영향을 미쳤다면 아마 콜린에게도 좋을 것이었다. 하지만 콜린은 사람들이 쳐다보는 것을 싫어하니, 어쩌면 디콘을 만나고 싶어 하지 않을 수도 있었다.

"너는 사람들이 쳐다보면 왜 그렇게 화를 내?" 메리가 이렇게 물어본 적도 있었다.

"항상 싫었어." 콜린이 대답했다. "아주 어렸을 때부터 그랬지. 하인들이 날 데리고 바닷가에 간 적이 있어. 나는 휠체어•에 기대 앉아 있었는데 다들 나를 쳐다봤어. 부인들은 지나가다 멈춰 서서 유모에게 말을 걸고서 자기들끼리 소곤소곤 떠들었어. 나는 사람들이 뭘 소곤거리는지 알고 있었어. 내가 어른이 될 때까지 못 살 거라는 말들이었지. 몇몇 부인들은 내 볼을 쓰다듬으면서 '불쌍한 아이!'라고 말했어. 한 번은 어떤 부인이 또 그러길래, 마구 비명을 지르면서 손을 깨물었지. 그랬더니 기겁을 하면서 도망가던걸."

"그 부인은 네가 개처럼 미쳐버린 줄 알았을 거야." 메리가 별 감흥 없다는 듯이 말했다.

"그 사람이 어떻게 생각했든 상관없어." 콜린이 얼굴을 찌푸리며 말했다.

"듣고 보니 궁금해지네. 내가 네 방에 들어왔을 때는 왜 비명을 지르거나 깨물지 않았어?" 메리의 얼굴에 서서히 미소가 번

• 현대의 휠체어가 아니라 마차 같은 모습에 가깝다

졌다.

"네가 유령이나 꿈이라고 생각했으니까." 콜린이 말했다. "유령이나 꿈에서 본 사람을 깨물 순 없잖아. 게다가 비명을 질러봤자 소용없을 테고."

"있잖아, 그… 어떤 남자애가 너를 본다면, 싫을 것 같아?" 메리가 머뭇머뭇하면서 물었다.

콜린은 쿠션에 등을 기대면서 잠시 생각에 잠겼다.

"어떤 한 명이라면 괜찮아." 한 마디 한 마디를 신중히 생각하며 내뱉는 건지, 콜린이 아주 느릿느릿 말을 이어갔다. "나를 쳐다봐도 싫지 않을 것 같은 남자애가 한 명은 있어. 여우들이 사는 곳을 다 알고 있다는 남자애를 말하는 거야. 디콘이라는 애."

"내가 장담하는데, 그 애라면 너를 쳐다봐도 싫지 않을 거야."

"새들이나 다른 동물들은 그 애가 쳐다봐도 싫어하지 않잖아." 이렇게 말하는 콜린은 아직도 뭔가를 곰곰이 생각하는 표정이었다. "그러니까 나한테도 괜찮을 것 같아. 그 애는 동물을 홀리는 마술사 같은 사람인데, 나도 따지고 보면 남자아이 동물이잖아."

그 말이 끝나자 콜린은 웃음을 터뜨렸고, 메리도 깔깔대고 웃었다. 콜린이 자기 굴에만 숨어 있는 남자아이 동물이라고 생각하니 너무 웃겨서, 두 아이 모두 한참 동안이나 웃음을 멈추지 못했다.

그 덕분에, 메리는 디콘에 관해선 걱정할 필요가 없겠다고 생각했다.

푸른 하늘이 오랜만에 모습을 드러낸 그날 아침, 메리는 평소보다 일찍 잠에서 깼다. 블라인드 사이사이로 비스듬한 햇살이 쏟아지고 있었다. 그 광경을 보는 것만으로도 왠지 즐거운 기분이 들어서, 메리는 침대에서 폴짝 뛰어내려 창문으로 달려갔다. 블라인드를 걷어 올리고 창문을 열자, 신선하고 향긋한 바람이 불어왔다. 황무지는 파릇파릇했고 무슨 마법이라도 일어난 것처럼 온 세상이 아름다웠다. 피리를 불듯 뾰롱뾰롱 지저귀는 나지막하고 부드러운 소리들이 이곳저곳 할 것 없이 사방에서 들려왔다. 새들이 연주회 시작 전에 음을 맞추어보는 것 같았다. 메리는 창밖으로 손을 내밀어 햇살을 쓰다듬었다.

"따뜻해, 정말 따뜻해!" 메리가 말했다. "이렇게 따뜻하면 연둣빛 새싹들이 쑥쑥 올라올 거야. 땅속에서는 알뿌리들이랑 다른 뿌리들이 최선을 다해 힘차게 뻗어나가고 있겠지."

메리는 무릎을 꿇고 앉아서 창밖으로 몸을 쭈욱 내밀더니, 숨을 한 번 크게 들이마시고 킁킁대며 바람 냄새를 맡았다. 그러다 보니 디콘의 코끝이 토끼들처럼 바들바들 떨린다던 마사 어머니의 말이 생각나 웃음이 터지고 말았다.

"굉장히 이른 시간인가 봐." 메리가 말했다. "작은 구름들이 다

분홍색이네. 하늘이 저런 모습인 건 처음 봐. 깨어 있는 사람은 아무도 없나? 마부들이 떠드는 소리마저 안 들리다니."

갑자기 어떤 생각이 떠오르자 메리는 벌떡 일어났다.

"못 기다리겠어! 정원을 보러 갈 거야!"

메리는 이제 옷을 혼자 입을 줄도 알아서 5분 만에 싹 다 갈아입었다. 혼자 힘으로도 빗장을 벗길 수 있는 작은 쪽문을 알고 있었으므로, 양말만 신은 채 쏜살같이 달려가 아래층 현관에서 신발을 신었다. 메리는 쇠사슬을 풀고, 빗장을 벗기고, 잠금쇠를 열었다. 마침내 문이 열렸고, 어느새 메리는 한껏 푸르러진 풀밭 위에 서 있었다. 햇살이 머리 위로 쏟아지고, 따스하고 달콤한 산들바람이 메리 주위를 맴돌았다. 사방의 덤불과 나무에서 피리처럼 뾰롱뾰롱 노래하고 짹짹 지저귀는 소리들이 흘러나왔다. 메리는 기쁨을 주체할 수 없어서 양손을 꽉 맞잡은 채 하늘을 올려다보았다. 분홍색, 진주색, 하얀색으로 수놓인 새파란 하늘이 봄날의 빛을 실컷 뿜어내고 있어서 메리는 자기도 뾰로롱 뾰로롱 큰 소리로 노래하고 짹짹 지저귀어야 할 것 같은 기분이 들었다. 메리는 비로소 지빠귀와 울새와 종달새들이 왜 그렇게 노래를 부르는지 깨닫게 되었다. 안 부르고는 버티려야 버틸 수가 없는 것이다. 메리는 타닥타닥 달려 관목들을 빙 돌고 산책로들을 지나 비밀 정원으로 뛰어갔다.

"벌써 모든 게 달라졌어." 메리가 말했다. "풀들이 더 파릇해지고 사방에서 새싹들이 올라오고 있어. 잎들도 활짝 펴지고 녹색 새순들이 돋아났잖아. 오늘 오후에는 틀림없이 디콘이 올 거야."

오랫동안 따스한 봄비가 내린 덕분에, 낮은 담장을 두른 산책로 옆 화단에서는 신기한 일이 벌어지고 있었다. 촘촘히 심어놓은 식물들은 뿌리에서 자라난 싹을 땅 위로 내밀고 있었고, 크로커스 줄기들 사이로 드문드문 보이는 푸르스름한 보랏빛이나 노란빛 꽃봉오리들이 한창 입을 벌리려는 중이었다. 반 년 전의 메리 아가씨였다면 세상이 깨어나는 모습을 구경할 일이 없었겠지만, 지금 메리는 어느 하나도 빼놓지 않고 지켜보고 있었다.

담쟁이덩굴 아래 문이 숨겨진 곳에 도착하자마자 희한한 소리가 우렁차게 들려와서 메리는 화들짝 놀랐다. 까악까악. 담장 꼭대기에서 들려오는 까마귀 울음소리였다. 고개를 들어보니 깃털에서 반질반질 윤이 나는 흑청색 까마귀 한 마리가 모든 걸 알고 있다는 눈으로 메리를 내려다보고 있었다. 메리는 까마귀를 그렇게 가까이에서 보는 건 처음이라 약간 겁이 났다. 하지만 그럴 새도 없이, 까마귀는 날개를 활짝 펼치고 푸드덕푸드덕 정원으로 날아가 버렸다. 메리는 까마귀가 정원에 내려앉지 않았기를 바라면서, 아직도 있으면 어쩌나 하는 마음으로 문을 밀어 열었다. 하지만 정원 안으로 완전히 들어간 후, 메리는 까마귀가 처음부터 여기 머물 작정이었다는 것을 깨닫게 되었다. 까마귀는 아담한 사과나무 위에 앉아 있었고, 나무 밑에는 꼬리털이 북슬북슬하고 털이 불그스름한, 자그마한 짐승이 한 마리 엎드려 있었다. 까마귀와 짐승은 일제히 어딘가를 쳐다보고 있었는데, 그 시선을 따라가 보니 고개를 수그리고 앉아 있는 한 아이와 붉은 머리카락이 보였다. 풀밭에서 무릎을 꿇고 앉아 열심히 일하고 있는 디콘이었다.

메리는 풀밭을 한걸음에 달려 디콘에게 갔다.

"오, 디콘! 디콘!" 메리가 소리쳤다. "이렇게 일찍 오다니! 대체 어떻게 온 거야! 해가 막 뜨기 시작했는데!"

디콘이 환하게 웃으며 자리에서 일어나 머리를 문질렀다. 하늘에서 조각 같은 게 떨어져 나와 디콘의 눈 속에 머무르는 것 같았다.

"에이!" 디콘이 말했다. "전 해님보다두 훨씬 더 일찍 일어났지요. 세상이 이런데 어떻게 침대 안에서 뭉그적거리구 있겠어요! 온 세상이 이른 아침부터 다시 시작되었잖어요. 사방에서 온갖 것들이 바쁘게 돌아댕기구, 콧노래를 부르구, 박박 긁구, 피리를 불어대구, 둥지를 짓구, 향기를 내뿜구 있으니 침대에만 누워 있을 게 아니라 얼른 밖으루 튀어나와야지요. 해가 하늘루 폴짝 뛰어올랐을 때는 황무지두 기뻐서 날뛰었어요. 저두 히스 들판 한가운데에 서 있다가 미친 사람처럼 뛰어댕겼지요. 소리두 지르구 노래두 부르면서 말여요. 그리구 곧장 이리루 왔지요. 안 오구는 못 버티겄더라구요. 왜 아니겄어요? 정원이 이렇게 나를 기다리구 있는데!"

메리는 방금 뛰어온 사람처럼 숨을 헐떡이며 양손을 가슴에 댔다.

"오, 디콘! 디콘!" 메리가 말했다. "난 지금 너무 행복해서 숨도 제대로 못 쉬겠어!"

디콘이 낯선 사람과 이야기하는 모습을 보고, 꼬리가 북실북실한 작은 짐승이 자기가 앉아 있던 나무 아래에서 일어나 슬그머니 다가왔다. 나뭇가지에 앉아 있던 까마귀도 한 번 까악하고 날아오르더니 디콘의 어깨에 사뿐히 내려앉았다.

"얘는 새끼 여우여요." 디콘이 작은 짐승의 불그스름한 머리털을 쓰다듬으며 말했다. "이름은 대장이구요. 그리구 어깨에 있는 애는 깜댕이여요. 깜댕이는 제 곁에서 날아댕기믄서 황무지를 함께 건너왔구, 대장은 사냥개들이 뒤에서 쫓아오기라두 한다는 듯이 신나게 뛰어댕기더라구요. 제 기분이랑 똑같이 얘들두 신이 났을 테니깐."

까마귀도 새끼 여우도, 메리를 전혀 무서워하지 않는 것 같았다. 디콘이 걸어 다니기 시작했는데도 깜댕이는 어깨에 그대로 앉아 있었고, 대장도 디콘 옆에 딱 붙어서 조용히 따라다녔다.

"여길 보셔요!" 디콘이 말했다. "아주 힘차게 밀구 나오는구만. 여기두, 저기두! 그리구… 우와! 이것들 좀 보셔요!"

디콘이 재빨리 주저앉아 무릎을 꿇었고 메리도 그 옆에 앉았다. 그곳에는 자줏빛, 주황빛, 황금빛 꽃들을 활짝 펼치고 있는 크로커스 군단이 있었다. 메리는 고개를 숙여 꽃잎마다 뽀뽀를 퍼부어주었다.

"사람이었다면 이렇게 뽀뽀 못 해." 다 끝나고 고개를 들었을 때 메리가 말했다. "꽃들은 사람과 많이 다르니까."

디콘은 어리둥절한 표정을 짓더니 씩 웃었다.

"에이!" 디콘이 말했다. "온종일 황무지를 쏘다니다가 집으루 돌아가믄, 햇살을 받으며 문가에 서 계신 어머니 얼굴이 얼매나 행복허구 푸근허게 느껴지는지 몰러요. 그럴 땐 지금 아가씨께서 하신 것마냥 뽀뽀를 퍼부어드리지요. 전 수두 없이 그러는구만."

메리와 디콘은 정원을 이리저리 뛰어다녔다. 놀라운 것들이 어찌 그렇게 많은지 탄성이 절로 터져 나와서, 두 아이는 목소리를 잔뜩 낮추고 소곤소곤 말해야 한다는 사실을 몇 번이나 다시 떠올려야 했다. 디콘은 메리에게, 죽은 것처럼 보이던 장미 가지에서 잔뜩 부풀어 오르는 잎눈들을 보여주었다. 새로이 땅을 뚫고 나와 고개를 내민, 정말 셀 수 없이 많은 연녹색 새싹들을 보여주기도 했다. 두 아이는 무척 신이 나서 자그마한 코를 땅 가까이 들이대고 봄날의 따스한 숨결을 들이마셨다. 두 아이는 열심히 땅을 파고 잡초를 뽑았다. 너무 기뻐서 웃음이 새어 나올 때도 많았다. 그러다 보니 메리 아가씨의 머리는 디콘처럼 마구 헝클어졌고, 뺨도 디콘처럼 빨갛게 달아올라 양귀비꽃과 비슷한 색을 띠었다.

그날 아침의 비밀 정원은 사방에 기쁨이 깔려 있었지만 이번에는 그 한가운데로 훨씬 더 커다란 기쁨이 날아들었다. 훨씬 더 경이로운 기쁨이었다. 뭔가가 담장을 넘어 쌩하고 들어와 나무들을 휙휙 뚫고 지나가면서 풀이며 나무며 잔뜩 얽혀 있는 구석진 곳을 향해 돌진했다. 아주 자그마한 몸집에 가슴께가 불타는 것처럼 붉은 새 한 마리가 부리에 뭔가를 물고 날아온 것이다. 디콘은 가만히 멈춰 서더니 손을 뻗어 메리를 붙잡았다. 그 모습은 마치, 왁자지껄 웃음을 터뜨렸다가 그곳이 교회라는 사실을 깨달은 아이들 같았다.

"꼼짝허덜 마시어요." 디콘이 심한 요크셔 억양으로 속삭였다. "우린 숨소리두 내면 안 되겠구만. 지난번에 울새를 보구, 짝을 찾고 있다는 걸 단번에 알었지요. 쟤는 벤 웨더스태프 영감님의 울새여요. 지금 둥지를 짓구 있는 거여요. 우리가 놀래키지만 않으믄 여기에 자리를 잡겄죠."

두 아이는 풀밭에 살포시 앉아 꼼짝도 안 하고 가만히 있었다.

"이러코롬 가까이서 빤히 쳐다보구 있다는 걸 눈치채게 하믄 안 되어요." 디콘이 말했다. "저 녀석은요, 지금 하는 일을 우리가 훼방 놓는다구 생각허는 순간 영영 떠나버릴지두 몰러요. 이 일이 다 끝날 때까지는 평소랑 음청 다르게 굴 거여요. 왜냐하면 살림을 차리구 있으니깐요. 낮두 더 많이 가릴 테구, 조그마한 일에두 금세 신경질을 부릴 테구. 지금 저 녀석에게는 여기저기 말을 걸구 돌아다닐 시간이 없어요. 우리는 여기서 풀이나 나무나 덤불이 된 것마냥 꼼짝두 안 허구 있어야지요. 그렇게 한참을 있다 보면 저 녀석두 우리가 익숙해질 테니깐, 그때 제가 새 소리를 조금 낼 거여요. 그러면 우리가 훼방 놓을 리 없다는 걸 울새두 알겠지요."

모든 걸 다 알고 있는 듯한 디콘과 달리, 메리 아가씨는 풀이나 나무나 덤불처럼 보이려면 뭘 해야 하는지 몰라 당황스러웠다. 하지만 이 괴상한 작전을 제안하는 디콘의 목소리를 들어보니 이보다 더 당연하고 쉬운 일이 어디 있느냐고 말하는 듯해서, 메리는 디콘이라면 쉽게 해낼 수 있을 거라고 짐작했다. 메리는 이 남자애가 소리도 없이 초록빛으로 변해서 가지를 뻗어내고 잎사귀를 펼치는 건 아닐까 호기심이 일어, 몇 분 동안 디콘을 유심히 지켜보았다. 하지만 디콘은 정말 놀라우리만치 꼼짝하지 않고 가만히 있을 뿐이었다. 게다가 말을 할 때는 어찌나 목소리를 낮추고 소곤소곤 말하는지, 저게 들리기나 할까 싶었지만 어쨌든 알아들을 수는 있었다.

"봄이면 항상 있는 일이여요. 둥지 짓는 거 말여요." 디콘이 말했다. "제가 장담허는데, 세상이 첨 생겼을 때부터 매년 똑같은 방식으루 해왔을 거여요. 새들헌테는 자기들 나름대로 생각허구 행동하는 방식이 있으니깐 우린 참견하지 말어야 해요. 다른 계절보담두, 봄에는 특히 더 조심해야 되어요. 호기심에 코를 들이밀었다가는 친구를 잃기가 쉬울 테니깐."

"울새 얘기를 하다 보면 자꾸만 쳐다보게 되는걸." 메리는 자기가 낼 수 있는 가장 나지막한 소리로 이야기했다. "그러면 다른 이야길 해야겠어. 마침 너한테 말해주고 싶은 게 있거든."

"우리가 다른 얘길 허면 울새두 좋아할 거여요." 디콘이 말했다. "하실 얘기가 뭐여요?"

"있잖아, 혹시 너 콜린에 대해 아니?" 메리가 속닥속닥 말했다.

디콘이 고개를 돌려 메리를 바라보았다.

"아가씨는 도련님에 대해 뭐를 아시는데요?" 디콘이 물었다.

"난 그 애를 만났어. 지난주에는 매일 찾아가서 이야기를 나누었지. 콜린은 내가 오는 걸 좋아해. 나랑 있으면 자기가 아프고 곧 죽을 거라는 사실을 잊어버리게 된대." 메리가 대답했다.

디콘의 동그란 얼굴에서 놀란 기색이 사라지자마자 한껏 편안해진 표정이 나타났다.

"잘 되었구만요." 디콘이 탄성을 질렀다. "아주 잘 되었구만. 저두 맘이 편해졌어요. 도련님에 대해선 암것두 말허면 안 된다구 들었는데, 전 뭘 숨기는 게 싫거든요."

"그럼 넌 정원에 대해 숨기는 것도 싫어?" 메리가 말했다.

"정원에 대해선 입두 벙긋하지 않을 거여요." 디콘이 대답했다. "허지만 어머니께 이렇게 말씀드리긴 했어요. '어머니, 나헌테 지켜야 헐 비밀이 생겼어요. 어머니두 짐작하시겠지만 절대루 나쁜 일은 아니여요. 새 둥지가 어디에 있는질 숨기는 거랑 비슷한 정도여요. 그러니깐 어머니께 털어놓지 않어두 괜찮겠지요? 그렇지요?'"

메리는 디콘 어머니에 대한 이야기라면 언제 들어도 좋았다.

"그래서 뭐라고 하셨어?" 어떤 대답이 나와도 두렵지 않다는 듯 메리가 물었다.

디콘은 상냥하게 웃었다.

"참으루 어머니답게 말씀허셨죠." 콜린이 대답했다. "제 머리를 쓰다듬으면서 웃으시더니 이러코롬 말씀허셨어요. '아이구, 아가. 그러구 싶다믄 얼마든지 비밀을 지키려무나. 난 널 12년이나 봐왔잖냐.'"

"넌 콜린을 어떻게 알아?" 메리가 물었다.

"크레이븐 나리를 아는 사람이라믄, 그분처럼 곱사등이가 될 꼬마 도련님이 있다는 것쯤은 다들 알어요. 그 얘기가 사람들 입에 오르내리믄 크레이븐 나리께서 화를 내신단 것두 다들 알지요. 사람들은 크레이븐 나리를 딱허게 생각해요. 돌아가신 마님은 음청나게 젊구 이쁘셨구, 두 분이 서로를 무진장 사랑허셨으니깐요. 메들록 부인은 스웨이트에 갈 일이 있을 때마다 저희 집엘 들르시는데, 우리 형제들이 있어두 아랑곳하지 않구 어머니께 이런저런 얘길 털어놓으셔요. 우리들이 믿음직헌 성품으루 자랐다는 걸 아시니깐요. 그런데 아가씨는 도련님 얘길 어떻게 아셔요? 마사 누나가 지난번에 집에 와서 아주 곤란하다구 난리더만요. 도련님이 징징거리는 소리를 듣구 아가씨께서 자꾸 물어보시는데 이걸 뭐라구 해줘야 헐지 모르겄다구 누나가 그러던디."

메리는 한밤중에 바람이 휘몰어쳐서 잠이 깼다는 이야기며, 저 멀리에서 칭얼거리는 울음소리가 희미하게 들려와서 자기가 촛불 하나만 들고 어두컴컴한 복도를 걸어갔다는 이야기, 문을 열었더니 흐릿하게 불을 밝힌 방이 나왔고, 그 방 한구석에는 무늬를 새겨넣은 네 기둥이 있는 침대가 있었다는 이야기까지 모두 들려주었다. 메리가 콜린의 생김새를 설명하면서 얼굴이 상아처럼 새하얗고 새까만 속눈썹이 촘촘히 난 기묘한 눈을 가졌다고 이야기하자, 디콘이 고개를 가로저었다.

"도련님의 어머니 눈이 딱 그렇게 생겼었다구 들었어요. 그분은 항상 웃고 계셨다구 하던디." 디콘이 말했다. "크레이븐 나리께선 도련님이 잠들었을 때만 아들을 보러 가시는데, 사람들이 말허기론 그게 다 도련님의 눈이 어머니를 쏙 빼닮아서 그런 거래요. 눈은 정말 똑같이 생겼어두 도련님 얼굴은 무진장 불행해 보이니깐요."

"네 생각엔 말이야, 크레이븐 고모부가 콜린이 죽길 바라는 것 같아?" 메리가 속삭였다.

"그렇진 않어요. 허지만 도련님이 태어나지 않았으면 좋았겠다는 생각은 하시지요. 어머니께선 어린아이에게 그것보다 더 끔찍헌 말이 어디 있겠냐구 말씀하셔요. 아무두 원하지 않는 아이가 어떻게 잘 자라겠느냐구 말여요. 크레이븐 나리는 그 불쌍한 도련님에게 돈으루 살 수 있는 건 뭐든 사주신다지만, 그게 다 뭔 소용이겠어요? 나리는 도련님이 이 세상에 존재한다는 것마저 기억에서 지우구 싶어 하시는 걸요. 다른 이유들도 있겠지만, 어느 날 등이 굽어버린 아들을 보게 될까 봐 젤루 겁을 내시지요."

"콜린은 그게 겁나서 앉아 있으려고도 안 해." 메리가 말했다. "등에서 혹이 튀어나오는 게 느껴지기라도 하면 자긴 미쳐서 소리를 지르다가 죽게 될 거래. 콜린은 그런 생각을 항상 한다더라."

"에휴! 거기 누워서 그런 생각만 허구 있으믄 안 될 터인디." 디콘이 말했다. "그런 생각만 허면 건강이 좋아질 리가 없잖어요."

새끼 여우가 디콘 옆 풀밭에 드러눕더니 이따금씩 디콘을 올려다보면서 쓰다듬어 달라는 눈빛을 보냈다. 디콘은 몸을 낮추어 여우의 목덜미를 부드럽게 토닥이면서 조용히 생각에 잠겼다. 잠시 후, 디콘이 고개를 들고 정원을 둘러보았다.

"이곳에 처음 들어왔을 때 말여요." 디콘이 말했다. "그때는 온통 잿빛밖에 보이질 않었잖어요. 지금 주위를 한 번 둘러보셔요. 아가씨두 달라진 게 보이셔요?"

메리가 주위를 둘러보다가 조그맣게 헉 하는 소리를 내었다.

"우와!" 메리가 소리쳤다. "잿빛이었던 담장이 변하고 있어. 마치 녹색 안개가 퍼져나가고 있는 것 같아. 투명하게 비치는 초록빛 장막을 두른 것 같아!"

"그렇지요." 디콘이 말했다. "점점 더 녹색으루, 녹색으루 변하다 보믄 잿빛은 완전히 사라질 거여요. 아가씨, 제가 지금 무슨 생각을 하구 있었는지 짐작 가는 게 있으셔요?"

"뭔가 좋은 걸 생각하고 있었을 거야." 메리가 흥분하면서 말했다. "아마 콜린에 관한 걸 생각하고 있었겠지."

"도련님이 이곳에 나올 수만 있다면 그때는 등에 혹이 자라나 안 자라나, 그런 것만 보구 있진 않으리란 생각을 했어요. 장미덤불에 새순이 돋는 걸 구경하느라 바쁘실 걸요. 그러다 보면 점점 더 건강해질 테구." 디콘이 설명했다. "우리가 뭘 해야 도련님이 여길 와서 나무 아래에 휠체어를 놓구, 편히 앉아서 주위를 구경허구 싶은 맘이 생길까 고민허구 있었어요."

"나도 그걸 고민하고 있었어. 콜린과 이야기를 나눌 때마다 거의 매번 그런 생각이 들더라." 메리가 말했다. "그런데 나는 콜린이 비밀을 지킬 수 있을지 확신이 안 서. 사람들에게 들키지 않고 데려올 방법이 있는지도 잘 모르겠고. 콜린의 휠체어는 네가 밀어주면 될 것 같아. 의사 선생님은 콜린이 신선한 공기를 마셔야 한다고 했어. 콜린이 우리랑 같이 밖에 나가겠다고 하면 아무도 그 말을 거역하지 못해. 하인들이 아무리 말해봤자 콜린은 밖에 나오길 싫어하니까, 우리랑 같이 나간다고 하면 다른 사람들도 좋아할 거야. 콜린이라면 정원사들에게 멀리 떨어져 있으라고 명령할 수도 있어. 그러면 이곳을 들키진 않겠지."

디콘은 대장의 등을 긁어주면서 골똘히 생각에 잠겼다.

"여길 나오면 도련님헌테두 좋은 변화가 있을 거여요. 제가 장담허지요." 디콘이 말했다. "우리가 해야 헐 일은, 도련님을 태어나지 않는 게 더 나았을 뻔한 불쌍한 아이 보듯 하지 않는 거여요. 우린 이 정원이 자라는 걸 지켜보는 평범한 어린애들이 되는 거구, 도련님은 이곳을 지켜보는 또 다른 아이일 뿐이여요. 봄 경치를 구경허구 있는 사내애 둘이랑 계집애 하나, 그 이상두 이하두 아니여요. 그렇게 지내는 게 의사가 주는 약보다두 훨씬 나을 거구만! 제가 장담헌다니깐요."

"콜린은 등이 굽을까 봐 걱정을 하면서 그 방에만 너무 오래 누워 있었어. 그래서 성격이 괴상해진 거야." 메리가 말했다. "책에 나오는 이야기들은 많이 알고 있지만 다른 건 아무것도 몰라. 몸이 너무 아프니까 창밖이 어떻게 변하고 있는지 알고 싶지도 않았대. 밖에 나가는 것도 싫고 정원이나 정원사들도 싫대. 그런데 이 정원 이야기를 듣는 건 좋아해. 왜냐하면 비밀이니까. 겁이 나서 다 말해주진 못했는데도, 콜린은 이 정원을 보고 싶다고 하더라."

"언젠가는 꼭 여길루 모셔오자구요." 디콘이 말했다. "저두 도련님 휠체어 미는 일 정도는 충분히 잘 헐 수 있으니깐요. 그런데 아가씨, 우리가 여기 앉아 있는 동안 울새가 자기 짝꿍이랑 뭘 허구 있었는지 보셨어요? 저것 좀 보셔요. 나무 위에 저렇게 앉아 가지구, 부리에 물구 있는 나뭇가지를 어디에 놔야 젤루 좋을지 골똘히 생각허구 있잖어요."

디콘이 나지막한 휘파람을 불어 새에게 신호를 보냈다. 울새는 나뭇가지를 부리에 문 채로 고개를 홱 돌려, 무슨 일이냐는 눈빛으로 디콘을 바라보았다. 디콘은 벤 웨더스태프 영감처럼 사람의 언어로 울새에게 말을 걸었다. 하지만 벤 영감과는 달리, 친근하게 조언을 해주는 말투였다.

"그걸 어디다 놓든," 디콘이 말했다. "어디든 괜찮지, 뭐. 넌 알을 깨구 나오기두 전부터 둥지 짓는 법을 알았잖어. 이 녀석아, 자신 있게 해부러! 그러코롬 허비헐 시간이 없다니깐."

"오, 네가 울새한테 이야기하는 건 정말 듣기 좋다!" 메리가 너무나 기뻐서 깔깔 웃었다. "벤 웨더스태프 영감님은 항상 울새를 혼내거나 놀리거든. 그럴 때마다 울새는 콩콩 뛰어다니고 단어 한 마디 한 마디를 다 알아들은 것처럼 굴어. 가만 보면 쟤는 참 그런 걸 좋아해. 벤 영감님 말씀으로는 저 울새가 우쭐거리길 너무 좋아해서, 누가 자기한테 돌을 던지는 것보다도 관심 못 받는 걸 더 싫어할 거래."

디콘도 한바탕 웃음을 터뜨리더니 울새에게 계속 말을 걸었다.

"우리가 널 귀찮게 안 한다는 거, 너두 잘 알잖어." 디콘이 울새에게 말했다. "우리두 동물들이랑 별루 다를 게 없어. 우리두 둥지를 만들구 있거든, 친구야. 너두 우리 둥지를 아무헌테두 알리지 말어."

울새는 부리에 뭔가를 물고 있어서인지 대답을 해주지는 않았다. 하지만 울새가 나뭇가지를 입에 문 채로 제 둥지가 있는 구석으로 돌아갔을 때에야 비로소, 메리는 이슬처럼 반짝거리는 울새의 새까만 두 눈이야말로 누구에게도 말하지 않겠다는 뜻임을 알아차렸다.

16장

"안 올 거야!"

그날 아침에는 정원에서 해야 할 일이 너무 많아서, 메리는 점심시간이 훨씬 넘어서야 저택으로 돌아갔다. 메리는 정원에서 하던 일을 이어서 하고 싶은 마음에 이리저리 서둘렀고, 그러다 보니 방을 나설 때가 되어서야 콜린이 생각났다.

"콜린에게 아직은 못 간다고 전해줘." 메리가 마사에게 말했다. "지금 정원 일이 너무 바쁘거든."

마사는 겁을 먹은 듯 했다.

"아이구! 메리 아가씨." 마사가 말했다. "도련님께 그 말을 전하믄 벌컥 성을 내실 터인디."

하지만 다른 사람들과는 달리, 메리는 콜린이 무섭지 않았던 데다가 딱히 남을 위해 자신을 희생하는 성격도 아니었다.

"난 나가봐야 해." 메리가 대답했다. "디콘이 기다리고 있단 말이야." 메리는 이렇게 말하더니 도망치듯 사라졌다.

그날 오후의 비밀 정원은 아침보다 더 아름답고 분주했다. 어느새 잡초도 거의 다 뽑혀나갔고, 대부분의 장미와 나무들은 가지를 잘라내거나 주변 흙을 파두었다. 디콘은 자기 삽을 챙겨 왔고, 메리에게 원예 도구 사용법을 하나하나 알려주었다. 그쯤 되니 한 가지 사실은 분명해졌다. 비록 이 아름다운 야생의 공간이 하루아침에 '정원사가 가꾼 정원'이 될 리는 없겠지만, 봄이 끝나갈 무렵에는 다소 제멋대로 자랄지언정 온갖 식물들이 쑥쑥 커가는 곳으로 변하리란 사실 말이다.

"우리 머리 위루 사과나무 꽃이랑 벚나무 꽃이 수두룩허게 필 거여요." 디콘이 힘닿는 데까지 열심히 일하면서 말했다. "담장 바로 옆에 있는 복숭아나무랑 자두나무에두 꽃이 만발헐 테지요. 풀밭은 꽃잎으루 뒤덮여서 알록달록한 융단처럼 보일 테구."

새끼 여우와 까마귀도 아이들만큼이나 즐겁고 분주했으며, 울새와 그 짝꿍도 이리 번쩍, 저리 번쩍 바쁘게 날아다녔다. 까마귀는 이따금씩 시커먼 날개를 활짝 펴고 담장 너머 나무 꼭대기들 사이로 휙 날아갔다. 까마귀는 다시 돌아올 때마다 디콘과 가까운 곳에 내려앉아 모험담이라도 들려주듯 몇 번이나 까악까악 울었다. 그러면 디콘은 울새에게 말을 걸 때처럼 까마귀와 이야기를 나누곤 했다. 한 번은 디콘이 너무 바빠서 곧바로 대답을 해주지 않자, 깜댕이가 푸드덕 날아오르더니 디콘의 어깨에 앉아 그 커다란 부리로 디콘의 귀를 살살 잡아당겼다. 메리가 잠시 쉬고 싶어 하자 둘은 함께 나무 아래에 앉았다. 디콘은 주머니에서 피리를 꺼내 부드러우면서도 독특한 선율로 짧은 곡을 연주했고, 어느새 다람쥐 두 마리가 담장 위에 나타나서 디콘을 구경하며 귀를 기울였다.

"아가씨두 힘이 예전보다 세진 것 같네요." 땅을 파고 있는 메리를 빤히 쳐다보며 디콘이 말했다. "생김새두 확실히 달라졌어요."

메리는 몸을 많이 쓰면서 일하는 데다 기분까지 좋아서 얼굴이 벌게졌다.

"하루가 다르게 살이 찌고 있어." 메리가 자랑스러운 듯 말했다. "메들록 부인은 나한테 더 큰 옷을 사줘야 할 거야. 마사가 말하기론 내 머리카락도 점점 굵어지고 있대. 예전처럼 착 달라붙지도 않고 가느다랗지도 않아."

해가 지기 시작하면서 강렬한 황금빛 광선을 나무 아래로 비스듬히 드리우자 비로소 두 아이는 각자 집으로 돌아갔다.

"내일두 날씨가 좋을 거여요." 디콘이 말했다. "해 뜰 무렵에 와서 일허구 있을게요."

"나도 그럴게." 메리가 말했다.

메리는 온 힘을 다해 부지런히 발을 굴러 집으로 달려갔다. 당장 콜린을 찾아가 디콘의 새끼 여우와 까마귀 이야기를 해주고 봄이 바깥 풍경을 어떻게 바꿔놓았는지 알려주고 싶었다. 메리는 콜린도 분명히 그런 이야기들을 듣고 싶을 거라고 생각했다. 그래서 방문을 열었을 때 서러운 얼굴로 자신을 기다리는 마사가 보이자 기분이 언짢아졌다.

"무슨 일인데?" 메리가 물었다. "내가 못 온다니까 콜린이 뭐라고 했어?"

"에휴!" 마사가 말했다. "아가씨께서 도련님 방에 가셨어야 했는디 말이여요. 도련님은 오늘 어찌나 부글부글 끓구 있던지, 까딱하면 한바탕 난리가 날 뻔했어요. 오후 내내 도련님 기분을 살피느라 얼마나 진땀을 뺐는지 몰러요. 계속 시계만 보시더라니깐요."

메리는 입술을 잘근 깨물었다. 메리도 콜린만큼이나 다른 사람 입장을 생각해보는 일에 서툴러서, 심술궂은 남자애 하나 때문에 자기가 제일 좋아하는 일마저 방해받게 되는 이 상황이 도무지 이해되지 않았다. 세상에는 몸이 아프고 신경이 곤두서 있다는 핑계로 화를 억누르지 못하고 주변 사람들까지 아프고 불안하게 만들면서 그러지 않아야 할 이유조차 깨닫지 못하는 사람들이 있었다. 하지만 메리는 그런 사람들의 가엾은 처지에 대해서는 아무것도 몰랐다. 인도에서 지내던 시절, 메리는 자기 머리가 아프면 하인들도 똑같이 두통이나 그에 상응하는 아픔을 느끼게 하려고 난리법석을 떨었다. 그 시절엔 그게 옳은 일이라고 생각했다. 물론 지금은, 메리가 느끼기에도 콜린이 저지른 행동은 분명 나쁜 일이었다.

메리가 방 안으로 들어가 보았더니 콜린은 소파에 없었다. 그 대신 침대에 빳빳하게 누운 채로, 메리가 들어오는 걸 알고도 돌아보지 않았다. 시작부터 좋지 않았다. 메리는 퉁명스런 표정을 지으면서 콜린에게 성큼성큼 다가갔다.

"왜 안 일어나?" 메리가 말했다.

"아침에는 네가 올 줄 알고 일어났었어." 콜린은 여전히 메리의 눈을 피하며 대답했다. "오후에는 하인들을 시켜서 다시 침대에 누웠지. 등도 아프고 머리도 아팠어. 피곤하기도 했고. 넌 대체 왜 안 온 거야?"

"디콘이랑 정원에서 일하고 있었으니까." 메리가 말했다.

콜린은 미간을 잔뜩 찡그린 채 가소롭다는 듯이 메리를 바라보았다.

"네가 이야기를 들려주러 오지 않고 밖에 나가서 그 애랑만 있을 작정이라면, 난 그 애가 다시는 오지 못하게 할 거야." 콜린이 말했다.

피가 거꾸로 솟는 것 같았다. 메리는 굳이 고함을 지르지 않아도 화낼 수 있는 방법을 잘 알고 있었다. 점점 더 심술궂고 고집스러운 표정을 지으면서 무슨 일이 일어나도 반응하지 않으면 되었다.

"네가 디콘을 쫓아내기라도 하면, 난 두 번 다시는 이 방에 안 올 거야!" 메리가 맞받아쳤다.

"내가 원하면 넌 와야 해." 콜린이 말했다.

"안 올 거야!" 메리가 말했다.

"올 수밖에 없을 걸." 콜린이 말했다. "사람들이 널 질질 끌고 올 테니까."

"어련하시겠어요, 라자 마마!" 메리가 쏘아붙였다. "사람들이 날 끌고 올 수는 있겠지. 날 여기에 데려다 놓는 건 가능하겠지만 내게 말을 시킬 순 없을 거야. 난 여기 앉아서 이를 악물고 단 한 마디도 안 할 거니까. 널 쳐다보지도 않을 거야. 바닥만 노려보고 있을 거라고!"

서로를 노려보는 두 사람은 실로 잘 어울리는 맞수였다. 이 둘이 뒷골목 남자애들이었다면 득달같이 달려들어 난투극을 벌였을지도 모른다. 하지만 그럴 수 있는 상황은 아니었으니, 둘은 그다음으로 격렬한 싸움을 했다.

"넌 이기적이야!" 콜린이 소리쳤다.

"그러는 너는?" 메리가 말했다. "꼭 이기적인 사람들이 그런 말을 하더라고. 너한테는 네가 바라는 걸 안 해주는 사람이 이기적인 사람인가 봐. 너는 나보다도 훨씬 더 이기적이야. 너는 내가 살면서 만나본 사람 중에 제일 이기적인 애야!"

"그럴 리 없어!" 콜린이 재빨리 맞받아쳤다. "왜냐하면 그 잘난 디콘이 나보다 훨씬 더 이기적이니까! 그 녀석은 내가 혼자 있는 걸 뻔히 알면서도 널 흙밭에 붙잡아 뒀잖아. 그러니까 이기적인 건 걔야, 걔라고!"

메리의 눈이 이글이글 타올랐다.

"이 세상에 디콘만큼 착한 남자애는 없어!" 메리가 말했다. "디콘은… 디콘은 천사나 다름없다고!" 조금 유치하게 들릴 수도 있는 말이었지만 메리는 주저하지 않았다.

"천사 좋아하시네!" 콜린이 까칠하게 코웃음을 쳤다. "걔는 그냥, 황무지에 사는 별 볼 일 없는 촌뜨기일 뿐이야!"

"별 볼 일 없는 라자보다는 낫지!" 메리가 맞받아쳤다. "걔가 너보다 천 배는 나을 걸!"

두 아이 중에는 메리의 기운이 더 강했기 때문에, 어느덧 판세는 메리 쪽으로 기울고 있었다. 사실 콜린은 자신과 이렇게까지 비슷한 누군가와 싸워본 적이 한 번도 없었다. 장기적으로 보자면 이 말싸움은 콜린에게 좋은 영향을 미쳤지만, 이때는 콜린도 메리도 전혀 눈치채지 못했다. 콜린은 여전히 베개에 머리를 기댄 채 다른 방향으로 고개를 돌리고 눈을 감았다. 굵은 눈물방울이 새어 나와 뺨을 타고 흘러내렸다. 콜린이 느끼기에는 한 사람이 너무 가엾고 불쌍했기 때문이다. 다른 누구도 아닌, 자기 자신이.

"난 너만큼 이기적이진 않아. 왜냐하면 나는 늘 아프고, 조만간 내 등에 혹이 튀어나오리란 것도 아니까." 콜린이 말했다. "게다가 난 죽을 거잖아."

"넌 안 죽을 거야!" 메리는 콜린을 전혀 불쌍해하지 않는 태도로 반박했다.

콜린은 몹시 분한 기분이 들어 눈을 번쩍 떴다. 이제껏 그런 말은 어디에서도 들어보지 못했다. 처음엔 화가 나면서도, 살짝 기쁜 것 같은 생각도 들었다. 사람이 두 가지 감정을 동시에 느끼는 게 가능하다면 말이지만.

"아니라고?" 콜린이 외쳤다. "난 곧 죽을 거야! 내가 죽는다는 건 너도 알잖아! 다들 그렇게 말한다고."

"난 안 믿어!" 메리가 지긋지긋하다는 듯 소리쳤다. "너는 사람들이 불쌍하게 여겨주길 바라니까 그런 얘기를 하는 거야. 넌 죽는다는 걸 자랑거리 삼고 있잖아. 나는 그 말 안 믿어! 네가 착한 아이라면 그 말이 사실일지도 모르지. 그런데 넌 너무 못됐으니까!"

등이 약하다던 콜린은, 막상 화가 나자 침대에서 몸을 벌떡 일으켜 앉았다.

"방에서 나가!" 콜린은 고함을 지르더니 베개를 하나 붙잡아 메리에게 던졌다. 하지만 콜린의 힘으로는 멀리 던질 수 있을 리 없었고, 베개는 겨우 메리의 발치에 떨어졌다. 그걸 본 메리는, 꼭 누군가가 힘주어 찌그러뜨려 놓은 것마냥 잔뜩 구겨진 표정을 지었다.

"난 갈래." 메리가 말했다. "그리고 다시는 안 올 거야!"

메리는 문으로 걸어가다가, 문을 열기 직전에 다시 홱 돌아보며 말했다.

"네게 재미있는 이야기들을 잔뜩 들려줄 생각이었어." 메리가 말했다. "디콘이 자기가 키우는 여우랑 까마귀를 데려왔거든. 그 얘길 죄다 들려줄 생각이었다고. 넌 이제 하나도 들을 수 없을 거야!"

성큼성큼 방을 나가 문을 닫았는데, 정식 간호 교육을 받은 콜린의 간호사가 두 아이의 대화를 엿듣기라도 한 것처럼 문 가까이에 서 있어서 메리는 화들짝 놀랐다. 더욱 놀랍게도, 간호사는 웃고 있었다. 이 간호사는 덩치가 크고 얼굴이 잘생긴 젊은 여자였는데, 사실은 절대 간호사가 되면 안 되는 부류의 인물이었다. 몸이 불편한 사람들을 참지 못하는 성격이기 때문이었다. 이 간호사는 틈만 나면 온갖 핑계를 대면서 마사를 비롯하여 자기 일을 대신 해줄 다른 이들에게 콜린을 떠맡기곤 했다. 메리는 예전부터 이 간호사가 싫었던지라, 손수건으로 입을 가리고 킥킥대며 서 있는 간호사를 빤히 올려다보며 서 있었다.

"뭘 보고 그렇게 웃어요?" 메리가 간호사에게 물었다.

"두 꼬마분들이 너무 웃겨서요." 간호사가 말했다. "아파서 응석받이가 되어버린 어린애한테는 자기랑 똑 닮은 버릇없는 아이가 상대해주는 게 제일 효과적이죠." 그러더니 다시 손수건으로 입을 가리고 웃었다. "성질 더러운 여동생이 있어서 티격태격 싸우면서 자랐다면 도련님 몸 상태도 지금보다는 나았을 거예요."

"콜린은 죽게 되나요?"

"전 모르고요, 그다지 관심도 없어요." 간호사가 말했다. "도련님이 아픈 건, 절반 정도는 히스테리와 짜증 때문이죠."

"히스테리가 뭐예요?" 메리가 물었다.

"다음에 오시면 도련님 성질을 살살 긁어서 짜증을 내게 해보세요. 그러면 히스테리가 뭔지는 자연스레 알게 되실 거예요. 어쨌든 아가씨는 도련님께 히스테리 부릴 일을 만들어드린 거고, 전 그게 참 기쁘네요."

메리는 정원에서 막 돌아왔을 때 느꼈던 기분이 모두 사라져버린 채로 자기 방에 돌아갔다. 짜증이 나고 아주 실망스러웠다. 콜린에게 미안하다는 기분은 조금도 들지 않았다. 정원에서 돌아올 때만 해도, 메리는 콜린에게 멋진 이야기들을 들려줄 생각에 들떠 있었다. 게다가 메리는 콜린을 믿고 그 엄청난 비밀을 털어놓을 수 있을지 조만간 결정하려던 참이었다. 콜린을 믿어도 되겠다는 생각이 점점 커지고 있었는데, 이제는 마음이 완전히 바뀌었다. 메리는 콜린에게는 절대 말해주지 않겠다고 다짐했다. 신선한 공기는 구경도 못 해보고 그렇게 방 안에만 틀어박혀 있으라고 해! 그렇게 죽는 게 좋다는 앤데, 그냥 콱 죽어버리라지 뭐! 고소하다, 고소해! 메리는 어찌나 심술이 나고 화가 안 가라앉던지, 그 몇 분만큼은 디콘이 떠오르지도 않았고, 점점 더 퍼져나가며 세상을 뒤덮기 시작한 초록빛 장막이며, 황무지에서 불어오던 산들바람에 대해서도 새까맣게 잊고 있었다.

마사는 메리를 기다리고 있었다. 아까의 근심스런 표정은 온데간데없고, 지금은 흥미와 호기심이 그 자리를 차지하고 있었다. 방의 탁자에 나무 상자가 하나 놓여 있었다. 뚜껑이 열려 있어서 내용물이 훤히 보였는데, 깔끔하게 포장된 꾸러미 여러 개가 빼곡하게 들어 있었다.

"크레이븐 나리께서 보내셨어요." 마사가 말했다. "보아하니 그림책도 들어 있는 것 같아요."

메리는 크레이븐 고모부의 방에 불려간 날 고모부가 했던 말이 떠올랐다. '뭐, 따로 갖고 싶은 건 없니? 장난감이나 책, 인형 같은 걸 사줄까?' 메리는 고모부가 인형을 보낸 건지 궁금해하면서, 정말 그랬다면 뭘 하고 놀아야 하나 궁리하면서 포장을 뜯었다. 하지만 고모부가 인형은 보내지 않은 모양이었다. 그 대신 콜린이 갖고 있을 법한 알록달록한 책이 여러 권 있었다. 두 권은 정원에 관한 책이었고 책장마다 그림이 가득했다. 그 외에는 장난감 두세 가지, 금박으로 머리글자를 새긴 예쁘고 자그마한 필통, 황금색 펜과 잉크스탠드가 들어 있었다.

모든 게 너무 근사해서, 어느새 메리의 가슴속에서는 기쁨이 분노를 몰아내고 있었다. 고모부가 자기 말을 기억하리라고는 전혀 기대하지 않았기에, 차갑게 굳어 있던 작은 심장에도 따스한 온기가 돌기 시작했다.

"활자체 대신 필기체를 쓰면 더 잘 쓸 수 있을 테니까," 메리가 말했다. "이 펜으로는 고모부에게 편지부터 써야겠어. 감사하다는 말을 전해야지."

메리가 콜린과 아직 친했다면, 한걸음에 달려가서 고모부에게 받은 선물들을 보여주었을 것이다. 지금쯤이면 콜린과 함께 그림을 구경하고 정원에 관한 책을 읽고 있었을지도 몰랐다. 어쩌면 장난감을 갖고 놀았을 수도 있다. 그랬다면 콜린은 무척 즐거워했을 것이다. 죽게 될 거란 생각도 안 했을 테고, 혹이 나오고 있을까 봐 등뼈를 만져보지도 않았을 것이다. 콜린이 그런 식으로 행동할 때마다 메리는 견딜 수가 없었다. 콜린은 언제나 겁에 질려 있었고, 그런 모습을 지켜보는 메리마저 불편하고 두려운 기분이 들었기 때문이다. 콜린은 만약 언젠가 아주 자그마한 혹이라도 자기 손에 만져진다면, 그건 결국 등이 굽기 시작했다는 징조가 될 거라고 말했다. 콜린에게 처음으로 그런 생각이 든 건, 메들록 부인이 간호사에게 소곤소곤 건네는 말을 엿들었을 때였다. 콜린은 들은 내용을 속으로 계속 곱씹었고, 그러다 보니 마음속에 단단히 자리 잡은 두려움을 떨쳐버리지 못하게 된 것이다. 메들록 부인은 어릴 적 콜린 아버지의 등이 그런 식으로 굽어갔다고 말했다. 콜린은 마음속에 숨어 있는 히스테릭한 두려움이 점점 더 커지면서 사람들이 '짜증'이라고 부르는 행동이 나오게 되었다는 비밀을 메리에게만 털어놓았다. 그 말을 들었을 때, 메리는 콜린이 참 불쌍하다고 생각했다.

"콜린은 화가 나거나 몸이 피곤할 때마다 그런 생각을 한다고 했어." 메리가 혼잣말을 했다. "오늘 콜린은 화가 났잖아. 그러니까, 어쩌면 오후 내내 그런 생각을 하고 있었을지도 몰라."

메리는 가만히 서서 양탄자를 내려다보며 곰곰이 생각했다.

"다신 안 가겠다고 말했는데…." 메리가 미간을 찌푸리면서 망설였다. "하지만 어쩌면, 정말 어쩌면, 콜린을 만나러 가고 싶을 수도 있어. 콜린이 원한다면 말이야… 아마도 내일 아침에. 어쩌면 다시 베개를 던질지도 모르지만, 아마… 내가 가야 할 것 같아."

17장

콜린의 발작

메리는 아침에 너무 일찍 일어난 데다 정원에서 일도 열심히 해서 그런지 피곤하고 잠이 쏟아졌다. 그래서 마사가 가져온 저녁을 다 먹은 후에는 드디어 잘 수 있다는 생각만으로도 기분이 좋아졌다. 메리는 베개에 머리를 누이면서 이렇게 중얼거렸다.

"내일은 아침 먹기 전에 나가서 디콘이랑 일할 거야. 그 후에는 콜린을 만나러 가야겠지."

무시무시한 소리에 눈이 번쩍 뜨여 침대에서 허겁지겁 뛰어내렸을 때, 메리가 주위를 둘러보니 이미 한밤중인 것 같았다. 뭐야? 뭐였어? 하지만 메리는 곧바로 그 소리의 정체를 알아차렸다. 여기저기에서 문을 열고 닫는 소리가 들려오고 복도를 황급히 뛰어가는 발소리가 이어졌다. 그러는 동안 누군가는 울면서 비명을 지르고 있었다. 온 힘을 다해 소리를 빽빽 지르고 엉엉 흐느끼는, 끔찍하고 듣기 싫은 소리였다.

"콜린이야." 메리가 말했다. "콜린의 짜증이 시작된 거야. 간호사가 히스테리라고 말했던 걸 부리고 있나 봐. 정말 끔찍한 소리야."

그 울음 섞인 고함을 듣고 있다 보니, 메리는 사람들이 콜린의 짜증을 왜 그렇게 두려워하는지 알 것 같았다. 그 끔찍한 소리를 듣느니 차라리 마음대로 하도록 내버려 두는 게 낫다고 생각했을 것이다. 메리는 양손으로 귀를 막았다. 토할 것 같은 기분이 들고 몸이 바들바들 떨렸다.

"어쩌지, 어쩌지. 뭘 해야 할지 모르겠어." 메리는 자꾸 이런 말을 했다. "도저히 견딜 수가 없어."

메리는 자기가 용기를 내어 콜린을 찾아가면 울음이 그치지 않을까 고민해보기도 했다. 하지만 방에서 쫓겨나던 상황을 떠올리자, 콜린이 자신의 모습을 보면 상태가 더 악화될 수도 있겠다는 생각이 들었다. 귀를 있는 힘껏 틀어막아 봤지만 그 지독한 소리를 막아낼 수는 없었다. 메리는 그 소리가 너무너무 싫고 무서운 나머지 이제는 슬슬 화가 나려고 했다. 자기도 소리를 바락바락 질러야 할 것 같았다. 자신이 두려운 만큼 콜린에게도 겁을 주고 싶었다. 메리는 자기가 아닌 다른 사람이 난동을 부리는 상황에 익숙하지 않았다. 메리는 귀에서 손을 떼고 벌떡 일어나 발을 바닥에 쿵쿵 굴렀다.

"콜린은 멈춰야 해! 누구라도 재 좀 멈춰봐! 호되게 때려주던가!" 메리가 소리쳤다.

바로 그때, 복도를 따라 황급히 뛰어오는 발소리가 들리더니 방문이 벌컥 열리고 간호사가 들어왔다. 아까와는 달리 간호사의 얼굴은 웃고 있기는커녕 새파랗게 질려 있었다.

"도련님이 히스테리 발작을 일으켰어요." 간호사가 다급하게 말했다. "이러는 건 도련님 몸에도 안 좋아요. 다들 어쩔 줄 모르고 있어요. 아가씨가 가서 어떻게 좀 해보세요. 착한 아이처럼요. 도련님은 아가씨를 좋아하니까요."

"오늘 아침에 걔가 날 쫓아냈잖아요." 메리가 흥분해서 쾅쾅 발을 굴렀다.

그런데 어째, 간호사는 발을 구르는 소리에 오히려 기뻐하는 것 같았다. 이 방으로 달려오면서도 메리가 이불을 뒤집어쓴 채 훌쩍이고 있을까 봐 조마조마했기 때문이다.

"그거예요." 간호사가 말했다. "딱 그 기분이면 돼요. 얼른 가서 도련님께 호통을 쳐주세요. 도련님께 새로 생각할 거리를 만들어드리자고요. 갑시다, 꼬마 아가씨. 서둘러야 해요."

메리는 한참 후에야 깨달았지만, 지금 이 상황은 무시무시하면서도 꽤나 우스꽝스러웠다. 다 큰 어른들이 겁을 먹고 새파랗게 질려서는, 메리가 콜린만큼 버릇없는 아이란 짐작 하나만 믿고 조그마한 여자애한테 쪼르르 달려오는 꼴이란!

메리는 복도를 쌩하고 달렸다. 비명 소리에 가까워질수록 점점 더 화가 치밀어 올라, 문 앞에 도착할 즈음에는 메리 마음속의 악마가 튀어나오려고 했다. 메리는 방문을 홱 밀어 열고 기둥이 네 개 달린 침대로 곧장 뛰어갔다.

"그만해!" 호통이라도 치듯이 메리가 말했다. "그만하라고! 난 네가 싫어! 다들 너를 싫어해! 전부 이 집에서 나가고 너 혼자 남아서 비명이나 지르다 죽었으면 좋겠어! 그렇게 악을 쓰다 보면 당장이라도 '죽게 될 거야'. 꼭 그랬으면 좋겠네!"

메리가 착하고 동정심 많은 아이였다면 그런 말을 내뱉기는 커녕 머릿속에 떠올리지도 못했을 것이다. 하지만 메리가 퍼부어댄 독한 말들이, 히스테리를 부리고 있는 이 남자아이에게는 특효약이 되어버렸다. 그 누구도 저지하지 못하고 맞서지도 못하는 어린 도련님에게 메리가 크나큰 충격을 안겨준 것이다.

콜린은 침대에 엎드려서 베개를 사정없이 내려치고 있다가, 화가 잔뜩 난 어린아이의 호통에 번쩍 고개를 들더니 홱 돌아보았다. 창백하면서도 군데군데 새빨갛고 퉁퉁 부어오른 그 얼굴이 얼마나 끔찍해 보이던지. 콜린은 숨을 거칠게 몰아쉬면서 컥컥거렸다. 하지만 이 매정하기 짝이 없는 꼬마 아가씨는 콜린이 그러든 말든 전혀 신경 쓰지 않았다.

"너, 한 번만 더 소리를 질렀다간," 메리가 말했다. "나도 고래 고래 소리 지르는 수가 있어. 난 너보다 훨씬 더 크게 소리 지를 수 있어. 그러면 넌 잔뜩 겁먹겠지. 난 너를 벌벌 떨게 할 수도 있어!"

사실 콜린은 메리 때문에 너무 놀라서, 이미 비명을 멈춘 지 오래였다. 비명을 하도 질러대서 목구멍이 막혀버린 것 같았다. 눈물이 뺨을 타고 줄줄 흘러내렸고, 온몸이 바들바들 떨리고 있었다.

"멈출 수 없어!" 콜린이 히끅거리면서 눈물을 흘렸다. "할 수 없어, 못하겠다고!"

"할 수 있어!" 메리가 소리쳤다. "네가 아픈 이유의 절반은 히스테리와 짜증 때문이랬어. 네가 이러는 건 그냥 히스테리 때문이라고! 히스테리, 히스테리!" 메리는 '히스테리'를 말할 때마다 발을 쿵쿵 굴렀다.

"혹을 만졌어. 내 손에 느껴졌다고." 콜린이 목멘 소리로 말했다. "이럴 줄 알았어. 난 이제 곱사등이가 될 거고, 결국에는 죽게 될 거야." 그러더니 다시 몸서리를 치면서 고개를 돌리고 흐느끼기 시작했다. 하지만 비명을 지르지는 않았다.

"혹을 만졌을 리가 없어!" 메리가 화를 내면서 반박했다. "혹이 만져졌다면 그건 히스테리 혹일 거야. 히스테리가 만든 혹이라고. 네 바보 같은 등에는 아무 문제도 없어. 그냥 히스테리일 뿐이야! 돌아누워 봐. 내가 네 등을 봐야겠어!"

메리는 '히스테리'라는 단어가 마음에 들었다. 그런데 콜린도 그 단어에 상당히 동요하고 있는 것 같았다. 메리와 마찬가지로, 콜린에게도 '히스테리'는 태어나서 처음 들어보는 단어였을 것이다.

"간호사." 메리가 명령조로 말했다. "이리로 와서 당장 얘 등을 보여줘요!"

간호사와 메들록 부인과 마사는 아까부터 문가에 모여 서서 메리를 지켜보고 있었다. 세 사람 모두 입이 다물어지지 않는 모양이었다. 깜짝 놀라서 숨을 헉하고 들이쉰 게 벌써 몇 번째인지 몰랐다. 간호사는 겁에 질린 표정으로 앞으로 나섰다. 콜린은 숨을 심하게 몰아쉬면서 히끅거리고 있었다.

"아마, 아마 도련님이 허락 안 하실 거예요." 간호사가 다 기어 들어 가는 목소리로 우물쭈물했다.

그런데 콜린이 그 말을 듣더니 히끅, 히끅 하는 호흡 사이사이로 말을 내뱉었다.

"보, 보여줘! 그러, 그러면 알게 되겠지!"

마침내 볼품없는 여윈 등이 모습을 드러냈다. 어찌나 깡말랐는지 갈비뼈와 등뼈 마디를 하나하나 세어볼 수도 있을 지경이었다. 하지만 메리 아가씨는 그런 것들을 세는 대신, 그 자그마한 얼굴에 진지하고 냉철한 표정을 머금은 채 여기저기 샅샅이 살폈다. 어린아이가 그렇게 눈썹을 찡그리고 고지식한 표정을 짓고 있는 게 너무 웃겨서, 간호사는 입술이 씰룩거리는 걸 들키지 않으려고 고개를 돌려야 했다. 1분 정도 침묵이 흘렀다. 메리가 런던에서 온 훌륭한 의사 선생님이라도 된 것마냥 위에서 아래로, 아래에서 위로 콜린의 등뼈를 샅샅이 훑는 동안 그 누구도 소리를 내지 않았고, 심지어 콜린조차 숨을 참고 있었다.

"혹 같은 건 하나도 없어!" 마침내 메리가 입을 열었다. "좁쌀만 한 혹도 없어. 덩어리라고 볼 건 등뼈 마디뿐이야. 너무 말랐으니까 등뼈 마디들이 볼록볼록하게 만져지는 거야. 그런 건 나한테도 있어. 살이 붙기 전에는 나도 너처럼 등뼈들이 툭 튀어나와 있었어. 지금은 좀 덜 보이는데, 그래도 등뼈 마디도 안 보일 만큼 살이 찌진 않았어. 네 등에는 좁쌀만 한 혹도 없어! 그러니까 혹이 있다는 소리를 한 번이라도 더 하면 마음껏 비웃어줄 거야!"

메리가 짜증스럽게 내뱉는 유치한 말들이 콜린에게 어떤 영향을 미쳤는지, 다른 사람은 몰라도 콜린 자신은 확실히 느꼈다. 만일 콜린에게도 내면의 두려움을 털어놓을 상대가 있었다면, 용기 내어 누군가에게 물어보기라도 했었다면, 또래 친구가 있었다면 어땠을까. 사방이 가로막힌 거대한 저택 안에서, 콜린의 마음을 알지 못해 지쳐가는 사람들이 가득한 곳에서, 무거운 공기를 훅 들이마실 때마다 사람들의 공포까지도 밀려들어 오는 그곳에 갇혀 누워 있지 않았다면 어땠을까. 정말 그랬다면, 콜린은 그런 두려움과 고통을 만들어낸 것이 바로 자신이라는 사실을 쉽게 알아차렸을지도 모른다. 하지만 콜린은 그 자리에 그대로 누운 채 몇 시간, 며칠, 몇 달, 몇 년이 흐르도록 자기 자신과 신체적 고통과 지겨움에 대해서만 생각해왔다. 그런데 지금은 남을 불쌍히 여길 줄 모르는 여자아이 한 명이 튀어나와 불같이 화를 내면서 콜린의 몸 상태는 콜린이 생각하는 만큼 심하지 않다고 고집스레 주장하고 있으니, 콜린은 메리의 말이 진실일 수도 있겠다는 생각이 들었다.

"저는 몰랐네요." 간호사가 용기 내어 입을 열었다. "도련님이 등에 혹이 있다고 생각하시는 줄은 몰랐어요. 도련님의 등은 앉아 있으려고도 하질 않으셔서 약한 거예요. 제가 알았다면 혹 같은 건 없다고 말씀드렸을 텐데."

콜린은 침을 꿀꺽 삼키며 고개를 약간 돌려 간호사를 바라보았다.

"저, 정말이야?" 콜린이 애절한 눈빛을 보내며 말했다.

"네, 도련님."

"거 봐!" 메리가 그렇게 말하며 침을 꿀꺽 삼켰다.

콜린은 다시 베개에 얼굴을 파묻었다. 그대로 가만히 누워서 한동안 손 하나 까딱하지 않았다. 폭풍처럼 몰아치던 흐느낌이 잦아들면서 히끅, 히끅, 하는 들쑥날쑥한 숨소리만이 가느다랗게 이어지고 있었다. 그러는 와중에도 눈물이 줄줄 흘러내려 베개를 적시고 있었다. 예상치 못한 때에 커다란 안도감이 찾아왔다는 뜻이리라. 마침내 콜린이 다시 몸을 돌려 간호사를 바라보았다. 이윽고 콜린이 간호사에게 말을 걸었는데, 평소와는 달리 전혀 라자 같지 않은 태도였다.

"내가… 어른이 될 때까지… 살 수 있을 것 같아?" 콜린이 말했다.

간호사는 영리한 사람도 따뜻한 사람도 아니었지만, 런던에서 온 의사가 했던 말을 그대로 따라할 수는 있었다.

"의사의 지시를 잘 따르고 화를 잘 다스리세요. 밖에 나가서 신선한 공기도 많이 들이쉬고요. 이것만 지키면 그럴 수 있을 거예요."

콜린의 짜증은 완전히 가라앉았다. 우느라 지치고 기운이 다 빠져서 그런지 마음이 누그러진 것 같았다. 콜린이 메리를 향해 손을 살짝 내밀었다. 그리고 참 다행스럽게도, 메리 역시 짜증이 가라앉고 마음이 풀려 있던 터라 손을 약간 내밀어 콜린의 손을 맞잡았다. 메리와 콜린의 방식으로 화해를 한 것이다.

"나, 나도 너랑 같이 나갈래, 메리." 콜린이 말했다. "신선한 공기도 싫지 않을 것 같아. 만약 우리가 비…" 콜린은 '만약 우리가 비밀 정원을 찾아낸다면'이라는 말을 입 밖으로 내면 안 된다는 사실을 제때 기억해내고 잠시 멈추더니, 이렇게 끝맺었다. "디콘이 와서 내 휠체어를 밀어준다면, 나도 너랑 같이 밖에 나가고 싶어. 난 디콘도 정말 만나고 싶고 여우랑 까마귀도 꼭 만나고 싶어."

간호사는 흐트러진 침대를 정리하고 베개를 흔들어서 단정하게 폈다. 그런 후에는 콜린에게 소고기 수프를 만들어주었고 메리에게도 한 그릇 주었다. 흥분해서 그 난리를 부렸으니, 메리는 수프가 아주 반가웠다. 메들록 부인과 마사도 가벼운 마음으로 슬쩍 물러났고, 모든 것이 깔끔하고 차분해지면서 평소 모습으로 돌아가자, 간호사도 슬쩍 물러나 방으로 돌아가고 싶다는 눈치였다. 간호사는 젊고 건강한 여자로, 잠을 빼앗기면 신경질이 나는 부류의 사람이었다. 그래서 메리를 똑바로 쳐다보며 대놓고 하품을 했다. 메리는 기둥이 네 개 달린 침대 가까이로 커다란 발걸이 의자를 끌어와 그 위에서 콜린의 손을 잡고 앉아 있었다.

"아가씨도 그만 가서 주무셔야죠." 간호사가 말했다. "도련님도 잠시 후면 곯아떨어지실 거예요⋯ 기분이 나쁘지 않다면 말이에요. 그러면 저도 옆방에 가서 누울 수 있을 거예요."

"내가 아야한테 배운 그 노래를 불러줄까?" 메리가 콜린에게 속삭였다.

콜린이 메리의 손을 살짝 끌어당기더니 졸음이 밀려오는 눈으로 부탁한다는 듯이 메리를 바라보았다.

"응, 좋아!" 콜린이 대답했다. "그건 정말 나긋나긋한 노래잖아. 그 노래를 들으면 나도 금방 잠이 들 거야."

"내가 콜린을 재울게요." 하품을 하는 간호사에게 메리가 말했다. "가고 싶으면 가세요."

"흠," 간호사가 마지못해 따라준다는 듯이 말했다. "30분 안에 잠들지 않으시면 저를 부르셔야 해요."

"알았어요." 메리가 대답했다.

간호사는 곧바로 방을 떠났다. 간호사가 나가자마자 콜린이 메리의 손을 또 한 번 끌어당겼다.

"하마터면 말할 뻔했어." 콜린이 말했다. "제때 끊어서 다행이야. 나는 이제 더 이야기하지 않고 잘 거야. 그런데 아까 네가 그랬잖아, 나한테 들려줄 멋진 이야기들이 많다고. 혹시, 그 비밀 정원에 들어갈 수 있는 방법에 대해 뭔가 알아냈어?"

콜린의 지쳐 보이는 작고 가련한 얼굴과 퉁퉁 부은 눈을 바라보고 있자니 메리는 마음이 누그러졌다.

"으응." 메리가 대답했다. "찾은 것 같아. 지금 잘 거면 내일 이야기해줄게."

콜린의 손이 부르르 떨렸다.

"아, 메리!" 콜린이 말했다. "메리! 그곳에 들어갈 수만 있다면, 난 아마 어른이 될 때까지도 살 수 있을 거야! 아야의 노래 말고… 네가 처음 이 방에 왔던 날처럼, 정원이 어떻게 생겼는지 상상했던 얘기들을 조곤조곤 들려줄래? 그러면 잠이 잘 올 것 같아."

"그래." 메리가 대답했다. "그럼 눈을 감아."

콜린은 눈을 감고 가만히 누워 있었다. 메리는 콜린의 손을 잡고 아주 조용한 목소리로, 아주 천천히 말을 이어나갔다.

"그곳은 엄청 오랫동안 버려져 있었거든… 그래서 식물들이 마구 엉켜서 자라고 있을 거야. 덩굴장미가 기어오르고 기어오르다가 나뭇가지랑 담장에서 축 늘어지고, 땅에서도 엎치락뒤치락하면서 기어 다니고 있을 거야. 잿빛 안개가 뿌옇게 낀 것처럼 말이야. 어떤 장미들은 이미 죽었지만 아직 많이… 많이 살아 있을 거야. 여름이 오면 장미들이 커튼을 이루고 분수처럼 꽃을 뿜어낼지도 몰라. 땅에는 나팔수선화랑 스노드롭, 백합, 붓꽃들이 수두룩해. 깜깜한 땅속에서 열심히 자라고 있을 거야. 이제 봄이 시작되었으니까 어쩌면… 어쩌면…"

메리의 나긋나긋한 목소리에 콜린은 점점 더 움직임이 사라졌다. 메리는 그 모습을 보면서 말을 이었다.

"풀 사이로 꽃들이 피어오르고 있을 거야… 보라색이랑 황금색 크로커스들이 무리지어 자라고 있을 거야… 지금도 그러고 있을 걸. 아마 이파리가 돋아나서 말린 몸을 펴고…, 그리고 아마… 온통 잿빛이었던 곳에 초록빛이 점점 퍼져서… 투명한 장막처럼… 온 정원을 초록빛으로 덮을 거야. 그리고 새들이 날아와서 그 모습을 구경할 거야…. 왜냐면 그곳은 아주 안전하고 고요하니까. 그리고 아마… 어쩌면…" 아주 느릿느릿하게 부드러운 목소리로 말을 이었다. "울새가 짝을 찾아서… 둥지를 짓고 있을지도 몰라."

콜린은 곤히 자고 있었다.

18장

"꿈지럭헐 시간이 없어요"

다음 날, 메리가 아침 일찍 일어날 수 없었던 건 당연한 결과였다. 너무 피곤해서 늦잠을 자버린 것이다. 마사는 아침 식사를 들고 와서, 지금 콜린은 많이 진정되었지만 그 난리를 치며 엉엉 울고 난 후라서 언제나 그렇듯이 열이 나고 아팠다는 말을 해주었다. 메리는 천천히 아침을 먹으면서 마사의 이야기를 듣고 있었다.

"될 수 있는 대루 빨리 만나러 와주었으면 좋겠다구 하셨어요." 마사가 말했다. "도련님이 아가씨를 그 정도루 좋아허다니, 참으루 괴상허요. 지난밤에 아가씨께서 그렇게 호통을 치셨는데 말여요. 안 그려요? 여태껏 겁이 나서 아무두 못했던 일이었지요. 에휴! 참으루 불쌍한 남자애지 뭐여요. 게다가 도련님은 너무 오냐오냐 컸던 게 문제여요. 이미 저렇게 자랐는데 어쩌겠어요! 저희 어머니는 이 세상에 어린애헌테 젤루 나쁜 게 두 가지 있다구 하셔요. 하나는 자기가 원하는 걸 암것두 허지 못하게 막는 것이구, 또 하나는 언제나 지멋대루 굴도록 내버려 두는 거래요. 어머니는 둘 중에 뭐가 더 나쁜지 모르겠다구 하셔요. 어제 보니깐 아가씨두 성질머리가 보통이 아니더만요. 제가 방으루 들어가니깐, 도련님이 이렇게 말씀허셨어요. '메리 양한테 여기 와서 이야기를 들려줄 수 있냐고 물어봐 줘, 부탁할게.' 세상에, 도련님이 부탁헌다는 말을 하다니요! 아가씨, 가실 거지요?"

"얼른 나가서 디콘부터 봐야겠어." 메리가 말했다. "흠, 아니야. 콜린부터 만나서 이야기를 해야겠어. 그 애한테 해줄 말이 있거든." 갑자기 어떤 생각이 떠오른 모양이었다.

메리는 모자를 쓴 채로 콜린의 방에 들어갔다. 그런 메리를 발견하자마자 콜린의 얼굴에 실망한 기색이 떠올랐다. 콜린은 침대에 누워 있었는데, 얼굴은 가여워 보일 정도로 창백했고 눈 밑이 거무스름했다.

"네가 와서 기뻐." 콜린이 말했다. "너무 피곤해서 머리도 아프고 여기저기 다 아파. 너는 어디 나가기라도 하는 거야?"

메리가 다가가 침대에 기댔다.

"오래 걸리지는 않을 거야." 메리가 말했다. "디콘에게 가는 건데, 나중에 다시 올게. 콜린, 이건… 이건 비밀 정원에 관한 일이거든.

그 순간 콜린의 얼굴이 환해지면서 홍조가 살짝 돌았다.

"오! 그런 거구나!" 콜린이 소리쳤다. "밤새 정원 꿈을 꿨어. 네가 어제 잿빛이 초록빛으로 바뀌어간다는 이야길 해줘서 그런지, 어젯밤 꿈에서 나는 바람에 팔랑팔랑하는 조그마한 초록 잎이 가득한 곳에 서 있었어. 새 둥지들이 여기저기에 있고, 그 안에는 새들이 앉아 있었지. 상냥하고 얌전한 새들 같았어. 나는 여기 누워서 네가 돌아올 때까지 그 꿈을 생각하고 있을게."

5분 뒤, 메리는 디콘과 함께 둘의 정원에서 만났다. 오늘도 여우와 까마귀는 디콘을 따라왔다. 게다가 이번에는 디콘이 길들인 다람쥐 두 마리도 함께였다.

"오늘 아침에는 조랑말을 타구 왔어요." 디콘이 말했다. "아! 걔는 정말 착한 녀석이여요. 이름은 '껑충이'구요. 이번에는 요 두 녀석두 주머니에 넣어서 데려왔지요. 여기 얘는 '호두', 또 다른 녀석은 '껍디기'여요.

'호두'라는 말을 했더니 다람쥐 한 마리가 훌쩍 뛰어올라 디콘의 오른쪽 어깨에 올라탔고, '껍디기'라고 했더니 또 다른 한 마리가 왼쪽 어깨에 올라탔다.

아이들이 풀밭에 앉자 대장은 아이들 발치에서 둥그렇게 웅

크려 누웠고, 깜댕이는 나무 위에 앉아 의젓한 자세로 귀를 기울였으며, 호두와 껍디기는 아이들 근처에서 코를 킁킁대며 이것저것 참견하느라 바빴다. 메리는 이렇게 유쾌한 친구들을 남겨두고 집으로 가려면 도저히 발걸음이 떨어지지 않을 것 같았지만, 어젯밤 이야기를 들려줄 때 디콘의 재미있는 얼굴에 떠오른 낯선 표정 때문에 점차 마음이 바뀌었다. 디콘은 메리가 그랬던 것보다도 훨씬 더 콜린을 가여워하고 있는 것 같았다. 디콘은 잠시 고개를 들어 하늘을 바라보더니 이윽고 주변을 둘러보았다.

"새들이 내는 소리 좀 들어보셔요. 휘파람을 불구 삘릴리 노래허구, 온 세상이 저런 소리들루 가득 찬다니깐요." 디콘이 말했다. "화살처럼 쌩허니 날아다니는 새들을 바라보구, 서로를 부르는 소리에 귀를 기울여보셔요. 봄이 오면 세상 만물이 서로를 불러대는 것 같어요. 돌돌 말려 있던 나뭇잎들까지두 몸을 쫙 펼치면서 자길 봐달라구 아가씰 부르는 거지요. 게다가 맙소사, 봄은 이러코롬 달콤헌 냄새를 솔솔 풍기구!" 디콘은 발랄하게 들려 있는 코를 킁킁거리면서 냄새를 맡았다. "그런데 저 가여운 도련님은 방 안에만 틀어박혀 계시잖어요. 침대에만 누워서 이런 멋진 것들두 하나두 볼 일이 없으니깐, 이 생각 저 생각 꼬리에 꼬리를 물다가 그러코롬 비명이 터져 나오는 거여요. 에휴, 딱허기두 허지! 우리가 도련님을 데리구 나와야겄어요. 이리루 데리구 와서 이런 광경을 보구, 소리두 듣구, 바깥 공기두 킁킁 맡아보게 해야지요. 햇볕을 듬뿍 쬐게 해드리구요. 꿈지럭헐 시간이 없어요."

디콘은 메리가 잘 알아들을 수 있도록 요크셔 말투를 쓰지 않으려 조심했지만 뭔가 신나는 일이 있으면 자기도 모르게 거센 사투리 억양이 튀어나오곤 했다. 하지만 메리는 디콘이 툭툭 던지는 요크셔 말투들이 좋았다. 사실은 그런 말투로 이야기하고 싶어서 혼자 연습을 해보기도 했다. 그래서 이번에도 살짝 디콘의 말투를 따라 해보았다.

"맞어, 그래야 하겄네." 메리가 말했다('맞아, 그래야겠네.'라는 뜻이었다). "그라믄 젤 먼저 해야 헐 일을 말해줘야 하겄구먼." 메리가 요크셔 억양으로 말을 이어가자, 이렇게 조그마한 아가씨가 혀를 열심히 꼬아가며 요크셔 말투를 흉내 내는 모습이 너무 웃겨서 디콘도 함박웃음을 지었다. "콜린은 널 무진장 좋아허지. 너두 만나보구 싶구 깜댕이랑 대장두 보구 싶다는구먼. 이따 내가 집엘 가믄 콜린에게 물어볼라구. 낼 아침에 널 오라 그래두 되는지, 동물들두 같이 와두 되는질 말여. 그러구 기다렸다가 잎사귀가 더 많이 돋아나구 꽃봉오리두 하나둘씩 맺히믄 그때 콜린을 데리구 나오는 거여. 네가 휠체어를 밀어주구, 우리 같이 그 애를 이리 데리구 와서 전부 다 보여주는 것이지.

말을 끝내자 메리는 자신이 몹시 자랑스러웠다. 요크셔 억양으로는 한 번도 길게 말해본 적이 없었는데, 방금은 아주 잘 기억해서 흉내 냈기 때문이다.

"아가씨, 콜린 도련님 앞에서두 꼭 요크셔 말투로 이야기하셔요." 디콘이 킥킥 웃었다. "그라믄 도련님두 음청 깔깔대구 웃을 테니깐요. 아픈 사람헌테는 웃는 거만큼 좋은 게 없다구 하잖어요. 저희 어머니께서는 매일 아침 30분씩 웃으면 장티푸스에 걸릴락 말락 허는 병약헌 사람들까지두 튼튼해질 수 있다구 하셔요."

"오늘부터 당장 콜린에게 요크셔 말투로 이야기해볼 거야." 메리가 깔깔거리며 말했다.

비밀 정원은 매일 밤낮으로 마법사들이 돌아다니면서 요술 지팡이로 훑이며 나뭇가지며 톡톡 건드려 사랑스러움을 이끌어 내는 듯한 시기를 맞았다. 그런 모습을 뒤로한 채 정원을 떠나려니 어쩜 그렇게 발이 안 떨어지던지. 오늘 아침 정원에서는 호두가 메리의 원피스를 타고 올라온 사건도 있었고, 껍디기가 두 아이가 앉아 있는 사과나무 줄기를 타고 호다닥 뛰어 내려와 호기심 어린 눈빛으로 메리를 바라보던 순간도 있었다. 이런 아이들을 두고 어떻게 떠난단 말인가. 하지만 메리는 결국 집으로 돌아갔다. 메리가 침대 가까이에 앉았을 때, 갑자기 콜린이 디콘처럼 코를 킁킁거리며 냄새를 맡았다. 디콘처럼 능숙해 보이지는 않았지만 말이다.

"너한테서 꽃이랑, 신선한 것들 냄새가 나." 콜린이 아주 기뻐하면서 소리쳤다. "이게 무슨 냄새야? 시원하고도 따뜻하고도 달콤해. 세 가지 냄새가 한꺼번에 나네."

"황무지에서 불어오는 바람 냄새여." 메리가 말했다. "디콘하구 대장하구 깜댕이하구 호두하구 껍디기하구 같이 나무 아래 풀밭에 앉아 있었으니깐 거기서도 묻어왔겠지. 봄 냄새하구 바깥 냄새하구 햇빛 냄새까지 죄다 섞여 있을 거여. 아주 근사헌 냄새구 말구."

메리는 할 수 있는 한 제일 심하게 요크셔 억양을 섞어서 대답했다. 하지만 요크셔 억양은 직접 소리를 듣지 않고 글만 읽어서는 얼마나 억센지 알 수 없는 법이다. 콜린이 웃음을 터뜨렸다.

"뭐하는 거야?" 콜린이 말했다. "네가 이렇게 말하는 건 처음 들어보네. 엄청 웃기다."

"요크셔 사투리를 맛 뵈어주는 거잖어." 메리가 의기양양하게 대답했다. "디콘이나 마사처럼 잘허진 못허지만 그래두 보다시피 흉내는 낼 수 있다니깐. 넌 요크셔 말투를 들으믄 무슨 뜻인지두 못 알아듣는 거여? 넌 요크셔에서 나구 자란 아이잖어! 어이구! 창피헌 줄 아는가 모르겄네."

이윽고 메리도 웃음을 터뜨렸다. 두 아이는 도저히 웃음을 멈추지 못할 정도로 배꼽을 잡고 웃었다. 웃음소리가 방 안에 쩌렁쩌렁 울려 퍼지는 바람에, 메들록 부인이 들어오려고 방문을 열었다가 깜짝 놀라 한 발 물러서서 토끼 눈을 뜨고 듣고 있을 정도였다.

"아이구, 시상에!" 부인의 말투에 요크셔 억양이 묻어났다. 아무도 듣지 않고 있는 데다 깜짝 놀라기까지 했으니, 자연스레 튀어나왔을 것이다. "저런 웃음소릴 누가 들어봤겄어! 어느 누가 생각이나 했겄냐구!"

할 얘기가 정말 많았다. 콜린은 디콘과 대장, 깜댕이, 이름이 껑충이라는 조랑말, 호두, 껍디기에 대한 이야기라면 아무리 들어도 질리지 않는 것 같았다. 메리는 디콘과 함께 껑충이를 보러 숲속에 잠깐 들렀다. 껑충이는 몸집이 작고 털이 북슬북슬한 황무지 조랑말이었다. 머리털이 덥수룩하게 눈 위를 덮었고, 얼굴이 곱상하며 벨벳 천 같은 부드러운 코를 연신 비벼댔다. 황무지의 풀만 먹고 살아서 조금 마르기는 했지만 기운이 넘치고 튼튼했다. 특히, 조그마한 다리의 근육은 강철 용수철로 만들어진 게 아닐까 싶었다. 고개를 들고 조그맣게 히잉 소리를 내더니 디콘을 향해 서둘러 걸어와서 디콘의 어깨에 제 머리를 얹었다. 디콘이 껑충이의 귀에 뭐라뭐라 속삭이자 껑충이는 대답이라도 하듯 조그맣게 히힝 하더니 콧김을 흥흥 내뿜었다. 디콘은 껑충이의 작은 앞발을 메리에게 내밀게 하고, 벨벳 같은 코로 메리의 뺨에 입 맞추듯 비비도록 했다.

"껑충이는 디콘이 하는 말을 다 알아듣는 거야?" 콜린이 물었다.

"그런 것 같아." 메리가 대답했다. "디콘이 말하기론, 우리가 어떤 동물과 진정한 친구 사이가 되면 무슨 말을 해도 알아들을 수 있대. 하지만 먼저 진정한 친구가 되어야 해."

콜린은 잠시 말없이 누워 있었다. 콜린의 기묘한 회색 눈동자들은 벽을 뚫어지게 바라보는 듯했다. 메리는 콜린이 생각에 잠겨 있다는 사실을 알았다.

"나도 동물들이랑 친구가 되고 싶은데." 마침내 콜린이 입을 열었다. "하지만 난 그럴 수 없을 거야. 그 어떤 것과도 친구였던 적이 없는 걸. 난 사람들을 못 견디니까."

"나도 못 견디겠어?" 메리가 물었다.

"아니, 넌 괜찮아." 콜린이 대답했다. "심지어 널 좋아하기까지 한다니까. 희한한 일이야."

"벤 웨더스태프 영감님은 내가 자기랑 비슷하다고 하셔." 메리가 말했다. "딱 봐도 자기처럼 못돼 먹었을 것 같대. 내 생각엔 너도 벤 영감님이랑 비슷한 것 같아. 너랑 나랑 벤 영감님. 이렇게 세 사람이 똑 닮았어. 영감님은 나도 자기처럼 인물도 볼품없고 생긴 것만큼 성격도 심술궂대. 하지만 난 울새랑 디콘을 알게 된 후로는 예전만큼 심술이 나지 않아."

"너도 예전에는 사람들이 싫었어?"

"응." 메리가 있는 그대로 이야기했다. "내가 울새와 디콘을 만나기 전에 너를 만났다면, 지금쯤 너를 싫어하고 있었을 거야."

콜린은 여윈 손을 내밀어 메리를 잡았다.

"메리." 콜린이 말했다. "디콘을 쫓아내겠다는 말은 하지 말 걸 그랬어. 나는 디콘이 천사 같다는 네 말에 발끈해서 화를 내고 비웃었어. 그런데 지금 생각하니까… 디콘은 정말 천사일지도 몰라."

"음, 사실 그건 좀 우스운 말이긴 했어." 메리가 솔직하게 인정했다. "왜냐하면 그 애는 코가 위로 들려 있고 입도 커다란 데다, 항상 조각 천을 여기저기 덧댄 허름한 옷을 입고 있거든. 요크셔 사투리도 정말 심하고. 그런데 있잖아, 요크셔에 천사가 내려와서 황무지에 산다고 상상해봐. 만일 이 세상에 요크셔 천사가 있다면, 그 천사는 분명 디콘처럼 초록빛 식물들의 마음을 이해하고 걔들을 어떻게 키우는지도 알고, 들판의 동물들에게 말 거는 법도 알고 있을 거야. 동물들도 그 천사를 진정한 친구라고 생각할 테고."

"디콘이 나를 쳐다보는 건 싫지 않을 것 같아." 콜린이 말했다. "그 애를 만나보고 싶어."

"네가 그렇게 말하다니 기뻐." 메리가 대답했다. "왜냐하면… 왜냐하면…."

그 순간, 지금이야말로 콜린에게 말해야 할 때라는 생각이 불쑥 고개를 들었다. 콜린도 뭔가 새로운 일이 벌어지리란 걸 눈치챈 모양이었다.

"왜냐하면 뭐!" 콜린이 초조한 듯 소리쳤다.

메리는 너무 떨려서 의자에서 벌떡 일어났다. 곧바로 콜린에게 다가가서 양손을 꼭 잡았다.

"내가 너를 믿어도 될까? 내가 디콘을 믿게 된 건 새들이 그 애를 믿어서였어. 널 믿어도 되는 거겠지? 정말? 확실히?" 메리가 간절한 눈빛으로 물었다.

메리가 아주 심각한 표정을 짓고 있어서, 콜린은 거의 속삭이다시피 대답했다.

"그래, 그렇고말고!"

"그러니까, 디콘이 내일 아침에 너를 만나러 올 거야. 동물들도 데려올 거고."

"우와!" 콜린이 너무 기쁜지 탄성을 질렀다.

"하지만 그게 다가 아니야." 메리가 너무 심각한 나머지 새하얗게 질린 얼굴로 말을 이어나갔다. "더 좋은 소식이 있어. 비밀 정원으로 들어가는 문을 찾아냈어. 담장의 덩굴 아래에 있어."

콜린이 건강하고 튼튼한 남자아이였다면 아마 "야호! 야호! 야호!"라고 마구 소리쳤을 것이다. 하지만 콜린은 몸이 허약하고 히스테리까지 있는 아이였으니, 기쁨의 함성 대신 두 눈을 점점 더 휘둥그레 뜨면서 숨을 헉 들이켰다.

"오! 메리!" 콜린이 흐느낌 섞인 목소리로 외쳤다. "내가 거길 볼 수 있어? 내가 비밀 정원에 들어갈 수 있다고? 살아서 그곳에 들어갈 수 있는 거야?" 그러더니 메리의 두 손을 꼭 잡고 자기 쪽으로 끌어당겼다.

"당연히 들어갈 수 있지!" 메리가 홱 짜증을 내며 맞받아쳤다. "당연히 살아서 들어갈 거야! 멍청한 소리하지 마!"

메리의 짜증 섞인 반응이 히스테리 때문도 아닌 데다 아주 자연스럽고 아이다웠던지라 콜린도 얼른 정신을 차리고 자기가 내뱉은 말에 웃음을 터뜨렸다. 몇 분 후에 메리는 다시 침대 옆 의자로 돌아가, 콜린에게 상상 속 비밀 정원이 아닌 실제 정원의 모습을 자세히 이야기해주었다. 콜린은 자기가 아프고 피곤했던 것도 다 잊고 넋을 빼앗긴 듯 황홀한 표정으로 귀를 기울였다.

"네가 상상했던 모습이랑 완전히 똑같아." 콜린이 마침내 말했다. "진짜로 그 정원에 들어갔다 와서 들려주는 것 같아. 네가 처음 그 얘기를 했을 때도 내가 이렇게 말했었던 거 기억나?"

메리가 잠시 망설이더니 용기 내어 진실을 말해주었다.

"그때도 난 그곳을 봤어. 들어가 보기도 했고." 메리가 말했다. "실은 몇 주 전에 열쇠를 찾아서 그곳에 들어갔어. 하지만 차마 네게 말할 순 없었지. 널 믿으면 안될까 봐 겁이 났어. '진정으로' 믿어도 될지 몰랐으니까!"

19장
"드디어 왔어!"

콜린이 그렇게나 격렬한 짜증을 부렸으니, 다음 날 아침에 크레이븐 선생이 호출된 건 아주 당연한 결과였다. 언제나 그런 소동이 있고 나면 크레이븐 선생이 불려 왔고, 선생이 도착해보면 한 남자아이가 새파랗게 질린 얼굴로 바들바들 떨면서 누워 있는 것이 관례나 다름없었다. 샐쭉한 표정을 하고선 잔뜩 날이 서 있고 누가 말 한마디만 잘못해도 당장 울음을 터뜨릴 것 같은 남자아이. 사실, 크레이븐 선생은 이렇게 까다로운 왕진이 두렵고 싫었다. 그래서 이번에는 오후가 되어서야 미슬스웨이트에 나타났다.

"아이는 좀 어떻소?" 저택에 도착한 의사 선생이 살짝 짜증을 내면서 메들록 부인에게 물었다. "이렇게 자주 발작을 일으키면 언젠가는 혈관이 다 터져버릴 거요. 가만 보면 히스테리를 너무 심하게 부리고 늘 제멋대로 굴다가 벌써 반쯤은 미쳐버린 것 같다니까."

"그게 말이죠, 선생님." 메들록 부인이 대답했다. "도련님을 보면 눈을 의심하게 되실 거예요. 도련님만큼이나 비뚤어진 성격에, 표정도 심술궂고 못생긴 아이 하나가 도련님을 완전히 홀려버렸다니까요. 대체 뭘 어떻게 한 건지 알 수가 없어요. 누가 봐도 별 볼 일 없고 말하는 걸 제대로 들어본 적도 없는 앤데, 우리 중 아무도 못한 일을 해내고야 말았어요. 지난밤에는, 고양이 새끼처럼 달려와서는 발을 쾅쾅 구르면서 소리 좀 지르지 말라고 명령을 하지 뭐예요. 어쨌든 도련님은 그 아가씨 때문에 너무 놀라서 진짜로 소리 지르는 걸 멈추셨고요. 그리고 오늘 오후에는 말이죠, 음… 그냥 같이 올라가서 직접 보시는 게 낫겠어요. 입 아프게 말해서 뭐하겠어요."

크레이븐 선생이 환자의 방으로 들어갔을 때 눈앞에 펼쳐진 광경은 정말 놀라웠다. 메들록 부인이 문을 열자 웃고 떠드는 소리가 흘러나왔다. 콜린은 가운을 입은 채로 소파에 앉아 있었고, 등을 꼿꼿이 펴고 앉아 정원에 관한 책의 그림을 보면서 못생긴 여자아이와 이야기를 하고 있었다. 게다가 그 순간의 메리는 즐거움으로 얼굴이 환히 빛나고 있어서 그리 못생겼다고 할 수는 없었다.

"길고 뾰족하게 자라는, 이 파란 것들 말이야. 얘들을 많이 심자." 콜린이 확실한 주장을 펼쳤다. "이름이 큰제비고깔이래."

"디콘이 그러는데, 얘들은 제비고깔 중에서 더 크고 멋지게 자라는 꽃이래." 메리 아가씨가 소리쳤다. "제비고깔이라면 이미 무더기로 있어."

두 아이는 크레이븐 선생을 발견한 즉시 말을 멈추었다. 메리는 입을 꾹 닫았고 콜린은 짜증스러운 표정을 지었다.

"어젯밤 네가 아팠다는 소식을 들어서 마음이 아프구나, 얘야." 크레이븐 선생의 목소리에 초조한 기색이 묻어나왔다. 의사 선생은 원래 좀 예민한 사람이었다.

"좋아졌어요. 지금은 훨씬 나아요." 콜린이 라자 같은 태도로 대답했다. "날씨가 맑으면 하루나 이틀 뒤에는 휠체어를 타고 밖에 나갈 거예요. 신선한 공기를 마시고 싶거든요."

크레이븐 선생은 콜린 곁에 앉아 맥을 짚다가 신기하다는 얼굴로 아이를 바라보았다.

"날씨가 아주 좋아야 할 거야." 선생이 말했다. "지치지 않도록 신경 써야 하고."

"신선한 공기를 마시면 지치지 않을 거예요." 어린 라자가 말했다.

이 어린 도련님은 신선한 공기를 쐬면 감기에 걸려 죽게 될 거라면서 분노에 찬 비명을 질러대곤 했었기 때문에, 의사가 흠칫 놀라는 것도 어찌 보면 당연했다.

"난 네가 신선한 공기를 싫어하는 줄 알았단다." 크레이븐 선생이 말했다.

"혼자 나가는 건 싫어요." 라자 마마가 대답했다. "하지만 이번엔 제 사촌이 같이 나가줄 테니까요."

"물론 간호사도 같이 나가는 거겠지?" 크레이븐 선생이 제안했다.

"아뇨, 간호사는 안 데려갈 거예요." 어찌나 근엄한 태도로 말하던지, 메리는 온몸에 다이아몬드와 에메랄드, 진주를 주렁주렁 달고 있던 어린 인도 왕자가 거대한 루비 반지를 낀 거뭇한 손으로, 어서 달려와서 살람 인사를 하고 명령을 받들라고 하인들에게 손짓하는 모습을 상상할 수밖에 없었다.

"제 사촌은 나를 어떻게 보살펴야 할지 잘 알아요. 사촌이 옆에 있을 때는 항상 몸 상태가 더 괜찮았어요. 어젯밤에도 저를 진정시켜줬고요. 내가 아는 힘센 남자애가 제 휠체어를 밀어줄 거예요."

그 순간 크레이븐 선생은 살짝 불안해졌다. 히스테리를 심하게 부려 손이 많이 가는 이 성가신 아이가 어느 날 건강해지기라도 한다면, 의사 선생은 미슬스웨이트를 상속받을 기회를 전부 잃게 될 것이었다. 선생은 유혹에 쉽게 흔들리는 나약한 사람이었다. 하지만 그렇다고 해서 양심까지 없진 않았다. 처음부터 크레이븐 선생에게는 콜린이 진짜로 위험해지길 바라는 마음은 없었다.

"그렇다면 아주 힘이 세고 튼튼한 아이여야 할 거야." 의사 선생이 말했다. "나는 그 아이가 누군지 알고 있어야겠구나. 누구를 말하는 거니? 이름이 뭐지?"

"디콘이에요." 메리가 갑자기 끼어들었다. 황무지를 아는 사람이라면 어떻게든 디콘의 이름을 알고 있을 거라 생각했기 때문이다. 메리가 옳게 생각한 모양이었다. 시종일관 심각했던 크레이븐 선생의 얼굴이 단번에 누그러지면서 안도의 미소가 피어오른 것을 메리도 보았다.

"오, 디콘이구나." 의사 선생이 말했다. "디콘이라면 틀림없이 안전할 거다. 황무지 조랑말처럼 튼튼한 아이니까."

"게다가 믿음직허구." 메리가 말했다. "걔는 요크셔에서 젤루 믿음직헌 남자애니깐요." 메리는 방금 전까지 콜린과 요크셔 말투를 흉내 내면서 놀고 있었기 때문에 자기도 모르게 사투리가 튀어나왔다.

"디콘이 사투리도 가르쳐주던?" 크레이븐 선생이 껄껄 웃으며 물었다.

"프랑스어 공부할 때처럼 배우고 있어요." 메리가 다시 쌀쌀맞은 말투로 돌아갔다. "인도에서 원주민들이 쓰던 특이한 억양이랑 비슷한 셈이죠. 영리한 사람들은 그런 것들도 다 배워요. 전 요크셔 말투가 좋아요. 콜린도 그렇고요."

"그래, 그래." 의사가 말했다. "재미있는 걸 하는 건데 해로울 이유가 없지. 콜린, 어젯밤에 진정제는 먹었니?"

"아뇨." 콜린이 대답했다. "처음에는 먹기 싫어서 안 먹었는데, 나중에는 메리가 절 진정시키고 재워줬어요. 정원에 봄이 오고 있다는 이야기를 속삭여줬어요."

"그것 참 평화롭게 들리는구나." 크레이븐 선생이 아까보다도 훨씬 더 당황해서, 의자에 앉아 말없이 바닥의 깔개만 내려다보고 있는 메리를 힐끔힐끔 쳐다보면서 말했다. "확실히 상태는 좋아진 것 같네. 하지만 항상 기억해야 할 것이…."

"아무것도 기억하기 싫어요." 다시 라자 마마가 된 콜린이 말을 끊었다. "방에 혼자 누워서 계속 뭔가를 기억하려고 하다 보면 몸이 여기저기 아프기 시작해요. 계속 이런저런 생각을 하다가 소리를 지르게 돼요. 다 내가 싫어하는 것들이니까요. 이 세상에 아프다는 사실을 기억하게 만드는 사람이 아니라, 아프다는 걸 잊게 해주는 의사 선생님이 있다면 당장 내 앞에 데려오라고 할 거예요." 그러더니 콜린이 가냘픈 손을 흔드는데, 그 손놀림을 보아하니 왕가의 문장을 새긴 루비 반지들이 주렁주렁 달려 있을 것만 같았다. "제 사촌은 그런 걸 잊게 해줘요. 그러니까 몸 상태도 좋아진 거고."

콜린이 '짜증'을 부려서 불려온 크레이븐 선생이 이렇게 금방 떠난 적은 처음이었다. 보통은 아주 오래 머물면서 온갖 방법을 다 동원해야 했다. 하지만 이날 오후에 의사 선생은 콜린에게 어떤 약도 주지 않았고 새로운 지시 사항을 읊어대지도 않았다. 게다가 콜린이 난동을 부리는 우울한 방을 보지 않아도 되었다. 아래층으로 내려가는 내내 크레이븐 선생은 계속 생각에 잠긴 얼굴이었다. 서재에서 메들록 부인과 이야기를 나누기도 했는데, 부인은 선생이 당황했다는 사실을 금세 눈치챘다.

"음, 선생님." 부인이 의사 선생을 슬쩍 떠보았다. "어때요, 이제 믿겨지시나요?"

"확실히 이전과는 다르더군." 의사 선생이 말했다. "게다가 몸 상태가 훨씬 좋아졌다는 건 부정할 수 없는 사실이오."

"수전 소워비의 말이 옳았군요. 그럴 거라 생각했어요." 메들록 부인이 말했다. "어제 스웨이트에 가는 길에 수전 집에 들러서 잠시 이야기를 나누었어요. 제게 이러더군요. '있지, 사라 앤, 메리 아가씨가 착한 아이나 예쁜 아이는 아닐지두 몰러. 허지만 그래두 아이잖어. 애들은 또래 애들이 필요한 법이지.' 우린 학교를 같이 다녔거든요. 수전 소워비와 저 말이에요."

"그 부인은 내가 아는 최고의 간병인이오." 크레이븐 선생이 말했다. "내가 왕진을 가서 환자의 집에 수전 소워비가 와 있으면, 나는 환자를 살릴 수 있겠다고 짐작하곤 했소."

메들록 부인이 활짝 웃었다. 부인은 수전 소워비를 무척 좋아했다.

"그 애는 자기만의 특별한 방식이 있어요." 메들록 부인이 물 흐르듯 말을 이었다. "어제 수전이 해준 이야기를 오전 내내 곱씹어보았어요. 수전은 이렇게 말했어요. '언제였더라, 우리 애들이 하두 싸우구 난리길래, 내가 애들을 다 모아놓구 잔소리를 늘어놓지 않았겄어? 난 이렇게 말했지. 이 엄마가 학교에 댕길 때, 지리 선생님께선 이 세상이 오렌지처럼 생겼다구 말씀허시더구먼. 나는 그 오렌지를 통째루 가질 수 있는 사람이 아무두 없다는 걸 열 살두 되기 전에 깨달았지. 누구라두 쬐끄만 조각 하나밖엔 못 가지는 거였어. 게다가 그런 조각두, 모두에게 골고루 돌아가는 건 아니여. 왜냐하면 충분칠 않거든. 오렌지 한 개가 통째루 자기 거라구 생각허면 안 돼. 니들 중 하나라두 그런 생각은 하지 말어. 그랬다간 큰 실수허는 거여. 게다가 그런 실수는 고생을 심허게 허구 눈물을 쏙 뺀 다음에야 잘못이란 걸 알게 되더구먼.' 그러더니 수전이 이렇게 덧붙이더군요. '애들헌테 애들을 붙여주믄 말여, 개네가 깨닫게 되는 교훈두 이거랑 똑같어. 오렌지를 껍질까지 통째루 움켜쥐구 있어봤자 아무 쓸 데가 없단 거지. 그랬다간 씨앗 한 톨두 얻어낼 수 없을 테니깐. 게다가 씨앗은 맛이 너무 써서 먹지두 못 헐 테구.'"

“정말 현명한 부인이군.” 크레이븐 선생이 외투를 입으면서 말했다.

“음, 수전은 말하는 것도 참 특별해요.” 메들록 부인이 흐뭇한 표정을 지으며 말을 끝맺었다. “가끔 저는 이렇게 말하곤 해요. ‘어휴! 수전, 네가 다른 사람이구 요크셔 사투리가 심하지만 않았다면, 난 네가 현명하다는 소릴 몇 번이나 해주었을 거야.”

그날 밤, 콜린은 한 번도 깨지 않고 푹 잘 수 있었다. 아침에 눈을 떴을 때는 가만히 누워 있는데도 자기도 모르게 웃음이 나왔다. 이유는 모르겠지만 굉장히 편안했기 때문이었다. 눈이 번쩍 뜨였을 때의 느낌이 정말 좋았다. 콜린은 몸을 옆으로 뒤집으면서 팔다리를 느긋하게 쭉 뻗었다. 자신을 꽁꽁 묶고 있던 밧줄이 스르르 풀려서 자유로워진 것 같은 기분이었다. 크레이븐 선생이 옆에 있었다면 긴장이 풀려서 푹 쉴 수 있었던 덕분이라고 설명해주었겠지만, 콜린이 그런 사실을 알고 있을 리 없었다. 침대에 누워서 벽만 뚫어져라 쳐다보며 차라리 일어나지 않을 걸 그랬다고 생각하는 대신, 오늘 콜린의 머릿속은 어제 메리와 함께 세웠던 계획과 정원 책 속의 그림들, 디콘, 디콘이 데려올 동물들 생각으로 가득 차 있었다. 생각할 거리가 있다는 것은 정말 근사한 일이었다. 콜린이 깨어난 지 10분도 되지 않아 복도를 다다다다 뛰어오는 발소리가 들리더니 메리가 방문 앞에 섰다. 곧바로 문이 열렸고, 아침 향기가 듬뿍 담긴 신선한 공기 한 줄기와 함께 메리가 침대로 뛰어왔다.

"너, 나갔다 왔구나! 나갔었던 거야! 너한테서 향긋한 풀 냄새가 나!" 콜린이 소리쳤다.

여기까지 뛰어온 탓에, 메리는 묶은 머리가 느슨하게 풀려 여기저기 헝클어져 있었다. 신선한 공기를 쐬어서인지 얼굴은 환하게 빛났고 양 볼이 발그레했다.

"정말 아름다워!" 얼마나 빨리 달려온 건지, 메리가 숨을 가쁘게 쉬며 말했다. "그렇게 아름다운 건 본 적이 없었을 거야! 드디어 왔어! 사실은 다른 날 이미 왔는 줄 알았었는데, 사실은 오고 있는 중이었던 거야. 그러다 지금 도착한 거야! 드디어 왔단 말이야, 봄이 왔어! 디콘이 그렇게 말했다고!"

"봄이 왔어?" 콜린이 소리쳤다. 콜린은 봄에 대해 아무것도 아는 게 없었지만 심장 뛰는 소리가 느껴졌다. 콜린은 침대에서 몸을 일으켜 앉았다.

"창문 열어봐!" 콜린이 말했다. 콜린이 이렇게 말하면서 웃음을 터뜨렸다. 기뻐서 흥분하기도 했지만, 오늘은 별 이유가 없어도 크게 웃고 싶은 날이었다.

"황금 나팔 소리를 듣게 될지도 몰라!"

콜린이 그렇게 깔깔거리는 도중에도 메리는 언제 달려갔는지 어느새 창가에 서 있었고 곧바로 창문을 활짝 열었다. 신선한 공기와 부드러운 바람, 온갖 향긋한 냄새들과 새들의 노랫소리가 한꺼번에 쏟아져 들어왔다.

"이게 바로 신선한 공기야." 메리가 말했다. "똑바로 누워서 숨을 길게 들이마셔 봐. 디콘도 황무지에 드러누워서 그렇게 한대. 숨을 길게 들이쉬면 신선한 공기가 핏줄을 타고 흘러서 몸이 튼튼해지는 것 같다고 했어. 그러다 보면 언제까지나 살 수 있을 것 같이 느껴진대. 자, 들이마셔 봐. 계속 들이마셔."

디콘이 했던 얘기를 그대로 옮긴 것뿐이었지만 콜린은 그 말에 흥분했다.

"'언제까지나'라니! 신선한 공기를 마시면 진짜 그런 기분이 든대?" 콜린은 이렇게 말한 다음 메리가 알려준 대로 숨을 길게, 깊게 들이마시고 계속해서 들이마셨다. 자신에게 뭔가 새롭고 즐거운 일이 일어나는 기분이었다.

메리는 다시 침대 옆으로 왔다.

"땅에서 뭔가 마구마구 올라와." 메리는 뭐가 그렇게 급한지 단숨에 말을 쏟아냈다. "꽃봉오리들이 점점 입을 벌리고 있고, 나무며 풀이며 온갖 곳엔 싹이 움트고 있어. 잿빛이었던 곳은 거의 다 초록빛 장막에 덮여버렸어. 새들은 더 늦으면 비밀 정원에 자리가 없을까 봐 정신없이 둥지를 짓고 있고, 심지어 어떤 새들은 자리 때문에 서로 싸우기까지 해. 장미 덤불들은 온 힘을 다해 쌩쌩하게 뻗고 있어. 오솔길이랑 숲속에는 앵초꽃이 피었고 우리가 심은 씨앗들도 쑥쑥 크고 있어. 디콘은 여우랑 까마귀랑 다람쥐들이랑 갓 태어난 아기 양을 데리고 왔어."

정신없이 말을 이어가던 메리는 잠시 숨을 고르려고 말을 멈췄다. 사흘 전, 디콘은 황무지의 가시금작화 덤불 사이에서 죽은 어미 옆에 누워 있는 갓 태어난 새끼 양을 발견했다. 어미 잃은 새끼 양을 발견하는 게 처음 있는 일도 아니었기에 디콘은 무엇을 해야 하는지 알고 있었다. 디콘은 웃옷으로 새끼 양을 폭 감싸서 집으로 데려갔고, 불가에 눕힌 다음 따뜻한 우유를 먹였다. 그 양은 모든 아기들이 그러하듯 살짝 멍해 보이기도 해서 더 사랑스러운 얼굴에, 몸에 비해 긴 다리를 갖고 있었다. 디콘은 주머니에 우유병과 다람쥐를 함께 넣고서 양을 품에 안고 황무지를 건너왔다. 말랑말랑하게 폭 안기는 따뜻한 아기 양을 무릎 위에 올려둔 채 나무 아래에 앉아 있자니, 메리는 처음 느껴보는 희한한 기쁨에 감격하여 한마디도 할 수 없었다. 양이라니! 양을 만나다니! 살아 있는 양이 아기처럼 무릎에 앉아 있다니!

메리가 무척 신이 나서 새끼 양 이야기를 들려주고, 콜린은 신선한 공기를 깊게 들이마시고 있던 중에 간호사가 들어왔다. 간호사는 창문이 활짝 열려 있는 것을 보고 깜짝 놀랐다. 창문을 열면 감기에 걸릴 거라고 철석같이 믿었던 콜린 때문에, 간호사는 날씨가 아무리 따뜻해도 갑갑함을 참으면서 콜린의 곁을 지켜야 했던 것이다.

"춥지 않으세요, 콜린 도련님?" 간호사가 물었다.

"응." 대답이 돌아왔다. "신선한 공기를 깊이 들이마시고 있었어. 그러면 몸이 튼튼해지니까. 일어나서 소파로 갈게. 사촌이랑 같이 아침을 먹을 거야."

간호사는 슬쩍 올라가려는 입꼬리를 애써 내리면서 두 아이의 아침을 준비하라는 부탁을 하려고 방을 나갔다. 간호사에게는 환자의 방보다 하인 구역이 훨씬 더 즐거웠던 데다, 지금 그곳은 위층에서 들려오는 따끈따끈한 소식만 목 빼고 기다리는 분위기였다. 하인 구역에서는 평소 싫어하던 꼬마 은둔자에 대해 온갖 농담들이 오가고 있었다. 요리사 한 명은 '드디어 임자를 만난 거지. 하, 그것 참 잘됐다.'라고 말하기도 했다. 하인들은 그동안 콜린의 짜증 때문에 지칠 대로 지쳐 있었는데, 그중 가족이 있는 집사는 '회초리를 들어야' 상황이 나아질 거라는 말을 몇 번이나 했다.

콜린이 소파에 앉고 두 아이가 먹을 아침 식사가 탁자에 차려지자, 콜린이 그 어느 때보다도 훨씬 더 라자 같은 태도로 간호사에게 통보했다.

"어떤 남자애랑 여우 한 마리, 까마귀 한 마리, 다람쥐 두 마리, 갓 태어난 양 한 마리가 오전 중에 나를 보러 올 거야. 도착하자마자 내 방에 올려 보내줘." 콜린이 말했다. "괜히 개들이랑 놀려고 하인 구역에 붙잡아두지 말고 즉각 올려 보내."

간호사는 그 순간에 숨을 헉 들이켰지만 헛기침을 해서 놀란

기색을 숨겼다.

"네, 도련님." 간호사가 대답했다.

"당신이 뭘 해야 하는지 알려줄게." 콜린이 손짓을 하며 말을 이었다. "마사에게 그 애들을 데려오라고 해. 그 남자애는 마사의 동생이거든. 이름은 디콘인데, 동물을 부리는 아이야."

"동물들이 물지 않았으면 좋겠네요, 콜린 도련님." 간호사가 말했다.

"말했잖아, 동물을 부리는 아이라니까." 콜린이 근엄하게 말했다. "'그런 사람'의 동물은 절대 물지 않아."

"인도에는 뱀을 부리는 사람이 있어요." 메리가 말했다. "그 사람들은 자기 입에 뱀 머리를 집어넣기도 해요."

"그럴 수가!" 간호사가 몸서리를 쳤다.

두 아이는 쏟아져 들어오는 아침 공기를 맞으며 식사를 했다. 콜린은 정말 맛있게 먹었고 메리는 그런 콜린을 사뭇 진지한 표정으로, 흥미롭다는 듯 쳐다보았다.

"너도 나처럼 살이 붙기 시작할 거야." 메리가 말했다. "나도 인도에서 지낼 때는 아침을 먹고 싶은 적이 한 번도 없었는데, 이제는 항상 먹고 싶어."

"오늘은 아침이 먹고 싶더라고." 콜린이 말했다. "신선한 공기 때문일지도 몰라. 디콘이 언제쯤 올 것 같아?"

디콘이 오기까지는 그리 오래 걸리지 않았다. 10분 정도 지났을까, 갑자기 메리가 한 손을 들어올렸다.

"잠깐!" 메리가 말했다. "지금 까악까악 소리 들려?"

귀를 기울여보았더니 콜린에게도 들렸다. 목이라도 쉰 것처럼 '까악, 까악' 하는 소리였다. 집 안에서 나는 소리라기엔 세상에서 가장 이상했다.

"응, 들려." 콜린이 대답했다.

"깜댕이 울음소리야." 메리가 말했다. "또 들어봐! 메에 하는 소리 들려?"

"오, 들려!" 콜린의 얼굴에 화색이 돌았다.

"갓 태어난 새끼 양 울음소리야." 메리가 말했다. "디콘이 오고 있는 거야."

디콘의 황무지 장화는 두껍고 투박해서, 조용히 걸으려고 애를 써보아도 길고 긴 복도를 걸을 때는 쿵쿵 소리를 냈다. 본의 아니게 씩씩한 그 발소리는 당연히 메리와 콜린의 귀에도 들렸고, 소리가 점점 더 가까워지고 있었다. 디콘이 벽걸이 양탄자가 걸려 있는 문을 지나 콜린의 방이 있는 복도에 접어들었을 때는 폭신한 양탄자 위를 걷느라 발소리가 작아졌다.

"실례합니다, 도련님." 마사가 문을 열면서 알렸다. "디콘허구 디콘의 동물들이 도착했습니다."

디콘은 그 어느 때보다도 멋지고 환한 미소를 지으며 방으로 들어왔다. 디콘은 새끼 양을 품에 안고 있었고 불그스름한 어린 여우는 그 옆에서 타닥타닥 걸었다. 호두는 디콘의 왼쪽 어깨에, 깜댕이는 디콘의 머리 위에 앉았고 껍디기는 디콘의 코트 주머니에서 머리와 양 앞발만 빼꼼 내밀고 있었다.

콜린은 천천히 몸을 일으켜 앉아, 디콘과 동물들을 쳐다보고 또 쳐다보았다. 메리를 처음 보았던 날처럼 빤히, 뚫어져라 쳐다보았다. 하지만 이번에는 경이로움과 기쁨이 뒤섞인 시선이었다. 사실, 콜린은 디콘에 대한 이야기를 그렇게 많이 듣고도, 디콘이 도대체 어떤 아이라는 건지 메리의 말을 이해할 수 없었다. 여우와 까마귀와 다람쥐들과 새끼 양이 디콘의 다정함에 이끌려 그 아이에게 찰싹 달라붙어 있다는 것도, 그래서 디콘과 한 몸처럼 보인다는 것도 그동안 무슨 말인지 전혀 이해할 수 없었다. 콜린은 또래 남자애와 이야기를 나누어본 적이 한 번도 없었던 데다, 당장은 기쁨과 호기심이 밀려들어 어쩔 줄 모르고 있었기에 말을 할 생각조차 못 했다.

하지만 디콘은 그런 콜린을 보고도 전혀 수줍어하거나 어색해하지 않았다. 깜댕이를 처음 만난 날, 사람의 언어를 모르는 깜댕이가 디콘을 빤히 쳐다보며 말없이 있어도 당황하지 않았던 아이니까. 동물들은 상대를 파악하기 전에는 언제나 그러는 법이다. 디콘은 소파로 다가가, 갓 태어난 어린 양을 콜린의 무릎에 살며시 올려놓았다. 그러자 조그마한 아기 양은 콜린의 따뜻한 벨벳 가운 쪽으로 몸을 틀어 옷자락을 마구 파고들면서 연신 코를 비벼대더니, 이제는 털이 곱슬곱슬하게 나 있는 머리를 콜린의 옆구리로 들이밀면서 보채는 시늉을 했다. 이런 상황에서는 제 아무리 콜린이라도 입을 열 수밖에 없었을 것이다.

"얘가 뭐하고 있는 거야?" 콜린이 외쳤다. "뭘 원하는 거야?"

"엄마를 찾는 거여요." 디콘이 점점 더 활짝 웃으며 말했다. "저 녀석이 우유 먹는 모습을 도련님두 보구 싶어 하실 것 같어서, 배가 좀 고픈 상태루 데려왔거든요."

디콘은 소파 옆에 무릎을 꿇고 앉더니 주머니에서 젖병을 꺼냈다.

"착허지, 이 쪼끄만 녀석아." 디콘이 그을린 갈색 손을 내밀어, 새하얀 양털이 복슬복슬하게 나 있는 자그마한 머리를 살짝 잡아 자기 쪽으로 돌렸다. "너가 찾는 건 이거잖어. 그 실크 벨벳 잠옷이 아니라 여길 와야 우유가 나올 터인디. 자, 먹어." 디콘은 이렇게 말하더니 정신없이 꼬물거리는 양의 입에 젖병의 고무 꼭지를 밀어 넣었고, 양은 아주 기쁜 듯 열심히도 빨기 시작했다.

그다음부터는 무슨 말을 해야 할지 고민할 필요도 없었다. 새끼 양이 잠들었을 즈음에는 콜린이 질문을 계속 쏟아냈고 디콘은 그 모든 질문에 일일이 내답해주었다. 디콘은 사흘 전 아침 해가 막 뜨기 시작했을 때 새끼 양을 발견한 이야기를 해주었다. 그날 디콘은 황무지에 우두커니 서서 종달새의 노래를 들으며, 그 새가 커다란 곡선을 그리면서 점점 더 높이 솟아올라 파란 하늘 속 작은 점이 될 때까지 지켜보고 있었다.

“새가 점점 더 멀어져서 제대루 보이지두 않았건만 노랫소리는 계속 들리지 뭐여요. 쫌만 있으믄 세상에서 사라져버릴 정도루 작아졌는데 어째서 소리는 계속 들리는가 궁금해하구 있었죠. 그런데 바로 그때 멀리 떨어져 있는 가시금작화 덤불 사이에서 뭔가 다른 소리가 들려오지 않겄어요? 희미허게 ‘메에’ 소리가 나서, 저는 새끼 양이 배고파서 우는 소리라는 걸 바루 알었죠. 그런데 생각해보니깐 어미를 잃어버리지 않었으면 배고플 리두 없잖어요. 그래서 당장에 양을 찾아 나섰지요. 에휴! 아주 한참을 찾아댕겼다니깐요. 가시금작화 덤불을 들어가구 나오구 이리저리 빙빙 돌다가 보니깐 자꾸 엉뚱한 방향으루 가는 것 같었어요. 그러다가 마침내 황무지 꼭대기 바위 옆에 희끄무레헌 뭔가가 보였어요. 제가 그 위루 올라가 보았더니, 이 쪼끄만 게 너무 춥구 배고팠는지 다 죽어가더라구요.”

디콘이 이야기를 풀어놓는 동안 열린 창문으로 깜댕이가 의젓하게 날아갔다가 들어왔다가 하면서 바깥 경치를 까악까악 들려주었고 호두와 껍디기는 커다란 나무둥치로 여행을 떠나, 나무줄기를 오르내리면서 가지들 사이를 열심히 탐험했다. 디콘은 벽난로 옆 깔개가 마음에 들었는지 그곳에 자리를 잡았고 대장은 디콘 옆에서 몸을 둥글게 말았다.

세 아이는 정원 책을 펼쳐 그림을 구경했는데, 디콘은 책에 나오는 모든 꽃들을 요크셔에서 부르는 이름으로만 알고 있었고, 그중 어느 꽃이 비밀 정원에서 자라고 있는지 정확히 알고 있었다.

"아, 난 이런 이름은 모르는디." 디콘이 아래쪽에 '아퀼레지아'라고 적혀 있는 꽃을 가리키며 말했다. "우린 매발톱꽃이라구 부르거든요. 그리구 저기 있는 건 금어초여요. 둘다 산울타리 안쪽으루 자라는 야생화여요. 그런데 이건 정원에서 자란 거라 더 크구 화려허네요. 비밀 정원에두 매발톱꽃이 수두룩허게 모여 자라는 곳이 몇 군데 있어요. 꽃이 활짝 피면, 파랗고 하얀 나비들이 날개를 팔랑팔랑하믄서 모여 있는 것처럼 보인다구요."

"그 모습을 보고 싶어." 콜린이 소리쳤다. "꼭 보고 말거야!"

"암, 그래야 허구 말구." 메리가 아주 진지하게 말했다. "그럴라믄 꿈지럭헐 시간이 없어."

20장

"영원히 살 거야. 언제까지나 살아 있을 거야!"

하지만 그 후로 일주일도 넘게 기다려야 했다. 처음 며칠 동안은 바람이 너무 거세게 불었고 그 다음에는 콜린이 감기에 걸리려는 낌새가 보였기 때문이다. 두 가지 일이 연달아 일어났으니 평소의 콜린이었다면 틀림없이 화가 치밀으리라. 하지만 메리와 디콘과 함께 은밀하고 조심스럽게 계획을 세우고 있었던 데다 디콘이 단 몇 분이라도 매일 같이 찾아와 황무지나 오솔길, 산울타리, 시냇가에서 무슨 일이 벌어졌는지 이야기해주었으니 그럴 틈이 없었다. 디콘은 새 둥지와 들쥐 굴은 물론이고 수달이나 오소리, 물쥐가 사는 집에 대해서도 들려주었다. 동물들을 홀리는 마법사 같은 아이가 아주 소소한 부분들까지 자세하게 들려주는 이야기를 듣고 있으면 너무 신나서 몸이 부들부들 떨릴 지경이었고, 간절함과 초조함으로 가득 찬 그 비밀스런 세계가 얼마나 분주하게 돌아가고 있는지 깨달을 수 있었다.

"걔들두 우리랑 똑같어요." 디콘이 말했다. "우리랑 다른 점이 있다믄, 동물들은 해마다 집을 새로 지어야 헌다는 거여요. 집을 짓느라 너무 바빠서 늘 허둥지둥 돌아다니는 거지요."

하지만 아이들이 가장 열중했던 것은 콜린을 남들 몰래 정원으로 데려갈 계획을 세우는 일이었다. 관목이 늘어선 모퉁이를 돌아서 덩굴 담장 바깥에 난 산책로에 접어들면 그 이후로는 누구에게도 휠체어와 디콘, 메리의 모습을 들키지 않아야 했다. 하루하루 지날수록, 콜린은 정원을 둘러싼 온갖 비밀들이야말로 그곳의 가장 큰 매력이라는 생각을 떨칠 수 없었다. 무슨 일이 있다 해도 이런 신비로움을 지켜내야 할 것 같았다. 세 아이에게 비밀이 있다는 것을 그 누구도, 짐작조차 하면 안 되었다. 다른 사람들은 콜린이 메리와 디콘을 정말 좋아하니까, 이 두 친구라면 자신을 쳐다봐도 싫지 않을 테니까, 단지 그 이유로 셋이서만 똘똘 뭉쳐 놀러 나간다고 생각하게 만들어야 했다. 세 아이는 비밀 정원에 몰래 들어가려면 어떤 길을 거쳐서 가야 하는지 궁리하느라 한참 동안이나 열띤 토론을 벌였다.

이 길을 따라 올라갔다가 저 길을 따라 내려와 다른 길로 건

너가자. 그 다음에는 수석 정원사 로치 씨가 가지런히 옮겨 심어 놓은 '화단용 화초들'을 구경하는 척하면서 분수 화단을 빙 둘러 움직이자. 그렇게 하면 아주 자연스러워 보일 테니까 아무도 수상하게 여기지 않을 거야. 관목이 늘어선 산책로에 접어들면 사람들의 눈에 띄지 않고 기다란 담장까지 갈 수 있을 거야. 세 아이는 전쟁에서 위대한 장군들이 진군 계획을 세울 때만큼이나 심각하고 치밀하게 계획하고 있었다.

환자의 침실에서 새롭고 신기한 일들이 벌어지고 있다는 소문이 하인 구역에만 머물 리 없었다. 마구간지기들은 물론, 정원사들 사이에서도 콜린의 소문이 돌고 돌았다. 그러니 로치 씨도 그 소식을 모를 수가 없었지만, 어느 날 할 얘기가 있으니 콜린 도련님의 방으로 오라는 지시를 전달받게 되자 로치 씨는 깜짝 놀라고 말았다. 밖에서 일하는 사람들 중에 콜린의 방에 들어가 본 사람은 아무도 없었으니까.

"이런, 이런." 로치 씨는 서둘러 외투를 갈아입으며 중얼거렸다. "이걸 어쩐담? 남들이 쳐다보지도 못하게 하는 귀하신 분께서, 어쩐 일로 눈길 한 번 안 받아본 나를 부르시나."

로치 씨도 궁금하지 않은 건 아니었다. 로치 씨는 여태껏 도련님의 모습을 곁눈질조차 못 해봤다. 그 대신 도련님이 무시무시하게 생겼다는 둥, 미치광이처럼 괴팍하다는 둥 열 배는 부풀려진 소문들만 귀가 따갑게 들었을 뿐이다. 그중에서도 가장 자주 들은 소문은 도련님이 언제 죽어도 이상하지 않다는 것과, 콜린을 한 번도 보지 못한 사람들이 상상력을 동원하여 도련님의 굽은 등과 힘없이 늘어진 팔다리에 대해 떠들어대는 이야기들이었다.

"이 집에 변화가 일어나고 있어요, 로치 씨." 메들록 부인이 로치 씨를 데리고 저택 뒤쪽에 난 계단을 올라, 그 비밀스런 방에 이르는 복도를 걸으며 말했다.

"더 나은 방향으로 바뀌길 기대해봅시다, 메들록 부인." 로치 씨가 대답했다.

"그보다 더 나빠지기도 힘들었을 테니까요." 메들록 부인이 말을 이었다. "이곳에서 일하기가 훨씬 더 수월해졌다는 하인들이 많아요. 참 희한한 일이지요. 혹시라도 이 집에서 동물들을 본다거나, 마사 소워비의 동생 디콘이 저나 로치 씨보다 더 자기 집처럼 편하게 지내는 걸 봐도 놀라지 마세요, 로치 씨."

메리가 늘 생각해왔던 대로, 디콘은 정말 마술사라도 되는 모양이었다. 로치 씨도 아니나 다를까, 디콘의 이름을 듣자마자 온화한 미소를 지었다.

"디콘은 버킹엄 궁전에 가도, 탄광 바닥에 앉아도 자기 집처럼 편하게 지낼 아이지요." 로치 씨가 말했다. "하지만 배려가 없어서 그런 건 아니오. 오히려 심성이 고와서 그런 게지."

미리 마음의 준비를 해두었기에 망정이지 그러지 않았다면 로치 씨는 까무러쳤을 것이다. 방문이 열리자, 문양이 새겨진 의자의 높은 등받이 위에 제 집처럼 편안히 앉아 있던 커다란 까마귀가 '까악까악' 하고 큰 소리로 울면서 손님이 왔다고 알려주었다. 메들록 부인이 미리 경고했는데도 로치 씨는 어찌나 놀랐는지, 하마터면 뒤로 나자빠져 망신을 당할 뻔했다.

이 저택의 어린 라자는 침대에 누워 있지도, 소파에 앉아 있지도 않았다. 콜린은 안락의자에 앉아 있었다. 그 옆에는 새끼 양 한 마리가 있었는데, 동물들이 먹이를 먹을 때 흔히 그러듯이 꼬리를 세차게 흔들고 있었다. 디콘은 그 앞에 무릎을 꿇고 앉아서 양에게 젖병에 든 우유를 먹이는 중이었고, 디콘의 구부린 등 위에 앉은 다람쥐는 도토리를 열심히 갉아먹고 있었다. 그리고 인도에서 왔다는 자그마한 여자아이는 커다란 발걸이 의자에 앉아 이 모든 광경을 지켜보고 있었다.

"콜린 도련님, 로치 씨를 데려왔습니다." 메들록 부인이 말했다.

어린 라자가 고개를 돌리더니 자신의 신하를 위아래로 훑어보았다. 콜린이 무슨 생각을 했든, 적어도 수석 정원사는 그런 느낌을 받았다.

"오, 당신이 로치인가?" 콜린이 말했다. "정말 중요한 명령을 하려고 당신을 불렀어."

"분부만 내려주십시오, 도련님." 로치 씨가 대답했다. 로치 씨는 속으로, 영지 내 떡갈나무를 모두 베어버리라든지 과수원을 수생 식물원으로 바꾸라든지 하는 지시를 받으려나 생각했다.

"난 오늘 오후에 휠체어를 타고 정원에 나갈 거야." 콜린이 말했다. "신선한 공기가 내게 잘 맞으면 앞으로 매일 나갈지도 몰라. 내가 밖에 있을 때는, 정원 담장을 두르는 '긴 산책'로 근처에는 정원사들이 오지 못하게 해줘. 그곳에는 아무도 없어야 하는 거야. 난 두 시쯤에 나갈 테니까, 다시 일하러 와도 좋다고 전갈을 보낼 때까지는 다들 멀리 떨어져 있으라고 해."

"알겠습니다, 도련님." 로치 씨가 대답했다. 로치 씨는 떡갈나무도 그 자리에 있고 과수원도 안전할 거란 생각에 마음이 놓였다.

"메리." 콜린이 메리 쪽으로 고개를 돌리며 말했다. "할 말이 끝나서 사람들을 내보내려고 할 때, 인도에서는 뭐라고 말한다고 했더라?"

"인도에서는 '이제 물러가도 좋소.'라고 하던데." 메리가 말했다.

라자 마마가 손을 흔들었다.

"이제 물러가도 좋소, 로치." 콜린이 말했다. "하지만 잊지 마시오. 이건 정말 중요한 명령이오."

"까악, 까악!" 까마귀가 쉰 소리로, 하지만 무례하지는 않게 말을 얹었다.

"알겠습니다, 도련님. 감사합니다." 로치 씨가 말했다. 메들록 부인이 로치 씨를 데리고 방을 나갔다.

로치 씨는 마음씨 좋은 사람이었기에, 복도에 나가서도 화난 기색 하나 없이 그저 피식 웃기만 했다. 심지어 껄껄 웃기라도 할 것처럼 온 얼굴로 미소가 번졌다.

"아이고 맙소사!" 로치 씨가 말했다. "저 도련님은 무슨 왕이라도 된 듯이 구는군요. 몹시 으스대는 게 마치 왕족들을 모조리 끌어와 한 사람으로 합쳐놓은 것 같구만. 여왕의 부군이랑 나머지들까지 말이오."

"에휴!" 메들록 부인이 불만을 토로했다. "아장아장 걸음마 하던 시절부터, 도련님이 아무리 무례하게 굴어도 저희는 오냐오냐 받들어야 했거든요. 그래서인지 도련님은 하인들 모두 그런 대접을 받으려고 태어난 줄 아시죠."

"나중에는 바뀔지도 모르지요. 계속 살 수 있다면 말이지만." 로치 씨가 말했다.

"글쎄요, 그래도 한 가지는 확실하죠." 메들록 부인이 말했다. "도련님이 오래 살 수 있고 인도에서 온 아가씨가 계속 이 집에 산다면, 도련님도 그 아가씨 덕분에 깨닫는 게 있을 거예요. 결국에는 수전 소워비가 말한 대로, 오렌지 하나가 몽땅 자기 것이 될 수는 없다는 걸 알게 되겠죠. 자신에게 주어진 몫이 그리 크지 않다는 걸요."

한편, 방 안에서는 콜린이 다시 쿠션에 몸을 기대고 편안히 앉았다.

"이제 안전해." 콜린이 말했다. "그리고 오늘 오후면 나도 드디어 그곳을 보게 될 거야. 그 안에 들어가 볼 수 있다고!"

디콘은 동물들을 데리고 정원으로 돌아갔고 메리는 콜린과 함께 방에 남아 있었다. 메리가 보기에 콜린은 점심 식사가 오기 전까지 지나치게 조용했다. 그리 피곤해 보이지도 않았는데 말이다. 메리는 그 이유가 궁금해서 직접 물어보기로 했다.

"눈이 왜 그렇게 커졌어, 콜린?" 메리가 말했다. "너는 뭔가를 곰곰이 생각할 때면 꼭 눈이 그렇게 접시만큼 커지더라. 무슨 생각을 그렇게 하는 거야?"

"어떤 모습일지 자꾸 상상하게 돼." 콜린이 대답했다.

"그 정원 말이야?" 메리가 물었다.

"봄." 콜린이 말했다. "지금에야 깨달았는데, 나는 봄을 본 적이 한 번도 없었어. 밖에는 거의 나가지도 않았으니까. 어쩌다 나간다 해도 주위를 둘러본 적은 없었어. 그러고 싶은 생각도 안 들었지."

"나도 인도에 있을 때는 못 봤어. 인도에는 봄이 없거든." 메리가 말했다.

비록 방 안에 틀어박혀 암울하게 지내긴 했어도, 콜린은 메리보다 훨씬 더 상상력이 풍부했다. 적어도 콜린은 멋진 책들을 읽고 그림을 보면서 많은 시간을 보냈으니까.

"네가 뛰어 들어와서 '드디어 왔단 말이야, 봄이 왔어!'라고 했던 날 있잖아. 그 말을 들었을 땐 기분이 정말 이상했어. 성대한 잔치 행렬이 몰려오면서 요란한 음악이 울려 퍼지기라도 할 것 같았어. 책에서 그런 그림을 본 적이 있거든. 멋진 어른들이랑 아이들이 다들 머리에는 화관을 두르고 손에는 꽃송이가 달린 나뭇가지를 들었어. 그 사람들이 밖으로 우르르 쏟아져 나와서 함께 웃고 춤추면서 피리를 불어. 그래서 내가 그랬잖아. '황금 나팔 소리를 듣게 될지도 몰라!'라고. 그런 생각을 하면서 네게 창문을 열어달라고 한 거야."

"와, 신기하다!" 메리가 말했다. "봄은 정말 그런 느낌이거든. 게다가 꽃이랑 잎사귀들, 파릇파릇하게 자라나는 온갖 식물들, 새, 동물들이 동시에 춤을 추며 지나간다고 생각해봐. 그 행렬이 얼마나 성대하겠어! 그 녀석들 모두가 한꺼번에 춤추고 노래하고 피리를 불면, 정말 우렁찬 음악소리가 울려 퍼질 거라고."

두 아이는 웃음을 터뜨렸다. 그 상상이 우스워서가 아니라 몹시 마음에 들었기 때문이었다.

잠시 후 간호사가 들어와 콜린에게 외출 준비를 시켜주었다. 평소 같았으면 콜린은 누가 옷을 입혀주든 말든 통나무처럼 가만히 누워 있었을 테지만 오늘은 뭔가 달랐다. 간호사는 자신이 옷을 입혀주는 동안 콜린도 일어나 앉아서 나름대로 도우려 한다는 것을 깨달았다. 게다가 준비하는 내내 메리와 수다를 떨면서 웃음을 터뜨리는 것이 아닌가.

"오늘은 도련님 상태가 정말 좋네요, 선생님." 간호사가 콜린을 진찰하러 온 크레이븐 선생에게 말했다. "기분이 꽤나 좋으신가 봐요. 그래서인지 몸도 건강해 보이고요."

"오후에 아이가 돌아오면 다시 오겠소." 크레이븐 선생이 말했다. "외출해도 몸에 이상이 없는지 확인해보아야 하니까. 이왕이면," 그러더니 아주 작게 중얼거렸다. "당신이 같이 나가주었으면 좋겠지만."

"지금 제가 같이 나가야 한다고 말하시는 거면, 전 여기에 붙어 있느니 차라리 당장 관두겠습니다." 간호사의 표정이 싹 굳었다.

"그렇게 해야 하는지는 아직 확실치 않소." 의사가 살짝 당황하며 말했다. "한번 시험 삼아 내보내 봅시다. 디콘은 갓 태어난 아기도 믿고 맡길 수 있는 아이니까."

저택에서 가장 힘센 하인이 콜린을 번쩍 들어 아래층으로 내려와, 마당의 휠체어에 콜린을 앉혔다. 디콘은 이미 휠체어 옆에서 기다리고 있었다. 남자 하인이 휠체어에 무릎 담요와 쿠션을 놓아주자, 라자 마마가 하인과 간호사에게 가라는 손짓을 했다.

"이제 가봐도 좋소." 콜린의 허락이 떨어지자마자 남자 하인과 간호사가 자리를 떠났다. 집으로 무사히 들어가고 나면 킥킥대고 웃을 게 분명했다.

디콘이 휠체어를 천천히, 안정감 있게 밀기 시작했다. 그 옆을 메리 아가씨가 따라 걸었고 콜린은 편안하게 기대 앉아 하늘을 올려다보았다. 둥근 천장 같은 푸른 하늘이 드높이 펼쳐졌고 그 아래로 눈처럼 새하얀 조각구름들이 떠다녔다. 마치 하얀 새들이 날개를 활짝 펼친 채 수정처럼 새파란 빛 속에서 두둥실 떠다니는 것 같았다. 황무지에서 부드러운 숨결 같은 바람이 불어와 크게 휘감고 지나갈 때는 깨끗한 자연이 풍기는 달콤한 냄새가 났다. 콜린은 그 공기를 깊이 들이마셔 야윈 가슴을 몇 번이고 부풀렸다. 콜린의 커다란 눈에는 소리까지 담기는 모양이었다. 귀가 아니라, 눈으로 듣는 것 같았다.

"노래하고 윙윙거리고 뭔가를 부르는 소리 같은 게 많이 들려." 콜린이 말했다. "바람이 불 때마다 향기가 나. 이게 무슨 향기야?"

"황무지에 활짝 피구 있는 가시금작화 향기여요." 디콘이 대답했다. "아! 벌들헌테는 진짜루 즐거운 하루가 되겄네요."

아이들이 지나는 길 위에 사람이라곤 정말 한 명도 보이지 않았다. 무슨 마법이라도 일어나 정원사와 그 밑의 조수들을 싹 다 채간 것 같았다. 그런데도 아이들은 비밀 작전을 수행하는 즐거움을 만끽하고 싶어서, 관목숲에 난 길을 들어갔다가 나왔다가 분수 화단을 빙 돌며 미리 치밀하게 구상해둔 계획대로 움직였다. 마침내 덩굴 담장을 두르는 '긴 산책로'로 접어들자, 아이들은 정원에 곧 도착하리란 생각 때문에 잔뜩 흥분했다. 그래서 뭐라 말로 설명하긴 힘든 묘한 이유로, 목소리를 잔뜩 낮추고 속닥속닥 이야기하기 시작했다.

"바로 여기야." 메리가 소곤소곤 말했다. "나는 이 길을 따라 몇 번이고 왔다 갔다 하면서 문이 있는 곳이 어딘지 계속 궁금해했어."

"그래?" 콜린이 소리쳤다. 호기심 가득한 눈으로 담쟁이덩굴 사이를 샅샅이 살폈다. "하지만 아무것도 안 보이는 걸." 콜린이 속삭였다. "문이 없잖아."

"나도 그렇게 생각했었어." 메리가 말했다.

그 후, 숨소리마저 나지 않는 아름다운 침묵 속에서 휠체어가 굴러가는 소리만 계속 들렸다.

"저기는 벤 웨더스태프 영감님이 일하는 정원이야." 메리가 말했다.

"그래?" 콜린이 말했다.

몇 미터를 더 가서 메리가 또 속삭였다.

"울새는 바로 여기서 담장을 넘어 날아갔어." 메리가 말했다.

"그래?" 콜린이 소리쳤다. "아! 울새가 또 와줬으면 좋겠어!"

"그리고 저쪽에서," 메리가 소리 없이 기뻐하며 커다란 라일락 덤불 아래를 가리켰다. "울새가 조그마한 흙더미에 내려앉아서 내게 열쇠 있는 곳을 알려줬어."

그러자 콜린이 구부정한 몸을 쭉 폈다.

"어디? 그게 어디야? 저기?" 콜린이 소리쳤다. 콜린의 눈이 엄청나게 커졌다. 『빨간 모자』 이야기에서, 눈이 왜 그렇게 크냐고 주인공이 물어봤을 때의 늑대 눈처럼 보일 지경이었다. 디콘이 그 자리에 섰고 휠체어도 멈추었다.

"그리고 여긴," 메리가 담쟁이덩굴 가까이에 있는 화단에 올라서며 말했다. "울새가 담장 꼭대기에 앉아서 지저귀고 있을 때, 내가 새에게 말을 걸고 싶어서 올라갔던 곳이야. 그때 바람이 불어서 이 담쟁이덩굴이 휙 날렸어." 메리가 커튼처럼 늘어져 있는 덩굴을 손으로 잡았다.

"오! 그래, 그렇구나!" 콜린이 숨을 헐떡였다.

"이게 그 손잡이야. 그리고 이건 문이고. 디콘, 콜린을 밀어줘. 얼른 밀고 들어가!"

디콘이 휠체어를 잡더니 한 번에 세게, 흔들림 없이, 멋지게 밀어 넣었다.

어찌나 세게 밀었는지 콜린은 쿠션 위로 쿵 자빠졌지만 아무래도 상관없었다. 너무 기뻐서 숨도 제대로 쉴 수 없었다. 콜린은 양손으로 눈을 가린 채, 완전히 안으로 들어갈 때까지 아무것도 보지 않으려 했다. 마법처럼 휠체어가 멈추고 문이 닫혔다. 콜린은 그제야 손을 떼더니 디콘과 메리가 그랬던 것처럼 주위를 둘러보고, 둘러보고, 계속 둘러보았다. 보드랍고 자그마한 잎사귀들이 담벼락이며 땅, 나무, 늘어져서 흔들리고 있는 잔가지,

덩굴손까지 전부 뒤덮고 있었다. 마치 사방에 진녹색 베일을 깔아놓은 듯했다. 나무 아래의 풀밭과 우묵한 쉼터의 빛바랜 화병들은 물론이고 여기도, 저기도, 정말 모든 곳에 황금빛과 보랏빛과 하얀빛이 흩뿌려져 있었다. 콜린의 머리 위로는 눈처럼 새하얀 꽃과 분홍색 꽃들이 흐드러지게 피어 있었다. 파닥파닥하는 날개 소리, 희미하고 감미로운 피리 소리들, 콧노래를 부르듯 흥얼흥얼하는 소리들이 사방에서 들려오고 수십 가지 향기가 진동을 했다. 상냥하게 어루만지는 손길처럼 콜린의 얼굴을 비추는 햇살이 따사로웠다. 메리와 디콘은 감탄스러운 눈빛으로 콜린을 지켜보았다. 온몸이 분홍빛으로 반짝거리는 콜린이 평소와 너무도 달라 보였다. 콜린의 상앗빛 얼굴과 목덜미와 양손까지, 그 모든 곳이 분홍빛에 휩싸여 있었다.

"건강해질 거야! 건강해질 거라고!" 콜린이 소리쳤다. "메리! 디콘! 난 건강해질 거야! 그리고 영원히 살 거야. 언제까지나 살아 있을 거야!"

21장

벤 웨더스태프 영감님

이 세상을 살아가다 보면 가끔씩 신기한 일들을 경험하게 되는데, 자신이 영원히, 언제까지나 살 수 있다고 확신하게 되는 순간도 그런 일들 중 하나다. 어떤 이에게는 부드러운 빛이 감도는 고요한 새벽녘에 잠자리에서 일어나 밖으로 나가, 홀로 서서 고개를 한껏 뒤로 젖히고 하늘을 올려다보았을 때 그런 확신이 든다. 희뿌연 빛이 서서히 붉어지고 도저히 이해할 수 없는 경이로운 일들이 벌어지다가, 마침내 동쪽에서 태양이 떠오르면 자기도 모르게 탄성이 터져 나온다. 수천, 수만, 수억 년 동안 매일 아침 되풀이해온 장엄한 광경에 심장이 멎을듯해 진다. 바로 그때, 사람은 자신이 영원히 살리라고 느낀다. 그 순간만큼은 그런 예감에 휩싸인다. 어떤 이는 노을 지는 숲에 홀로 서서 나뭇가지 사이로 비스듬히 들어오는 신비로운 황금빛 정적을 바라보다가 그런 예감이 들기도 한다. 아무리 애를 써도 들을 수 없는 무언가를 끊임없이 읊조리는 햇살을 바라보며 자신도 언제까지나 살아 있으리라 느낀다. 어떤 이는 수백만 수천만의 별들이 기다리고 지켜보는 검푸른 밤하늘의 거대한 고요함을 보며 그런 확신을 느낀다. 저 멀리서 음악이 들려올 때, 누군가의 눈을 바라볼 때에도 그런 예감은 진실이 되어버린다.

사방에 높다란 담장이 서 있는 숨겨진 정원 안에서 처음으로 봄을 보고 듣고 느꼈을 때, 콜린도 바로 그런 기분을 느꼈다. 그날 오후는 온 세상이 콜린 하나만을 위해 눈부시게 아름답고 정답고 완벽한 존재가 되어 보이려고 작정을 한 것 같았다. 어쩌면 봄은 순수하고 선한 마음으로, 자신이 끌어올 수 있는 건 뭐든지 끌어와서 그 정원에 쏟아부었는지도 몰랐다. 오늘 디콘은 하던 일을 몇 번이나 멈추고 가만히 서서, 경이로움에 흠뻑 젖은 눈으로 고개를 살며시 내저었다.

"아! 참으루 굉장허네." 디콘이 말했다. "난 열두 살이구 곧 열세 살이 될 거여요. 13년 동안 수많은 오후를 보았는디, 이만치 굉장헌 오후는 난생 처음 보는 것 같어요.

"그래, 참으루 굉장허다." 메리가 이렇게 말하더니 가슴이 너무 벅차올랐는지 한숨을 폭 내쉬었다. “내가 장담허는데, 이곳의 오후는 세상에서 가장 굉장헌 오후여.”

“니들이 생각할 땐 말여,” 콜린이 꿈이라도 꾸는 듯한 표정으로 조심스레 말문을 열었다. “정원이 날 위해서 일부러 그러는 것 같지 않어?”

“맙소사!” 메리가 탄성을 질렀다. “너 있잖어, 요크셔 사투릴 무진장 잘허는구먼. 일류급이네, 일류급이여.”

그런 후 기쁨이 흘러넘쳤다.

아이들은 휠체어를 자두나무 아래로 밀고 갔다. 자두나무에는 눈처럼 새하얀 꽃이 흐드러지게 피었고 벌이 노래하듯 윙윙거렸다. 마치 요정의 왕 머리 위로 차양을 두른 것 같았다. 그 가까이에 서 있는 벚나무들에도 꽃이 많이 피었다. 사과나무들에는 분홍색과 흰색 꽃망울이 여기저기 올라와 있었고 활짝 열린 꽃들도 드문드문 보였다. 차양을 두른 것처럼 꽃이 만발한 나뭇가지들 사이로 조금씩 조금씩 보이는 푸른 하늘은 세 아이들을 훔쳐보는 아름다운 눈 같았다.

메리와 디콘은 이곳저곳 돌아다니며 정원 일을 했고 콜린은 그 모습을 지켜보았다. 두 아이는 입을 열기 시작한 꽃봉오리, 아직 굳게 닫혀 있는 꽃봉오리, 잎사귀에 푸른빛이 돌기 시작한 잔가지들, 풀밭에 떨어진 딱따구리 깃털, 새가 알을 깨고 빠져나간 후에 그 자리에 남아 있던 텅 빈 알껍데기 등을 살펴보라고 가져다주었다. 디콘은 휠체어를 천천히 밀면서 정원을 돌아다니다가도 이따금씩 멈춰 서서 땅에서 솟아나거나 나무 위에서 늘어뜨린 자연의 경이로운 모습을 콜린이 볼 수 있게 해주었다. 마치 왕과 왕비의 초대를 받아 마법의 나라에 놀러온 손님에게 온갖 신비한 보석들을 구경시켜주는 듯했다.

"우리가 울새를 볼 수 있을까?" 콜린이 말했다.

"쪼금만 지나믄 자주 보게 될 거여요." 디콘이 대답했다. "알에서 새끼가 나오구 나면 울새는 무진장 바빠서 정신이 하나두 없을 테니깐요. 울새가 제 몸집만 한 벌레를 물구 뒤루 갔다, 앞으루 갔다 하믄서 날아다니는 모습을 보게 될 거여요. 그리구 울새가 둥지엘 가면 음청나게 시끄러울 거여요. 새끼들이 사방에서 입을 쩍쩍 벌리믄서 요란헌 소리를 내구, 울새는 어느 입엘 먼저 넣어줘야 할라나 마음을 못 정하구 갈팡질팡 하겄지요. 저희 어머니는 자식들 입을 채우느라 고생허는 울새를 보구, 울새에 비하면 어머니는 할 일이 암것두 없는 거나 다름없다구 말씀하셔요. 다른 사람들은 못 봤다구 허지만, 어머니는 그 쪼끄만 새들 몸에서 땀 같은 게 툭 떨어졌다구 말씀하셔요."

아이들은 이 이야기가 너무 재미있어서 까르르 웃다가, 밖에서 소리를 들으면 안 된다는 사실이 떠올라 두 손으로 입을 틀어막았다. 콜린은 비밀 정원에서는 속닥속닥 말하거나 목소리를 낮추어야 한다는 규칙을 며칠 전에 처음 들었다. 콜린은 그 규칙에 담긴 비밀스러움이 마음에 들어서 꼭 지키려고 최선을 다했다. 하지만 너무 신나고 들뜬 상황에서는 숨죽여 웃기가 정말 힘들었다.

그날 오후는 매 순간이 새로운 일들로 가득 찼고 매시간 햇살은 점점 더 황금빛이 되었다. 디콘은 꽃 차양이 드리운 나무 아래로 휠체어를 밀고 가더니 풀밭에 앉아서 피리를 꺼내 들었다. 바로 그때, 지금껏 미처 보지 못한 무언가가 콜린 눈에 들어왔다.

"저쪽에 서 있는 나무는 나이가 많아, 그렇지?" 콜린이 말했다.

디콘이 풀밭 맞은편에 있는 나무를 바라보았고, 메리도 그쪽을 보았다. 갑자기 침묵이 흘렀다.

"네." 디콘이 대답했다. 작지만 다정한 목소리였다.

메리는 그 나무를 바라보며 생각에 잠겼다.

"가지들이 진한 회색이고 잎사귀가 어디에도 안 보여." 콜린이 말을 이었다. "다 죽어가는 것 같아. 그렇지?"

"그런 것 같구먼요." 디콘이 인정했다. "허지만 장미 덩굴이 온몸을 휘감구 있잖어요. 덩굴에 잎사귀가 나구 꽃이 피면 죽은 부분이 거의 다 가려질 거여요. 그러면 죽은 것처럼 안 보일 테구. 이 정원에서 젤루 이쁜 나무가 될 거여요."

메리는 여전히 나무를 바라보며 뭔가를 곰곰이 생각하고 있었다.

"저 커다란 나뭇가지는 뚝 부러져버린 것 같네." 콜린이 말했다. "어쩌다 그랬는지 궁금해."

"아주 오래전에 부러졌을 거구만요." 디콘이 이렇게 대답하더니, 갑자기 "와아!" 하며, 한결 안심한 표정으로 한 손을 콜린에게 내려놓았다. "울새 좀 보셔요! 저기 있어요! 짝헌테 줄 먹이를 찾는 거여요."

콜린은 하마터면 놓칠 뻔 했지만 간신히 울새의 모습을 볼 수 있었다. 가슴이 붉은 새가 부리에 뭔가를 문 채로 순식간에 지나갔다. 우거진 나뭇잎들 사이를 휙 뚫고 지나가서 풀이며 나무며 잔뜩 얽혀 있는 곳으로 들어가더니 시야에서 사라졌다. 콜린은 다시 쿠션에 등을 기대면서 실실 웃었다.

"짝꿍한테 차라도 가져다주나 보지. 나도 차를 마시고 싶은 걸 보니까 다섯 시가 다 되었나 보네."

메리와 디콘은 마음이 놓였다.

"마법이 울새를 보내준 거였어." 나중에 콜린 몰래, 메리가 디콘에게 말했다. "난 그게 마법이었다는 걸 알아." 사실, 메리와 디콘은 콜린이 10년 전에 가지가 부러진 나무에 대해 물어보는 건 아닐까 걱정하고 있었다. 그래서 이 문제를 미리 의논했었는데, 디콘은 곤란한 듯 머리를 박박 문지르며 서 있었다.

"다른 나무들이랑 별 차이가 없는 것처럼 굴어야 해요." 디콘은 그때 이렇게 말했었다. "왜 부러졌는질 털어놓을 순 없어요. 불쌍한 도련님이잖어요. 도련님이 그 나무에 대해 뭔갈 물어보시믄 우리는, 우리는 즐거운 척을 해야 해요."

"암, 그래야 허지." 메리의 대답이었다.

메리는 방금 전에 나무를 바라봤을 때, 즐거운 척을 제대로 못한 것 같다고 생각했다. 또, 디콘이 말했던 다른 이야기가 진짜일 수도 있겠다는 생각이 스쳐 지나갔다. 대책을 의논하던 그 날, 디콘은 당황한 표정으로 한참 동안이나 자신의 빨간 머리를 문지르고 있었지만, 어느덧 디콘의 새파란 눈동자에 선하고 편안한 기색이 떠올랐다.

"크레이븐 마님은 젊구 사랑스런 분이었다구 해요." 디콘이 조금 망설이더니 입을 열었다. "저희 어머니께서는요, 마님이 아주 오랫동안 미슬스웨이트를 맴돌믄서 콜린 도련님을 돌보구 계셨을 거라구 생각하셔요. 세상을 떠나는 모든 어머니들이 그렇다구 말여요. 아가씨두 아시겄지만 어머니들은 자식헌테 돌아올 수밖에 없어요. 마님은 여태껏 정원에 계셨을 거여요. 그래서 우릴 불러다가 정원을 가꾸게 허구, 도련님을 데리구 오게 만든 거지요."

메리는 디콘이 마법을 이야기하는 거라고 생각했다. 메리는 마법을 진심으로 믿었다. 누구에게도 확실히 말한 적은 없지만, 메리는 디콘이 주위 모든 것에 마법을 일으켰다고 믿고 있었다. 그리고 당연히 선한 마법이었으리라. 사람들이 디콘을 그렇게나 좋아하는 것도, 동물들이 디콘을 친구라고 생각하는 것도 다 마법 덕분인 것 같았다. 메리는 콜린이 위험한 질문을 던진 바로 그 순간에, 디콘이 신기한 힘을 발휘해 울새를 불러오지 못했다면 과연 어떻게 되었을지 궁금했다. 디콘이 오후 내내 마법을 부려서 콜린을 완전히 다른 사람처럼 보이게 만든 것 같았다. 오늘 본 콜린이 고래고래 소리를 지르고 베개를 치고 물어뜯는 정신 나간 아이와 같은 사람이라니, 있을 수 없는 일 같았다. 심지어 콜린의 희멀건 상앗빛 피부까지도 평소와 달라 보였다. 정원으로 처음 들어왔을 때 콜린의 얼굴과 목덜미와 양손에서 희미하게 빛나던 분홍빛은 아직까지도 그대로였다. 콜린은 이제 상아나 밀랍이 아니라, 진짜 살로 만들어진 사람 같았다.

아이들은 울새가 두세 번 자기 짝에게 먹이를 날라다 주는 모습을 지켜보았다. 그 모습을 바라보고 있자니 늘 차를 마시던 시간이 되었다는 게 떠올라 콜린은 차를 꼭 마시고 싶어졌다.

"하인들 중 아무나 붙잡고 바구니에 간식을 담아서 진달래 길로 가져오라고 해." 콜린이 말했다. "그러면 너랑 디콘이 여기로 가져오면 되니까."

아주 좋은 생각이었다. 덕분에 상황은 아주 간단히 해결되었다. 세 아이는 하얀 천을 풀밭 위에 펼치고 그 위에 따뜻한 차와 버터 바른 토스트, 크럼펫* 빵을 늘어놓고 기쁘게 먹어 치웠다. 살림을 꾸리느라 바쁘게 돌아다니던 새 몇 마리가 무슨 일이 벌어지나 알아보려고 들렀다가 어느새 열심히 빵 부스러기들을 찾아다니고 있었다. 호두와 껍디기는 케이크 조각을 물더니 잽싸게 나무 위로 올라갔고, 깜댕이는 버터 바른 크럼펫 빵을 반쪽이나 물고 어느 구석으로 날아갔다. 그곳에서 부리로 쪼아보고 이리저리 살펴보았다가 뒤집어보기도 하면서 목쉰 소리로 빵에 대해 뭐라 주절대더니 기분 좋게 한 입에 꿀꺽 삼켰다.

오후가 점점 무르익어갔다. 태양은 강렬한 황금빛 창을 던져댔고 벌들은 집으로 돌아가고 있었으며 주위를 날아다니던 새들의 숫자도 점점 줄어들었다. 디콘과 메리는 풀밭에 앉아 있었고, 바구니는 집으로 가져가려고 잘 챙겨놓았다. 콜린은 이마를 가린 무거운 앞머리를 뒤로 젖힌 채 쿠션에 편하게 기대어 앉아 있었다. 얼굴에는 자연스러운 홍조가 돌았다.

"오늘 오후가 끝나지 않았으면 좋겠어." 콜린이 말했다. "하지만 내일도 올 거니까 괜찮아. 내일 모레도, 글피도, 그다음 날도 올 거야."

"신선한 공기를 잔뜩 마실 수 있겠다. 그렇지?" 메리가 말했다.

"공기 말고 다른 건 안 마실 거야." 콜린이 대답했다. "봄을 봤으니까, 여름도 볼 거야. 정원 안에서 자라는 거라면 전부 다 볼

• 작은 팬케이크의 일종. 폭신폭신한 질감으로, 먹기 전에 버터로 구워 따뜻하게 먹는다

거야. 그리고 나도 이 안에서 자랄 거야."

"그렇게 되실 거여요." 디콘이 말했다. "아주 옛적에 여기서 사람들이 그랬던 것처럼 도련님두 여길 걸어 다니구 땅두 일구구 헐 거여요."

콜린의 얼굴이 새빨개졌다.

"걷는다고!" 콜린이 말했다. "땅을 일군다고? 내가 할 수 있을까?"

콜린을 힐끗 쳐다보는 디콘의 눈빛이 묘하게 조심스러웠다. 디콘도 메리도 콜린의 다리에 이상이 있는지 제대로 물어본 적이 없었으니까.

"당연허지요. 분명 그렇게 될 거여요." 디콘이 단호한 목소리로 말했다. "도련님두… 그러니까, 도련님두 다른 사람들이랑 똑같이 다리가 있으니깐요!"

메리는 콜린의 대답을 듣기 전까지는 살짝 겁이 났다.

"사실 다리가 아프다거나 한 건 아니야." 콜린이 말했다. "하지만 너무 가늘고 힘이 없어. 다리가 바들바들 떨려서 서 있기가 무서워."

메리와 디콘은 안도의 한숨을 내쉬었다.

"겁만 내지 않으믄 도련님두 일어설 거여요." 다시 밝아진 디콘이 말했다. "일어서기만 하면 그때부턴 겁이 나지두 않겄죠."

"그럴까?" 콜린은 이렇게 말하더니, 고민에 빠진 듯 가만히 누워 있었다.

한동안 정적이 흘렀다. 어느새 해가 지고 있었다. 모든 것이 고요한 시간이었다. 아이들은 정말 바쁘고 신나는 오후를 보냈다. 콜린은 아주 기분 좋게 쉬고 있는 듯했다. 동물들도 돌아다니기를 멈추고 아이들 근처에 옹기종기 모여서 휴식을 취하고 있었다. 깜댕이는 낮게 드리운 가지에 앉아 있었는데, 한쪽 다리를 들어 올린 채 졸린 듯이 회색 눈꺼풀을 내리깔았다. 그 모습을 본 메리는 속으로, 조금 후면 까마귀가 코를 드르렁드르렁 골지도 모른다고 생각했다.

이처럼 고요한 순간이었으니, 콜린이 고개를 반쯤 쳐들고 겁에 질려 큰 소리로 속삭일 때는 까무러치듯 놀랄 수밖에 없었다.

"저 사람 누구야?"

디콘과 메리가 벌떡 일어섰다.

"사람이라고!" 두 아이도 역시 낮은 목소리로 다급하게 소리쳤다.

콜린은 높은 담장을 가리켰다.

"저길 봐!" 흥분한 목소리로 속삭였다. "빨리!"

메리와 디콘이 고개를 돌려 쳐다보자, 사다리 꼭대기에 서서 담 너머로 아이들을 노려보고 있는 벤 웨더스태프의 화난 얼굴이 있었다! 게다가 메리를 향해 주먹을 휘두르는 게 아닌가!

"내가 홀애비가 아니구 니가 내 딸이믄," 벤 영감이 고래고래 소리쳤다. "아주 실컷 때려줬을 거여!"

벤은 당장이라도 뛰어내려 메리를 혼내주려는 듯이 사다리 윗단을 세게 밟고 올라갔다. 하지만 메리가 가까이 다가가자 넘어가지 않는 게 좋겠다고 생각했는지 사다리 꼭대기 칸에 서서 주먹만 휘둘러댔다.

"그러게 영 맘에 안 들더라니!" 벤 영감이 열변을 토했다. "첨 봤을 때부터 참아주기가 힘들었다구. 얼굴은 시큼한 버터 우유처럼 심술보가 가득헌 게 비쩍 말라가지구는 성가시게 꼬치꼬치 캐묻기나 허구, 별 반갑지두 않은데 여기저기 코를 들이밀구 댕기잖어. 어쩌다가 이런 계집애랑 친해졌는지. 그 망할 울새 녀석만 아니었다믄… 이 빌어먹을 자식…."

"벤 웨더스태프 영감님." 메리가 이제야 진정이 좀 되었는지 벤의 이름을 불렀다. 메리는 담 아래에 서서 한 번 크게 심호흡을 하더니 올려다보며 소리쳤다. "영감님, 내게 길을 알려준 건 그 울새였어요!"

그러자 벤 영감은 화가 머리끝까지 나서 당장에 뛰어 내려올 기세였다.

"이 못돼 처먹은 녀석아!" 벤이 메리를 내려다보며 고래고래 소리쳤다. "지 잘못을 울새에게 덮어씌우다니! 울새 놈은 그런 못된 짓을 할 정도루 뻔뻔하지 않단 말여. 너헌테 길을 알려줬다구? 그 녀석이! 아이구! 저런 못된 계집애 같으니." 메리는 노인이 이제 어떤 말을 내뱉을지 알 것 같았다. 호기심이 화를 이겼으리라. "거긴 대체 어떻게 들어간 거여?"

"들어오는 길을 울새가 알려줬다니까요." 메리가 따지듯이 말했다. "울새도 자기가 뭘 하고 있는 건지는 몰랐을 거예요. 그래도 어쨌든 알려준 건 울새가 맞아요. 영감님이 그렇게 자꾸 주먹을 휘두르면 말을 할 수가 없잖아요."

바로 그때, 벤 영감의 입이 떡 벌어졌다. 주먹질도 어느새 멈추었다. 메리 뒤쪽에서 풀밭을 가로질러 다가오는 무언가가 눈에 들어온 것이다.

영감의 입에서 험한 말들이 콸콸 쏟아져 나오니, 콜린은 너무 놀라서 몸을 일으켜 세우고 넋이 다 나간 표정으로 듣고만 있었다. 하지만 어느 순간 번뜩 정신이 들었는지, 디콘에게 거만한 손짓을 했다.

"저기까지 날 밀고 가!" 콜린이 명령을 내렸다. "가까운 데까지 밀고 가서 저 사람 바로 앞에 세워!"

벤 영감의 입이 떡 벌어진 이유가 바로 이것이었다. 호화로운 쿠션과 무릎 담요로 치장한 휠체어가 다가오는 모습을 보고 있자니 국왕이 탄 마차가 달려오기라도 하는 것 같았다. 그 휠체어에는 커다란 눈에 속눈썹이 시커멓게 난 어린 라자가 그 깡마르고 희멀건 손을 거만하게 뻗어, 당장 황명이라도 내릴 것처럼 뒤로 기대어 앉아 있었다. 휠체어는 벤 웨더스태프의 바로 앞에서 멈추었다. 노인의 입이 떡 벌어진 것도 놀랄 일이 아니었다.

"당신, 내가 누군지 알아?" 라자 마마께서 물었다.

벤 영감이 어찌나 빤히 쳐다보던지! 노인의 핏발 선 눈은 마치 유령이라도 본 듯 콜린에게 고정되어 있었다. 쳐다보고, 쳐다보고, 뚫어지게 쳐다보더니 침을 한 번 꿀꺽 삼켰다. 말은 한마디도 하지 않았다.

"내가 누군지 아냐고." 콜린이 훨씬 더 거만한 태도로 물었다. "대답해!"

벤 웨더스태프는 울퉁불퉁한 손을 들어 눈을 지나 이마로 가져갔다. 그리고는 바들바들 떨리는 괴상한 목소리로 대답했다.

"누구냐구요?" 벤이 말했다. "알지요, 당연히 알지요. 그 얼굴에서 도련님 어머니 되시는 분이 두 눈을 똑바루 뜨구 쳐다보구 있는데 모를 리가 있겠습니까. 맙소사, 도련님이 여긴 어쩐 일이십니까. 도련님은 가엾게두 불구라구 그러던디.

콜린은 자신에게 등이 있다는 사실조차 까맣게 잊어버리고 있었다. 얼굴이 시뻘겋게 달아오르더니 몸을 똑바로 일으켜 앉았다.

"난 불구가 아니야!" 콜린은 화가 머리끝까지 나서 소리를 질렀다. "불구 아니라고!"

"콜린은 불구가 아니에요!" 메리도 분노가 치밀어올라, 담장 위쪽을 향해 소리를 빽 질렀다. "콜린 등에는 좁쌀만 한 혹도 없단 말이에요! 내가 직접 봤어요! 아무것도 없었어요! 하나도 없다고요!"

벤 웨더스태프는 다시 손을 이마에 대더니 아무리 봐도 모자란다는 듯 콜린을 뚫어지게 쳐다보았다. 벤 영감의 손이 떨리고, 입이 떨리고, 목소리까지 떨렸다. 벤은 아는 게 많지도 않고 요령도 없는 늙은이라서 남에게 들은 이야기만 기억할 뿐이었다.

"도린님이, 도련님이 등이 굽지 않았다구요?" 벤이 쉰 목소리로 말했다.

"아니라고!" 콜린이 버럭 소리를 질렀다.

"그, 그럼 도련님 다리는요? 안 구부러졌어요?" 벤 영감의 목소리가 훨씬 더 쉬었고 더 떨렸다.

이렇게 심한 말을 듣다니. 발작을 일으킬 때마다 쏟아내던 기운이 완전히 새로운 방식으로 콜린을 관통했다. 지금까지 다리가 굽었다는 말은 정말 한 번도, 하인들이 소곤거리는 말로도 들어본 적이 없었다. 그런데 벤 웨더스태프가 하는 말을 듣자 하니 사람들이 콜린에 대해 뭐라고 떠들어대는지 알 것 같아서, 라자는 폭발하려는 분노를 가둬둘 수가 없었다. 상처받은 자존심과 분노 때문에 머릿속이 새하얘졌다. 지금 콜린에게는 한 번도 겪어보지 못한 힘이 넘쳐흘렀다. 초인적인 힘이라고 봐도 될 만했다.

"너, 이리 와!" 콜린이 디콘을 향해 소리쳤다. 무릎을 덮은 담요를 찢어버리기라도 할 것처럼 홱 걷어냈다. "이리 오라고! 빨리 와! 당장!"

디콘은 순식간에 콜린 옆에 섰다. 메리가 숨을 헉 들이켰는데, 핏기가 싹 가시는 느낌이 얼굴에서부터 전해져왔다.

"콜린은 할 수 있어! 콜린은 할 수 있어! 콜린은 할 수 있어! 할 수 있어!" 메리는 숨을 죽인 채 최대한 빠르게 중얼거렸다.

격분해서 홱 밀쳐낸 담요가 땅으로 떨어졌다. 디콘이 콜린의 한쪽 팔을 잡아주었고, 콜린의 가느다란 다리가 휠체어 밖으로 빠져나왔다. 마침내 앙상한 발이 풀밭을 딛었다. 콜린은 똑바로 서 있었다. 아주 똑바로, 화살처럼 곧게 말이다. 그 순간의 콜린은 이상할 정도로 키가 커 보였다. 콜린은 턱을 치켜들더니 그 희한하게 생긴 눈을 번득였다.

"나를 봐!" 콜린이 벤 웨더스태프 영감에게 소리쳤다. "날 보라고! 당신! 똑바로 봐!"

"도련님이 저만큼이나 똑바루 섰어요!" 디콘이 소리쳤다. "요크셔에 사는 다른 애들만치 똑바르다구요!"

그러자 벤 웨더스태프 노인은 메리가 생각하기에 최고로 이상한 행동을 했다. 목이 메었는지 침을 꿀꺽 삼키고 나이든 두 손으로 손뼉을 치더니, 갑자기 주름진 두 뺨에 눈물이 흘러내리는 게 아닌가!

"아이고!" 벤이 말을 쏟아냈다. "사람들이 시뻘건 거짓말을 했구먼! 도련님은 욋가지처럼 빼빼 마르구 얼굴이 유령처럼 허옇

게 떴지만 혹은 단 한 개두 없구만요. 도련님은 어른이 될 때까지 살겠구려. 신의 가호가 있기를!"

디콘이 콜린의 팔을 단단히 잡아주긴 했어도, 콜린은 조금도 비틀거리지 않았다. 오히려 아까보다도 더 꼿꼿하게 서서 벤 웨더스태프의 얼굴을 똑바로 쳐다보았다.

"나는 당신의 주인이야." 콜린이 말했다. "아버지가 집에 안 계실 때는 내가 주인이야. 당신은 내게 복종해야 해. 여긴 내 정원이야. 이곳에 대해서는 입도 벙긋하지 마! 당장 사다리를 내려가서 정원 밖 '긴 산책로'로 가. 메리 양이 그곳에서 기다리고 있다가 오는 길을 안내할 거야. 난 영감에게 할 말이 있어. 영감이 끼는 게 달갑진 않지만, 비밀을 알아버렸으니 어쩌겠어. 서둘러!"

벤 웨더스태프의 험상궂은 늙은 얼굴은 아직까지도 영문 모를 눈물로 축축했다. 게다가 고개를 치켜들고 두 발로 우뚝 서 있는, 비쩍 마른 콜린에게서 눈을 떼지 못하는 듯했다.

"아! 도련님!" 벤이 속삭이듯 말했다. "아이고, 우리 도련님!" 그러더니 문득 정신을 차리고, 정원사들이 흔히 그러듯 모자에 손을 대더니 이렇게 말했다. "네! 주인님! 잘 알겠습니다, 주인 나리!" 그러더니 주인의 말씀을 받들어 사다리를 내려갔다.

22장

해가 질 때

벤 영감의 머리가 눈앞에서 사라지자 콜린이 메리를 돌아보았다.

"가서 영감을 데려와." 콜린이 말했다. 그러자 메리는 풀밭을 날듯이 뛰어가 담쟁이덩굴 아래 문에 도착했다.

디콘은 날카로운 눈으로 콜린을 지켜보았다. 뺨은 군데군데 진홍빛으로 물들어 있었고 오늘따라 아주 멋있어 보였다. 쓰러지려는 기미는 보이지 않았다.

"나도 서 있을 수 있어." 콜린은 이렇게 말하더니, 여전히 고개를 빳빳이 든 채 위풍당당하게 말했다.

"제가 그랬잖어요. 겁내지만 않으믄 설 수 있으시다구." 디콘이 대답했다. "한 번 일어서니깐 이젠 겁두 안 내시는 거구요."

"응, 이제 겁 안 나." 콜린이 말했다.

그 순간, 콜린은 불현듯 메리가 했던 말을 떠올렸다.

"네가 마법을 부리고 있는 거야?" 콜린이 날카로운 질문을 했다.

그러자 디콘의 둥그런 입이 양옆으로 퍼져나가면서 유쾌한 미소가 떠올랐다.

"마법은 도련님이 부리구 계시는 걸요, 뭐." 디콘이 말했다. "도련님의 마법은 땅에서 식물들을 솟아오르게 하는 힘하구 같어요." 디콘은 이렇게 말하면서, 투박한 장화로 풀밭에 무리지어 자라는 크로커스를 슬쩍 건드렸다.

콜린은 크로커스들을 내려다보았다.

"그려." 콜린이 천천히 말을 이었다. "그것보담두 굉장헌 마법은 있을 수 없지. 없구말구."

콜린은 아까보다도 꼿꼿하게 등을 폈다.

"저 나무까지 걸어가 볼 거야." 콜린이 몇 미터 밖의 나무를 가리키며 말했다. "웨더스태프가 오면, 난 계속 서 있을 거야. 쉬고 싶을 땐 나무에 기대면 되니까. 나중에 앉고 싶어지면 앉을 테지만 그런 마음이 들기 전까진 안 앉을 거야. 휠체어에서 담요를 가져다줘."

콜린은 그 나무를 향해 걸어갔다. 디콘이 팔을 잡아주긴 했지만, 그렇다 해도 콜린은 놀라울 정도로 흔들리지 않고서 잘 걸었다. 심지어는 나무줄기에 기대어 섰을 때도 나무가 받쳐주고 있다는 사실이 그리 티가 나지는 않았다. 게다가 몸을 똑바로 세우고 있으니 키도 커 보였다.

벤 웨더스태프 영감이 담장의 문으로 들어와서 나무 아래에 서 있는 콜린을 보았다. 그때 메리가 어떤 말을 소곤소곤 읊조렸는데, 그게 벤의 귀에도 들린 모양이었다.

"뭐라구 하는 거냐?" 벤이 짜증스런 목소리로 물었다. 사실, 벤은 키가 크고 비쩍 마른 남자아이가 아주 뿌듯하다는 얼굴로 꼿꼿하게 서 있는 모습을 지켜보고 싶었다. 메리의 말소리가 이를 방해했던 것이다.

메리는 벤에게 말한 게 아니었다. 대신 이렇게 말하고 있었다.

"넌 할 수 있어! 넌 할 수 있어! 할 수 있다고 내가 말했잖아! 넌 할 수 있어! 할 수 있어! 할 수 있어!"

메리는 콜린을 향해 중얼거리고 있었다. 똑바로 선 자세가 무너지지 않도록 마법을 걸어주고 싶었던 것이다. 벤 웨더스태프가 보는 앞에서 콜린이 포기하기라도 한다면 메리는 도저히 견딜 수 없을 것 같았다. 하지만 콜린은 포기하지 않았다. 메리는 콜린이 저렇게 서 있으니 비록 빼빼 마르긴 했지만 꽤나 멋져 보인다는 생각을 하면서 기분이 무척 좋아졌다. 콜린은 우스꽝스러워 보일 만큼 거만한 표정을 짓고는 벤 웨더스태프를 뚫어지게 바라보고 있었다.

"나를 봐!" 콜린이 명령했다. "싹 다 훑어보라고! 내 등이 굽었어? 다리가 구부러졌어?"

벤 웨더스태프는 조금 전에 울컥했던 감정에서 아직 헤어나오지 못했지만, 애써 정신을 가다듬고 평소와 다를 바 없는 태도로 대답했다.

"아니지요." 벤 영감이 말했다. "전혀 그렇지 않구먼. 대체 지금껏 뭘 허구 계셨던 거요? 왜 그렇게 꼭꼭 숨어서, 사람들이 불구라느니 반쯤 미쳤다느니 그런 소리를 지껄이도록 내버려 두셨냐는 말이오."

"반쯤 미쳤다고!" 콜린이 화를 버럭 냈다. "대체 누가 그런 생각을 해?"

"그렇게 말하는 멍청이들이 참 많지요." 벤이 말했다. "이 세상에는 남들에 대해 쑥덕대기 좋아허는 멍청이들이 득시글허다오. 게다가 입만 열면 거짓부렁을 해대지. 대체 그동안 왜 그렇게 틀어박혀 계셨던 거요?"

"모두 내가 죽을 거라고 생각하니까." 콜린이 퉁명스럽게 말했다. "난 안 죽을 거지만!"

콜린이 어찌나 확고하게 말하던지, 벤 웨더스태프는 콜린을 아래에서 위로, 위에서 아래로 찬찬히 살펴보았다.

"도련님이 죽다니!" 자기 나름대로 기쁜 표정을 띄우고 있는 벤 영감이 말했다. "당치두 않은 말이오! 도련님은 굳센 의지루 똘똘 뭉쳤잖소. 나는 도련님이 다리를 바깥으루 뻗어 땅을 딛던 그 순간에 벌써 도련님이 멀쩡하단 걸 깨달었소. 꼬마 주인님은 잠시 담요 위에 앉으시오. 얼른 명령이나 내려주시오."

벤 영감의 태도에는 은근한 다정함과 섬세한 이해심이 묘하게 섞여 있었다. 메리는 노인과 함께 '긴 산책로'를 걸어오는 그 짧은 순간에 그동안 있었던 일들을 허겁지겁 설명해주었다. 메리의 말마따나, 벤 영감이 가장 중요하게 알아두어야 할 것은 콜린의 건강이 좋아지고 있다는 사실이었다. 콜린 도련님이 건강해지고 있었다. 그리고 정원이 그걸 도와준 것이다. 그 누구라도 콜린에게 혹이나 죽음을 상기시켜서는 안 되었다.

라자 마마는 마지못해 그런다는 듯이 나무 아래에 깔아둔 담요에 앉았다.

"당신은 정원에서 무슨 일을 하지? 웨더스태프?" 라자가 물었다.

"시키는 일은 다 허지요." 벤 노인이 대답했다. "어떤 분이 호의를 베풀어주셔서 일자리를 보전헐 수 있었지요. 그분이 나를 좋아허셨으니."

"그분?" 콜린이 물었다.

"도련님의 어머니 되시는 분 말이오." 벤 웨더스태프가 말했다.

"우리 엄마?" 콜린은 이렇게 말하더니 말없이 주위를 둘러보았다. "여기는 엄마의 정원이었구나, 맞지?"

"암요, 그랬지요!" 벤 웨더스태프도 주위를 둘러보았다. "마님은 이곳을 젤루 좋아허셨지요."

"여긴 이제 내 정원이야. 나는 이곳이 좋아. 매일매일 놀러 올 거야." 콜린이 통보하듯 말했다. "하지만 그건 비밀이어야 해. 내가 영감에게 내릴 지시는 우리가 여기에 와 있다는 걸 아무도 모르게 해야 한다는 거야. 디콘이랑 내 사촌이 이곳을 가꿔서 되살아나게 했어. 가끔 도움이 필요하면 영감을 부를게. 하지만 꼭 아무도 모르게 와야 해."

벤 웨더스태프가 얼굴을 살짝 찡그려 노인 특유의 무뚝뚝한 웃음을 지어 보였다.

"예전에두 나는 남이 보지 않을 때 왔었소." 벤이 말했다.

"뭐라고!" 콜린이 소리쳤다. "언제?"

"마지막으로 온 게," 벤 영감은 턱을 쓰다듬으며 두리번거렸다. "아마 2년 전일 거요."

"10년 동안 아무도 들어오지 못했을 텐데!" 콜린이 소리쳤다. "문이 없었잖아!"

"아무두 날 신경 쓰지 않으니깐." 벤 노인이 무덤덤하게 말했다. "그리구 문으로 들어오진 않었소. 담장을 넘어서 왔지. 최근 2년 동안에는 류머티즘이 도져서 그짓두 못 허겠더만."

"영감님이 오셔서 가지치기를 하셨구먼요!" 디콘이 소리쳤다. "가지가 잘려 있어서, 대체 어떻게 허면 그럴 수가 있는지 영문을 몰랐다니깐요."

"그분은 이 정원을 진심으루 사랑허셨다오. 암, 그랬지!" 벤 웨더스태프 영감이 천천히 말했다. "참으루 아리따운 분이셨소. 언제였더라, 한 번은 이런 말씀을 허시더구만. '벤.' 그리구는 깔깔 웃으시면서, '만약에 내가 아프거나 죽으면 당신이 내 장미들을 보살펴주어야 해요.'라구 하셨다오. 마님이 정말루 돌아가시구 나서는 이 정원에 들어가지 말라는 분부가 내려왔소. 허지만 나는 왔지." 영감은 뚱하게 고집스런 표정을 짓더니 말을 이었다. "담장을 넘어서 왔지. 류머티즘 때문에 못 오게 될 때까진 말이오. 1년에 한 번씩 와서 조금씩 손보고 갔다오. 주인 나리 이전에 마님의 분부가 먼저 있었으니깐."

"영감님이 그렇게 한 번씩 손보지 않었더라면, 이곳두 지금처럼 쌩쌩허진 않었을 거여요." 디콘이 말했다. "그렇찮어두 궁금했었는디."

"당신이 돌봐주었다니, 난 기뻐. 웨더스태프." 콜린이 말했다. "영감은 비밀을 어떻게 지켜야 하는지 잘 알겠군."

"암요, 잘 알지요, 주인 나리." 벤 영감이 대답했다. "게다가 류머티즘으루 고생허는 나 같은 사람은 훨씬 더 편하게 들락날락 허겠구먼."

나무 근처 풀밭에 메리의 모종삽이 놓여 있었다. 콜린은 손을 뻗어 삽을 집었다. 콜린의 얼굴에 묘한 표정이 떠오르더니 그 삽으로 땅을 긁기 시작했다. 콜린의 앙상한 손은 그런 일을 하기에는 너무 약했지만, 모두가 지켜보는 가운데 삽 끝을 땅에 박았다. 메리는 거의 숨까지 참아가면서 흥미롭게 지켜보고 있었다. 마침내 콜린이 흙을 조금 뒤엎었다.

"넌 할 수 있어! 넌 할 수 있어!" 메리가 중얼거렸다. "나는 알아, 넌 할 수 있어!"

디콘의 동그란 눈에는 열렬한 호기심이 가득했지만 입으로는 아무 말도 하지 않았다. 벤 웨더스태프도 흥미로운 얼굴로 지켜보고 있었다.

콜린은 계속 시도했다. 모종삽에 흙을 한가득 채워 뒤엎는 걸 몇 번 반복한 후에는 자기도 너무너무 뿌듯한지 요크셔 말투를 한껏 뽐내며 디콘에게 말을 걸었다.

"니가 그랬잖어. 다른 사람들만치 여길 걸어 다니게 해주겄다구. 그리구 이곳 땅을 일구게 해주겄다구두 했지. 난 그 말을 듣구, 그냥 날 기쁘게 하려구 던지는 말인 줄 알았지 뭐여. 오늘은 내가 걷기 시작헌 첫날이여. 그런데 벌써 땅두 일구구 있어."

콜린의 사투리를 들은 벤 웨더스태프는 또다시 입이 떡 벌어졌지만, 잠시 후에는 얼굴에 미소가 떠올랐다.

"어이쿠!" 영감이 말했다. "그 말을 듣구 있으니깐 도련님이 정신두 멀쩡하단 걸 알겠소. 틀림없는 요크셔 아이구먼. 게다가 이렇게 땅두 파구 계시니 말이오. 거기다 뭔갈 심어보는 건 어떻겠소? 내가 장미 묘목을 가져다드릴 수두 있구."

"얼른 가져와!" 콜린이 신나게 땅을 파며 말했다. "얼른! 빨리!"

모든 일이 순식간에 진행되었다. 벤 웨더스태프는 류머티즘도 까맣게 잊고 달려나갔다. 디콘은 삽을 챙겨와, 앙상하고 희멀건 손을 가진 신입 일꾼보다 훨씬 더 깊고 넓은 구멍을 팠다. 메리도 잽싸게 달려나가 물뿌리개를 가지고 돌아왔다. 디콘이 구멍을 더 깊이 파자 콜린은 그 옆에서 부드러운 흙을 계속 뒤엎었다. 그리 대단한 일은 아닐지 몰라도, 콜린은 이런 낯설고도 새로운 운동을 하느라 발그레해진 얼굴로 하늘을 올려다보았다.

"해가 다 떨어지기 전에 완성하고 싶어. 완전히 다 내려오기 전에 말이야." 콜린이 말했다.

메리는 태양이 이 광경을 본다면 몇 분 더 머물러주지 않을까 생각했다. 벤 웨더스태프는 온실에 있던 장미 묘목을 화분째로 들고 왔다. 다리를 절뚝거리면서도, 자기 딴에는 가장 빠르게 풀밭을 가로질러 왔다. 노인도 점점 신이 나기 시작한 것이다. 벤은 구멍 옆에 무릎을 꿇고 앉더니 화분 틀에서 묘목을 뽑아냈다.

"여기 있소, 도련님." 그 묘목을 콜린에게 건네면서 벤이 말했다. "임금님들두 새로운 곳으루 이사를 가면 나무를 심는다구 하

니깐, 도련님두 이곳 땅에다 장미를 심어보시오."

콜린이 구멍 속에서 묘목을 붙잡고 있는 동안 벤 영감이 땅을 다졌다. 그러는 동안 콜린의 하얗고 가느다란 두 손이 파르르 떨렸고 발그레한 두 볼은 점점 더 빨개졌다. 구멍이 흙으로 가득 채워지자, 영감은 그 위를 꾹꾹 누르면서 단단하게 다졌다. 메리는 양손으로 땅을 짚고 몸을 잔뜩 앞으로 기울인 채 목을 쭉 빼고 있었다. 어느새 깜댕이가 날아와 무슨 일이 일어나는지 보려고 씩씩하게 걸어왔다. 호두와 껍디기는 벚나무 위에서 내려다보면서 쉬지 않고 재잘거렸다.

"다 심었다!" 마침내 콜린이 말했다. "해가 지금 막 지평선에 닿았어. 일어서게 도와줘, 디콘. 해가 지는 순간에 서 있고 싶어. 이것도 마법의 일부일 거야."

콜린은 디콘의 도움을 받아 일어섰다. 정말 마법의 힘이었는지, 다른 뭔가가 있었는지는 모르겠지만, 어쨌든 콜린의 몸에서는 힘이 솟아오르고 있었다. 태양은 서서히 지평선 밑으로 가라앉았다. 그토록 신기하고 사랑스러웠던 오후가 저무는 동안, 콜린은 두 발로 땅을 딛고 서 있었다. 그것도 활짝 웃으면서 말이다.

23장
마법

집으로 돌아가자, 한참 전에 와서 기다리고 있는 크레이븐 선생이 보였다. 선생은 슬슬 정원 산책로로 사람을 보내서 아이를 찾아보라고 하는 편이 좋지 않을까 하는 생각을 하던 중이었다. 콜린이 방에 돌아오자, 불쌍한 의사 선생은 심각한 눈빛으로 아이를 살폈다.

"그렇게 오래 나가 있으면 안 돼." 선생이 말했다. "너무 무리하는 것 같구나."

"하나도 안 피곤해요." 콜린이 말했다. "밖에 나가니까 몸이 건강해지고 있어요. 내일은 아침에도, 오후에도 나갈 거예요."

"난 그걸 허락해주어야 할지 고민되는구나." 크레이븐 선생이 대답했다. "현명한 생각은 아닌 것 같아서 말이지."

"날 말리려는 생각이야말로 현명하지 못해요." 콜린이 몹시 진지한 얼굴로 대답했다. "난 갈 거예요."

방금 같은 태도는 콜린의 가장 이상한 부분이었고, 메리조차 그 사실을 깨닫고야 말았다. 콜린은 주위 사람들에게 폭군처럼 명령을 하고, 그게 얼마나 무례한 행동인지는 짐작조차 하지 못했다. 콜린은 평생을 무인도 같은 방에서 살면서 그곳의 왕으로 군림했다. 제멋대로 행동하는 것은 물론이고 딱히 다른 사람과 자신을 비교해볼 일도 없었다. 메리도 예전에는 콜린과 다를 바가 없었지만 미슬스웨이트에 살게 되면서 변화가 생겼다. 메리는 자신의 태도가 남들과 매우 다르며, 그렇게 행동해서는 사람들이 좋아해주지 않는다는 사실을 서서히 깨달아가고 있었다. 이런 차이점을 발견한 메리는 콜린과 이 문제에 대해 이야기해보고 싶다는 생각이 무럭무럭 피어났다. 그래서 크레이븐 선생이 방을 나가자, 메리는 한참 동안 가만히 앉아서 콜린을 향해 호기심 어린 눈빛을 쏘아댔다. 왜 그러느냐고 먼저 물어봐 주길 바랐기 때문이었다. 그리고 당연하게도, 콜린이 질문을 던졌다.

"왜 그렇게 쳐다보고 있는 거야?" 콜린이 말했다.

"크레이븐 선생님이 참 안됐다는 생각을 하고 있었어."

"나도 그래." 콜린이 조용히, 하지만 만족스러운 기색을 숨기지는 않으면서 대답했다. "선생님은 이제 미슬스웨이트를 상속받을 수 없게 되었잖아. 내가 죽을 리 없을 테니까."

"물론, 그렇게 된 것도 참 안됐어." 메리가 말했다. "하지만 나는 다른 걸 생각하고 있었어. 선생님은 너처럼 한결같이 무례한 남자애한테도 10년 내내 친절하게 대해줘야만 했잖아. 정말 끔찍했을 것 같아. 나라면 도저히 못 견뎠을 거야."

"내가 무례해?" 콜린이 시큰둥한 표정으로 물었다.

"만일 네가 크레이븐 선생님의 아들이고, 선생님이 자식을 때리는 사람이었다면," 메리가 말했다. "선생님은 널 호되게 때려줬을 거야."

"하지만 선생님이라면 감히 그러진 못할 거야." 콜린이 말했다.

"그래, 못 그러실 거야." 메리 아가씨는 이렇게 대답하더니, 자기 입장을 떠나서 아무런 편견 없이 그 문제를 생각해보았다. "그 누구도 감히 네가 싫어하는 일을 하지 못했어. 다들 네가 곧 죽을 거라고 생각했으니까. 너는 정말 불쌍한 아이였지."

"하지만," 콜린이 박박 우겼다. "난 이제 불쌍한 아이가 되지 않을 거야. 불쌍하다고 생각하도록 내버려 두지 않을 거야. 오늘 오후에는 내 발로 일어서기도 했잖아."

"늘 제멋대로 하다 보니까 괴팍한 성격이 된 거야." 메리가 혼잣말처럼 말했다.

콜린이 잔뜩 찌푸린 얼굴로 고개를 돌렸다.

"내가 괴팍해?" 콜린이 따져 물었다.

"그래." 메리가 대답했다. "그것도 아주 많이. 그런데 그걸로 화낼 필요는 없어." 그러더니 공정한 평가를 덧붙였다. "나도 너만큼이나 괴팍하니까. 벤 영감님도 마찬가지고. 하지만 나는 사람들을 좋아하기 시작하고 정원을 찾아낸 다음에는 전처럼 괴팍하진 않은 것 같아."

"괴팍한 사람은 되기 싫어." 콜린이 말했다. "그런 사람은 안 될 거야." 콜린이 단호한 결심을 하며 인상을 썼다.

콜린은 자부심이 강한 아이였다. 콜린은 가만히 누운 채로 한동안 곰곰이 생각했다. 하지만 잠시 후 메리는 콜린의 표정이 바뀌고 있는 걸 눈치챘다. 슬쩍 떠오른 어여쁜 미소가 얼굴 전체로 퍼지고 있었던 것이다.

"이제는 괴팍한 사람 안 할래." 콜린이 말했다. "매일 정원에 나가면 그곳에는 마법이 있잖아. 그것도 아주 좋은 마법이 있지. 너도 알잖아, 메리. 난 그곳에 진짜 마법이 있다고 확신해."

"나도 그래." 메리가 말했다.

"설령 그게 마법이 아니라고 해도," 콜린이 말했다. "우리는 마법이라고 생각하면 돼. 아무튼 그곳에는 뭔가 있긴 하잖아. 이건 확실해, 뭔가 있어."

"그건 마법이야." 메리가 말했다. "하지만 흑마법은 절대 아니야. 눈처럼 새하얀 마법이지."

아이들은 항상 그것을 마법이라고 불렀다. 그리고 이날 이후로 이어진 몇 달 동안은 정말로 마법이 일어난 것 같았다. 경이로운 나날이었고, 찬란한 나날이었으며, 놀라운 나날이었다. 아! 그 정원에서 얼마나 놀라운 일들이 벌어졌는지! 정원을 가져본 적이 없는 사람이라면 절대 이해할 수 없을지도 모른다. 하지만 한 번이라도 정원을 가져봤다면, 그곳에서 벌어진 일들을 다 기록하면 책 한 권은 손쉽게 채울 수 있다는 사실을 알 것이다. 처음에는 흙에서, 풀밭에서, 화단에서, 심지어는 담장의 갈라진 틈에서, 파릇파릇한 것들이 쉬지 않고 솟아나는 듯 싶었다. 그러더니 그 파릇파릇한 것들에 봉오리가 여기저기 맺히고, 나중에는 봉오리가 벌어지면서 갖가지 푸른색과 갖가지 보라색, 갖가지 붉은색이 쏟아져 나왔다. 가장 화려했던 달에는 작은 구멍이나 구석까지 전부 꽃으로 가득 찼다. 벤 웨더스태프는 그런 광경을 보고 담벼락 벽돌 사이의 모르타르를 긁어내고 땅에 오목한 공간을 만들어 그 위에서 어여쁜 덩굴들이 자랄 수 있도록 했다. 풀밭에는 붓꽃과 흰 백합들이 무리지어 자랐고, 녹색으로 물든 우묵한 쉼터들은 키 큰 참제비고깔이나 참매발톱꽃, 초롱꽃의 푸르고 하얀 꽃잎들이 엄청난 무리를 이루었다.

"마님은 꽃들을 정말 좋아하셨소. 사랑하셨지." 벤 웨더스태프가 말했다. "저 꽃들이 푸른 하늘을 향하구 있어서 좋다구, 그리 말씀허시곤 했소. 그렇다구 땅에 있는 것들을 낮춰보셨다는 말은 아니오. 암, 그렇구말구. 그분은 꽃을 젤루 사랑허셨소. 허지만 푸른 하늘은 언제 봐두 기쁨에 찬 모습이라구 말하시곤 했지."

디콘과 메리가 심은 씨앗들은 요정들이 돌봐주기라도 하는지 쑥쑥 잘 자랐다. 양귀비꽃이 가득 피어 봄바람에 춤추듯 하늘거렸다. 오래전부터 그 정원에서 살았던 꽃들은 못 보던 꽃들이 그곳에 어떻게 들어왔는지 궁금해하는 것 같았지만, 오색찬란한 양귀비들은 자신들의 화려한 빛으로 텃세에 대항하고 있었다. 그리고 장미가… 장미들이 있었다! 풀 속에서 솟아올라 해시계 둘레를 휘감고, 나무줄기를 타고 올라가 가지에서 늘어져 내리고, 담장을 타고 올라가 기다란 꽃가지를 폭포수처럼 쏟아내며 위로, 또 위로 뻗어나가는 장미들 말이다. 그 장미들은 매일 매시간 점점 더 쌩쌩해졌다. 싱싱한 잎사귀들과 꽃봉오리, 꽃봉오리들은 처음에는 작았지만 점점 더 부풀어 오르는 마법을 부리더니, 마침내 꽃잎을 활짝 펼쳐 꽃향기를 담은 잔이 되었고, 그 향기는 슬며시 흘러넘쳐 정원의 공기를 가득 채웠다.

콜린은 이 모든 과정을 다 보았고, 아무리 사소한 변화라도 빠짐없이 지켜보았다. 아침마다 휠체어를 타고 나왔고, 비가 오지 않는 이상 매일, 매시간 정원에서 생활했다. 심지어 하늘이 온통 잿빛인 흐린 날에도 콜린은 즐거워했다. 콜린은 자기가 풀밭에 드러누워 있으면 '온갖 것들이 자라나는 걸 가까이에서 지켜볼 수 있다'고 말했다. 한참을 그러고 있노라면 꽃봉오리가 벌어지기 시작하는 바로 그 순간을 포착할 수 있다고 자랑스레 말하기도 했다. 도대체 무슨 일을 하는 건지 알 수는 없지만 그들 딴에는 심각한 업무를 보느라 이리저리 뛰어다니는, 희한한 곤충들과도 친구가 될 수 있다고 했다. 어떤 날은 이런 곤충들이 작은 지푸라기, 깃털, 음식 등을 운반하기도 했고 어떤 날은 자그마한 풀잎이 무슨 거대한 나무라도 되듯, 저 위에 올라가면 온 나라를 굽어볼 수 있다는 듯이 영차영차 열심히 등반했다. 어느 날엔 두더지 한 마리가 땅굴을 파다가 지상에 뿅 튀어나와 흙무더기를 쌓아놓더니, 다시 기다란 손톱이 달린, 마치 요정 손처럼 생긴 앞발로 다시 굴을 파기 시작했다. 콜린이 오전 내내, 하염없이 두더지만 쳐다보고 있던 날이었다. 개미, 딱정벌레, 벌, 개구리, 새들, 식물이 살아가는 방식은 콜린이 푹 빠져 탐구해볼 새로운 세상을 열어주었다. 게다가 디콘이 여우, 수달, 페럿, 다람쥐, 송어, 물쥐, 오소리가 사는 방식까지 죄다 알려주었으니, 조잘조잘 이야기하고 깊이 빠져들어 생각할 거리가 도무지 끊이질 않았다.

하지만 그것은 마법의 절반이라고도 할 수 없었다. 자신이 진짜 두 발로 일어설 수 있었다는 사실 때문에 콜린은 점점 더 마법 생각에 골몰했다. 콜린이 일어설 때, 메리가 실은 마법 주문을 외웠었다고 이야기해주자 콜린은 잔뜩 흥분하더니 마법이 분명

하다고 박박 우겼다. 콜린은 그 얘기를 시도 때도 없이 했다.

"이 세상에는 분명히 마법이 아주 많을 거야." 어느 날 콜린이 신중하게 말했다. "사람들은 그저 마법이란 게 어떤 건지, 어떻게 일으킬 수 있는지 모르고 있을 뿐이야. 어쩌면, 진짜로 좋은 일이 일어날 때까지 그런 일이 일어나게 해달라고 끊임없이 말하는 게 시작일 수도 있어. 그래서 내가 실험을 하나 해보려고."

다음 날 아침, 세 아이가 비밀 정원에 도착하자마자 콜린은 벤 웨더스태프를 호출했다. 벤 영감이 헐레벌떡 달려와 보니 라자가 나무 아래에서 혼자 힘으로 서 있는 게 아닌가. 오늘따라 콜린은 무척 당당해 보였고 얼굴에는 아름다운 미소를 머금고 있었다.

"좋은 아침이에요, 벤 웨더스태프." 콜린이 말했다. "디콘이랑 메리랑 영감님이랑 나란히 서서 내 말을 진지하게 들어줬으면 좋겠어요. 오늘은 아주 중요한 얘기를 할 거니까요."

"예이, 예이, 선장님!" 벤 웨더스태프는 이마에 손을 대고 대답했다. (벤 웨더스태프가 오랫동안 숨겨놓은 매력이 하나 있다면, 소년 시절에 바다로 도망쳐 나와 뱃사람이 되어, 항해를 한 적도 있다는 사실이었다. 그래서 벤은 뱃사람처럼 대답할 수 있었다.)

"나는 과학 실험을 하려고 해요." 라자가 설명했다. "나는 자라서 위대한 과학적 발견들을 해내는 어른이 될 거예요. 그래서 지금 이 실험으로 그 준비를 시작할 거예요."

"예이, 예이, 선장님!" 벤 웨더스태프는 위대한 과학적 발견이라는 말을 난생처음 들었지만, 대답은 참 열심히 했다.

메리 역시 그런 단어를 들어본 적이 한 번도 없었다. 하지만 그 무렵에 메리는 콜린의 성격이 괴상하기는 해도, 다양한 주제의 책을 많이 읽어서 꽤나 설득력 있게 이야기할 수 있는 아이라는 사실을 깨달아가고 있었다. 콜린이 얼굴을 들고 그 희한하게 생긴 눈으로 지긋이 바라보면, 콜린은 곧 열한 살이 되는 열 살짜리 어린아이에 불과했지만 상대방은 자기도 모르게 콜린의 말을 믿어버리는 것 같았다. 그리고 지금, 콜린은 자기가 어른처럼 연설을 하고 있다는 사실에 심취해 있었다. 그래서 오늘따라 설득력이 더 빛을 발하고 있었던 것이다.

"내가 하려는 위대한 과학적 발견은," 콜린이 말을 이었다. "마법에 관한 것이에요. 마법은 위대한 것이고, 옛날 책에 등장하는 몇몇을 제외하고는 아는 사람이 거의 없어요. 메리는 마법에 대해 조금 알아요. 메리는 고행 수도자들이 있는 인도에서 태어났으니까요. 내가 볼 땐 디콘도 마법을 조금 알고 있어요. 하지만 디콘은 자기가 안다는 걸 모르지요. 디콘에게는 동물들이랑 사람들을 홀리는 재주가 있어요. 디콘이 동물을 부리는 사람이 아니었다면, 나를 만나러 오게 하지도 않았을 거예요. 디콘은 남자아이를 부리기도 해요. 남자아이도 동물이니까요. 나는 모든 것에 마법이 깃들어 있다고 믿어요. 우리가 그걸 깨닫지 못하고 있을 뿐이고, 쓸모 있게 사용하는 방법을 모르고 있을 뿐이에요. 전기랑, 말이랑, 증기처럼요."

너무나 인상적인 연설에 벤 웨더스태프는 몹시 신이 나서 가만히 있을 수가 없었다.

"예이, 예이, 선장님," 벤 영감은 이렇게 말하고 자세를 고쳐 잡았다.

"메리가 이 정원을 찾아냈을 때, 이곳은 죽은 것처럼 보였지요." 연설자가 말을 이어갔다. "그런데 뭔가가 땅을 뚫고 솟아오른 거예요. 그러더니 아무것도 없던 곳에 자꾸 뭔가가 생겨났어요. 다음 날에 가보면 어제는 없던 것들이 삐죽 올라와 있고. 나는 이런 걸 본 적이 처음이라 너무너무 궁금해졌어요. 과학적인 사람들은 호기심이 많은 법이지요. 그래서 나도 과학적인 사람이 되기로 했어요. 나는 계속 이런 질문을 해요. '이건 뭘까? 이게 뭐지?' 그런데 '이거'는 대단한 것이에요. 아무것도 아닐 리가 없어요! 뭐라고 불러야 할지 모르겠으니, 저는 이것을 마법이라고 부르기로 했어요. 나는 한 번도 해가 뜨는 걸 본 적이 없어요. 하지만 메리와 디콘은 봤죠. 두 친구들이 해준 얘기를 생각해보면, 전 그것도 분명히 마법일 것 같아요. 뭔가가 해를 밀어내고 잡아당기는 거예요. 정원에 오기 시작한 이후로, 이따금씩 나무들 사이로 하늘을 올려다보면 왠지 모를 행복한 기분이 들어요. 내 가슴속에서 뭔가가 밀어내고 끌어당기면서 숨이 빨라지는 것 같은 그런 기분 말이에요. 마법은 항상 뭔가를 밀어내고 끌어당기면서 아무것도 없는 곳에서 새로운 걸 만들어내요. 모든 것이 마법으로 만들어져요. 나뭇잎, 나무, 꽃, 새, 오소리, 여우, 다람쥐, 사람 다 포함해서 말이에요. 그러니 마법은 우리 주위에 있는 게 분명해요. 이 정원에도 있고, 어딜 가도 다 있을 거예요. 이 정원의 마법이 나를 일으켜 세웠고 어른이 될 때까지 살 수 있다는 걸 알게 해주었어요. 나는 마법을 불러내서 내 안에 넣는 과학 실험을 할 거예요. 그 마법이 나를 밀어내고 끌어당기면 내 몸이 튼튼해질 테니까. 어떻게 하는지는 모르지만 계속 생각하고 부르면 마법이 찾아올지도 몰라요. 아마 그게 마법을 얻는 가장 기본적인 방법일 거예요. 내가 처음으로 일어서려고 할 때, 메리는 가능한 제일 빠르게, 계속 중얼거렸어요. '너는 할 수 있어! 너는 할 수 있어!' 그리고 나는 정말 해냈어요. 물론 나도 그때 노력을 해야 했지만, 메리의 마법이 날 도운 건 확실해요. 디콘의 마법도 그렇고. 매일 아침 저녁으로, 그리고 기억할 수만 있다면 낮에도, 나는 계속 주문을 외울 거예요. '마법은 내 안에 있어! 마법이 나를 건강하게 만들어줄 거야! 나는 디콘만큼 튼튼해질 거야! 디콘만큼 건강해질 거야!' 그러니까 여러분도 꼭 이렇게 해주세요. 이게 내 실험이에요. 도와줄 거죠, 벤 웨더스태프?"

"예이, 예이, 선장님!" 벤 웨더스태프가 말했다. "예이, 예이!"

"군사들이 훈련을 받는 것처럼 여러분이 매일 규칙적으로 이 주문을 외운다면 어떤 일이 일어나는지 볼 수 있을 테니까, 그러면 실험이 성공했는지도 알게 될 거예요. 새로운 뭔가를 배울 때에는 그 내용을 계속 소리 내어 말해보고 계속 생각하다 보면 머릿속에 영원히 새겨져요. 마법도 그거랑 똑같을 거예요. 와서 도와달라고 계속 마법을 부르면, 어느새 그 마법은 우리의 일부가 되고 우리 몸에 머무르면서 힘을 쓸 거예요."

"인도에서 지냈을 때, 같은 말을 몇천 번이나 하는 고행 수도자들이 있다고 어떤 장교가 우리 엄마한테 말하는 걸 들은 적이 있어." 메리가 말했다.

"나는 젬 페틀워스네 마누라가 똑같은 말을 몇천 번이나 하는 걸 들어보았지. 남편헌테 주정뱅이 짐승이라구 하던데." 벤 웨더스태프가 심드렁하게 말했다. "그런데 그 말대로 되긴 했소. 짐승처럼 마누라를 두들겨패구는 '푸른 사자' 술집에 가서 코가 삐뚤어질 때까지 마시더만."

콜린은 눈썹을 찌푸리면서 곰곰이 생각하더니, 이내 얼굴이 환해졌다.

"음." 콜린이 말했다. "거기서도 마법 같은 게 일어났네요. 그 여자가 잘못된 마법을 부려서 남편이 때리게 된 거예요. 제대로 된 마법을 써서 뭔가 좋은 말을 해줬더라면 남편은 그렇게까지 마시진 않았을지도 몰라요. 그리고 어쩌면… 어쩌면 부인에게

새 보닛 모자를 사다 주었을지도 모르죠."

벤 웨더스태프는 씩 웃었다. 노인의 주름진 작은 눈에 감탄하는 빛이 슬쩍 지나갔다.

"도련님은 다리만 똑바른 게 아니라 머리두 아주 똑똑허시구먼." 벤 노인이 말했다. "담번에 베스 페틀워스를 만나믄, 마법이 어떤 일을 해낼 수 있는지 슬쩍 알려줘야겄소. 베스두 도련님의 그 '가학적 시럼'인가 뭔가기 제대루 먹히면 기뻐허겠지. 젬두 그럴 테구."

디콘은 가만히 서서 이 강연을 듣고 있었다. 동그란 눈은 호기심 어린 즐거움으로 반짝반짝했다. 디콘의 어깨에는 호두와 껍디기가 앉아 있었고 팔에는 귀가 기다란 새하얀 토끼가 안겨 있었다. 디콘이 토끼를 연신 쓰다듬어주었는데, 토끼는 그 손길이 좋았는지 커다란 귀를 바짝 뒤로 젖혔다.

"이 실험이 성공할 것 같아?" 디콘의 생각이 궁금했던 콜린이 물었다. 콜린은 디콘이 함박웃음을 머금고 행복한 표정으로 자신을 쳐다볼 때나 '동물 친구들'을 쳐다볼 때 속으로 무슨 생각을 하는지 궁금해하곤 했다.

디콘은 지금도 미소를 머금고 있었다. 평소보다 더 커다랗고 환한 미소였다.

"암요." 디콘이 대답했다. "전 그럴 것 같어요. 햇빛이 내리쬐면 씨앗이 싹을 틔우는 것처럼 당연한 소리구만요. 마법은 분명히 일어날 거여요. 그럼, 지금부터 시작해볼까요?"

콜린은 그 말에 아주 기뻤고 메리도 마찬가지였다. 콜린은 책의 삽화에서 본 고행 수도자들과 신도들이 떠올라 더욱 흥이 나서, 차양처럼 드리운 나무 아래에 책상다리를 하고 모여 앉자고 제안했다.

"사원 같은 곳에선 다 이렇게 앉잖아." 콜린이 말했다. "어차피 좀 피곤하기도 해서 앉아야겠어."

"어어!" 디콘이 말했다. "피곤허단 말부터 하면 어째요. 그 말이 마법을 망칠 수두 있을 터인디."

콜린이 고개를 돌려 디콘을, 그 천진난만한 동그란 눈을 들여다보았다.

"네 말이 맞아." 콜린이 천천히 말했다. "나는 마법만 생각해야 해."

커다랗게 원을 그리며 둘러앉으니 정말로 엄숙하고 신비로운 분위기가 되었다. 벤 웨더스태프는 평소 자신이 '늙은이들 기도회'라고 부르는 모임에 가게 되면 짜증부터 났지만 이 모임은 라자가 벌인 일이니 싫기는커녕, 오히려 그 자리에 초대되고 도움을 요청받았다는 사실에 기쁘기까지 했나. 메리 아가씨는 진지한 얼굴로 푹 빠져 있었다. 디콘은 한 팔에 토끼를 안고 있었는데, 동물들에게 사람이 듣지 못하는 신호를 보내기라도 한 것 같았다. 디콘이 원 안에 들어와 책상다리를 하고 앉자마자 까마귀, 여우, 다람쥐들, 양이 느릿느릿 곁으로 다가오더니 자기들도 껴달라는 듯이 원을 이루며 자리에 들어앉았던 것이다.

"'동물 친구들'도 왔어요." 콜린이 엄숙하게 말했다. "이 녀석들도 우리를 돕고 싶은 거예요."

메리는 콜린이 정말 멋있어 보인다고 생각했다. 콜린은 진짜 성직자라도 된 듯이 고개를 높이 치켜들었고, 그 희한하게 생긴 눈이 오늘따라 아름답게 빛났다. 머리 위에서 잎사귀들 사이로 쏟아져 들어오는 햇살이 반짝반짝하게 콜린을 비추었다.

"자, 이제 시작할 거예요." 콜린이 말했다. "데르비시 수도승• 처럼 몸을 앞뒤로 흔들어야 할까? 메리?"

"나는 앞뒤로 몸을 흔들 순 없는디." 벤 웨더스태프가 말했다. "류머티즘이 있으니깐."

"마법이 류머티즘을 쫓아내리라." 콜린이 대사제 같은 말투로 말했다. "하지만 진짜 없어질 때까지는 몸 흔드는 건 안 할게요. 대신 성가를 읊기로 해요."

"성가두 난 못 하오." 벤 웨더스태프가 가볍게 투덜댔다. "평생 딱 한 번 해봤는데 그마저두 성가대에서 날 나가라구 하더구먼."

아무도 웃지 않았다. 아이들은 다소 지나칠 정도로 진지했다. 콜린의 얼굴에는 그림자 하나 스치지 않았다. 머릿속엔 오로지

• 수피교의 수도승. 예배 때 몸을 많이 움직인다

마법 생각뿐이었다.

"그러면 시작할게요." 콜린이 이렇게 말하더니 성가를 읊기 시작했는데, 그 모습이 마치 이야기에 나오는 소년 정령 같아 보였다. "해가 빛나네. 해가 빛나네. 그것은 마법이리라. 꽃이 자라네. 뿌리가 뻗어가네. 그것은 마법이리라. 살아 있는 것이 마법이리라. 튼튼해지는 것이 마법이리라. 마법은 내 안에 있네. 마법은 내 안에 있네. 내 안에 있네. 마법은 내 안에 있네. 마법은 우리 모두의 안에 있네. 마법은 벤 웨더스태프의 허리에도 있네. 마법이여! 마법이여! 어서 오라, 나를 도우라!"

콜린은 성가를 몇 번이고 반복해서 읊었다. 천 번까지는 아닐지라도 상당한 횟수였다. 메리는 넋을 잃고 빠져들었다. 이 괴상한 의식이 아름답다는 생각이 들어서, 메리는 콜린이 멈추지 않았으면 좋겠다고 생각했다. 벤 웨더스태프는 기분 좋은 꿈을 꾸고 있는 것처럼 마음이 부드럽고 편안해졌다. 흐드러지게 핀 꽃들 사이에서 벌들이 윙윙거렸고, 그 소리가 콜린의 읊조리는 목소리와 어우러지니 벤은 점점 몽롱해지다가 어느새 잠에 빠져들었다. 깜댕이는 다람쥐 대신 디콘의 어깨 자리를 차지해 웅크리고 앉아 있었는데, 회색 눈꺼풀이 내려와서 눈을 가렸다. 마침내 콜린이 성가를 끝냈다.

"이제 정원을 돌아다닐 거예요." 콜린이 말했다.

벤 영감의 머리가 앞으로 툭 떨어졌다가, 깜짝 놀라면서 홱 올라왔다.

"좋았군요." 콜린이 말했다.

"어이쿠, 당치두 않은 소리." 벤이 우물우물했다. "아주 훌륭헌 설교였구먼. 허지만 난 헌금 걷기 전에 가봐야지."

벤 영감은 아직도 눈에 졸음이 그득그득했다.

"여긴 교회가 아니에요." 콜린이 말했다.

"그럼요." 벤 영감이 몸을 곧추세우면서 말했다. "내가 교회에 있다구 누가 그러오? 도련님 말은 하나두 빼놓지 않구 다 들었다오. 내 허리에두 마법이 있다구 했잖소. 의사 선생님은 그걸 류머티즘이라구 부르더만."

라자가 손을 저었다.

"그건 잘못된 마법이라니까." 콜린이 말했다. "영감도 곧 나을 거예요. 이제 그만 가서 일 보시오. 하지만 내일 다시 와야 해요."

"나두 도련님이 정원을 걸어 다니는 모습을 보구 싶은데." 벤이 툴툴거렸다.

아주 화를 내는 정도는 아니었지만, 그래도 투덜거리는 말은 진심이었다. 벤은 고집스러운 노인인 데다가 마법을 완전히 믿지는 않았기 때문에, 콜린이 자신을 정원에서 쫓아내기라도 하면 사다리에 올라가 담 너머로 지켜볼 작정이었다. 그러면 도련님이 뭔가에 걸려 넘어지기라도 하면 냉큼 다시 돌아올 수 있을 테니까.

라자는 가기 싫다는 벤을 굳이 내보내진 않았다. 그래서 행진 대열이 만들어졌다. 그 모습은 정말로 행진 같았다. 콜린이 선두에 섰고 디콘과 메리가 양옆에 섰다. 벤 영감이 그 뒤를 따랐고, '동물 친구들'도 줄지어 뒤따랐다. 새끼 양과 새끼 여우는 디콘에게 바짝 붙어 걸었고, 흰 토끼는 폴짝폴짝 뛰어오다가도 한 번씩 멈춰서 풀을 한 번씩 뜯어먹었다. 깜댕이는 그 행진의 책임자라도 된다는 듯이 근엄하게 따라왔다.

그 대열은 느릿느릿, 하지만 위엄있게 앞으로 나아갔다. 몇 미터를 갈 때마다 잠시 멈추어 쉬어가기도 했다. 그럴 때마다 콜린은 디콘의 팔에 기댔고, 벤 영감은 은근슬쩍 콜린의 상태를 살폈다. 하지만 영감의 우려와는 달리, 콜린은 가끔씩 디콘의 손을 떼어내고 혼자서 몇 발짝 걸어가기도 했다. 게다가 늘 고개를 빳빳이 세우고 있어서 굉장히 당당해 보였다.

"마법은 내 안에 있네!" 콜린은 계속 주문을 되뇌었다. "마법은 나를 튼튼하게 만들어준다네! 마법을 느낄 수 있다네! 마법을 느낄 수 있다네!"

무언가가 콜린을 격려하고 희망을 불어넣고 있는 게 분명했다. 가끔 우묵한 쉼터에 앉아서 쉬기도 했고 한두 번은 풀밭 위에도 주저앉았으며 오솔길에서는 멈추어 서서 디콘에게 기대어 있기도 했지만, 콜린은 정원을 다 돌 때까지 포기할 생각이 없었

다. 한 바퀴를 다 돌고 무성한 나뭇잎이 차양처럼 드리운 나무로 돌아올 즈음 콜린의 얼굴에는 승리감이 가득했고 두 뺨이 한껏 상기되어 있었다.

"해냈어! 마법이 일어났다고!" 콜린이 소리쳤다. "처음으로 과학적 발견을 해낸거야."

"크레이븐 선생님은 뭐라고 하실까?" 메리가 소리쳤다.

"선생님은 아무 말도 안 하실 거야." 콜린이 대답했다. "왜냐하면 선생님한텐 말하지 않을 거니까. 내가 걸었다는 건 그 무엇보다도 중요한 비밀이 될 거야. 내가 진짜로 튼튼해져서 보통 남자애들처럼 걷고 달릴 수 있을 때까지, 아무도 알아선 안 돼. 나는 매일 휠체어를 타고 와서 그걸 타고 돌아갈 거야. 사람들이 자기들끼리 속닥거리거나 질문을 퍼붓게 하진 않을 거야. 이 실험이 완벽하게 성공할 때까지는 아버지에게도 알리지 않을 거야. 나중에, 아버지가 미슬스웨이트로 돌아오시면 그때 아버지의 서재로 걸어 들어가서 말할 거야. '저 왔어요. 저도 다른 남자아이들과 똑같아요. 저는 무척 건강해요. 어른이 될 때까지 살 거예요. 과학적 실험을 해서 이뤄냈어요.'"

"크레이븐 고모부는 꿈이라고 생각하실 거야." 메리가 소리쳤다. "눈을 믿지 못하실걸."

콜린은 의기양양해서 볼이 발그레해졌다. 어느새 콜린은 자신이 건강해질 것을 단단히 믿게 되었다. 콜린이 알고 있었는지는 모르겠지만, 그런 믿음이 있다면 전투에서 반은 이기고 들어가는 법이다. 다른 아버지의 아들만큼이나 건강한 아들이 똑바로 서 있는 모습을 본다면 아버지는 어떤 반응을 보일까, 이런 상상이야말로 콜린의 의지를 불태우는 자극제였다. 몸이 아파 우울한 인생을 살았던 지난날, 세상 그 무엇보다 암울하고 비참했던 일은 아버지조차 겁을 내고 쳐다봐주지 않는, 아프고 등이 굽은 자신에 대한 증오심이었다.

"아버지도 믿으실 수 밖에 없을 거야." 콜린이 말했다. "마법이 일어나면, 과학적 발견은 조금 나중에 하고 그 전에 먼저 해보고 싶은 게 몇 가지 있어. 그중 하나는 운동선수가 되는 거야."

"한 일주일쯤 지나면 도련님을 데리고 권투장에 다녀와야겠소." 벤 웨더스태프가 말했다. "그럼 나중에는 영국 챔피언이 되어서 벨트를 딸 수두 있을 테지."

콜린이 벤에게 꾸중이라도 하듯 노려보았다.

"웨더스태프." 콜린이 말했다. "내가 하는 말을 깡그리 무시했군요. 영감님도 비밀을 지켜야 하니까 제멋대로 행동하지 말아요. 게다가 아무리 마법이 잘 통한다고 해도, 나는 권투 챔피언은 안 될 거예요. 난 이다음에 과학적 발견을 하는 사람이 될 거니까."

"죄송허구먼요, 용서하시구려, 도련님." 벤이 경례를 하듯 이마에 손을 대며 대답했다. "농담헐 일이 아니라는 걸 미리 깨달었어야 허는데." 하지만 기죽은 목소리와는 달리 벤의 두 눈은 반짝이고 있었으며 속으로는 정말 기뻤다. 콜린에게 꾸중을 들어도 아무렇지 않았다. 이런 꾸중을 한다는 것은 도련님의 힘과 기개가 커가고 있다는 뜻일 테니까.

24장

"계속 그렇게 웃으라고 합시다"

디콘이 일하는 곳은 비밀 정원만이 아니었다. 황무지에 있는 디콘의 오두막집 주위에는 울퉁불퉁한 돌들을 쌓아 야트막하게 담장을 쳐놓은 작은 땅덩어리가 있었다. 디콘은 날마다 이른 아침이나 해가 뉘엿뉘엿 지는 저녁 무렵 그곳에 들렀고, 콜린과 메리를 만나지 않는 날엔 그곳에 하루 종일 붙어 있으면서 어머니를 위해 감자, 양배추, 순무, 당근, 각종 약초를 심고 가꾸었다. 디콘은 '동물 친구들'을 벗 삼아 일하면서 기적 같은 일을 몇 번이나 일으켰지만 아무리 오랫동안 일을 해도 지치는 것 같지 않았다. 밭을 갈거나 잡초를 뽑는 동안에는 요크셔 황무지 민요들을 휘파람으로 불거나 목청껏 노래했고, 깜댕이나 대장, 일손을 돕는 동생들과 수다를 떨기도 했다.

"디콘의 텃밭이 없었더라면," 소워비 부인이 말했다. "우린 지금처럼 편하게 살지는 못했을 거구먼. 그 애는 뭐든지 쑥쑥 키워내니깐. 디콘이 키운 감자랑 양배추는 다른 사람들이 키운 것들보다 곱절은 크구, 비교헐 수두 없게 맛있잖어."

소워비 부인은 잠시 여유가 생기면 밖으로 나가 디콘과 이야기를 나누곤 했다. 요크셔에서는 저녁을 먹은 후에도 선명한 황혼빛이 오래도록 남아 있어서, 디콘이 다시 밖에 나가 일을 하기에는 전혀 불편함이 없었고 소워비 부인도 그 무렵이 가장 한적한 시간이었다. 부인은 울퉁불퉁하고 야트막한 돌담 위에 앉아 주위를 슬쩍 둘러보면서 아들이 경험한 하루에 대해 이야기를 들었다. 소워비 부인은 이 시간을 사랑했다. 이 텃밭에서 채소만 자라는 건 아니었다. 디콘은 이따금씩 1페니짜리 꽃씨 묶음을 사와서 구즈베리 덤불과 양배추들 사이사이에 심었다. 그런 씨앗들은 결국 달콤한 냄새를 풍기는 찬란한 것들을 피워내곤 했다. 텃밭 가장자리에서는 목서초와 패랭이꽃과 팬지를 키웠고, 해마다 씨앗을 거두어들일 수 있는 꽃들을 심거나, 매년 꽃을 피우고도 알뿌리가 또다시 퍼져나가 결국엔 군락을 이루며 자라게 되는, 그런 종류의 꽃들도 키웠다. 게다가 디콘은 돌담 틈새에 군데군데 황무지 여우장갑꽃, 고사리꽃, 오브리에타, 산울타

리에서 자라는 야생화들을 심었다. 틈만 보이면 계속 심다 보니 이제는 돌이 더 안 보일 지경이었다. 덕분에 이 돌담은 요크셔에서 가장 아름다운 명소가 되어 있었다.

"어머니, 다른 사람들두 충분히 헐 수 있어요." 디콘은 언제나 이렇게 말하곤 했다. "식물이 잘 자랄 수 있게 하려믄, 걔들을 진정헌 친구루 대하기만 하믄 된다니깐요. 식물들은 '동물 친구들' 허구 똑같어요. 목이 마르면 마실 것을 주구, 배가 고프면 먹을 것을 주믄 되지요. 식물들두 우리랑 똑같어요. 우리 사람이랑 똑같이, 식물들두 죽지 않구 살아내구 싶어 해요. 그래서 식물이 죽으면 저는 제가 나쁜 애라서 매정허게 대했나 부다 허는 기분이 들어요."

소워비 부인이 미슬스웨이트에서 일어난 모든 일을 듣게 된 것도 황혼빛이 선명한 저녁 무렵이었다. 처음에는 '콜린 도련님'이 메리 아가씨와 함께 밖에 나가는 것을 좋아하게 되었으며, 그 외출이 도련님에게 좋은 영향을 끼치고 있다는 이야기밖에 듣지 못했다. 하지만 얼마 후, 메리와 콜린은 디콘의 어머니도 '비밀에 끼워줄 수 있다'고 허락해주었다. 어찌 되었든 디콘의 어머니가 '확실히 안전한' 사람이라는 것에는 의심의 여지가 없었으니까.

그래서 아름답고 고요했던 어느 저녁, 디콘은 모든 이야기를 털어놓았다. 땅에 묻혀 있던 열쇠, 울새, 모두 죽어버린 듯이 사방을 덮고 있던 잿빛 안개, 메리가 절대 남에게 알리지 않으려고 했던 비밀들까지, 긴장감 넘치는 사건들을 세세한 부분들까지 모두 들려주었다. 디콘이 저택에 가게 된 일이며 어쩌다가 비밀을 듣게 되었는지, 콜린 도련님을 계속 의심하다가 마침내 숨겨진 정원으로 안내하게 되었던 극적인 순간, 담장 위에 불쑥 나타난 벤 웨더스태프 영감의 화난 얼굴 사건, 콜린 도련님이 화를 버럭 내다가 힘이 솟아난 사건까지 더해지자, 소워비 부인의 고운 얼굴빛이 몇 번씩이나 바뀌었다.

"맙소사!" 소워비 부인이 말했다. "그 꼬마 아가씨가 미슬스웨이트에 오게 된 건 정말 축복이나 다름없구먼. 아가씨헌테두 잘된 일이구 도련님은 구원을 받았잖어. 땅에 발을 딛구 서시다니! 우린 도련님이 곧은 뼈라고는 하나두 없는, 정신이 나가버린 불쌍헌 아이인 줄 알었지 뭐여."

소워비 부인은 질문을 끊임없이 퍼부었다. 하지만 그러는 동안에도 부인의 푸른 눈동자는 깊은 생각에 잠겨 있었다.

"그러믄, 저택에서는 뭐라구들 말허디? 도련님 몸이 그러코롬 좋아졌잖어. 기분두 좋구 불평두 안 헐 터인디." 부인이 물었다.

"저택 사람들은 이 상황을 어떻게 받아들여야 헐지 암것두 모르겠나 봐요." 디콘이 대답했다. "도련님 얼굴은 하루하루 달라져요. 살이 통통허게 올라와서 더 이상 얄쌍헌 얼굴이 아니여요. 이젠 더 이상 허연 얼굴두 아니구요. 그런데 불평허는 걸 멈춰선

안 된다구 하셔요." 디콘은 재미있어 죽겠다는 미소를 지었다.

"아니, 대체 왜?" 소워비 부인이 물었다.

디콘이 싱긋 웃었다.

"뭔 일이 벌어지구 있는지 사람들이 짐작허지두 못허게 할려구 그러는 거여요. 도련님이 서 있을 수 있다는 걸 의사 선생님이 알믄, 크레이븐 나리께 편지를 써서 알리려구 헐 테니깐요. 콜린 도련님은 비밀을 감춰두구 있다가 직접 말허구 싶어 하셔요. 매일 자기 다리에 마법을 걸구 계시고요. 그러면 아버지가 돌아오셨을 때 방으루 걸어 들어가서 다른 애들처럼 꼿꼿이 서 있는 걸 보여줄 수 있을 테니깐. 그래서 도련님이랑 메리 아가씨는 다른 사람들이 눈치채지 못허게 하느라구 난리여요. 가끔씩 끙끙거리구 칭얼거리는 게 가장 좋은 방법이라구 생각허고요."

소워비 부인은 디콘의 마지막 말이 채 끝나기도 전에, 한껏 편안해진 얼굴로 쿡쿡 웃었다.

"아이구!" 부인이 말했다. "둘이 재미있다구 킥킥댈 게 아주 눈에 훤하구먼! 둘 다 연극 놀이를 실컷 헐 테고. 애들헌테는 연극 놀이만큼 재미진 게 없으니깐. 그래서, 애들이 뭔 연기를 허구 있나 한번 들어보자, 디콘."

디콘은 잡초를 뽑다 말고 쪼그리고 앉아서 이야기를 들려주었다. 너무 즐거운지 디콘의 눈이 반짝거렸다.

"밖에 나갈 때마다 하인들이 도련님을 번쩍 들구 휠체어까지 옮겨줘요." 디콘이 설명했다. "그러구 나면 자길 조심해서 옮기지 않었다구 하인인 존헌테 짜증을 바락바락 내요. 도련님은 힘이 없어서 암것두 못하는 척을 해요. 그래서 집에 있는 사람들이 우릴 못 보게 될 때까지는 고개두 들지 않어요. 휠체어에 앉을 때는, 앉혀주는 사람들헌테 툴툴대구 끙끙 앓는 소리를 내요. 두 분은 아주 그게 재미있어 죽겄나 봐요. 도련님이 그렇게 끙끙대구 투덜거리면 아가씨께시는, '불쌍한 콜린! 그렇게 아프니? 몸이 그렇게 약해서 어쩌나, 가여운 콜린?' 이런다니깐요. 문제가 하나 있다면, 가끔 웃음이 터져서 참아내질 못허셔요. 정원까지 안전허게 들어가구 나면 숨이 더 이상 안 남아 있을 때까지 그렇게 배꼽을 잡구 웃어요. 그래서 정원사들이 근처를 지나다가 소릴 들을까 봐 콜린 도련님 쿠션으루 얼굴을 막구 있어야 해요."

"더 많이 웃을수록 그 애들헌테는 더 좋을 테지!" 소워비 부인이 아직까지도 웃으면서 말했다. "건강허구 착헌 애들의 웃음은 그 언제라두 약보다 좋은 법이야. 조금만 있으믄 둘 다 통통허게 살이 오르겠구먼."

"안 그래두 벌써 살이 오르구 있어요." 디콘이 말했다. "두 분은 항상 배가 고프셔요. 그런데 소문내지 않구 배불리 먹을 수 있는 방법이 도대체 뭐가 있는가, 아무리 생각해두 모르겄나 봐요. 도련님은 음식을 더 가져오라구 계속 불러대믄 자기가 환자라는 걸 아무두 안 믿을 거라구 했어요. 메리 아가씨는 도련님에게 자기 걸 양보해주겄다구 했지만, 도련님은 아가씨가 배고프면 살이 빠질 거라구 하셔요. 둘이 동시에 살쪄야 헌다구."

소워비 부인은 아이들의 진지한 고민을 듣고 웃음이 터져 나와 마구 깔깔댔다. 푸른색 망토를 걸친 몸을 앞으로 뒤로 마구 흔들면서, 아주 정신이 없을 지경이었다. 디콘도 어머니와 함께 웃음을 터뜨렸다.

"얘야, 나헌테 좋은 생각이 있다." 웃음이 진정되고 말을 할 수 있게 되자 소워비 부인은 이렇게 말했다. "그 애들을 어떻게 도울 수 있나 생각을 좀 해봤거든. 아침에 그 애들헌테 갈 때, 신선허구 맛있는 우유를 한 양동이 가져가. 그리구 내가 우리 애들이 좋아허는 바삭바삭헌 코티지 로프•랑 건포도가 든 번을 구워줄게. 신선헌 우유랑 갓 구운 빵처럼 좋은 건 없지 않겄어? 그걸 가져가믄 정원에 있는 동안 허기는 달랠 수 있을 거여. 집엘 가면 제대루 된 음식을 싹 다 해치우믄 되니깐."

"우와! 어머니!" 디콘이 감탄했다. "어머닌 참으루 대단하셔요! 항상 해결책을 알구 계신다니깐! 어젠 한바탕 난리가 났었다니깐요. 음식을 가져다 달라구 안 헐 수가 없을 지경으루다가 배가 고파서 말여요. 뱃속이 텅 비었다구 하더라고요.

• 둥근 모양의 큰 빵 위에 작은 빵을 포개어 만드는 영국의 전통 빵

"둘 다 한창 자랄 때니깐 그러겄지. 건강두 되찾구 있구. 그런 애들은 꼭 늑대 새끼들만치 뭘 먹으면 먹는 대루 다 피가 되구 살이 되는 법이여." 소워비 부인은 디콘이 웃을 때처럼 입꼬리를 둥글게 말아 올리면서 씩 웃었다. "아이구! 그래두 둘 다 재미있게 지내구 있네."

푸근하고도 멋진 어머니 소워비 부인의 판단은 정확했다. 특히 아이들이 '연극 놀이'를 재미있어 할 거란 생각은 그보다 더 정확할 수 없었다. 콜린과 메리는 그 연극 놀이야말로 가장 짜릿하고 즐거운 놀이라는 사실을 깨달았다. 그런데 이 아이들에게 사람들의 의심을 받지 않도록 조심해야 한다는 생각을 불어넣은 사람이 누구였는지를 따져보면, 처음에는 어리둥절해 하는 간호사였고 두 번째로는 크레이븐 선생이었다. 그들은 모르고 그랬겠지만 말이다.

"요즘 부쩍 식욕이 늘었네요, 콜린 도련님." 어느 날 간호사가 이렇게 말했다. "전에는 아무것도 안 드셨잖아요. 입에 안 맞는 음식도 많았고요."

"이젠 입에 안 맞는 음식은 없어." 콜린이 대답했다. 간호사가 호기심 어린 표정으로 쳐다보자, 아직은 너무 건강해 보여서는 안 되겠다는 생각이 콜린의 머릿속에 스쳐 지나갔다. "내 말은, 입에 안 맞는 음식이 그렇게 많지는 않다는 거지. 신선한 공기 때문인가 봐."

"그럴지도 모르죠." 간호사는 이렇게 대꾸하면서도 의아한 표정을 숨기지 않았다. "하지만 크레이븐 선생님께 말씀은 드려야 겠어요."

"그런 눈으로 쳐다보다니!" 간호사가 방에서 나가자 메리가 말했다. "숨기는 게 뭔지 알아내고야 말겠다는 눈치였어."

"간호사가 알아내도록 내버려 두진 않을 거야." 콜린이 말했다. "아직은 그 누구도 알아서는 안 돼."

아침에 크레이븐 선생이 왕진을 왔는데, 역시나 어리둥절한 표정이었다. 질문을 어찌나 많이 하던지, 콜린의 짜증이 올라오고 있었다.

"요즘은 정원에 오래 나가 있는 것 같더구나." 선생이 말했다. "어디에 가서 노는 거니?"

콜린은 자기가 가장 좋아하는, 당당하고도 무관심한 태도로 대답했다.

"제가 어딜 가는지 아무에게도 알리지 않을 거예요." 콜린이 대답했다. "저는 제가 가고 싶은 곳에 가요. 제 근처에는 얼씬도 하지 말라고 말해뒀어요. 날 구경하고 쳐다보는 건 딱 질색이에요. 아시잖아요!"

"온종일 밖에서 지내는데 딱히 해로운 것 같진 않구나. 그래 보이진 않네. 간호사 말로는 이전보다 식욕도 좋아졌다고 하고."

"아마도요." 콜린은 갑작스레 어떤 생각이 떠올라서, 그대로 대답했다. "어쩌면 부자연스러운 식욕일 거예요."

"그런 것 같진 않구나. 음식도 잘 맞는 것 같고." 크레이븐 선생이 말했다. "요즘 갑자기 살이 찌고 혈색도 좋아졌어."

"어쩌면, 어쩌면 몸이 붓고 열이 나는 걸지도 몰라요." 콜린은 실망스럽고 우울하다는 듯이 연기를 하면서 대답했다. "오래 못 사는 사람들은 가끔… 평소와 다를 때가 있잖아요."

크레이븐 선생이 고개를 저었다. 선생은 콜린의 손목을 잡고 소매를 걷어 올린 다음 맥을 짚었다.

"열은 없단다." 선생은 곰곰이 생각하는 표정으로 말했다. "그리고 지금 네 살은 건강하게 찐 살이야. 이런 상태를 계속 유지할 수 있다면, 얘야, 죽는다는 말을 할 필요가 없겠어. 네 몸이 이만큼이나 좋아졌다는 소식을 들으면 네 아버지도 기뻐하실 거야."

"아버지에겐 말씀드리지 못하게 할 거예요!" 콜린이 버럭 성을 냈다. "그러다 다시 나빠지면 실망하실 수밖에 없으니까요. 당장 오늘 밤에라도 나빠질 수 있잖아요. 열이 펄펄 끓을 수도 있고요. 왠지 지금 열이 나기 시작한 것 같아요. 아버지에게 편지 못 쓰게 할 거예요! 절대 안 돼요! 선생님 때문에 화가 나고 있어요. 화가 나면 제 몸에 안 좋은 거 아시잖아요. 벌써 몸이 뜨거워요. 사람들이 날 쳐다보는 것도 싫지만 내 얘기를 편지에 적는 것도, 사람들이 내 얘기를 수군거리는 것도 싫어요!"

“진정하렴, 얘야.” 크레이븐 선생이 콜린을 달랬다. “네 허락 없이는 아무것도 쓰지 않으마. 가만 보면 이런저런 일에 참 민감하단 말이야. 지금까지 좋아진 걸 다 물릴 순 없지.”

의사 선생은 크레이븐 씨에게 편지를 쓰겠다는 말은 더 이상 꺼내지 않았다. 그리고 간호사를 마주쳤을 때는, 환자 앞에서 아버지에게 편지를 쓸지도 모른다는 말은 절대 하지 말라고 몰래 주의를 주었다.

“아이의 상태가 놀라울 정도로 좋아졌어요.” 의사 선생이 말했다. “이렇게 빨리 좋아지다니, 거의 비정상적인 수준인데…. 아, 물론 그전에는 잔소리를 해도 안 하던 걸 지금은 자기가 좋아서 하고 있으니, 그 덕분이긴 하겠지. 그래도 여전히 너무 쉽게 흥분하니까, 아이의 성질을 돋울 만한 말은 아무것도 하지 맙시다.”

메리와 콜린은 겁을 잔뜩 먹고, 이 문제에 대해 걱정스럽게 의논했다. 바로 이날 두 아이의 ‘연극 놀이’ 계획이 시작된 것이었다.

“전처럼 발작 수준으로 성질부려야 할지도 몰라.” 콜린이 애석하다는 듯 말했다. “나도 그러고 싶지는 않아. 이제는 그렇게 난동을 부릴 만큼 비참하지 않으니까. 어쩌면 그런 식으로 짜증부리는 건 이제 못할지도 몰라. 이제는 어떤 덩어리 같은 게 목을 콱 누르지도 않고, 끔찍한 일들 대신 좋은 일들만 생각나. 하지만 어쩌겠어, 사람들이 아버지에게 편지를 쓰겠다고 하면 뭐라도 해야지."

콜린은 이제부터 좀 적게 먹기로 결심했다. 하지만 안타깝게도 그 기발한 계획은 한 번도 실현되지 않았다. 매일 아침 눈을 뜨면 계속 입맛이 돌았고, 집에서 구운 빵과 신선한 버터, 눈처럼 새하얀 달걀들, 라즈베리 잼, 클로티드 크림•이 소파 옆 탁자에 아침 식사로 차려져 있으면 도저히 참을 수가 없었기 때문이다. 메리는 항상 콜린과 함께 아침을 먹었다. 식사가 차려진 탁자에 앉을 때면, 두 아이는 자포자기한 눈빛으로 서로를 마주보곤 했다. 특히 은제 뚜껑 아래에서 얇게 저민 햄이 지글지글 소리를 내며 군침 도는 냄새를 풍길 때면, 그건 정말 참을 수가 없었다.

"메리, 오늘 아침에는 이걸 다 먹어야 할 것 같아." 결국에는 이런 말을 내뱉곤 했다. "이걸 다 먹으면, 점심에는 조금이라도 남길 수 있을 거야. 저녁은 많이 남기고."

하지만 그 후로도 음식을 남겨서 돌려보내는 일은 한 번도 없었다. 얼굴이 비칠 정도로 싹싹 핥아 먹은 빈 접시들이 주방으로 돌아가면 하인들은 그걸 보고 술렁거렸다.

"내 소원은," 콜린은 이런 말까지 했다. "요리사가 햄을 더 두

• 우유를 가열하여 만든 스프레드 타입의 크림

껍게 썰어주는 거야. 게다라 한 사람당 머핀 한 개라니, 누가 먹어도 부족할걸."

"곧 죽을 사람에게는 충분한 양이야." 그 말을 처음 들었을 때 메리는 이렇게 대답했다. "하지만 계속 살아 있을 사람에게는 부족해. 가끔 황무지에서 히스꽃 향기랑 가시금작화 향기가 날아오잖아. 그 달콤하고 신선한 향기가 창문 너머로 쏟아지듯 들이오면, 난 그 머핀을 세 개는 먹을 수 있을 것 같아."

그날 아침, 정원에서 아이들을 만나 두 시간 정도 즐겁게 논 후에, 디콘은 커다란 장미 덤불 뒤로 들어가더니 양동이 두 개를 가지고 나왔다. 그중 한 양동이에는 크림이 떠 있는 진하고 신선한 우유가 가득 들어 있었고 다른 양동이에는 집에서 구운 건포도 빵 여러 개가 흰색과 푸른색이 그려진 깨끗한 냅킨에 싸여 있었다. 어찌나 꼼꼼하게 쌌는지 빵은 아직도 따끈따끈했고 아이들은 갑작스레 찾아온 기쁨에 함성을 질렀다. 소워비 부인은 어쩜 이렇게 멋진 생각을 하셨는지! 얼마나 상냥하고 현명한 분인지! 빵은 또 얼마나 맛있던지! 신선한 우유는 얼마나 맛나던지!

"디콘처럼, 소워비 부인에게도 마법이 깃들어 있는 거야." 콜린이 말했다. "그래서 뭔가 일을 벌일 수 있는 방법을 떠올리실 수 있는 거지. 멋진 일 말이야. 부인은 마법을 부리는 사람이야. 우리가 정말 고마워한다고 전해줘, 디콘. 지극히 감사드린다고."

콜린은 이따금씩 어른스러운 표현을 쓰곤 했다. 콜린은 그렇게 말하는 게 좋았다. 이런 말투가 재미있다고 생각하다 보니, 이번에는 거기서 더 발전시켰다.

"어머님께, 부인은 그 누구보다 자비로우시고 우리의 고마움이 하늘을 찌른다고 전해드려."

하지만 잠시 후에는 그런 품위 같은 것은 내팽개치고 털썩 주저앉아서 빵을 우걱우걱 씹어먹고 우유를 벌컥벌컥 마셨다. 아침 식사를 한 지 두 시간이 훌쩍 지났고, 평소보다 많이 돌아다니고 황무지의 신선한 공기를 잔뜩 들이마신, 평범한 남자애가 배고플 때 하는 행동과 다를 바가 없었다.

이날을 시작으로, 비슷한 종류의 기분 좋은 사건들이 이어졌다. 그러다가 어느 순간이 되자, 두 아이는 사실 소워비 부인이 열네 식구들을 먹여 살려야 하기 때문에, 식욕이 왕성한 두 아이를 위해 매일 음식을 준비하려면 살림이 빠듯할지도 모르겠다는 사실을 깨달았다. 그래서 아이들은 식재료를 살 돈을 조금 보낼 테니 받아달라고 부탁했다.

한편 디콘은 아이들을 흥분시킬 만한 발견을 했다. 디콘과 메리가 처음 만났던 순간에 디콘이 동물들에게 피리를 불어주고 있었던, 정원 밖 숲에서 구덩이를 하나 발견한 것이다. 구덩이가 작긴 했지만 꽤나 깊어서, 돌멩이들을 쌓아서 작은 화덕을 만들기엔 충분했고, 아이들은 그 화덕에서 감자와 달걀을 구워 먹을 수 있었다. 구운 달걀은 이전에는 미처 몰랐던 호화로운 간식이었고, 아주 따끈따끈한 감자에 소금을 치고 신선한 버터를 발라서 먹으면 숲속의 왕이라도 된 듯한 기분이 들었다. 그 훌륭한 맛은 또 어떻고! 감자와 달걀은 직접 살 수 있으니, 열네 식구의 입에 들어갈 음식을 빼앗아 먹는다는 죄책감 없이 원하는 만큼 배를 채울 수 있었다.

날마다 아름다운 아침이 밝으면, 짧았던 꽃의 시기가 끝나고 푸른 잎사귀들이 더욱 빽빽이 뒤덮어 두꺼운 차양을 드리운 자두나무 아래에 신비주의자들이 어김없이 모여 앉아 마법을 일으켰다. 마법 의식을 하고 나면 콜린은 항상 걷기 연습을 했고, 새로 발견한 마법이 있다면 하루 중 틈나는 대로 연습했다. 콜린은 날마다 더 튼튼해졌고, 점점 더 안정적으로 걸었으며 점점 더 먼 데까지 돌아다닐 수 있었다. 하루하루 지날수록 콜린의 마법에 대한 믿음은 커져만 갔다. 그럴 만도 했으니까. 콜린은 이 실험 저 실험 다 시도해보면서 자신이 정말로 힘을 얻고 있다고 느꼈다. 하지만 콜린에게 가장 좋은 마법을 가르쳐준 사람은 디콘이었다.

"어제 말여요." 비밀 정원 방문을 하루 건너뛴 다음 날 아침, 디콘이 말했다. "어머니 심부름 때문에 스웨이트에 갔었는데, '푸른 소' 여관 근처에서 밥 하워스 아저씰 보았어요. 그 아저씨는 황무지 통틀어 젤루 힘이 세요. 그 아저씨는 레슬링 챔피언인 데다가 누구보다두 더 높이 뛸 수 있구, 누구보다두 해머를 멀리

던질 수 있어요. 언제는 뭔 운동을 한다구 스코틀랜드로 훌랑 떠나서 몇 년 동안 산 적두 있었어요. 어쨌든, 밥 아저씨는 제가 꼬마일 때부터 잘 알구 지낸 사람이여요. 게다가 무진장 다정헌 아저씨구요. 그래서 제가 이것저것 많이 물어보았어요. 누가 밥아저씰 보구 운동선수라고 불렀는데, 그걸 들으니깐 도련님 생각이 났거든요. 그래서 전 이렇게 물어봤어요. '밥 아저씨, 그렇게 근육이 울룩불룩 나오게 하려믄 뭘 해야 헌디요? 그러코롬 튼튼해지려믄 따루 뭘 해야 헌디요?' 그랬더니 이렇게 대답하시지 뭐여요. '흠, 그래, 따루 허는 게 있지. 언젠가 서커스 극단이 스웨이트엘 공연허러 왔는디, 그 공연에 나온 힘센 장사 한 명이 나한테 팔다리허구 몸의 근육을 단련허는 방법을 알려주었어.' 그래서 제가 다시 물어보았어요. '글케 허면 허약헌 사람두 튼튼해질 수 있어요?' 그랬더니 아저씨는 웃으시믄서 이렇게 물어보셨어요. '허약헌 애라니, 너 말이여?' 저는 그랬죠. '저는 아니여요. 허지만 오랫동안 병을 앓다가 이제 막 건강해지기 시작헌 꼬마 신사분을 알거든요. 그래서 그분헌테 알려줄 만헌 기술 같은 걸 알구 싶어요.' 전 도련님 이름은 말허지 않었구, 아저씨두 굳이 묻진 않으셨어요. 아까 말했지만 다정허신 분이거든요. 그러니깐 아저씨가 벌떡 일어나서 훌륭헌 운동법들을 보여주시는 거여요. 그래서 전 옆에서 따라허면서 동작을 외워 왔지요."

콜린은 한껏 들뜬 기분으로 이야기를 듣고 있었다.

"나한테 보여줄 수 있어?" 콜린이 소리쳤다. "보여줄 거지?"

"암요, 당연허지요." 디콘이 대답하면서 자리에서 일어섰다. "그런데 처음에는 살살해야 헌대요. 운동허느라 지치지 않게 조심해야 헌다구 말이어요. 중간중간 쉬어줘야 헌대요. 그땐 숨을 깊게 들이쉬는 게 좋구, 절대루 무리하면 안 된다구."

"조심할게." 콜린이 말했다. "보여줘! 얼른 보여줘! 디콘, 넌 세상에서 제일 마법을 잘 쓰는 남자애야!"

디콘이 풀밭에 서서 간단하면서도 효과가 좋은 근육 체조 몇 가지를 천천히 보여주었다. 콜린은 눈을 휘둥그레 뜨고 바라보았다. 몇 가지는 자리에 앉은 채로 따라할 수도 있는 동작들이었다. 최근에 콜린은 혼자 힘으로도 안정적으로 서 있을 수 있었고, 지금도 땅을 딛고 우뚝 서서 디콘의 동작을 신중하게 따라하고 있었다. 그러자 메리도 따라하기 시작했다. 디콘의 체조를 지켜보던 깜댕이는 안절부절못하며 있다가 결국 앉아 있던 나뭇가지에서 내려와 난리법석을 떨면서 주위를 폴짝폴짝 뛰어다녔다. 까마귀는 아이들의 동작들을 따라할 수 없을 테니까.

그때부터 체조는 마법 의식과 마찬가지로 아이들의 하루 일과가 되었다. 콜린과 메리는 하루하루 시도할 때마다 더 많은 동작을 할 수 있게 되었고, 그러다 보니 식욕도 훨씬 더 좋아졌다. 디콘이 매일 아침 정원에 와서 덤불 뒤에 놓아두는 바구니가 있어서 그나마 다행이었다. 그것마저 없었더라면 두 아이는 어쩔 줄을 몰랐을 것이다. 하지만 구덩이에 만들어놓은 자그마한 화덕과 소워비 부인이 너그러운 마음으로 챙겨주는 간식들만으로도 아이들은 만족할 때까지 배를 채울 수 있었고, 그래서 메들록 부인과 간호사, 크레이븐 선생은 또다시 어리둥절해졌다. 구운 달걀, 구운 감자, 진한 크림이 덮인 신선한 우유, 귀리 빵, 히스꿀, 클로티드 크림으로 배를 가득 채우고 나면 아침을 깨작대듯 먹고 저녁을 통째로 돌려보낼 수 있었다.

"둘 다 음식을 거의 입에 대지도 않아요." 간호사가 말했다. "어떻게든 설득해서 영양분을 섭취하게 만들어야지, 안 그러면 굶어 죽고 말 거예요. 그런데도 애들 얼굴 좀 보세요."

"그러니까요!" 메들록 부인이 분개해서 소리쳤다. "나 참! 애들 때문에 곤란해 죽겠다니까요. 꼬마 악마 한 쌍이 따로 없어요. 어느 날은 윗옷이 터질까 봐 걱정될 때까지 먹더니, 다음 날은 요리사가 그 애들을 구슬려보려고 만든 진수성찬을 거들떠보지도 않더라니까요. 어제는 브레드 소스랑 같이 먹는 어린 새 요리를 내갔는데, 그렇게 맛있는 음식을 두고 입을 대기는커녕 포크 한 번 안 들더라고요. 그리고 불쌍한 요리사 한 명이 그 애들을 위해 새로 고안해낸 디저트도 있었는데, 그것도 돌려보냈어요. 요리사는 거의 울려고 하더만요. 아이들이 굶어 죽으면 자기한테 화살이 돌아올까 봐 겁을 내고 있어요."

크레이븐 박사가 와서 콜린의 몸 상태를 한참 동안 신중히 살폈다. 간호사가 선생에게 보여주려고 남겨 둔, 거의 손도 대지 않은 음식을 보여주면서 그간 어땠는지를 이야기하자 선생은 무척 걱정하는 표정이 되었다. 게다가 콜린의 소파 옆에 앉아 아이를 진찰하는 동안은 훨씬 더 근심스런 표정이 되었다. 의사 선생은 볼일이 있어 런던에 다녀오느라 콜린을 2주 가까이 보지 못했다. 어린아이들은 건강을 되찾기 시작하면 그 속도가 점점 더 빨라지는 법. 밀랍처럼 창백한 빛은 온데간데없고 따스한 장밋빛 홍조가 뽀얗게 올라와 있었다. 아름다운 두 눈은 초롱초롱했고 눈밑과 볼, 관자놀이의 푹 들어간 부분에 살이 차올랐다. 한때 이마를 무겁게 덮고 있던 칙칙한 빛의 머리카락은 어느새 봉긋하게 솟아오른 데다 활기가 생겨서 부드럽고 따스해 보였다. 입술도 도톰해졌고 색도 보통 사람처럼 붉었다. 평생 환자로 살아갈 것 같았던 소년과 똑 닮긴 했지만 눈앞의 이 아이는 전혀 환자로 보이지 않았다. 크레이븐 선생은 손을 턱 밑을 만지면서 콜린에 대해 곰곰이 생각해보았다.

"아무것도 안 먹는다고 들었어. 참 걱정이구나." 의사 선생이 말했다. "그러면 안 돼. 그동안 찐 살이 다 빠져버릴 거야. 그 동안 놀라울 만큼 살이 올랐잖니. 얼마 전만 해도 잘 먹더니만."

"그건 부자연스러운 식욕일 거라고 말씀드렸잖아요." 콜린이 대답했다.

그때 발걸이 의자에 앉아 있던 메리가 갑자기 희한한 소리를 냈다. 뭔가가 튀어나오려는 걸 참으려고 애쓰다가 목이 막힌 소리였다.

"왜 그러니?" 크레이븐 선생이 메리를 돌아보며 말했다.

메리가 표정을 싹 굳히고 대답했다.

"재채기와 기침의 중간쯤 되는 거예요." 메리가 당황한 표정을 애써 숨기며 대답했다. "그게 목에 걸렸어요."

"하지만," 나중에, 메리는 콜린에게 이렇게 말했다. "참을 수가 없었단 말이야. 네가 아까 먹은 큼지막한 감자랑, 네가 그 두툼하고 바삭바삭한 빵에다 잼이랑 클로티드 크림을 발라서, 입을 쫙 벌리고 한입 가득 베어 무는 모습이 갑자기 떠오르니까 웃음이 터져 나오는 걸 어떡해?"

"혹시, 아이들이 남몰래 음식을 구할 방법이 있소?" 크레이븐 선생이 메들록 부인에게 물었다.

"땅에서 파내거나 나무에서 따지 않는 한, 그럴 수는 없어요." 메들록 부인이 대답했다. "아이들은 온종일 밖에서만 노는데, 자기들 외에 다른 사람은 만나지 않아요. 그리고 손에 들려 보낸 음식 말고 다른 걸 먹고 싶다면 결국에는 누군가에게 부탁할 수밖에 없을 거예요."

"음." 크레이븐 선생이 말했다. "음식을 먹지 않아도 몸에는 이상이 없으니 괜히 나서진 맙시다. 콜린은 완전히 딴 사람 같더군요."

"여자애도 마찬가지예요." 메들록 부인이 말했다. "살이 좀 찌고, 못생기고 뚱했던 표정이 사라지니까 점점 예뻐지더라고요. 머리숱이 많아졌고 아이가 전보다 건강해 보여요. 얼굴빛도 밝아졌고요. 예전에는 침울하고 심통만 부리는 아이였는데, 요즘은 콜린 도련님과 쌍으로 미치기라도 한 듯이 웃느라 정신이 없어요. 어쩌면 그렇게 웃어서 살이 찌는 걸지도 모르겠네요."

"그럴 가능성이 크지요." 크레이븐 선생이 말했다. "계속 그렇게 웃으라고 합시다."

25장
커튼

비밀 정원에는 꽃이 피고, 피고, 또 피었으며 매일 아침 새로운 기적이 하나둘씩 모습을 드러냈다. 그리고 마침내 울새의 둥지에 알이 태어났다. 울새의 짝은 알 위에 앉아, 깃털이 보드라운 작은 가슴과 양 날개로 정성스레 알을 품었다. 처음에는 울새의 짝이 너무 불안해해서 울새도 신경이 잔뜩 곤두선 채로 주위를 경계했다. 그즈음에는 디콘조차 '풀과 나무가 잔뜩 얽혀 있는 구석진 곳'에 가까이 가지 않았다. 디콘은 잠자코 기다려주었다. 마음속으로만 읊조리는 말이 신비로운 힘을 타고 울새 부부의 영혼에 가닿을 수 있도록, 이 정원에는 울새 부부의 마음을 알아주지 못할 이가 아무도 없으며, 부부에게 일어난 일이 얼마나 경이로운지, 그들의 알이 얼마나 엄청나고, 두렵고, 가슴 아플 정도로 아름답고 엄숙한지, 그것을 모두가 함께 느끼고 있다는 메시지가 전달될 수 있도록 말이다. 만약 울새 알 하나라도 도둑을 맞거나 깨지기라도 했다가는 온 세상이 빙그르르 돌다가 우주에 부딪혀 산산조각이 난 채 종말을 맞게 되리란 것을 마음 깊은 곳에서 이해하지 못하는 사람이 단 한 명이라도 있다면, 이 사실을 느끼지 못하고 잘못된 행동을 저지르는 사람이 한 명이라도 있다면, 아무리 봄날의 황금빛 공기에 감싸여 있다 해도 행복을 누리지는 못할 것이었다. 세 아이는 이 사실을 마음 깊이 이해하고 있었고, 울새 부부도 아이들이 안다는 사실을 알았다.

처음에 울새는 날카로운 눈빛으로 지켜보며 메리와 콜린을 경계했다. 하지만 어떤 까닭 모를 이유로, 디콘을 경계할 필요는 없다는 사실을 알았다. 이슬처럼 반짝이는 검은 눈망울로 디콘을 처음 바라보았던 날, 울새는 디콘이 낯선 사람이 아니라 부리나 깃털만 없을 뿐, 자신과 똑같은 울새라는 걸 단번에 알았다. 디콘은 울새의 말(이 말은 다른 어떤 언어와도 혼동할 수 없는 독특한 언어다)을 할 수 있었다. 울새에게 울새 말을 하는 것은 프랑스 사람에게 프랑스 말을 하는 것과 같았다. 디콘은 늘 울새에게 울새 말로 말을 걸었다. 디콘이 다른 인간들과 말할 때 알아들을 수 없는 이상한 말투를 주절거려도 울새는 그리 신경 쓰지 않았다. 울새는 다른 인간들이 새의 말을 이해할 정도로 똑똑하지 못하니까, 디콘이 그들을 위해 그 괴상한 말을 써주는 거라고 생각했다. 디콘은 몸동작마저 울새다웠다. 디콘은 절대 갑작스레 움직여 울새를 놀라게 하지 않았다. 위험하다거나 위협적으로 느낄 만한 어떤 행동도 하지 않았다. 그 어떤 울새가 와도 디콘을 이해할 수 있을 터였다. 그래서 울새는 디콘이 가까이 다가와도 전혀 신경 쓰지 않았다.

하지만 처음에는, 나머지 두 아이를 경계해야 할 것 같았다. 무엇보다도 남자아이는 자기 발로 걸어서 오지 않았다. 그 아이는 야생 동물 가죽을 덮은 채 바퀴가 달린 탈것에 앉아, 밀어주는 사람의 도움으로 정원에 왔다. 그것부터 어찌나 수상하던지! 어느 날에는 아이가 제 발로 서고 움직이기 시작했는데, 해본 적이 한 번도 없는 건지 몸놀림이 영 어설픈 데다 다른 아이들의 도움을 받아야 하는 것 같았다. 울새는 아무도 몰래 덤불 속에 숨어서 고개를 이쪽저쪽으로 갸웃거리면서 그 모습을 불안하게 지켜보곤 했다. 울새는 아이가 천천히 움직이는 것은 덮치기 위한 준비 동작이라고 생각했다. 고양이들도 그러질 않는가. 고양이들은 먹잇감을 노릴 때 땅에 바짝 붙어 천천히 움직인다. 울새는 며칠 동안 제 짝과 함께 이 문제를 깊이 의논했다. 하지만 이 이야기는 더 이상 하지 않기로 결심했다. 짝이 저렇게 겁을 먹으니, 알에 해롭지는 않을까 걱정되었기 때문이다.

얼마 후에는 아이가 혼자서 걷기도 하고 심지어는 훨씬 더 빨리 움직이게 되었다. 울새는 그제야 마음이 놓였지만, 그 후에도 꽤나 오랫동안(울새에게는 긴 시간이었을 테니까) 그 남자애를 보면 불안한 마음이 들었다. 이 아이는 다른 인간들처럼 행동하지 않았다. 아이는 산책을 좋아하는 것 같았다. 하지만 조금 걷고 나면 또 앉고, 눕기도 하고, 불안한 몸짓으로 비틀비틀 일어나서 다시 걸었다.

어느 날, 울새는 부모에게 나는 법을 배워야 했던 때에 자기도 아이와 비슷한 행동을 많이 했다는 사실을 떠올렸다. 짧게 몇 미터를 날고 나면 쉴 수밖에 없었다. 그래서 이 아이도 나는 법, 아니, 걷는 법을 배우는 중이란 생각이 들었다. 울새는 짝에게 그 생각을 들려주면서, 알에서 부화한 새끼들이 날아야 할 때가 되면 똑같이 행동할 것이라고 말했다. 울새의 짝은 그제야 마음을 놓았고, 심지어는 그 아이에게 흥미가 생겨 둥지 너머로 아이를 지켜보면서 크게 즐거워했다. 하지만 그럴 때마다 자기 새끼들이 저 남자애보다는 훨씬 더 영리하고 더 빨리 배울 것이라고 생각하긴 했다. 그즈음, 울새의 짝이 무심하게 이런 말을 던졌다. 인간들은 동작이 서툴고 느린 것 같아. 인간들 대부분은 죽었다 깨어나도 나는 법을 배우지 못할 거야. 하늘이나 나무 꼭대기에서는 인간을 한 명도 못 봤잖아.

얼마 후 그 남자아이는 다른 아이들처럼 움직이게 되었다. 하지만 언젠가부터 세 아이가 가끔씩 이상한 행동을 하기 시작했다. 세 아이는 나무 아래 서서 걷지도, 뛰지도, 앉지도 않으면서 팔과 다리와 머리를 이리저리 움직였다. 아이들은 하루에도 몇 번씩 이런 동작들을 반복했고 울새는 아이들이 도대체 뭘 하고 있는 건지, 뭘 위해 저러고 있는 건지 제 짝에게 설명할 수가 없었다. 새끼 새들이라면 저런 식으로 퍼덕거리진 않을 거라고, 그런 말밖에 할 수 없었다. 하지만 울새 말을 유창하게 하는 남자아이도 껴 있었기에 그 행동이 위험해 보이지는 않았다. 당연하게도, 울새와 그 짝꿍은 레슬링 챔피언인 밥 하워스의 이름을 들어본 적도 없으니 근육을 울룩불룩하게 만들어주는 밥 하워스 체조에 대해서는 알 수 있을 리가 없었다. 울새들은 사람과 달랐다. 울새들은 태어난 순간부터 항상 몸을 움직이기 때문에 자연스럽게 발달한다. 매일 먹이를 찾아 날아다녀야 하니, 근육이 퇴화('퇴화'란, 쓰지 않다 보니 점점 줄어든다는 말이다)할 일이 없는 것이다.

남자아이가 다른 아이들처럼 걷고, 뛰고, 땅을 파고, 잡초를 뽑게 되자 구석의 둥지에는 커다란 평화와 만족감이 찾아왔다. 알들이 다칠까 봐 두려워하던 것도 다 지난 일이었다. 알들이 은행 금고 안에 있는 것만큼이나 안전하다는 사실을 깨닫고 나니, 주변에서 벌어지는 신기한 일들을 구경하는 것이야말로 가장 즐거운 일과가 되었다. 심지어 어미 울새는 비 오는 날이 싫어지기까지 했다. 비가 오면 아이들이 정원에 오지 않아서 심심했던 것이다.

하지만 메리와 콜린은 비가 오는 날에도 결코 지루하다고는 말할 수 없는 시간을 보냈다. 비가 쉬지 않고 쏟아지던 어느 날 아침, 콜린은 슬슬 좀이 쑤시기 시작했다. 일어서거나 걸어다니는 모습을 누가 볼까 두려워 소파에만 있어야 했기 때문이다. 마침 메리가 좋은 생각을 해냈다.

"난 이제 진짜 남자애가 되었나 봐." 콜린이 말했다. "이제 내 다리랑 팔, 아니, 온몸이 마법으로 가득해. 가만히 놔둘 수가 없어. 내 몸은 계속 움직이고 싶어 해. 메리, 이거 알아? 꽤 이른 아침에 눈을 떴는데, 밖에서 새들이 막 소리를 지르는 거야. 새들뿐 아니라 나무들이나, 우리가 못 듣는 모든 것들이 기뻐서 함성을 질러. 그러면 나도 침대에서 풀쩍 뛰어내려서 같이 소리를 질러야 할 것 같아. 내가 그렇게 하면 무슨 일이 일어날까!"

메리는 생각해보니 너무 웃긴지, 웃으면서 데굴데굴 굴렀다.

"간호사가 헐레벌떡 달려오고 메들록 부인도 뛰어올 거야. 다들 네가 미쳤다고 생각해서 의사 선생님을 호출하겠지." 메리가 말했다.

콜린도 깔깔거리면서 웃었다. 모두 무슨 표정을 지을지, 벌써 눈에 보이는 것 같았다. 발작을 일으킨 줄 알고 질겁할 게 분명했다. 게다가 똑바로 서 있는 모습을 보면 얼마나 난리가 날까.

"아버지가 얼른 집에 오셨으면 좋겠어." 콜린이 말했다. "아버지에게 직접 말씀드리고 싶어. 그런 생각을 떨칠 수가 없어. 이렇게는 오래 버티지 못할 것 같아. 난 이제 아픈 척을 하느라 가만히 누워 있으면 좀이 쑤셔서 견딜 수가 없어. 게다가 생긴 것도 많이 달라졌어. 오늘 비가 안 왔으면 좋았을걸."

그 순간, 메리 아가씨에게 좋은 생각이 떠올랐다.

"콜린." 메리는 꿍꿍이가 있는 표정으로 말을 꺼냈다. "이 저택에 방이 몇 개나 되는지 알아?"

"한 천 개는 될 것 같은데." 콜린이 대답했다.

"아무도 들어가지 않는 방이 백 개는 될 거야." 메리가 말했다. "어느 비 오는 날이었어. 나는 저택을 이리저리 돌아다니면서 꽤 많은 방을 살펴봤지. 메들록 부인에게 들킬 뻔했지만 결국은 아무에게도 들키지 않았어. 내 방으로 돌아오다가 길을 잃었는데, 네 방이 있는 복도 끄트머리에서 멈춰 섰거든. 그때 네 울음소리를 두 번째로 들었어."

소파에 편히 기대어 있던 콜린은 몸을 벌떡 일으켰다.

"아무도 들어가지 않는 방이 백 개라." 콜린이 말했다. "비밀 정원 같은 이야기네. 그 방들을 구경하러 가봐야겠어. 하인들 말고 네가 휠체어를 밀어주면 되잖아. 그럼 우리가 어디로 갔는지 아무도 모를 거야."

"내가 생각한 게 바로 그거야." 메리가 말했다. "아무도 따라오려고 하지 않을 거야. 그쪽에는 네가 달릴 수 있는 복도도 있어. 체조도 할 수 있겠지. 어떤 조그마한 방은 인도풍으로 꾸며놓았어. 장식장에 상아 코끼리가 잔뜩 있더라. 별의별 방이 다 있어."

"종을 울려봐." 콜린이 말했다.

간호사가 들어오자 콜린이 명령을 내렸다.

"휠체어를 가져다줘." 콜린이 말했다. "메리 양과 나는 이 집에서 쓰지 않는 곳들을 구경하러 갈 거야. 중간에 계단이 있을 테니까, 존을 불러서 그림이 걸린 복도까지 휠체어를 밀어달라고 해. 나중에 다시 부를 때까진 우리 둘만 놔두라고 하고."

비 오는 날을 지겨워하던 마음이 싹 사라졌다. 하인이 휠체어를 그림이 걸린 복도까지 밀어주고, 지시받은 대로 두 아이만 남기고 떠났다. 콜린과 메리는 기쁜 얼굴로 서로를 마주보았다. 메리는 존이 아래층 자기 구역으로 확실히 돌아갔는지 확인했고, 콜린은 곧바로 휠체어에서 일어났다.

"이 복도 끝에서 끝까지 달릴 거야." 콜린이 말했다. "그런 다음에는 제자리 뛰기를 할 거야. 그다음에는 우리 같이 밥 하워스 체조를 하자."

두 아이는 콜린이 제안한 운동을 다 하고, 그 외에도 다양한 놀이를 했다. 벽에 걸린 초상화들도 구경했는데, 초록색 양단 드레스를 입고 손가락에 앵무새를 앉힌 못생긴 여자아이의 그림도 보았다.

"이 사람들 말이야." 콜린이 말했다. "모두 내 친척들일 거야. 아주 오래전에 여기서 살았던 사람들. 저기 앵무새를 든 여자아이는 아마 내 할아버지의 할아버지의 할아버지의 여동생들 중 한 분일 거야. 약간 너랑 닮은 것 같기도 해, 메리. 지금 얼굴 말고, 네가 처음 여기에 왔을 때랑 닮았어. 지금은 살이 많이 붙기도 했고 얼굴도 더 예뻐졌잖아."

"너도 그래." 메리가 말했다. 그러자 두 아이 모두 깔깔 웃었다.

두 아이는 인도풍 방에 가서 상아 코끼리들을 가지고 재미있게 놀았다. 아이들은 장미색 벽걸이 장식이 즐비한 어떤 여인의 응접실을 찾았고 생쥐가 쿠션에 뚫어놓은 구멍도 찾아냈지만, 새끼 쥐들이 다 자라서 다른 곳으로 간 건지, 구멍이 텅 비어 있었다. 두 아이는 계속 이방 저방 돌아다녔고 메리가 혼자서 탐험했을 때보다 훨씬 더 많은 발견을 했다. 새로운 복도, 모퉁이, 계단을 찾아냈고 마음에 드는 옛날 그림들과 어디에 쓰이는지 짐작조차 안 되는 고풍스런 물건들도 발견했다. 신기하고 즐거운 아침이었다. 분명히 다른 사람들과 함께 살고 있는 집인데도 몇 킬로미터나 떨어져 나와 둘만의 세계를 탐험하는 기분이었다. 그게 얼마나 짜릿하던지.

"여기 오길 잘했어." 콜린이 말했다. "내가 이렇게 크고 괴상하고 오래된 집에 사는지 몰랐어. 난 여기가 좋아. 우리 비 올 때마다 이렇게 돌아다니자. 올 때마다 처음 보는 모퉁이랑 물건들을 찾아낼 수 있을 거야."

오전 내내 온갖 군데를 돌아다니며 기묘한 물건들을 수없이 찾아내다 보니, 자연스레 식욕도 왕성해졌다. 콜린의 방으로 돌아왔을 때는 배가 너무 고파서, 점심을 손도 대지 않고 돌려보내기란 불가능에 가까웠다.

간호사가 다 먹은 그릇들을 챙겨서 부엌 수납장에 쾅 내려놓았다. 소리가 꽤 컸던지 요리사인 루미스 부인도 아이들이 싹싹 핥아 먹어 번쩍번쩍한 접시와 그릇들을 바라보았다.

"이것 좀 봐요!" 요리사가 말했다. "안 그래도 이 집에는 수수께끼가 가득한데, 이 아이들이 가장 풀리지 않는 수수께끼라니까요."

"계속 오늘처럼 먹는다면 그것도 문제예요." 힘이 센 젊은 하인 존이 말했다. "한 달 전에 비해서 도련님 몸무게가 배는 늘어났다고 해도 과언이 아닐 거예요. 계속 그렇게 늘다 보면 내 힘으로는 감당하지 못할 것 같은데…. 저는 일을 그만둬야 할지도 모르겠네요."

그날 오후, 메리는 콜린의 방에 뭔가 새로운 일이 일어났다는 사실을 깨달았다. 실은 그 전날부터 이미 눈치를 챘지만, 어쩌다 한 번 있는 일일지도 모른다고 생각해서 잠자코 있었다. 메리는 오늘도 직접 묻지는 않았지만 의자에 가만히 앉아서 벽난로 위의 그림을 지그시 바라보았다. 그 그림을 볼 수 있다는 것은, 커튼이 옆으로 젖혀 있다는 뜻이었다. 그것이 바로 메리가 알아차린 변화였다.

"나한테서 무슨 말이 듣고 싶은 건지, 딱 봐도 알겠네." 메리가 그림을 한참 바라보고 있자 콜린이 말했다. "네가 내게 묻고 싶은 게 있을 때, 네 표정만 보고도 알 수 있어. 지금 넌 커튼을 왜 걷어놓았는지 궁금한 걸 테고. 앞으로는 계속 저렇게 열어두려고 해."

"왜?" 메리가 물었다.

"이젠 어머니의 웃는 얼굴을 봐도 화가 나지 않으니까. 이틀 전에, 달빛이 방 안을 환히 비추던 밤에 잠에서 깼어. 그 광경이 얼마나 멋지던지, 내 방이 마법으로 가득 차서 눈에 보이는 모든 게 근사해진 것 같은 기분인 거야. 그래서 가만히 누워 있을 수가 없더라고. 침대를 박차고 나가서 창밖을 바라봤어. 방이 엄청 환했는데, 달빛 한 줄기가 저 커튼에 아른거리길래, 뭔가에 홀린 것처럼 앞으로 다가가서 끈을 잡아당겼지. 그림 속 어머니가 나를 똑바로 바라보셨어. 게다가 나를 보고 웃으시는데, 내가 그곳에 서 있는 게 기뻐서 웃으시는 것 같더라고. 그 순간 어머니를 바라보는 게 좋아졌어. 저렇게 환히 웃으시는 모습을 매일 바라보고 싶어졌어. 어쩌면 엄마는 마법을 부리는 사람이었을지도 몰라."

"지금의 너는 네 어머니와 정말 닮았어." 메리가 말했다. "가끔은 그분의 영혼이 남자아이로 변한 것 같은 기분이야. 네 안에서 말이야."

이 말에 콜린은 가슴이 먹먹해진 것 같았다. 콜린은 메리의 말을 곱씹어보더니 느릿느릿 대답했다.

"내가 어머니의 영혼이라면… 아버지는 나를 좋아해주실 거야." 콜린이 말했다.

"고모부가 널 좋아해주면 좋겠어?" 메리가 물었다.

"그런 마음이 드는 게 싫었어. 아버지는 날 좋아하지 않으시니까. 아버지가 나를 좋아하게 되면, 그때는 아버지에게 마법에 대해 들려드릴 거야. 그러면 아버지도 지금보다 밝아질 테니까."

26장

"어머니여요!"

마법을 향한 세 아이의 믿음은 굳건했다. 모두 모여서 아침에 주문을 외우고 나면 이따금씩 콜린의 마법 강의가 이어지곤 했다.

"나는 강의를 하는 게 좋아." 콜린이 설명했다. "내가 어른이 되어서 위대한 과학적 발견을 하게 되면 그 내용을 사람들 앞에서 강의해야만 해. 그러니까 지금 이건 그날을 대비한 연습인 셈이지. 나는 아직 어리니까, 짧은 강의밖에 못 해. 게다가 벤 웨더스태프 영감님은 교회에 온 기분이 드는 건지, 정신 차려보면 어느새 졸고 계시고."

"강의의 젤 좋은 점은," 벤 노인이 말했다. "하는 사람은 일어서서 자기 좋을 대루 떠들어두 남들은 아무두 말대꾸를 헐 수 없다는 거라오. 나두 기회가 생긴다믄 가끔은 강연자가 되어보는 것두 나쁘지 않겠구먼."

하지만 콜린이 나무 아래에 서서 강의를 시작하면 벤 영감은 콜린에게 두 눈을 고정한 채 그 모습을 빨아들이기라도 하듯 뚫어지게 쳐다보곤 했다. 벤 영감은 애정이 듬뿍 담긴 날카로운 눈으로 콜린을 샅샅이 훑었다. 벤 영감의 관심이 집중된 곳은 콜린의 강의가 아니었다. 날마다 똑바로 펴지고 튼튼해지는 두 다리, 빳빳이 치켜든 사내아이의 얼굴, 한때는 헬쑥하고 뾰족했지만 이제는 통통하게 살이 올라 둥글어진 턱과 두 뺨, 기억 속의 또 다른 눈을 떠올리게 하는, 아이의 초롱초롱한 두 눈. 벤 영감의 관심은 온통 이런 것들에 가 있었다. 때때로 콜린은 벤 영감이 자기 강의에 감명을 받아서 그토록 눈을 빛낸다고 생각했다. 그리고 그럴 때마다 벤이 무슨 생각을 하고 있는지 궁금했다. 그래서 한 번은, 벤이 또 넋을 빼앗긴 듯 자신을 쳐다보자 콜린은 직접 물어볼 마음을 먹었다.

"지금 무슨 생각해요, 벤 웨더스태프 영감님?" 콜린이 물었다.

"뭘 생각허구 있었냐믄," 벤 영감이 대답했다. "도련님 몸무게가 이번 주만 해두 1, 2킬로그램은 늘었겄다, 이런 생각을 허구 있었다오. 도련님 종아리하구 어깨를 보니깐 확실허구먼. 저울에 몸무겔 재보구 싶을 정도라오."

"이게 다 마법 덕분이죠. 게다가 소워비 부인이 보내주신 빵과 우유와 음식들도 큰 역할을 했고." 콜린이 말했다. "거봐요, 이제 영감님도 과학적 실험이 성공했다는 걸 아시겠죠?"

그날 아침, 디콘은 너무 늦게 오는 바람에 강의를 들을 수 없었다. 정원에 도착한 디콘은 급히 뛰어왔는지 얼굴이 불그스름했고 재미있게 생긴 얼굴이 평소보다도 환히 빛났다. 비가 며칠 동안 내린 후라서 잡초를 많이 뽑아야 했기에 아이들은 곧바로 정원 일에 몰두했다. 따스한 비가 땅속 깊이 스며든 다음에는 늘 할 일이 많았다. 꽃들에게 좋은 수분은 잡초에게도 좋은 법이어서, 잡초들의 가느다란 풀잎과 뾰족한 싹들이 땅을 뚫고 나오면 뿌리를 단단히 내리기 전에 재빨리 뽑아내야 했다. 요즘 콜린은 그 누구보다도 잡초를 잘 뽑았고, 그러면서도 강의까지 할 수 있었다.

"정원 일을 할 때 마법이 제일 잘 들어." 오늘 아침 콜린은 이렇게 말했다. "뼈와 근육에서 마법이 느껴져. 나는 뼈와 근육에 관한 책을 많이 읽을 생각이야. 마법에 관한 책도 쓸 거야. 책을 쓸 준비도 당장 시작할 거고. 지금도 계속 이런저런 것들을 발견해내고 있잖아."

이 말을 하고 얼마 지나지 않아 콜린은 모종삽을 내려놓고 일어섰다. 콜린이 한동안 아무 말이 없었으므로, 다른 아이들은 콜린이 종종 그러듯이 강의에 대해 생각한다고 여겼다. 콜린이 모종삽을 내려놓고 벌떡 일어섰을 때는, 그저 갑자기 떠오른 기발한 생각에 사로잡혀 그런 것이겠거니 여겼다. 콜린은 키가 부쩍 커 보이도록 몸을 쭉 늘리더니, 의기양양하게 양팔을 뻗었다. 발그레한 얼굴이 환히 빛났고, 희한하게 생긴 눈은 기쁨을 내비치며 훨씬 더 커졌다. 그 짧은 순간에 완전한 깨달음을 얻은 것이다.

"메리! 디콘!" 콜린이 외쳤다. "나를 좀 봐봐!"

두 아이가 풀을 뽑다 말고 콜린을 바라보았다.

"내가 너희들 덕분에 처음 이 정원에 온 날 있잖아, 그날 아침 기억나?" 콜린이 물었다.

디콘은 콜린을 뚫어지게 쳐다보았다. 디콘은 동물을 부리는 마술사 같은 아이였기에 보통 사람들보다 많은 것을 볼 수 있었고, 자기가 본 것을 누군가에게 말하는 일이 드물었다. 지금도 마찬가지였다. 콜린을 향한 디콘의 눈에는 다른 사람들이 보지 못하는 뭔가가 보였다.

"암요, 기억하다마다요." 디콘이 대답했다.

메리도 콜린을 빤히 쳐다보았지만, 아무 말도 하지 않았다.

"방금," 콜린이 말했다. "갑자기 그날이 생각났어. 모종삽으로 땅을 파는 내 손을 보고 있으니까, 별안간 그날 기억이 스쳐 지나가더라고. 그래서 내게 일어난 일이 현실인지 확인해보고 싶어서 두 발로 일어섰어. 그런데 꿈이 아니야! 난 건강한 거야!

건강하다고!"

"당연하지요, 도련님은 건강하셔요!" 디콘이 말했다.

"나는 건강해! 나는 건강하다고!" 콜린이 몇 번 더 말했다. 온 얼굴이 새빨갛게 달아올랐다.

자신이 건강해지고 있다는 것 정도는 콜린도 예전부터 알고 있었다. 건강해지기를 바랐고, 변하고 있다는 걸 느꼈고, 온통 건강에 대해서만 생각했다. 하지만 지금 이 순간은 뭔가 달랐다. 열렬한 믿음과 깨달음 같은 감정들이 파도처럼 밀려들어온 것이다. 그 느낌이 얼마나 강렬하던지, 가슴이 벅차올라 큰 소리로 내뱉지 않고는 견딜 수가 없었다.

"나는 오래오래, 영원히, 언제까지나 살 거야!" 콜린이 큰 소리로 외쳤다. "수천 가지, 수만 가지나 되는 진리를 알아낼 거야. 사람들이랑 동물들에 대해서도 알아낼 거고, 땅에서 자라는 것들에 대해서라면 전부 알고 싶어. 디콘처럼. 끊임없이 마법을 일으킬 거야. 나는 건강해! 나는 건강해! 지금 내 기분은 말이야, 내 기분은, 어떤 말을 외치고 싶은 기분이야. 고맙고 행복하다는 그런 말들을!"

그때 장미 덤불 근처에서 일을 하던 벤 웨더스태프가 콜린 쪽을 바라보았다.

"그렇다믄 영광송을 부르는 게 어떻겄소." 노인이 특유의 심드렁하고 뚱한 말투로 제안했다. 노인은 영광송을 좋아하지도 싫어하지도 않았기에, 특별히 신앙심 같은 걸 품고 그런 제안을 한 건 아니었다.

하지만 콜린은 탐험심이 많은 아이였고, 영광송에 대해선 아무것도 몰랐다.

"영광송이 뭐예요?" 콜린이 물었다.

"아마두 디콘이라믄 이 자리에서 불러줄 수 있겄지." 벤 웨더스태프가 대답했다.

디콘은 동물을 부리는 사람다운, 세상 모든 이치를 다 알고 있는 듯한 미소를 지었다.

"교회에서 부르는 노래여요." 디콘이 말했다. "어머니는 종달새들두 아침에 일어나면 영광송을 부를 거라구 하셨지요."

"부인이 그렇게 말했다면 분명히 좋은 노래겠지." 콜린이 대답했다. "나는 교회에 한 번도 안 가봤어. 늘 아팠으니까. 영광송을 불러줘, 디콘. 들어보고 싶어."

디콘은 이 상황을 단순하고 자연스럽게 받아들였다. 디콘은 콜린이 느끼는 감정을 콜린 본인보다도 잘 이해했다. 사실은 일종의 본능처럼 자연히 알게 되는 것이어서, 디콘은 본인이 이해하고 있다는 사실도 몰랐다. 디콘은 모자를 벗더니 웃음을 머금은 채 주위를 둘러보았다.

"도련님, 그럼 모잘 벗으셔요." 디콘이 콜린에게 말했다. "영감님두 벗으셔야 하겄구먼요. 그리구 모두 일어서야 해요. 잘 아시겠지만."

콜린이 모자를 벗자, 디콘을 뚫어지게 바라보는 콜린의 숱 많은 머리카락 위로 눈부신 햇살이 따스하게 내리쬐었다. 쪼그려 앉아 있던 벤 웨더스태프도 주섬주섬 일어나더니 모자를 벗었다. 노인은 너무 당황스럽다 못해 살짝 짜증이 난 것 같은 표정이었다. 자기가 왜 이런 괴상한 짓에 동참해야 하는지 모르겠다고 생각하는 것 같았다.

디콘이 나무와 장미 덤불 사이에 서서 소박하고 꾸밈없는 창법으로, 부드러우면서도 힘찬 사내아이의 목소리로 영광송을 부르기 시작했다.

모든 은총을 내려주시는 주님을 찬양하라,
지상의 모든 생명은 주님을 찬양하라,
하늘 위의 천사들도 주님을 찬양하라,
성부와 성자와 성령을 찬양하라, 아멘.

디콘의 노래가 끝났다. 벤 웨더스태프는 고집스럽게 입을 꾹 다문 채로 그 자리에 가만히 서 있었다. 하지만 콜린을 빤히 바라보는 벤의 눈동자에는 어딘가 혼란스러운 빛이 감돌았다. 한편, 콜린은 감탄하는 듯한 표정으로 뭔가를 곰곰이 생각하고 있었다.

“정말 좋은 노래네.” 콜린이 말했다. “마음에 들어. 마법에게 감사하다고 소리치고 싶었을 때 내가 말하려던 걸 그대로 담고 있는 것 같아.” 콜린이 발걸음을 멈추더니 얼떨떨한 표정으로 생각에 잠겼다. “어쩌면 그 두 가지는 같은 것일지도 몰라. 어떻게 우리가 세상 모든 것들의 이름을 정확히 알 수 있겠어? 디콘, 노래를 다시 불러줘. 메리, 우리도 같이 불러보자. 나도 불러보고 싶어. 이건 내 노래나 마찬가지니까. 처음에 어떻게 시작하더라? ‘모든 은총을 내려주시는 주님을 찬양하라’였나?”

그래서 모두 함께 영광송을 따라 불렀다. 메리와 콜린이 음을 살리면서 목소리를 높였고 디콘도 크고 아름다운 소리를 내었다. 두 번째 소절에 이르자 벤 웨더스태프도 큼큼거리면서 목청을 가다듬더니 세 번째 소절에서는 조금 거칠다 싶을 정도로 힘차게 따라 불렀다. 마침내 ‘아멘’으로 노래가 끝나자, 콜린에게 장애가 없다는 사실을 알았을 때 벤에게 일어났던 일이 또다시 일어났고, 메리도 그 장면을 놓치지 않았다. 벤 영감의 턱이 씰룩거리고 콜린을 빤히 바라보는 눈이 껌뻑껌뻑 움직였다. 그러더니 주름이 자글자글해서 거죽 같은 두 뺨이 어느새 눈물로 축축해지는 게 아닌가.

“이전에는 영광송을 들어두 아무짝에 쓸모 없다구만 생각했었소.” 벤이 쉰 목소리로 말했다. “허지만 이젠 마음을 바꿔먹어야겄구먼. 콜린 도련님, 이번 주에 무게가 2킬로그램은 더 늘겄소. 2킬로그램 말이오!"

눈길을 끄는 무언가를 따라 정원 저편을 바라보고 있던 콜린이 화들짝 놀란 표정이 되었다.

"지금 누가 들어오고 있는 거야?" 콜린이 급하게 말했다. "누구지?"

덩굴 담장에 난 문이 스르르 열리더니 어떤 여인이 들어왔다. 여인은 아이들이 영광송의 마지막 소절을 부를 때 들어와서, 아이들을 지켜보며 가만히 노래를 듣고 있었다. 여인의 등 뒤로는 담쟁이덩굴이 무성했고, 햇살이 나무들 사이를 비집고 들어와 여인의 푸른 망토 위에서 어른거렸다. 초록빛 식물들 너머로, 상냥하고 생기 넘치는 여인의 얼굴이 활짝 웃고 있었다. 마치 콜린의 책에 실려 있는 보드라운 색조의 그림을 보는 것 같았다. 애정이 느껴지는 아름다운 눈은 그곳의 모든 것을 담아내는 것 같았다. 아이들은 물론이고 벤 웨더스태프나 '동물 친구들'도, 활짝 핀 꽃들까지도 말이다. 그때 디콘의 눈이 등불처럼 환히 빛났다.

"어머니여요. 저분이 우리 어머니라구요!" 디콘은 이렇게 소리치더니 풀밭을 가로질러 달려갔다.

콜린도 부인을 향해 다가가기 시작했고, 메리도 마찬가지였다. 두 아이 모두 심장이 더 빠르게 뛰는 것 같았다.

"저희 어머니여요!" 중간 즈음에서 모두 모이자, 디콘이 어머니를 다시 소개했다. "두 분이 저희 어머니를 만나보구 싶어 한다는 걸 알구 있었으니깐요. 제가 문이 숨겨진 위치를 말씀드렸지요."

콜린이 수줍어서 빨개진 얼굴로 정중하게 손을 내밀었다. 하지만 콜린의 눈은 소워비 부인의 얼굴을 빨아들이기라도 할 것처럼 뚫어지게 쳐다보고 있었다.

"아팠을 때도 부인을 만나고 싶었어요." 콜린이 말했다. "부인도, 디콘도, 비밀 정원도 만나고 싶었어요. 예전에는 그 누구도 만나고 싶지 않고 아무것도 보고 싶지 않았었는데."

잔뜩 들떠 있는 콜린의 얼굴을 본 순간 소워비 부인의 얼굴에도 갑작스러운 변화가 일었다. 얼굴이 붉어지고 입꼬리가 씰룩이더니 눈가에 물기가 어렸다.

"아이구! 아가!" 부인의 입에서 이런 말이 튀어나왔다. "아이구! 아가!" 소워비 부인도 자기 입에서 그런 말이 나올 줄은 몰랐던 모양이었다. '콜린 도련님'이 아닌, '아가!'라고 말해버리다니. 디콘의 얼굴에서 마음을 울리는 무언가를 보았더라도 부인은 그렇게 불렀을 것이었다. 콜린은 그 말이 좋았다.

"내가 아주 건강해서 놀라셨어요?" 콜린이 물었다.

부인이 콜린의 어깨에 한 손을 올렸다. 눈가에서 뿌연 안개가 사라지고 미소가 피어났다.

"그럼요, 무척 놀랐지요!" 부인이 말했다. "허지만 그것보다두, 도련님 모습이 어머님허구 아주 똑같아서 심장이 다 내려앉았구먼요."

"그러면요," 콜린이 쭈뼛쭈뼛 말했다. "제가 어머니를 닮았으니, 이제 아버지는 저를 좋아하실까요?"

"그래, 물론이지. 아이구, 아가." 부인이 이렇게 대답하면서 콜린의 어깨를 살며시 토닥였다. "아버님께서 집에 돌아오셔야 헐텐데. 얼른 집으루 오셔야 해."

"수전 소워비." 벤 웨더스태프가 가까이 다가오며 말했다. "도련님 다릴 좀 보시구려. 어떻소? 두 달 전에는 북 치는 막대에 양말을 씌워놓은 것 같더니만. 다른 사람들은 다리가 굽었다느니 안짱다리라느니 그런 소리들을 떠들어대는데, 저 다릴 좀 보시게!"

수전 소워비가 푸근하게 웃었다.

"쪼만 지나믄 튼튼헌 사내애 다리가 될 거구만." 소워비 부인이 말했다. "정원에서 뛰어놀구 배불리 먹구, 달콤허구 신선헌 우유를 실컷 마시라구 합시다. 그러믄 요크셔에서 이보다 더 튼튼헌 다리는 없을 거구만. 천만다행이여요."

소워비 부인은 메리 아가씨의 어깨에 두 손을 올리더니 어머니처럼 인자한 눈빛으로 그 작은 얼굴을 바라보았다.

"아가씨두 마찬가지여요!" 부인이 말했다. "우리 엘리자베스 엘런만치 튼튼해지셨구먼. 제가 장담허는데, 아가씨두 분명 아가씨 어머닐 닮으셨을 거구먼요. 마사가 메들록 부인에게 얘길

들구 와서 제게 그러더군요. 아가씨 어머님이 무척 아름다운 분이셨다구 말여요. 아가씨두 좀 더 자라면 장미처럼 화사헌 분이 될 거여요. 우리 꼬마 아가씨, 주님이 은총을 내려주시기를!"

소워비 부인은 '하루 휴가'를 받아 집에 온 마사가 아가씨의 얼굴이 누르께하다느니 못생겼다느니 그런 이야기를 하면서, 메들록 부인이 무슨 말을 들었건 자기는 절대 믿을 수 없다고 했다는 말은 굳이 꺼내지 않았다. 게다가 마사는, "그토록 아름다우신 분이 이렇게 못생긴 여자애의 어머니라니, 말이 안 되잖어요."라고 고집스럽게 덧붙이기도 했다.

메리에게는 자신의 변해가는 얼굴을 요목조목 따져볼 시간이 없었다. 그저 머리숱이 훨씬 더 많아졌고 머리카락이 빨리 자라고 있으며, 어딘가 '달라졌다'는 생각만 해봤을 뿐이었다. 하지만 멤 사히브를 하염없이 바라보던 예전 기억이 떠오르자, 언젠가 엄마처럼 될지도 모른다는 부인의 말에 기분이 무척 좋아졌다.

수전 소워비는 아이들과 함께 정원을 거닐기 시작했다. 그러는 동안 아이들은 지금까지 일어난 일들을 모두 이야기해주었고 되살아난 덤불과 나무들도 하나하나 보여주었다. 콜린과 메리는 부인의 양옆에 꼭 붙어서 걸었다. 두 아이 모두 소워비 부인의 인자한 장밋빛 얼굴을 계속 올려다보면서, 어째서 부인과 함께 있으면 이렇게 따스하고 든든한, 즐거운 기분이 드는지 남몰래 궁금해했다. 디콘이 '동물 친구들'을 이해하듯 소워비 부인도 아이들을 깊이 이해하는 것 같았다. 부인은 몸을 한껏 수그리더니 아이들을 대하듯 꽃들에게 말을 걸었다. 깜댕이는 줄곧 부인을 따라다니면서 한두 번 까악까악 울더니 디콘에게 하는 것과 똑같이 부인의 어깨에 내려앉았다. 아이들이 울새 이야기를 하다가 새끼 울새들이 비행 수업을 받던 일에 대해서도 들려주자, 부인은 자애롭고 그윽한 미소를 띠며 나지막하게 호호호, 하고 웃었다.

"새끼 새들이 나는 법을 배우는 거나 사람 애들이 걸음마를 배우는 거나, 아마두 비슷헐 거여요. 허지만 내 아이들이 다리 대신 날개를 써야 한다믄 무진장 걱정될 터인디." 부인이 말했다.

소워비 부인의 태도에서 황무지 오두막의 따스함을 느꼈기에, 아이들은 부인이 좋은 사람이라는 결론을 내리고 급기야 마법에 대해 털어놓기 시작했다.

"부인은 마법을 믿으세요?" 인도의 고행 수도자들에 대해 설명한 후, 콜린이 물었다. "믿으시면 좋겠어요."

"물론, 믿구 있지요." 부인이 대답했다. "허지만 그런 힘을 마법이란 이름으루 알구 있진 않었지요. 애초에 이름이 중요한 건 아니잖어요? 어차피 프랑스에선 딴 이름으루 부를 테구, 독일인들두 자기들 멋대루 부를 테니깐요. 씨앗을 키우구 태양을 빛나게 하는 바루 그 힘이 도련님을 건강헌 소년으루 만들어준 거여요. 그러니 어쨌든 '선한 것'이죠. 게다가 그런 힘은 우리 불쌍헌 멍청이들허구는 달라서, 다른 이름으루 불려도 하나두 불쾌해하질 않어요. '정말루 정말루 선한 것'은 그런 자잘헌 걱정 때문에 일손을 멈추진 않으니깐요. 그런 힘은 절대루 쉬지 않구 수백만 가지 세계를 만들어내지요. 우리가 사는 이 세상과 비슷한 것들을요. 선한 힘에 대한 믿음을 절대루 멈추지 않구 이 세상이 그런 힘으루 가득 차 있다는 걸 늘 명심해야 해요. 부르는 건 뭐라 부르든 상관없어요. 오늘 내가 정원에 들어올 때두 다 같이 그 힘헌테 노랠 부르구 있더만요."

"무척 기뻐서 그랬어요." 희한하고도 아름다운 눈을 커다랗게 뜨고 콜린이 말했다. "내가 얼마나 달라졌는지를 실감한 순간이었거든요. 팔과 다리가 얼마나 튼튼해졌는지를 깨달았어요. 얼마나 땅을 잘 파고, 얼마나 똑바로 설 수 있는지도요. 그래서 펄쩍 뛰어올라 내 소리를 들을 수 있는 이 세상 모든 것들에게 크게 소리쳐주고 싶었어요."

"도련님이 영광송을 부르는 걸 마법두 듣고 있었을 거여요. 실은 도련님이 부르는 노래라면 뭐든 듣구 있을 거여요. 젤루 중요한 건 기쁨이니깐요. 아이구! 아가. 그렇게 기쁨을 표현하는 방법을 뭔 이름으루 부르건 핵심은 똑같은 거여." 그러면서 부인은 콜린의 어깨를 다시 부드럽고 빠르게 토닥여주었다.

부인은 오늘 아침에도 평소와 다름없이 음식을 가득 담은 바구니를 챙겨주었다. 배고픈 시간이 되자 디콘은 으레 숨기던 장소에서 바구니를 꺼내왔다. 오늘은 부인도 나무 아래에 함께 앉아, 아이들이 음식을 우걱우걱 먹어 치우는 모습을 바라보며 그 엄청난 식욕에 흡족스런 미소를 띠었다. 부인은 무척이나 재미있는 사람이었고, 온갖 우스꽝스러운 이야기들을 죄다 들려주며 아이들을 웃게 해주었다. 부인은 때때로 심한 요크셔 억양으로 말했고 새로운 단어들을 많이 가르쳐주었다. 콜린이 아직까지도 신경질적인 환자인 척하느라 점점 힘들어진다는 이야기를 털어놓자 소워비 부인은 도저히 참지 못하고 웃음이 터져버렸다.

"부인도 느끼셨겠지만 저희는 같이 있으면 웃음이 터져 나와요. 참을 수가 없다니까요." 콜린이 설명했다. "그런데 웃음소리는 전혀 아픈 사람 같지 않아요. 참아보려고 애써봤지만 오히려 더 크게 터져 나오던 걸요."

"자꾸만 어떤 생각이 떠오른단 말이에요." 메리가 말했다. "갑자기 그 생각이 떠오르면 참기가 힘들어져요. 콜린의 얼굴이 점점 보름달처럼 부풀고 있다는 생각이 계속 들어요. 아직 완전히 보름달이 된 건 아니지만 서서히 통통해지고 있잖아요. 그러다 어느 날 아침에는 정말로 보름달처럼 보이겠죠… 그땐 어떻게 해야 하냐고요!"

"맙소사, 연극 놀이를 더 열심히 해야겠구먼요." 수전 소워비가 말했다. "허지만 그리 오래 해야 허진 않을 거여요. 크레이븐 나리께서 곧 집으루 오실 테니깐요."

"돌아오실까요?" 콜린이 물었다. "왜 그렇게 생각하세요?"

수전 소워비가 인자하게 쿡쿡 웃었다.

"도련님이 직접 말씀드리기 전에 아버지가 먼저 알아내신다믄 가슴이 찢어질 것 같겄구먼요." 소워비 부인이 말했다. "밤마다 계획을 생각허느라 잠두 못 이뤘을 것 아니여요."

"나 말고 다른 사람이 알리면 정말 못 견딜 거예요." 콜린이 말했다. "매일 이런저런 방법들을 궁리해요. 지금 같으면 그냥 아버지 방에 뛰어 들어가고 싶지만요."

"나리께서 깜짝 놀라시겄구먼." 수전 소워비가 말했다. "그 얼굴 나도 좀 보고 싶네. 아주 궁금하구먼! 얼른 돌아오셔야 헐 텐데. 꼭 말이여요."

그들은 부인의 오두막을 방문하는 일에 대해서도 토론했다. 어찌나 세세한 부분까지 열심히 의논하던지, 이미 모든 계획이 끝났다. 마차를 타고 황무지를 달린 후, 히스 들판에서 점심을 먹고, 열두 아이들을 모두 만나고, 디콘의 텃밭을 구경하는 계획이었다. 지치기 전까지는 절대 돌아오지 않을 작정이었다.

마침내, 수전 소워비는 저택에 들러 메들록 부인을 만나려고 자리에서 일어섰다. 콜린도 휠체어를 타고 돌아가야 하는 시간이었다. 하지만 콜린은 휠체어에 앉기 전에 수전 옆에 바짝 붙어 서더니 까닭 모를 존경심을 가득 담은 눈으로 수전의 얼굴을 물끄러미 바라보았다. 그러더니 부인의 푸른색 망토 옷깃을 불쑥 움켜잡고 재빨리 말을 내뱉었다.

"부인은 내가… 내가 바라던 모습 그대로예요." 콜린이 말했다. "부인이 디콘의 어머니면서도 제 어머니였으면 좋겠어요."

바로 그때 수전 소워비가 허리를 굽히면서 콜린을 끌어당기더니, 따뜻한 양팔로 감싸면서 푸른 망토 아래 품으로 힘껏 끌어안아주었다. 콜린이 디콘의 동생이라도 되는 듯 말이다. 또다시 부인의 눈동자에 물기가 어렸다.

"아이구, 아가야!" 부인이 말했다. "네 어머니두 바루 이 정원에 계실 거구만. 난 그걸 굳게 믿어. 어머니는 정원을 떠날 수 없었던 거여. 네 아버지두 꼭 너헌테 돌아오실 테구. 반드시 말이야!"

27장

정원에서

이 세상이 태어난 후로 한 세기마다 온갖 근사한 것들이 발견되었다. 지난 백 년 동안에는 이전 어느 때보다 훨씬 더 놀라운 것들이 발견되었으며, 새로 시작된 이번 세기에도 깜짝 놀랄 만한 것들이 몇백 개나 더 빛을 보게 될 것이다. 그런 것들을 처음으로 마주치게 되면 사람들은 낯설고 새로운 일이 일어날 수 있다는 사실을 전혀 믿으려 하지 않는다. 하지만 어느 순간부터는 그 일이 일어나기를 바라고, 이루어질 수 있다는 확신을 갖고, 급기야는 그 일이 실제로 일어난 모습까지도 보게 된다. 그러고 나면 온 세상은 왜 몇 세기 전에는 그 일이 일어나지 않았는지

의아해한다. 사람들이 지난 세기부터 알아가고 있는 새로운 것들 중 하나는, 사람의 생각은 그 생각만으로도 전기처럼 강력한 힘을 발휘하며 햇빛처럼 이로울 수도, 독약처럼 해로울 수도 있다는 사실이었다. 슬픈 생각이나 나쁜 생각이 마음속에 스며들도록 내버려 두면, 성홍열을 옮기는 균이 몸속에 들어오도록 내버려 둔 것만큼이나 위험해진다. 그런 생각이 몸에 들어온 후에도 쫓아내지 않고 가만히 두면, 사는 내내 그런 생각에서 벗어나지 못할 수도 있다.

한때, 메리 아가씨의 마음속은 자기가 싫어하는 것들에 대한 생각과 사람들을 흉보는 의견들과 그 무엇에도 기뻐하거나 관심 갖지 않겠다는 결심들로 가득 차 있었기에, 얼굴이 누르께하며 자주 골골대고, 지루하다고 불평만 하는 가여운 아이일 뿐이었다. 하지만 주변 환경은 이 아이가 깨닫지 못하는 동안에도 메리에게 무척 친절했고, 마침내 메리를 좋은 방향으로 이끌어주기 시작했다. 울새, 아이들이 바글거리는 황무지 오두막, 심술궂고 괴팍한 정원사 영감, 작고 볼품없는 요크셔 하녀, 봄, 날마다 되살아나는 비밀 정원, 황무지 사내아이, 사내아이의 '동물 친구들'에 대한 생각들이 가슴속을 가득 채우게 되면서 불쾌한 생각들을 몰아낸 것이다. 그 덕분에 메리는 간 기능과 소화 능력이 좋아지고, 피부도 더 이상 누렇지 않으며 쉽게 지치지 않게 되었다.

콜린은, 방 안에 틀어박혀 두려움과 병에 대해서만 생각하고 자신을 쳐다보는 사람들을 미워하고, 등에 생길 혹과 언제 찾아 올지 모르는 죽음에 대해서만 곱씹는 동안에는 반쯤 미쳐버린, 툭하면 히스테리를 부리는 건강 염려증 환자였을 뿐이었다. 그 당시의 콜린은 햇살과 봄에 대해서는 아무것도 몰랐고, 노력하면 병이 낫고 자기 발로 설 수 있다는 사실도 전혀 몰랐다. 아름다운 생각들이 몰려와 끔찍한 생각들을 밀어내기 시작하자 콜린은 삶을 되찾았다. 건강한 피가 빠르게 돌기 시작하고 힘이 봇물처럼 쏟아져 들어왔다. 콜린의 과학 실험은 지극히 평범하고 현실적이었다. 괴상한 점이라곤 아무것도 없었다. 불쾌하거나 비관적인 생각이 고개를 들이밀 때마다 용기를 북돋아 주는 유쾌한 생각들을 얼른 떠올려 나쁜 생각들을 몰아낼 줄만 안다면, 그 누구라도 훨씬 더 놀라운 일들을 경험할 수 있다. 좋은 생각과 나쁜 생각은 한곳에 존재할 수 없는 법이니까.

얘야, 네가 장미를 가꾸는 곳에는
엉겅퀴가 자랄 수 없단다.

비밀 정원이 되살아나고 두 아이도 생기를 찾아가는 동안, 한 남자가 미슬스웨이트에서 멀리 떨어진 노르웨이의 피요르드와 스위스의 산과 계곡 등 아름다운 곳들을 떠돌고 있었다. 무려 10년 동안이나 어둡고 비참한 생각들로만 마음속을 가득 채운,

그런 남자였다. 그에게는 용기가 없었다. 어두운 생각 대신 다른 생각을 해보려는 시도조차 하지 않았다. 푸른 호숫가를 거닐 때도 가슴 아픈 기억들만 떠올렸고, 진청색 용담초들이 수두룩하게 핀 산등성이에 누워 진한 꽃향기에 잠식되어 있을 때조차 어두운 생각만 했다. 행복했던 순간에 무시무시한 슬픔이 덮쳐오자 그는 암흑에 물드는 자신의 영혼을 지켜만 볼 뿐이었고 그 속을 뚫고 들어오려는 작은 빛줄기조차 받아주지 않았다. 가정은 까맣게 잊었고, 의무도 저버렸다. 이곳저곳으로 여행을 다닐 때조차 그의 주위에는 너무도 짙은 어둠이 깔려 있었다. 그의 암흑이 주변의 공기까지 물들여 그를 바라보는 다른 사람들마저 우울해지기 일쑤였다. 처음 만나는 사람들은 대부분 그가 반쯤 정신이 나갔거나 죄를 짓고 숨어 산다고 생각했다. 키가 크고 잔뜩 찌푸린 얼굴에 어깨가 굽은 남자. 그가 호텔 숙박부에 적는 이름은 언제나 '영국, 요크셔, 미슬스웨이트 장원, 아치볼드 크레이븐'이었다.

서재에서 메리 아가씨를 만나 '땅을 조금' 가져도 된다고 허락한 그날 이후 크레이븐 씨는 머나먼 여행길에 올랐다. 유럽에서 가장 아름다운 곳들을 찾아다녔지만 그 어디에서도 며칠 이상 머무르지 않았다. 그는 가장 고요하고 외진 곳만 골라서 여행했다. 구름으로 뒤덮인 산 정상에 올라, 떠오르는 태양이 이산 저산으로 빛을 흩뿌려 온 세상이 방금 탄생한 것처럼 보이는 순간에 주변의 산들을 내려다보기도 했다.

햇살도 그의 마음속까지 밝히지는 못하는 것 같았다. 하지만 10년 만에 처음으로 이상한 경험을 하게 된 그날, 모든 게 바뀌기 시작했다. 그가 오스트리아 티롤 산맥 지대의 멋진 계곡을 홀로 거닐고 있을 때였다. 눈앞에는 세상 그 어떤 사람의 영혼이라도 어둠 안에서 꺼내줄 것 같은 아름다운 경치가 펼쳐졌다. 크레이븐 씨 역시 한참을 걸었지만, 아무리 그곳 풍경이라 해도 그의 영혼까지 구원해주지는 못하는 모양이었다. 결국 지쳐버린 그는 이끼가 양탄자처럼 깔려 있는 시냇가에 털썩 주저앉아 휴식을 취했다. 그곳은 아주 조그마한 개천이었는데, 촉촉한 녹색 이끼가 바위들을 부드럽게 감싸고 있었고 좁은 물길을 따라 투명하고 맑은 물이 경쾌한 소리를 내며 흘렀다. 시냇물이 불쑥 솟은 바위를 가르며 흐르거나 돌들이 모여 있는 곳 위를 흐를 때는 보글보글 거품이 일면서 나지막한 웃음소리를 냈다. 크레이븐 씨는 새들이 날아와 물을 마시려고 머리를 담갔다가, 다시 날개를 파닥이며 날아가는 모습을 지켜보았다. 시냇물에서는 생명이 느껴졌지만 졸졸졸 흐르는 나지막한 소리를 가만히 듣고 있자니 고요함은 더욱 더 짙어져만 갔다. 그 계곡은 정말이지 너무나도 고요했다.

졸졸 흐르는 맑은 물줄기를 들여다보며 가만히 앉아 있다 보니 아치볼드 크레이븐은 어느새 몸과 마음이 계곡처럼 차분히 가라앉는 기분이 들었다. 그러다가 잠에 빠져들 수도 있을 것 같았지만 말짱히 깨어 있었다. 햇빛이 반짝거리는 물줄기를 한참 지켜보다가 나중에는 물가에서 자라는 식물들 쪽으로 눈길이 가기 시작했다. 푸른 물망초가 사랑스러운 모습으로 무리지어 자라고 있었는데, 물가에 바짝 붙어 자라는 바람에 잎사귀들이 촉촉하게 젖어 있었다. 그 순간, 크레이븐은 방금 자신이 아주 오래전에 물망초를 바라보던 눈빛으로 그 물망초들을 바라봤다는 사실을 깨달았다. 그 꽃들이 얼마나 사랑스러웠는지, 자그마한 꽃송이들이 수백 송이 모여 있으면 그 푸른색이 얼마나 경이로운지를 떠올리며 따스한 눈길을 보내고 있었던 것이다. 이런 단순한 생각이 서서히 가슴속을 채우면서 다른 생각들을 몰아내기 시작했지만, 정작 본인은 모르고 있었다. 오랫동안 고여 있던 웅덩이 밑바닥에서 별안간 깨끗하고 달콤한 샘물이 퐁퐁 솟아오르는 셈이었다. 맑은 샘물이 솟아오르고 솟아오르다 보면 결국에는 더러운 물을 전부 몰아내리라. 하지만 당연하게도, 크레이븐 자신은 그런 사실을 짐작조차 못하고 있었다. 그저 자신이 그곳에 앉아 물망초들의 우아하고 화사한 푸른빛을 감상하는 동안 주위가 점점 더 고요해지는 것 같다는 기분만 느끼고 있을 뿐이었다. 얼마나 오랜 시간이 흘렀는지, 자신에게 무슨 일이 일어나는지도 모르는 채로 그렇게 한참을 앉아 있었다. 그러다 마침내 정신이 퍼뜩 들었고, 잠에서 막 깨어난 사람처럼 움직이기 시작했다. 주섬주섬 일어나 부드럽고 느린 숨을 깊게 들이쉬고, 어리둥절한 기분으로 이끼 양탄자 위에 서 있었다. 자신을 옭아매던 무언가가 스르르 빠져나간 듯했다. 소리도 없이 말이다.

"뭐지?" 속삭이듯 중얼거리며, 손으로 이마를 쓸었다. "이 기분은… 내가 살아 있다고 느껴지는데?"

그가 어떻게 이런 일을 겪게 되었는지를 설명할 수 있을, 이번 세기에서 알아내지 못한 경이로운 것들에 대해서는 나도 아는 바가 별로 없다. 그 누구였어도 몰랐을 것이다. 크레이븐 본인도 전혀 이해하지 못했다. 하지만 몇 달 후에 미슬스웨이트로 돌아간 크레이븐은 자신이 계곡에 있었던 바로 그날, 콜린이 비밀 정원에서 이렇게 소리쳤다는 사실을 우연히 알게 되고는 이 기묘한 순간을 떠올리게 되었다.

"나는 오래오래, 영원히, 언제까지나 살 거야!"

이렇듯 까닭 모를 차분함이 저녁 내내 남아 있어서, 크레이븐 씨는 오랜만에 편안히 잠들 수 있었다. 하지만 그 상태가 오래가지는 않았다. 그는 그런 기분을 얼마든지 잡아둘 수 있다는 사실을 몰랐다. 다음 날 밤, 그는 또다시 어두운 생각들을 향해 문을 활짝 열어젖혔고, 그 생각들은 너도나도 할 것 없이 우르르 몰려들어왔다. 크레이븐은 계곡을 떠나 다시 떠돌아다녔다. 하지만 이따금씩, 이유는 알 수 없지만 가슴을 짓누르던 시커먼 짐이 가벼워지는 느낌이 들 때도 있었다. 그런 기분이 아주 잠깐 동안 들렀다 갈 때도 있었고, 때로는 30분이나 지속되기도 했다. 그럴 때마다 크레이븐은 자신이 죽은 사람이 아니라 아직도 살아 있다는 사실을 깨달았다. 영문은 몰랐지만 서서히, 아주 천천히, 그는 비밀 정원과 함께 '되살아나고 있었다'.

황금빛 여름이 가고 한층 더 무르익은 황금빛 가을이 다가오자 크레이븐은 코모 호수로 향했다. 그곳에서 그는 꿈이 아름다울 수도 있다는 사실을 깨닫게 되었다. 그는 수정처럼 맑고 푸른 호숫가에서만 며칠을 보내거나, 풀이 푹신푹신하게 깔린 언덕을 오르며 지쳐 잠들 수 있을 정도로 걸어 다녔다. 하지만 그런 노력이 없었다 해도 그 무렵의 크레이븐은 평소보다 쉽게 잠들 수 있었고 더 이상 악몽에 시달리지도 않았다.

'어쩌면,' 그가 생각했다. '내 몸이 건강해지고 있는 건지도 모르겠군.'

정말로 그의 몸은 건강해지고 있었다. 하지만 그게 다가 아니었다. 드문드문 찾아오는 평온한 시간 덕분에, 그의 생각에 변화가 생기곤 하는 그 짤막한 순간들 덕분에, 그의 정신도 강인해지고 있었다. 급기야는 미슬스웨이트를 떠올리기 시작했고, 집에 돌아가야 하는 게 아닐까 고민했다. 때때로 아들 생각이 나기도 했다. 그는 아들의 방에 들어가 네 개의 세공 기둥이 달린 침대 옆에 선 자신의 모습을 상상했다. 날카롭게 깎아놓은 듯한 희멀건한 얼굴과 새까만 속눈썹이 이상하리만치 촘촘하게 난 눈을 꼭 감고 자는 아들을 바라보면 기분이 어떨지 생각해보았다. 그럴 때마다 온몸이 움츠러들었다.

어느 멋진 날, 크레이븐은 평소보다 너무 멀리 나가게 되었다. 별장에 돌아올 즈음에는 보름달이 하늘 높이 떠 있었고 온 세상이 보랏빛 그림자에 잠겨 은색 빛을 내고 있었다. 호수의 수면과 호숫가를 아울러 숲속까지 퍼져 있던 고요함이 어찌나 경탄스럽던지, 도저히 그런 풍경을 뒤로하고 건물 안으로 들어갈 마음이 들지 않았다. 그는 호숫가에 마련된, 나무로 둘러싸인 작은 테라스로 걸어가서 자리에 앉았다. 그리고는 천국의 향기처럼 느껴지는 밤공기를 깊이 들이마셨다. 이상하리만치 마음이 차분해졌고, 그 차분함이 온몸으로 퍼지면서 어느새 그는 잠에 빠져들었다.

언제 잠이 들었는지도, 어디서부터 꿈이었는지도 알 수가 없었다. 어찌나 생생한지, 그 당시에는 꿈을 꾸고 있다는 사실조차 깨닫지 못했다. 나중에 깨어나서 돌이켜보니 꿈속에서 그는 자신이 완전히 깨어 있고 정신도 말짱하다고 생각하고 있었다. 꿈속에서도 그는 테라스에 앉아 있었다. 늦게 핀 장미 향기를 들이마시며 발치에서 찰랑거리는 물소리를 듣고 있는데, 어디선가 그를 부르는 목소리가 들려왔다. 저 멀리에서 부르고 있는 것 같았다. 달콤하고, 맑고, 행복한 목소리였다. 거리가 꽤 멀다고 느껴졌지만 이상하게도 바로 옆에서 나는 것처럼 또렷이 들렸다.

"아치! 아치! 아치!" 부르고, 부르고, 또 불렀다. 목소리는 점점 더 또렷해지고, 점점 더 다정해졌다. "아치! 아치!"

꿈속의 그는 어느새 벌떡 일어나 있었지만 그리 놀라진 않았다. 그 소리는 진짜 사람의 목소리였던 데다 너무도 생생해서 그의 귀에도 잘 들렸다.

"릴리아스? 릴리아스?" 그가 대답했다. "릴리아스! 어디에 있는 거야?"

"정원에요." 마치 황금 피리를 연주하듯 부드러운 소리가 되돌아왔다. "정원에 있어요!"

그러더니 별안간 꿈이 끝났다. 하지만 잠에서 깨지는 않았다. 크레이븐은 그 사랑스러운 밤이 끝날 때까지 평온하고도 깊은 잠을 잤다. 눈을 떴을 때는 어느새 환한 아침이었고 자신을 내려다보는 별장 하인의 얼굴이 보였다. 그 하인은 이탈리아 사람이었는데, 그 별장의 모든 하인들이 그렇듯이 외국인 주인이 어느 희한한 행동을 하든 묵묵히 받아들이는 데 익숙했다. 주인이 언제 별장을 나가고 언제 돌아오는지, 어디에서 잠을 청할지 아무도 몰랐다. 밤새 정원을 배회할지 나룻배에 누워 있을지 알려고 들지도 않았다. 하인은 편지 여러 통이 놓인 쟁반을 들고 주인이 편지를 집어들 때까지 조용히 기다렸다. 하인이 물러가자, 크레이븐 씨는 그대로 앉아 한 손에 편지를 든 채로 호수를 물끄러미 바라보았다. 그때까지도 이상하리만치 마음이 차분했다. 게다가 그게 다가 아니었다. 그에게 일어났던 비통한 사건들이 아

예 없었던 일이 되어버린 것처럼 마음이 홀가분했다. 뭔가가 달라진 것 같았다. 그제야 꿈이 기억났다. 너무나도 생생하고 현실 같던 꿈을.

"정원이라니!" 그가 의아해하며 중얼거렸다. "정원에 있다고! 하지만 문은 잠기고 열쇠는 깊은 곳에 파묻혀 있을 텐데."

잠시 후 크레이븐은 편지들을 힐끔 훑어보았다. 맨 위에는 영어로 쓰인, 요크셔에서 온 편지가 놓여 있었다. 평범한 여인의 글씨체였지만 본 적이 없는 필체였다. 크레이븐은 누가 보낸 건지 생각도 안 해보고 편지를 뜯었지만, 첫 몇 마디를 보자마자 온 정신이 편지 속으로 빨려 들어갔다.

친애하는 크레이븐 나리께

저는 일전에 황무지에서 나리를 만나 건방지게 충언을 드렸던 수전 소워비입니다. 그때는 메리 아가씨에 대한 일이었지요. 건방지다고 여기실지도 모르겠지만, 이번에도 다시 한번 용기 내어 말씀드릴 것이 있습니다. 송구하지만 제가 나리라면 당장 집으로 돌아오겠어요. 돌아오시면 기뻐하실 일이 있습니다. 그리고 이런 말씀을 드리는 무례를 용서하십시오. 마님이 이곳에 계셨다면 저와 똑같은 부탁을 하셨을 것입니다.

당신의 충직한 하인

수전 소워비

크레이븐 씨는 그 편지를 한 번 더 꼼꼼히 읽고 봉투에 집어 넣었다. 간밤에 꾼 꿈에 대한 생각을 떨칠 수가 없었다.

"미슬스웨이트로 돌아가야겠어." 그가 중얼거렸다. "그래, 지금 당장 돌아가는 거야."

그는 곧바로 정원을 가로질러 별장에 들어가더니 피처에게 영국으로 돌아갈 채비를 하라고 일렀다.

며칠 후, 그는 다시 요크셔로 돌아왔다. 긴 시간 동안 기차를 타고 오면서, 그는 어느새 아들을 생각하고 있었다. 지난 10년 동안 크레이븐은 아들을 떠올리기는커녕 기억에서 지울 수 있기만을 바랐다. 그런데 지금은, 아들을 떠올리려는 생각이 없었는데도 옛 기억들이 자꾸만 눈앞에 어른거렸다. 아이를 살리느라 아이의 엄마가 죽었기 때문에 미치광이처럼 소리만 질러대던 어두운 나날이 떠올랐다. 그는 아기를 보려하지 않았고, 겨우겨우 보러 갔을 때는 아이가 너무 병약해서 며칠밖에 살지 못할 거라고 모두가 입을 모았다. 하지만 사람들의 말이 무색하게도 몇 주가 흐르도록 아이는 살아남았다. 그러자 사람들은 아이가 몸이 굽어 장애인으로 살아가게 될 거라고 믿기 시작했다.

크레이븐 본인도 나쁜 아버지가 되고 싶었던 것은 아니었다. 하지만 자신이 아버지라는 생각이 들지 않았다. 의사들과 간호사들을 붙여주고 호화로운 물건들을 사주었지만 아이를 떠올리는 것만으로도 온몸이 움츠러들면서 자신의 불행 속으로 기어

들어갔다. 처음으로 1년 동안 집을 떠나 있다가 미슬스웨이트로 돌아가게 되었는데, 그 작고 가련해 보이는 생명체가 생기라곤 하나도 없는 눈빛으로 크레이븐을 무심하게 올려다보았다. 새까맣게 속눈썹이 난 커다란 회색 눈동자를 마주하니, 크레이븐은 아이의 눈이 자신이 너무나도 사랑했던, 언제나 행복해 보이던 두 눈과 똑 닮았지만 끔찍하리만치 다르다는 사실에 더는 쳐다볼 수가 없었다. 마치 죽음을 마주한 사람처럼 고개를 홱 돌려버리고 말았던 것이다. 그 후로 크레이븐 씨는 아이가 잠들었을 때가 아니면 아들을 보러 가지 않았다. 아들에 대해 아는 사실이라곤 장애가 확실하며, 비뚤어진 성격에 걸핏하면 히스테리를 부리는, 반쯤 미쳐버린 아이라는 것밖에 몰랐다. 소리를 고래고래 지르고 나면 아이의 목숨이 위태로울 수 있으므로 무엇이든 제멋대로 하도록 내버려 두었다.

이 중 유쾌한 기억이라곤 하나도 없었다. 하지만 그를 태운 기차가 산길과 황금빛 들판을 구불구불 지나는 동안 '되살아나고 있는' 이 남자는 이전과는 사뭇 다른 방식으로 한참 동안이나 골똘히, 깊은 생각에 빠져들었다.

"지난 10년 동안 내가 큰 잘못을 저지르고 있었군." 그가 혼잣말을 했다. "10년은 긴 세월이지. 뭔가를 해보기엔 늦었는지도 몰라. 너무 늦은 것 같군. 그동안 나는 대체 무슨 생각을 하고 있었던 걸까!"

물론 이것은 나쁜 마법이었다. '너무 늦었다'는 말로 시작하면 바라는 바가 이루어질 수 없을 테니까. 그 자리에 콜린이 있었다면 그러지 말라고 충고했을 것이다. 하지만 크레이븐 씨는 마법에 대해서는 아무것도 몰랐기에, 이것이 좋은 마법인지 나쁜 마법인지 알 턱이 없었다. 그는 아직 배우지 못했다. 크레이븐은 수전 소워비가 용기를 내어 편지를 쓴 이유가, 그 모성애로 똘똘 뭉친 여인이 콜린의 상태가 더 나빠졌다는 사실을, 위독하다는 사실을 알아차렸기 때문이 아닐까 생각했다. 지금 이 순간 희한한 평온 마법에 걸려 있지 않았더라면 크레이븐 씨는 그 어느 때보다 괴로운 기분을 느끼고 있었을 것이다. 하지만 평온한 마음이 용기나 희망 같은 것들까지 몰고 왔다. 최악의 상황을 떠올리는 대신 더 나은 쪽을 믿으려 노력하게 된 것이다.

"내가 아이에게 좋은 영향을 미칠 거라고 생각해서 편지를 보낸 건 아닐까? 아이를 바로잡을 수 있을 거라고 말이야." 그는 곰곰이 생각했다. "미슬스웨이트로 가는 길에 소워비 부인을 만나봐야겠군."

하지만 황무지를 가로질러 가는 길에 마사의 오두막 앞에서 마차를 세우자, 그 근방에서 무리지어 놀고 있던 일고여덟 명의 아이들이 전부 무릎을 까딱하며 공손하고도 친근하게 인사하더니, 어머니는 아이 낳는 산모를 도우러 아침 일찍 황무지 반대편으로 건너갔다고 말해주었다. 게다가 묻지도 않았는데 갑자기

'우리 디콘'은 미슬스웨이트 장원의 한 정원에서 일을 한다고, 주마다 며칠씩이나 그 일을 하러 간다고 알려주었다.

크레이븐 씨는 둥근 얼굴에 볼이 발그레한, 튼튼해 보이는 이 아이들을 차례로 훑어보았다. 아이들 각자가 자신들 특유의 미소를 짓고 있었다. 그 아이들이 모두 건강하고 예쁘다는 생각이 들자, 그는 아이들이 보내는 친근한 미소에 마주 웃어주며 주머니에서 소브린 금화를 꺼내 그중 가장 나이가 많은 '우리 엘리자베스 엘런'에게 건넸다.

"이 금화 하나를 여덟 명이 나누면 반 크라운씩 돌아갈 거다." 그가 말했다.

아이들은 얼굴 한가득 미소를 머금더니 깔깔깔 웃음을 터뜨리며 또다시 무릎 인사를 까딱했다. 서로 팔꿈치로 쿡쿡 찌르면서 기쁨에 겨워 폴짝폴짝 뛰어다니는 아이들을 뒤로하고 크레이븐 씨가 탄 마차는 그곳을 떠났다.

황무지의 경이로운 풍경을 바라보며 마차를 타고 가로지르니 어느새 마음이 편안해졌다. 어째서 다시는 느끼지 못할 줄 알았던, 집으로 돌아가는 기분이 드는 걸까? 어째서 땅이며 하늘이며, 저 멀리 보이는 보랏빛 꽃들까지도 이토록 아름다워 보이는 걸까? 도대체 왜, 600년 동안이나 같은 핏줄이 살았던 오래된 대저택에 가까워질수록 가슴이 따뜻해져 오는 걸까? 마지막으로 저택을 떠날 때만 해도 양단을 커튼처럼 드리운, 네 기둥이 달린 침대에 누워 있는 아들과 꼭 닫힌 문들에 대해 떠올릴 때마다 몸서리를 치던 그가, 어떻게 이런 감정을 느낀단 말인가? 아들이 조금이라도 호전되어 있다면, 그는 더 이상 아들을 봐도 움츠러들지 않을 수 있을까? 그 꿈은 또 어찌나 생생하던지. "정원에요. 정원에 있어요!"하던 목소리는 어쩜 그렇게 부드럽고 맑았는지!

"열쇠를 찾아봐야겠어." 그가 말했다. "문을 열어봐야 해. 이유는 모르겠어. 하지만 왠지 그래야만 할 것 같아."

크레이븐 씨가 장원에 도착했다. 평소와 다름없이 예를 갖춰 주인을 맞이하던 하인들은 그가 훨씬 더 밝아 보인다는 사실을 깨달았다. 게다가 여느 때라면 곧바로 외딴 방에 틀어박혀 피처의 시중만 받으며 지냈을 텐데, 이번에는 곧장 서재로 향하는 게 아닌가. 서재에서 메들록 부인을 부르자, 살짝 들뜬 표정에 뺨이 붉어진 부인이 호기심으로 눈을 반짝이며 들어왔다.

"콜린은 어떻게 지내고 있소, 메들록 부인?" 그가 물었다.

"그게 말입니다, 주인님." 메들록 부인이 대답했다. "도련님은, 거 참… 달라지셨다고 말씀드릴 수 있습니다. 어떤 면에서는요."

"악화된 거요?" 그가 물었다.

메들록 부인은 얼굴이 새빨개졌다.

"음… 글쎄요, 주인님." 부인은 설명해 보려고 애를 썼다. "주치의 선생님도, 간호사도, 저도 도련님의 상태를 정확하게는 모릅니다."

"왜 모른단 거요?"

"사실대로 말씀드리자면 콜린 도련님은 상태가 좋아지셨을 수도, 나빠지셨을 수도 있습니다. 식욕은 저희가 이해할 수 없는 부분인 것 같고요, 도련님의 태도는…."

"아이가 이전보다 더… 그러니까, 더 괴상해진 거요?" 저택의 주인이 아무래도 불안한지 눈썹을 찡그리며 물었다.

"바로 그겁니다, 주인님. 도련님이 아주 괴상해지고 계세요. 음, 제 말은, 예전 도련님의 모습에 비해 괴상해졌다는 뜻입니다. 원래는 음식을 쳐다보지도 않으셨는데, 어느 날부터 갑자기 엄청난 양을 드셨어요. 그러더니 갑자기 또 안 드시고, 전처럼 음식을 다 돌려보내시더군요. 주인님은 모르셨겠지만, 도련님은 집 밖으로는 한 발자국도 안 나가려 하시는 분이었죠. 저희가 휠체어에 앉혀 모시고 나가려 하면 온몸을 잎사귀마냥 파르르 떨면서 두려워하셨어요. 게다가 그럴 때마다 얼마나 고래고래 소리를 지르고 화를 내시는지, 크레이븐 선생님은 이러다가 책임질 수 없는 사태가 발생할지도 모른다고 하시면서 억지로 나가게 하면 안 되겠다고 말씀하셨죠. 그런데 말이죠, 음… 정말 순식간에 일어난 일이었어요. 짜증을 있는 대로 내면서 최악의 발작을 일으키시더니, 얼마 후에는 별안간 매일 밖으로 나가겠다고 고집을 피우시는 거예요. 소워비 부인의 아들 디콘과 메리 아가씨가 휠체어를 밀어주면 된다고 하시면서요. 아 참, 도련님은 메리 아가씨와 디콘을 무척 좋아하세요. 디콘이 자기가 길들인 동물들을 데리고 온 적도 있고요. 주인님이 믿으실진 모르겠지만 도련님은 요즘 아침부터 저녁까지 밖에서 시간을 보내십니다."

"지금 그 애 겉모습은 어떻소?" 크레이븐의 다음 질문이었다.

"식사를 규칙적으로 하고 계셨다면 살이 통통하게 올랐다고 말씀드릴 수 있었을 거예요. 주인님 눈에도 살이 쪘다고 느껴질 테고요. 그런데 저희는 아파서 퉁퉁 부어오른 건 아닐까 걱정하고 있답니다. 도련님은 메리 양과 단둘이 있을 때면 가끔 괴상한 웃음소리를 내세요. 무슨 일이 있어도 웃지 않으셨던 분인데 말이에요. 주인님께서 부르시면 당장 크레이븐 선생님이 달려오실 겁니다. 선생님도 이렇게 황당한 경우는 난생 처음 본다고 하셔요."

"콜린은 지금 어디에 있소?" 크레이븐 씨가 물었다.

"정원에요. 도련님은 늘 정원에 계시죠. 하지만 사람들이 쳐다보는 걸 싫어하셔서 다른 사람들은 정원 근처에도 오지 못하게 명령을 내리셨어요."

크레이븐 씨의 귀에 부인의 마지막 말은 거의 들리지 않았다.

"정원에." 크레이븐 씨가 중얼거렸다. 메들록 부인을 내보낸 후에도 그는 그 자리에 우두커니 서서 같은 말만 몇 번이고 되풀이했다. "정원에 있다니!"

그는 정신을 가다듬으려 온 힘을 쏟았고, 겨우겨우 정신을 차리자 곧바로 몸을 돌려 방을 나섰다. 메리가 그랬던 것처럼, 크레이븐은 관목 담장에 난 문으로 들어간 다음 월계수 담장과 분수 화단들을 지났다. 이제는 분수가 물을 뿜어내고 있었고, 분수 가장자리를 두른 화단에는 화사한 가을꽃들이 만발했다. 풀밭을 가로질러 바삐 걷던 크레이븐은 마침내 덩굴 담장을 두르는 '긴 산책로'에 이르렀다. 그때부터는 서두르지 않고, 길바닥에 시선을 고정한 채 천천히 걸었다. 오랫동안 버려두었던 장소가 다시 자신을 끌어당기고 있는 기분이 들었다. 이유는 알 수 없었지만 말이다. 정원에 가까워질수록 발걸음은 점점 더 느려졌다. 담쟁이덩굴이 빽빽하게 뒤덮고 있었지만, 그는 문이 어디에 있는지 알았다. 하지만 모르는 것이 하나 있었다. 그는 열쇠를 묻은 자리가 정확히 어디였는지 기억이 나지 않았다.

그래서 그는 가만히 멈춰 서서 주위를 둘러보았다. 하지만 걸음을 멈추자마자 깜짝 놀라 귀를 기울이게 되었는데, 어찌나 놀랐는지 자신이 꿈속을 걷고 있는 게 아닐까 하고 고민해보기도 했다.

문 위로는 담쟁이덩굴이 빽빽하고 열쇠는 관목 아래에 묻혀 있었다. 10년이라는 외로운 세월 동안 그 문을 넘은 사람은 아무도 없을 것이었다. 그런 정원에서, 방금 소리가 들려온 것이다. 서로를 쫓느라 나무를 빙빙 돌면서 뛰어다니는 발소리였다. 게다가 수상할 정도로 잔뜩 낮춰 속닥대는 목소리들이, 숨죽인 채 기쁨의 환호성을 지르고 감탄을 터뜨렸다. 중간중간 어린 아이의 웃음소리가 들려오기도 했다. 남들에게 들키지 않으려고 애써 참아보려 했지만 너무 신이 나고, 또 신나고 신나다가 퐁 하고 터져 나오는 웃음이었다. 대체 나는 무슨 꿈을 꾸고 있길래, 이런 희한한 소리가 들리는 걸까? 이제는 정신이 완전히 나가서, 인간의 귀에 들리지 않는 소리들까지 듣고 있는 걸까? 멀리서 들려오던 또렷한 목소리는 바로 이런 걸 말하고 있었던 걸까?

마침내 그런 순간이 찾아왔다. 소리를 낮춰야 한다는 사실조차 잊어버릴 정도로 참을 수 없는 순간이 온 것이다. 아까보다도 훨씬 더 빨라진 발소리가 정원 문 가까이로 다가오고 있었다. 숨이 턱 끝까지 차올라 헉헉거리는 건강한 어린아이의 소리와 도저히 안에만 담아둘 수 없어 왈칵 터져버린 웃음소리가 들리더니, 담장 문이 갑자기 열리는 바람에 늘어져 있던 덩굴들이 철렁, 하고 흔들렸다. 그다음 순간, 남자아이 하나가 전속력으로 튀어나오다가 밖에 사람이 서 있다는 걸 보지도 못한 채 그의 품으로 뛰어들고 말았다.

크레이븐 씨는 제때에 두 팔을 뻗어 아이를 붙잡았다. 덕분에 아이는, 앞을 보지도 않고 달려 나오다가 그에게 부딪혀 넘어지는 상황을 간신히 피할 수 있었다. 정원 안에 아이가 있었다는 사실에 깜짝 놀라, 얼른 품에서 떼어내 아이를 살펴보던 크레이븐은 그 순간 숨이 멎는 줄 알았다.

키가 크고 잘생긴 소년이었다. 생기가 넘쳐흘러 온몸이 환하게 빛났고, 마구 달리고 있었던 덕분에 얼굴에는 아름다운 붉은 빛이 돌았다. 소년은 숱 많은 머리카락을 이마 뒤쪽으로 쓸어 넘긴 후 희한하게 생긴 회색 눈으로 그를 올려다보았다. 아이다운 웃음기가 가득한, 새까만 속눈썹이 촘촘하게 나 있는 눈이었다. 크레이븐 씨의 숨이 멎을 뻔했던 것도 바로 그 회색 눈 때문이었다.

"누구, 뭐지? 넌 누구냐!" 크레이븐 씨가 말을 더듬었다.

콜린은 이런 상황을 기대하지 않았다. 계획했던 일도 아니었다. 이런 만남은 생각조차 못 해봤다. 하지만 달리기 시합에서 이겨서 전속력으로 튀어나온 이 상황은, 어찌 보면 생각했던 계획보다 훨씬 더 좋은 만남인지도 몰랐다. 콜린은 허리를 쭉 펴서 키를 늘렸다. 함께 달리다가 덩달아 튀어나온 메리는 그 어느 때보다도 콜린의 키가 커 보인다고 생각했다. 단 몇 센티미터라도 말이다.

"아버지." 콜린이 말했다. "저 콜린이에요. 믿기지 않으시죠? 저도 믿기 힘들었으니까요. 제가 바로 콜린이에요."

메들록 부인과 마찬가지로, 콜린도 아버지가 황급히 내뱉는 말들이 무슨 뜻인지 전혀 이해할 수 없었다.

"정원이야! 정원에 있었어!"

"네." 콜린이 서둘러서 말을 이어갔다. "이게 다 정원이 한 일이에요. 메리와 디콘과 동물들 덕분이기도 하고, 마법도 큰 역할을 했죠. 아직 아무도 몰라요. 아버지가 오시면 말씀드리려고 꽁꽁 숨기고 있었어요. 저는 이제 건강해요. 달리기 시합에서는 메리도 이길 수 있어요. 저는 운동선수가 될 거예요."

콜린은 건강한 사내아이처럼 이런 말들을 쏟아냈다. 얼굴은 벌게졌고, 잔뜩 흥분해서 다급하게 이어가느라 한 마디 한 마디가 떨렸다. 그 모습에 크레이븐 씨는 믿을 수 없을 만큼 크나큰 기쁨이 몰려와 온몸이 마구 떨렸다.

콜린은 한 손을 뻗어 아버지의 팔 위에 올렸다.

"기쁘지 않으세요, 아버지?" 콜린이 말했다. "기쁘지 않으세요? 나는 오래오래, 영원히, 언제까지나 살 거예요!"

크레이븐 씨는 두 손을 아이의 양어깨 위에 올려놓고 가만히 있었다. 가슴이 떨려서 아무런 말도 꺼낼 수 없었다.

"정원으로 안내해다오, 아들아." 마침내 그가 입을 열었다. "그리고 전부 얘기해주렴."

그래서 아이들은 그를 비밀 정원으로 이끌었다.

정원에는 가을의 황금색과 자주색, 보랏빛이 감도는 푸른색, 불타오르는 진홍색이 이리저리 뒤섞인 자유로운 풍경이 펼쳐져 있었다. 때늦게 핀 백합들이 이곳저곳에서 무리를 이루고 있었는데, 아주 새하얗지 않으면 흰색과 루비색이 섞여 있었다. 크레이븐은 처음으로 이곳에 백합을 심었던 날을 또렷이 기억하고 있었다. 이 계절에 느지막이 피어나 영광을 누릴 수 있도록 시기를 맞춰 심었던 것이다. 나무를 휘감으며 엎치락뒤치락 기어올라가 가지 끝에서 가느다란 팔을 살랑살랑 늘어뜨리면서 여기저기에서 군락을 이루고 있는 장미들도 때늦게 활짝 피었다. 햇살을 받은 나무가 노랗게 물드는 바람에, 그곳에 서 있노라면 황금이 번쩍번쩍한 미지의 사원에 들어온 기분이 들었다. 온통 잿빛밖에 없었던 정원에 아이들이 처음 들어와서 차례대로 그러했듯이 새로 온 손님은 아무 말도 없이 가만히 서 있었다. 주위를 둘러보고, 또 둘러보았다.

"모두 죽어버렸을 거라고 생각했어." 그가 말했다.

"메리도 처음에는 그렇게 생각했대요." 콜린이 말했다. "하지만 이렇게 살아났어요."

잠시 후, 콜린의 강연이 펼쳐지곤 하던 나무 아래에 모두가 둘러앉았다. 하지만 콜린은 이야기를 하는 내내 서 있겠다고 했다.

여느 사내아이처럼 우다다다 쏟아내는 콜린의 이야기를 들으면서, 아치볼드 크레이븐은 이처럼 희한한 이야기는 처음 들어본다고 생각했다. 수수께끼로 휩싸인 저택과 마법, 야생 동물들, 한밤중의 이상한 만남, 마침내 찾아온 봄. 자존심에 상처 입은 어린 라자가 벤 웨더스태프 영감에게 똑똑히 보여주느라 제 발로 일어서게 된 열정. 기묘한 우정과 연극 놀이, 너무나 소중하게 지켜온 커다란 비밀. 크레이븐 씨는 눈물이 새어 나올 정도로 웃음을 터뜨렸고, 가끔은 웃지 않을 때도 눈물이 고여 있었다. 운동선수이자 강연자이자 과학의 발견자인 아들은 너무나 잘 웃고, 사랑스럽고, 건강한 아이였다.

"지," 콜린은 이야기를 끝맺으며 이런 말을 했다. "이제는 비밀로 할 필요가 없어요. 사람들이 날 보면 놀라 자빠질지도 모르죠. 그렇더라도 다시는 휠체어에 앉지 않을 거예요. 저는 아버지와 함께 걸어서 돌아갈 거니까요. 집으로 가는 거예요."

벤 웨더스태프는 맡은 바 소임을 다하느라 정원을 벗어날 때가 거의 없었지만, 이번에는 채소를 나른다는 핑계로 주방에 들어갔다. 메들록 부인은 영감에게 하인 구역에서 맥주나 한 잔 하고 가라는 권유를 했고, 그렇게 벤 영감은 자신의 희망대로, 미슬스웨이트 장원에서 이번 세대 최고의 극적인 사건이 일어나는 순간을 바로 옆에서 지켜볼 수 있었다.

마당 쪽으로 나 있는 창문들 중에는 풀밭이 흘긋 내려다보이는 창문도 하나 있었다. 벤 영감은 정원에서 들어오는 길이었으므로, 그 사실을 아는 메들록 부인은 벤 영감이 크레이븐 씨의 모습을 보았을지도 모른다고 생각했다. 벤 영감이라면 콜린 도

련님과 주인님이 만나는 장면을 목격했을지도 몰랐다.

"두 분 중 누구라도 보셨어요, 웨더스태프?" 부인이 물었다.

벤 영감이 입술에서 맥주잔을 떼더니, 손등으로 입을 쓱 닦았다.

"그렇소, 보았다오." 벤 영감이 은근슬쩍 의미심장한 분위기를 풍기며 대답했다.

"두 분 다요?" 메들록 부인이 물었다.

"두 분 다." 벤 웨더스태프가 대답했다. "부인, 맥주 잘 마셨소. 그런데 한 잔 더 부탁해두 되겠소?"

"같이 계셨어요?" 메들록 부인이 잔뜩 흥분한 얼굴로 맥주를 콸콸콸 따랐다.

"같이 계셨다오." 벤 영감은 새로 따른 맥주를 단숨에 반이나 들이켰다.

"콜린 도련님은 어디에 계셨어요? 어때 보이던가요? 두 분이 서로 무슨 말씀을 나누셨어요?"

"내용은 못 들었소." 벤이 말했다. "사다리에 올라서서 담장 너머루 지켜본 거라, 들을 수가 있어야지. 허지만 이거 하나는 확실허다오. 집 안에 있는 사람들은 암것두 모를 일이 저 바깥에서 벌어지구 있었다오. 쫌만 있으믄 다들 알게 될 테지만."

벤 웨더스태프는 2분도 채 지나지 않아 남은 맥주를 죄다 들이키더니, 관목들과 풀밭이 내다보이는 창문을 향해 빈 맥주잔을 엄숙하게 흔들었다.

"저길 보시구려." 벤 영감이 말했다. "아무래두 궁금허신 것 같으니 창문을 보란 말이오. 저 풀밭에서 누가 오는질 좀 보시구려."

메들록 부인은 힐끗 그쪽을 쳐다보더니 두 손을 번쩍 치켜들며 외마디 비명을 내질렀다. 그 소리를 들은 하인들이 하인 구역 저편에서부터 달려와, 창문에 다닥다닥 붙어 머리에서 튀어나올 것처럼 눈을 부릅뜨고 밖을 내다보았다.

풀밭을 가로지르며 미슬스웨이트의 주인이 걸어오고 있었다. 하지만 오늘 주인님은 하인들 대부분이 한 번도 본 적 없는 낯선 표정을 짓고 있었다. 그 옆으로는 고개를 빳빳이 들고, 웃음기 가득한 눈을 빛내며 요크셔의 어느 사내아이보다도 튼튼하고 씩씩하게 걸어오는 소년이 보였다. 그 아이는 바로… 콜린 도련님이었다!

옮긴이 진주 K.가디너

이화여자대학교에서 서양화를 전공하고, 영국 런던의 첼시 예술대학교에서 순수 미술로 석사 학위를 받았다. Jinjoo Kim Gardiner라는 이름으로 서울과 런던에서 활동하는 미술가로서, 다수의 개인전과 단체전에 참여하였다. 또한 글밥아카데미에서 출판 번역 과정을 수료하고 바른 번역 소속 번역가로 활동 중이다. 옮긴 책으로《위대한 여성 예술가들》,《아티스트를 위한 인체 드로잉》이 있다.

비밀의 화원

1판 1쇄 인쇄 2020년 11월 30일
1판 1쇄 발행 2020년 12월 17일

지은이 프랜시스 호지슨 버넷 **그린이** 전은솔(아일렛, 솔) **옮긴이** 진주 K.가디너

발행인 양원석 **편집장** 차선화 **책임편집** 이슬기
디자인 이은혜, 김미선 **영업마케팅** 양정길, 강효경

펴낸 곳 ㈜알에이치코리아
주소 서울시 금천구 가산디지털2로 53, 20층(가산동, 한라시그마밸리)
편집문의 02-6443-8916 **도서문의** 02-6443-8800
홈페이지 http://rhk.co.kr
등록 2004년 1월 15일 제2-3726호

ISBN 978-89-255-8936-7 (03840)

※ 이 책은 ㈜알에이치코리아가 저작권자와의 계약에 따라 발행한 것이므로
본사의 서면 허락 없이는 어떠한 형태나 수단으로도 이 책의 내용을 이용하지 못합니다.

※ 잘못된 책은 구입하신 서점에서 바꾸어 드립니다.

※ 책값은 뒤표지에 있습니다.